I0649038

# 浚上甬人
## ————风采录

上海市宁波经济建设促进协会
海上宁波人研究中心 编

## （第一辑）

世纪文景
世纪出版集团 上海人民出版社

# 《海上甬人风采录》编委会

主　任：陈正兴

副主任：张亚培　王午鼎　曹光骝　余建华

编　委：（按姓氏笔画为序）

　　　　　工午鼎　　工卓贤　　乐善根

　　　　　司徒慧云　严明华　　余建华

　　　　　吴申耀　　张亚培　　陈正兴

　　　　　曹光骝　　童志强

主　编：余建华

副主编：童志强

编　辑：史鹤幸　郑霞娟　刘巽明

编　务：陈秀萍

# 目　录

# 序

陈正兴

  本世纪初，上海市宁波经济建设促进协会（又称上海市宁波同乡联谊会）有一项重要的文化举措，组织专人、历时7年，编撰出版了《宁波人在上海》系列丛书（共4辑）。它既是宁波帮在上海开埠以来各个时期历史作用的全面反映，也是宁波人优良传统和精神风貌的真实写照。丛书出版以后，受到广大乡贤和社会有关人士的好评，也为研究宁波帮在上海的发展轨迹，留下了宝贵的人文史料。

  新时期以来，在汹涌澎湃的改革开放浪潮中，人才迭出，披沙拣金，尽显风流。海上宁波人中也不断涌现出大量的先进分子，诸如颇有影响的各级党政领导干部，卓有成就的经济建设和科教文卫等社会各界的杰出人才，为社会作出重大贡献的两院院士、劳动模范、三八红旗手，从海内外来沪创业有成的精英，以及在平凡岗位上做出不平凡成绩或有一技之长的普通劳动者。他们都是建设中国特色社会主义现代化的中坚力量，也是我们海上宁波人的骄傲。

  文化是软实力，是一个人、一个群体发展的内核和血脉，是一个民族、一个国家的无形资产和精神财富。一个民族的生命基因，熔铸着文化的力量，一个群体前进的每一行足迹闪耀着文化的光芒。宁波帮之所以能够在海内外融入主流社会，并且创造非凡业绩、产生巨大的影响力，就是因为宁波帮具有浓厚的文化底蕴。宁波人富有锲而不舍的务实精神、信誉至上的诚信精神、兼容并蓄的开放精神、与时俱进的创新精神，因而能够在各方面展示动人风采，做出骄人的业绩。

  习近平总书记指出：一个国家、一个民族的强盛，总是以文化兴盛为支撑的，中华优秀文化是我们民族永不褪色的名片、永不贬值的"硬通货"。实现中华民族伟大复兴的中国梦，必须走中国道路；弘扬中国精神、凝聚中国力量，而文化正是道路、精神和力量之魄。

为此，本届（第五届）协会决定在《宁波人在上海》系列丛书的基础上，再次组织力量继续编撰有关宁波人在上海的丛书，并将该丛书定名为《海上甬人风采录》。旨在通过这套丛书，着重反映甬籍上海人的时代风采，培育和践行社会主义核心价值观，提升宁波帮的正能量，进一步薪火相传，永续发展。

文化是人类实践的沉淀，需要世世代代积累。海上宁波人风采夺目，风光无限，我们有责任也有能力，把海上宁波人的风采和业绩不断整理出来，发扬光大，传承下去。殷切希望广大读者对这套丛书提出批评和建议，同时更欢迎大家发掘和提供更多海上甬人的风采，使之不断地充实载录，以臻尽善。

# 凡　例

一、本丛书收录的"海上甬人"，指在上海工作、生活，籍贯为现宁波市行政区（含原宁属定海籍）人士。

二、本丛书收录的人物，包括在各行各业中有所建树的知名人士，对家乡社会经济发展和协会工作有较大贡献者，以及有一定特长者。

三、本丛书成熟一辑出版一辑，人物排列分界别，再按出生年代为序。

四、本丛书每篇文章包括人物的近影和历史照片；以记叙体为主，采用专访、通讯等形式。文章不采用尾注、脚注、文末注，重要著作文献在文中直白。

五、文中首次出现较长的名词，尤其是专业名词，均采用全称；反复出现时在首次出现时采用括号标明简称；已在媒体和民间使用频率较高的词，如 GDP、CPI、PM2.5、4S 店、3G、ATM、GPS、CT、B 超等，不再标注中文。

六、文章在收录人物第一次出现时采用全称姓名；此后，有的可采用简称、尊称、昵称、职务称呼、习惯称呼等。

七、采用公元纪年，民国前的纪年采用朝代年号加括号公元年份。

八、文中出现地名路名一般采用现名，必须采用已消失的旧名的同时出现"现某地（路）"，或者"原某地（路）"。

九、文中所用数字，一般用阿拉伯数字。

十、采用规范语汇，以第六版《现代汉语词典》为准；但也鼓励插用宁波元素的"村言俚语"和"宁波老古话"，遇到此类字词则注音注义。

# 方祖荫：百岁人瑞

● 包光宇

方祖荫，原名方跻堂，1915 年 7 月 5 日出生于浙江慈溪鸣鹤场镇。2014 年已经虚岁 100，满百成瑞，就在眼前。

方老是上海市宁波经济建设促进协会（又称"上海市宁波同乡联谊会"，以下简称"同乡会"）的发起人之一。1988 年 10 月 19 日，宁波经济建设促进协会成立，方老被选任常务理事。1989 年 2 月 25 日，同乡会成立，他又被选任秘书长。方老是同乡会的老领导。笔者自退休后，也在同乡会工作了好长一段时间，对他比较熟悉。但是，真正要全面反映方老的风采，还得深入采访。于是，约时与方老见面，他欣然答应了。

一位百岁的长者，又是饱经风霜的革命老人，从事经济工作几十年，其丰富的人生阅历本身，就是一本读不完的教科书，一座挖不尽的富矿。但是，我多次登门拜访，每当话题转入正题时，方老总是老话一句："我老了，糊涂了，过去许多事情都难以回忆了。"

笔者手头有一本方老 10 年前完成的回忆录——《苍松长青——往事回忆及其他》。2004 年，方老在离休干部党支部的"鼓励和督促下"，经过几个月的努力，终于在他九十华诞之前写成出版。他在卷首的前言中开门见山地写道：我对写回忆录有过不少顾虑。在过去的革命岁月里，做了一些工作，也有不少教训。但平平凡凡，并没有惊心动魄、出生入死的辉煌业绩。自己文化水平不高，政治思想水平低，是不是值得如此浪费笔墨去整理过去的稿件来写回忆录？即使编印出来，是否有人肯花时间去阅读？

方老就是这样一位谦虚低调的人。

## 捧着"金饭碗" 投身革命

慈溪鸣鹤场镇是一个依山傍水、民风淳厚的农业集镇，位于慈溪市东南部的五磊山下，在栲栳山北麓，是三北一带的古老集镇之一。

方祖荫的祖父是一名晚清秀才，名方槐芬，字问云。方槐芬一生在家乡从事私塾教学，晚年依靠小土地出租和其子银薪维持生活。方祖荫的父亲名叫方灿然，字霞轩，长期在家乡余姚县丁莲表家族开设的会源钱庄供职，从学徒、职员，一直到解放前夕当上经理。1952年，当地土改，方祖荫的祖辈被划为"开明工商地主"。按照方老自述，他出生在一个封建大家庭。

宁波人的传统是几代同堂，其乐融融。方灿然是长子，方祖荫又是长孙，因此特别受到厚爱。他少年时期生活在一个条件优越的封建家庭，耳濡目染，受旧礼教的影响很深——本来宁波人就是规矩重嘛！长辈希望方祖荫埋头读书，知书达理，将来能出人头地。

方祖荫幼时求学于家乡的敬乐小学。15岁毕业时，因为年龄太小，就留校再读一年书。直到1930年16虚岁，在当时可以"成丁"了，便离开老家到上海谋生。经过亲眷介绍和担保，同年9月进入慎大钱庄学生意，当一名小学徒，拜副经理钱观仙为业师。巧的是，钱庄的经理叫汪鉴堂，"鉴堂"与"跻堂"在宁波话中属于谐音，因此只得改名为早年祖父给的号"祖荫"。这样，方祖荫的名字沿用至今。

1931年9月，经过亲戚介绍，方祖荫到刘鸿生创办的中国企业银行当练习生，银行将他作为管理人员培养。银行在当时属于新兴行业，经理范季美曾经留学日本多年，副经理叶起风也曾经在中国国货银行任职。因此，内部组织系统和管理都很规范和先进。该行对职员要求严格，但又很开明，职员的业余时间可以自行安排。于是，在这段时间里，方祖荫利用业余时间到外面学习。1932—1937年，他先后到慕尔堂、量才补习学校、第四职业学校、青年会夜中学等处读书，包括学习语文、英语、哲学、簿记课程，将学历提高到中等教育水平。

在中国企业银行，方祖荫整整工作了 18 年，从练习生开始，到职员，也干过跑街（对外营业员），1946 年提升为襄理（第三把手——位于经理、协理之下），成为银行的一名高级职员。

方祖荫在外读书期间，接触了很多新鲜事物，也结识了许多朋友。1936 年 10 月，他参加了"银联"。这是中共地下党领导下的上海市职业界救国会在银行系统的外围组织，对外公开的口号是"联络感情，交换学识，改良业余生活，提倡正当娱乐，增进服务效能，促进银钱业业务"，实际上是从事抗日救亡活动。

在这个组织里，方祖荫积极参与各项活动，先后当选为理事会理事、常务理事、副理事长等职。1938 年 9 月，他在地下党同事夏继演（其言）引导下，加入了中国共产党。从此，方祖荫的人生掀开了新的一页。他毅然放弃了直升沪江大学商学院攻读大专的机会，全身心地投入八年抗战和其后的解放战争中。

1949 年上海解放前夕，方祖荫已经担任"银联"地下党组织的党团书记（即现在的党组书记）。1949 年 3 月，根据党组织的安排，他被调到中共地下党"上海市人民保安队"总部工作，为迎接上海解放做准备。他与唐守愚、沈涵单线联系，直到上海解放。其后，上级通知他到设在外滩海关大楼的人民保安队总部报到，接受新的任务。为新中国的诞生，方祖荫舍生忘死，做出了自己的贡献。

## 建设新上海 任劳任怨

上海解放初，方祖荫奉命调到军管会金融处，组织上委派他参加接管中央银行业务局的工作，参与筹建中国人民银行上海分行营业部，任命他为首任营业部经理、党组成员，后又任放款室主任。

1952 年 10 月，方祖荫调至公私合营银行上海分行任副经理，分管信贷业务工作。1954 年 10 月，调任中国人民银行上海分行任私人业务室主任，统管上海全市私营企业存放款业务。同年 12 月，根据工作需要，再次奉命调至新组建的上海市计划委员会工作，先后任商业处、轻工业处、综合计划处、物资计划处和协作处等处的处长。无论调到哪里，他均较好地完成任务。

1961 年 9 月，方祖荫升任为市计委副秘书长，1964 年 7 月任秘书长、党组成员，一直到 1966 年"文革"开始后"靠边站"。1970 年 4 月，方祖荫被下放到市属机关奉贤"五七"干校劳动。1972 年 6 月，担任上海市革委会综合计划处统计组的领导成员，此时他已经 58 岁了。

1974 年 2 月至 1976 年 3 月，他又被委派为上海市知识青年上山下乡办公室赴黑龙江慰问团副政委，对嫩江地区 11 个县 5 个师的上海知青进行慰问指导。

1976 年 3 月，方祖荫再次返回上海市革委会综合计划统计组任组长。当年 10 月，党中央一举粉碎"四人帮"，此时，老方已经是六十开外的人了。他成为重建市计委的领导成员，1978 年任副秘书长兼物资处处长，分管协作处和机关事务工作。1985 年 4 月，已经 70 岁高龄的方祖荫改任咨询组成员，同年年底才办理离休手续，时年已逾古稀。

**继续发余热　老牛奋蹄**

离休以后，方老本可以"告老还乡"享清福了，毕竟他已经比法定的退休年龄晚了 10 年。但是，方老选择了继续发挥余热，在有限的岁月里，他要为党、为国家和人民继续做出自己的贡献。

一是参加党史编写。上海市金融业党史资料征集组成立，方老积极参与。尤其在编写解放前金融系统地下党斗争和党领导下的职工运动史时，他被任命为副组长，先后参与编写、出版了《上海银联十三年》、《上海四行二局职工运动史

料》，共计三辑 70 多万字，直到 1991 年才宣告完成。方老为此付出了很多心血。

二是发挥余热为离退休干部服务。方老离休以后，继续担任市计委离退休干部党支部书记，并按上级规定创办上海吉华经济技术开发服务公司，与市退管会挂钩申办上海吉联咨询服务部，后改组吉华为银康贸易有限公司，至 2001 年 7 月前后合法经营 15 年，为解决离退休干部活动经费和改善生活做出了贡献。

三是参与宁波同乡会工作。方老离休

后，为了使思想能够跟上形势，积极参与上海宁波经济促进会的工作。1988 年 10 月，宁波市成立经济建设促进会，方老被推选为常务理事。同时，他在上海与张承宗、李储文、戚原等多名老同志策划，筹备上海市宁波经济建设促进协会，并于次年正式成立，他被推选为秘书长。此时，方老已经是 75 岁的老人了。

协会创建之初，活动经费困难，方老想方设法使得活动正常开展。1992 年 4 月方老牵头创办了上海市宁波经济建设促进协会科技经济服务部，由他兼任经理。服务部的劳务收入为协会的正常运转解决了相当一部分经费来源。1997 年 6 月，协会第三届换届改选时候，方老已过了耄耋之年。考虑到他年事已高，协会同意他从秘书长位置上脱身，改任顾问。在办理移交时，账面上尚有 9 万多元结余，这在当时是一笔不小的数目。方老为协会的发展功不可没。

1994 年，还在方老担任协会秘书长期间，由他起草并以协会名义向市科委、计委和宁波市有关领导提出了《关于建设杭州湾通行工程的建议》的书面报告，得到领导的重视和采纳，还专门组织专家召开了论证会。之后，杭州湾跨海大桥顺利通车，大大缩短了沪甬两地的距离，使得宁波的发展开上了"快车道"。

**养生有秘诀　自得其乐**

方老是同乡会最年长者，2013 年春节前夕还亲临会所与会，他老人家对协会的感情之深由此可见一斑。另一方面，也说明方老的健康状况非常好。

方老勤勤恳恳为党的事业奋斗了一生，是一个典型的革命老黄牛，是我们学习的好榜样。他作为百岁人瑞也确实有资格谈论养生之道。实际上，在方老 93 岁高寿的时候，即 2007 年——上海举办世博会前 3 年，他就自赋《有感快乐人生》，将他的长寿秘诀归结为"六十四字，八句话"："爱好步行，有益健康。勤读报刊，清醒头脑。自得其乐，知足常乐。参加社团，学习先进。亲朋好友，和谐家庭。依法理财，勤俭治家。耳聋目明，勤笔勉思。近盼世博，远望百岁。"

笔者今年 88 岁，和方老一样也属兔，但比方老小一圈。也许，我们两个老人之间交流更有共同语言。几次登门拜访，我们谈得更多的是个人健康和日常生活。方老还逐一地将其养生经验展开和诠释，畅谈其心得和体会。

一是爱好步行，有益健康。

　　方老说，人也是动物，活着就是要动，生命在于运动嘛！活动活动不就是这个意思吗？方老平时喜欢步行。他认为，步行是最简单的保健方法。俗话说"人老脚先衰"，还有"饭后百步走，活到九十九"，说的都是这个道理。因此，步行比其他锻炼更好。方老说，步行不仅能够练腿劲，还能够一边走一边动脑筋，实际上促进脑部的活动。他在几十年的实践中，坚持多走路，因此，至今步履稳健。由于尝到甜头，目前仍然坚持着。每天早晨起床，洗漱完毕后的第一件事就是到室外散步，时间约半小时到一小时，有时还到菜场转一转，带些小菜回来，然后回家用早餐。由于长期坚持，确实是增强了身体的抵抗力，没有出现"脚先衰"的现象，而且很少出现伤风感冒。

　　他说，离休以后，原机关单位还是给他配备了专车，但一般情况下方老不会坐车，而是开动双腿走路。因为现在在时间上从容不迫了，早一点晚一点都无所谓。有时候路途远一些，就是坐公交车前往。这样，既可以为国家节省开支，又可以强健身体，可谓"一举两得"。

　　二是勤读报刊，清醒头脑。

　　方老一辈子烟酒不沾，工作以外的唯一爱好就是阅读报纸杂志，几十年来一以贯之。离休以后，方老的空闲时间多了，浏览各种报刊成为他的一种嗜好，也是一种消遣。早餐以后，便阅读报纸杂志，一般为两个小时，这是他的必修课，几乎雷打不动。主要是党报党刊，如《解放日报》、《支部生活》等。按照他的说法："秀才不出门，能知天下事。"这样，使自己的脑子经常"充电"，能够跟上时代的步伐。脑子不老化，更有利于健康。

　　三是自得其乐，知足常乐。

　　方老离休时，已经年逾古稀，除了积极参加各种社会活动，在家中的时间就是写写回忆文章。老年人爱回忆过去。通过回忆，总结人生，释放胸臆，活动大脑，从中找到快乐。方老认为，要保持一个平常人的心态，做到知足常乐，自得其乐。此外，方老有一个特殊的爱好——摄影。他经常带着照相机走东跑西，到一个地方就摄影留念，由此摄下无数张照片，其中许多作品还参加过摄影展，不少还受到好评！

　　方老这一辈子，前后买过4架照相机。1930年初，照相机还属于稀罕物品，他就舍得花10元钱，买了市面上最便宜的"白郎尼"长方照相机，开始学习摄影技术。1940 年，花 80 美元买了"罗莱柯达"二手方形照相机，并且自己练习冲洗胶卷和放大黑白照片。1970 年，花 500 元人民币买了"富士"照相机。1985 年离休后，他又花了千余元人民币，买了一架"奥林巴斯"照相机，而且采用标准镜头摄影。2005 年又配上了变焦长镜头，基本上满足了他作为一个业余摄影爱好者的需求。

为了提高摄影技术，方老还参加了上海市老干部摄影协会，只要有时间，总会到场认真地听老师的指导授课。使得自己的摄影技术从无师自通到有师指导。2003 年，在迎接中共十六大召开之际，已届耄耋之年的方老特地到上海新开辟的城市中心绿地、一大会址、嘉兴南湖等地，拍摄了一组照片，并参加上海市老干部摄影联展、上海市计委老干部书画展摄影展、丁香花园摄影展等一系列活动。其中，2003 年同乡会会刊《海上宁波人》试刊号刊登了方老"迎国庆，庆十六大"的摄影作品；2004 年 3 月市老干部局杂志《老干部工作》刊登了方老"徐家汇绿地"的摄影作品，还得了优秀奖。此时的方老，高兴得犹如一个老顽童。他说，摄影对身体是一种锻炼，对健康有促进。摄影需要经常到户外活动，有时候需要能走、能跑、能蹲、能看、能背，还要有欣赏大自然美好风光的格调和能力，十分有利于陶冶情操，使得心情舒畅，精神振奋，思想豁达开朗，从中领悟人生的真谛，真是一举多得啊！

7 年前，方老的期望是"世博"和"百岁"。而今，上海世博会成功举办已过去 4 年了，当年才 90 出头，而今已是百岁老人（人瑞）。完全可以说，方老的愿望已经实现了。

问及方老，你还有哪些愿望希望实现？他乐呵呵地回答：我的理想和愿望都已经实现了，能够活到百岁，确实心满意足，别无所求了。但愿，我们的国家更加繁荣富强，社会更加和谐稳定，生活更加美满幸福，能早日实现中国梦。他乐观地表示，这样的日子大概不会太远吧！

多次访谈方老，犹如读了一本厚厚的人生教科书，得益匪浅。衷心祝愿方老长寿加长寿，能够活到 120 岁。到了那时候，我们国家早已实现了中国梦，而且比我们预期想象的还要精彩呢！

# 李储文：“双百再共樽”

● 蓝　云

李储文伯伯的大名我早有耳闻，我陆陆续续在爸爸妈妈和王元化先生那里得知，李老早年毕业于上海沪江大学化学系，此后一直在基督教青年会工作。抗战胜利后曾去瑞士，并在美国耶鲁大学进修。1949 年回国后在"保卫世界和平大会"（简称"和大"）等单位工作。"文革"过

与夫人合影

后，曾任上海市外事办公室主任，1983 年 6 月任新华社香港分社副社长。离休后又和一群宁波籍老人共同发起成立上海市宁波经济建设促进协会，被推举为会长，而爸爸（蓝瑛）是副会长，他们都连任了两届，服务于沪甬社会经济合作发展，为家乡的发展献计献策。

有幸得到李老的应允，在 2013 年新年过后一个阳光普照的下午，我来到距我家不远的淮海大楼李储文伯伯家，近距离地坐在李老身边，聆听九五高寿的李储文伯伯，不紧不慢地把他当年亲历的几个故事，向我一一道来。

### "我们不要面包，我们要抗日！"

李老祖籍宁波东乡仲夏村，1918 年出生在慈溪庄桥镇，并在该镇集成小学就读。毕业后，当时在上海任高级职员的大哥有意培养他，把他送到嘉兴的秀洲中学就学（这所学校至今尚在）。1932 年，李储文回嘉兴上学不久，就爆发了"一·二八淞沪战争"，蔡廷锴率领十九路军孤军浴血奋战，抗击日本侵略军。但

是国民政府软弱无能，十九路军被迫签订了《沪淞停战协定》。因为停战之前的迹象显示出战火可能要向嘉兴蔓延，于是，年仅13岁的李储文颠沛流离，独自从嘉兴经杭州、萧山、曹娥江回老家庄桥镇。当年四五月间大哥把他接到上海，先在持志中学就读一学期，暑假之后由亲戚介绍到廖世承任校长的光华大学附中做插班生，并于1936年春季中学毕业。

1935年北京爆发了"一二·九"学生抗日救亡运动，声势浩大，影响所及，全国许多城市的大中学校纷纷响应。在1936年最冷的日子里，有一天放学之前，李储文就学的校园里来了一支外校学生队伍，他们宣传抗日救亡，号召大家加入这支队伍，一起去向上海市政府请愿，要求蒋介石政府放弃不抵抗政策，积极抗战。那时候上海市政府所在地在江湾，已是高中生的李储文对抗日救亡早有一腔热血，他毅然地走进了这支慷慨激昂的学生队伍。

队伍从校区所在地当年的大西路（今天的延安西路凯旋路）向东北方向挺进，当时已是傍晚五六点钟，天已渐黑，但队伍群情激愤斗志昂扬。他们沿途每经一所学校，就进去宣传抗日，并扩充游行队伍，于是队伍就像滚雪球一般壮大起来。行至复旦大学时已是深夜，校园内一片漆黑，这可难不倒爱国学生。队伍中有上海交大相关专业的技术高手，三下五除二就开动了学校的自备发电机，所有的宿舍顷刻间一片通亮。经过宣传发动，又有更多学生洪水一般汇入请愿队伍。行进途中，令李储文印象很深的是学生队伍经过沪西一家日本人开的纱厂时，只见厂房的楼顶上，日本人肆无忌惮地架着轻机枪，瞄准了学生队伍。今天的人们很难想象，那时在中国的土地上，外国人可以拿枪指着中国人，可见丧权辱国到了什么程度！队伍行至江湾时已是曙色微明，只见市政府大楼烧着锅炉供暖，烟囱里冒着滚滚浓烟，而请愿的队伍则是饥寒交迫。愤怒的学生大声喊着："不准冒烟！不准冒烟！"市政府无奈熄灭了锅炉停止供暖。时任上海市长为吴铁城，请愿的学生们一遍遍高呼："吴铁城出来！吴铁城滚出来！"直到天亮时分，吴铁城总算出来了。学生代表向吴铁城严正提出："我们要求蒋介石放弃不抵抗政策，马上展开全面抗战，坚决打倒日本帝国主义。"吴铁城很狡猾，他出来时带了几个士兵，手里拿的并不是枪，而是棍棒。他还耍了个花招，采取怀柔政策，叫泰康食品厂拉来几卡车面包，说是要慰问请愿的同学们。看着满载面包的车辆开过来时，数千名学生尽管饥肠辘辘，但根本不吃这一套。大家齐声高呼着："我们不要面包，我们要抗战！"面对这样的气势，也迫于民心所向，最后吴铁城终于承诺："我一定转告南京国民政府，让国民政府决策抗战。"

1936 年 1 月的抗日请愿活动，就是李储文投身革命洪流的序幕。

## 工部局的巡捕上当了

1940 年时，尽管上海还是存有公共租界和法租界，但是日本人的影响日益渗透侵入到租界中，租界当局要求禁止一切抗日活动，并规定一切集会都要经过其批准方可举行。那时组织上安排李储文做上海基督教学生团体联合会（简称"上海联"）主席，在教会所属学校的学生中间开展抗日救亡活动。具体是争取政治上处于中间派的学生的转化，从中培养积极分子，进而发展少数先进的学生入党。有一回，"上海联"要举行一场晚会，地点在今天的茂名南路南京路口的基督教女青年会，晚会必须经过工部局警务处批准。那时的工部局警务处位于今天的福州路近四川路口，李储文就按照警务处公示的办公时间到了那里，他告诉看门人是来申请集会的。有人把他领到楼上的一间办公室。推进门去，只见写字台后面坐着一个英国警长，胯部别着一把手枪。警长示意李储文坐下后，李储文用英语说："我来为教会学校申办一场学生晚会，内容有钢琴独奏、小提琴表演、赞美诗大合唱等等。"李储文边说边呈上了预先准备好的节目单。警长看了看以后说："我批准了。"殊不知这场晚会可是有名堂的，内容远不止这些。前半部分固然有音乐演出，后半部分则有救亡歌曲大合唱，抗日活报剧等。晚会如期举行了，但是英国人还是有所戒备，所以开场前就派来了一个工部局的山东籍巡捕，奉命监视学生的集会。幸好学生们对工部局的这一套有所准备，事先买了些黄酒、花生米和各色小吃，又在过道间摆上桌子板凳。李储文对巡捕说："辛苦了，我们一起喝上两杯。"其实他并不会喝酒，只是做做样子，但嗜酒的巡捕喝得津津有味，加之听到里面确实是钢琴声小提琴声悠扬地奏响着，没有犯忌的内容，于是吃过喝过就走人了。巡捕走后，救亡歌曲大合唱和抗日活报剧顺利上演，工部局的巡捕上当了！

说起这个故事，李伯伯笑呵呵地说："这是我在学生时代作为地下党员所做的一桩工作。"

**"你做的事情都是我们想做的"**

1941 年日军偷袭珍珠港，太平洋战争就此爆发，美国和日本正式交火。日本人一夜间占领了上海的租界，租界也因而失去了对地下抗日工作的掩护性。此时李储文的身份是基督教青年会全国协会学生部干事。组织上应中共南方局的要求，调派一些干部去西南。因为此时抗日的中心已经向西南转移，而重庆已经是"陪都"了。李储文和青年会学生部主任江文汉一起，从上海出发，辗转一月余才到达重庆。在重庆期间，他见到了中共南方局书记周恩来，并受命去基督教青年会全国军人服务部工作，随国民党的部队去缅甸。但是当 1942 年 3、4 月间，他来到昆明时，国民党远征军业已败北至国境线以内，日本人占领了腾冲、龙陵。这时组织上授意他立足昆明，就地在西南联大开展工作。李老认为这是他一生中最有意思的一段经历。1943 年，李储文在西南联大看中了一块约有两亩大小的空地，他以建立基督教青年会和女青年会的名义，征得西南联大的常务委员会主任梅贻琦的同意，盖起了一座简陋的房子。组织上给他的任务是一边协助学生的民主运动，一边建立统一战线。统一战线工作又分两部分：一是联大教授的工作，其次是美国领事馆、美国新闻处、英国新闻处等洋人的工作，因为当时昆明外国人的机构非常多。

西南联大学生中原来就有共产党的力量，校内有中共地下支部，支部书记就是现在成都的著名作家马识途。李储文只是暗中观察，发现马识途等是有着进步倾向的学生。李储文当时主持着基督教青年会下属的学生救济会工作，因为那时学生们的家多在沦陷区，普遍很穷困。他对学生们进行各种工作救助，包括医药补助、提供早餐等，救济会还帮助学生们开展各种形式的民主活动，例如学生演话剧缺少道具，救济会就雪中送炭，把自己的沙发等物品借给学生使用，使得《风雪夜归人》、《十三年》等一批救亡剧目成功上演。

一个偶然机会，李储文结识了美国自愿航空队（即陈纳德的飞虎队）的 3 名美国兵，他们希望和中国学生交朋友，李储文从中牵线组织活动，后来马识途也参加了。前几年马识途来沪探视李老，对李老说："我那时真不知道你的真实身份，不过，你做的事情都是我们想做的。"1945 年昆明发生"一二·一"惨案，国民党军警特务打死 4 名学生，打伤 60 多名学生，学生们群情激愤，举行了声势浩大的"一二·一"大游行。李储文主持的学生服务处则默默地站在学生一边，为学生们制作旗帜，油印传单，尽力为学生的正义行动提供支持。

在建立统一战线方面，李储文广结有进步倾向的著名教授为友。那时教授们普遍生活得很穷困，诸如闻一多、吴晗、曾绍伦、叶企荪等，他们尽管生活艰难，但要求抗日、反对国民党蒋介石独裁的意志都很坚定，时在学生服务处的李储文为他们召开座谈会，想方设法给他们以支持。1944年底，组织上向李储文传达解放区已有1亿人口，正规部队100万，民兵及其他武装发展迅速，我们的队伍越发壮大。他把这个好消息转告给了联大的教授们，大家都非常振奋，有的还表现得很激进。他向组织汇报后，组织上还授意教授们不要过分激进。那时不满30岁的李储文和年长他不少的教授们交情很好，教授们之间"张公"、"王公"地互称为"公"，居然他们也把李储文称为"李公"，这使他非常高兴。

与美国前国务卿基辛格在一起

在国际统一战线方面李储文也成果卓著。前文谈及的3名飞虎队员，在毛泽东参加重庆国共谈判时受到接见，毛泽东高兴地说："很久未见到直接从美国来的同志了。"后据李储文了解，此3人中一为群众，一为美国共产党员，还有一为美国共产党领导下的共青团员。据说"文革"后这3名飞虎队员到重庆旧地重游，参观红岩村时，讲解员指着毛泽东接见3位飞虎队员的照片对他们说："我们不知道这3名飞虎队员的名字，可能你们会知道？"讲解员没有料想到，他问的正是她想找的人。除了飞虎队员们以外，李储文依托基督教青年会的身份，和美国新闻处长等国外驻昆明的机构负责人广交朋友，尽心尽力在昆明扩大了国际反法西斯的统一战线。

## 会见安娜·路易丝·斯特朗

1946年抗日战争胜利以后，受基督教青年会世界协会之邀担任干事，李储文带着爱人及两个孩子，一家4口去瑞士，在日内瓦待了3年。当时基督教青年会世界协会总干事是斯特朗先生，他的姐姐就是美国著名女作家安娜·路易丝·斯特朗。约在1948年，李储文参加世青会组织的一个"退休会"（基督教的"退休会"意为推掉一切杂七杂八的事情而研究工作的会议），在一个风景优美的山中旅馆举行。会议期间，总干事斯特朗的姐姐安娜来探望他，开始他并不知她为何许人也。但安娜看见与会者中有一对中国夫妇带着两个孩子，使她很感兴趣，特地找李储文聊天。瑞士的山上风光迷人，他们在院子里边走边谈。谈及中国时局，已是解放战争的最后一年了。女作家讲1946年去延安的情景，她和毛泽东有过长谈。后来毛泽东还送了她一件纪念品——一件中式的丝绸上衣。多年以来衣服的边沿已见磨损，于是李储文的夫人就飞针走线为她补好这件珍贵的纪念品。李伯伯和安娜谈得十分契合，安娜说她将由美国出发到瑞士，再经苏联到中国去。她说："我一到中国的满洲里，毛泽东肯定会派专车来接我。你就和我一起走吧。""经过苏联，我是苏联的客人，我带个翻译，很方便。到了中国，你就做我的翻译。"安娜的邀请非常诚恳，但是储文老当然无法接受，没有组织的安排，怎么可以擅自离开工作岗位呢？也幸亏没有随安娜同行，因为就是那次经过苏联，安娜被克格勃视作美国间谍而遭逮捕。李储文说，假如他拿着国民党政府的护照和安娜一起走，后果不堪设想。李老说其实安娜是同情苏共的，还曾经嫁过一个苏联丈夫，后来离了婚。现在回想起和安娜的见面和谈话，李老说自己存有不妥之处，至少流露出同情共产党的观点，把自己的政治面貌给暴露了，这是不应该的。那次安娜说起她和毛泽东见面时的场景，毛泽东曾经很生动地给她打了个比方：他在茶桌中间放了一把茶壶，然后在茶壶周围绕起一圈茶杯，一圈茶杯外面再绕上一圈茶杯，共绕了3圈茶杯。毛泽东说："看上去茶壶是很有力量，但它处在一圈又一圈茶杯的包围之中，是人民群众的力量的包围。"由此，毛泽东提出"帝国主义及其一切走狗都是纸老虎"的论断。也许是谈得兴致高涨，也就忘记了必须对自己的政治身份加以掩饰。李老说安娜的晚年在北京度过，还经历了"文革"，直到80多岁在北京逝世。

### 上海市宁波经济建设促进协会首任会长

1984 年邓小平同志发出"把全世界的'宁波帮'都动员起来建设宁波"的号召，体现了中国实现全方位改革开放的战略思想和指导方针。正在新华社香港分社任副社长的李老经常陪同宁波籍香港朋友回乡参观，目睹家乡发展日新月异，他们纷纷表示要为家乡建设贡献力量。1988 年，由香港爱国人士包玉刚等倡议，首个旨在促进宁波经济发展的民间组织"宁波经济建设促进协会"在宁波成立。

不久后，在一次和当时的上海市主要负责人江泽民、朱镕基谈话时，李老提到在沪宁波籍人士约有数百万，从上海走出国门的"宁波帮"很多，海外的"宁波帮"更是遍及全球，通过艰苦创业，其中享有一定社会地位和经济实力的不在少数，他们对祖国的现代化建设、和平统一都可以起到促进作用。而上海、宁波是实施长江三角洲国家发展战略的中心城市，应该走在改革开放的前列。李老提出希望成立上海市宁波经济建设促进协会，为促进上海、宁波两地经济、文化、科学的交流发展发挥更大作用。

1988 年 11 月，上海市宁波经济建设促进协会筹备会议在上海市府召开，出席筹备会议的有张承宗副市长和李老、戚原、蓝瑛、方祖荫、陈鸿元、胡寿章、童祖槚、施浚昌共 9 人。筹备过程得到了当时的市府领导汪道涵、倪天增和宁波市府领导耿典华的支持和关心。

上海市宁波经济建设促进协会于 1989 年 2 月 25 日正式成立。成立大会会场设在上海展览馆，气氛热烈，大厅里座无虚席。在这次成立大会上，李老被推选为首任会长。与会者纷纷表示要为两个家乡：上海和宁波的经济社会发展与交流做出贡献。

在协会成立后的十多年，尽管各方面的工作局面都打开了，工作量激增，可是没有一个固定的工作场所，工作地点搬迁达到 7 次之多。而原来的宁波同乡会旧址西藏路 480 号已被申花足球队租用，无法索回。1995 年庄晓天会长提出要兴建会所来解决协会办公和开展活动所碰到的困难，但是，兴建会所所需的土地和资金从何而来？

有一天碰巧李老在和当时的文化局长马博敏谈论京剧时，提及协会想建会所却没有地皮一事，却意外得到马局长的大力支持。在此前后，马局长也和时任上海市政协副主席、协会名誉会长陈正兴谈及此事。当时正巧美琪大戏院在改造扩建，因资金不足，已拆迁的汽车修理厂部分地皮沦为"边角料"。经马博敏多方斡旋，市中心黄金地段——南汇路69号，终于成为建造会所的地皮。光有地皮没有资金还是不行。大家也设想了种种办法，庄晓天会长和陈正兴名誉会长希望李老找找宁波籍的香港朋友相助，李老答应试试看。

李老当时还是香港新华分社的高级顾问，常去香港。在香港，李老对老同学金如新谈到了建会所的困难，金如新答应李老联系在港老乡们一起想办法。金如新对其他老宁波说："李储文要建造上海市宁波经济建设促进协会大楼，你们帮个忙吧！"这一呼吁，香港友人纷纷解囊：曹光彪先生200万元、陈廷骅先生100万元、李达三先生100万元、张雨文先生100万元、金如新、金天任父子50万元、李和声先生50万元、包玉书先生50万元、李吴剑鸣女士50万元、孙忠利先生50万元等等，加上宁波市政府、上海浦东发展银行也鼎力支持，最终筹集到1250多万元。难上加难的事就这样被宁波同乡们齐心努力解决了。

1999年4月协会大楼破土动工，李老和庄晓天、陈正兴、张乾源等陪同金如新先生多次到工地考察。张乾源是建筑专家，工程就由他把关。2000年6月，总面积为2600平方米的会所顺利竣工，李达三先生为新会所题写了"上海宁波联谊大楼"8个大字，香港爱国"宁波帮"报效桑梓造福社会，他们的名字，被一一镌刻在一楼大厅的墙面上。李老记得在庆贺大楼落成之时，每个人的喜悦溢于言表，上海的宁波同乡终于有了自己的活动场所，宁波人的凝聚力和务实精神将不断发扬光大。

回忆起上海市宁波经济建设促进协会的建立，李老的归纳是由于"天时、地利、人和"，是大家努力的结果。

结束采访告别李储文伯伯时，突然见到墙上挂着一幅书法，李老说那是前年马识途来上海探访时赠送的墨宝。李老一句一句读给我听："又见李储文，白头相看惊；青春曾作伴，风雨同舟情；好友多成鬼，何处赋招魂；我来非告别，双百再共樽。"

我也衷心期盼他们"再共樽"。

# 戚原：风雨人生

● 一 涵

### 童年时代

我的爸爸戚原祖籍浙江省余姚县临山镇。祖父少年时到上海一家香烛店学生意，后来闯荡东北，靠其姑父在津浦铁路谋到工作，靠着多年的辛劳和努力，又辗转到京奉（现北宁）铁路，在锦州附近的小镇大凌河当了铁路电报房的领班，此职位可算得上现在的"白领"了。民国12年农历九月（1923年10月），爸爸就出生在大凌河。5岁时全家4口，包括祖父母和姑妈，一起迁居到美丽的北方海港城市营口，住在铁路旁的一座公寓里，生活过得比较富裕。

那时候，东北大地上已经弥漫了战争的火药味，日本军国主义的魔爪伸入东三省，并且以此作为侵占全中国的跳板。1928年，在日本关东军的策划下，东三省首领张作霖在皇姑屯被炸死，以后形势更加紧张。祖父再三权衡，决定返回故乡避难，1931年春末初夏回到老家，那年爸爸才9虚岁。在余姚县城刚刚定居，传来了令人震惊和愤慨的消息：1931年9月18日，日本炮击北大营，强占沈阳城，"九·一八"事变爆发了！不久，东三省全部沦陷，日军铁蹄蹂躏祖国富饶的大地，噩耗传来，在爸爸幼小的心灵燃起愤怒的火焰，在学校的集会上，他含着泪水听大哥哥们的血泪控诉；"我的家在东北松花江上"的歌声，更激起对曾经居住过的地方怀念，也孕育了爸爸深厚的爱国情感和强烈的民族意识。

1932年，日本帝国主义大举侵占上海，"一·二八"事变爆发，国家岌岌可危，民族灾难深重，民众奋起反抗。小城余姚也掀起轰轰烈烈的抗日热潮，上街游行焚烧日货，高呼"打倒日本帝国主义！"，这一切极大地激发了他的民族意识和爱国思想。

国难家难连连，祖父因为过于劳累和伤感，于1934年病故。此前，曾祖母也病故，两位长辈治病和举丧花费了不少钱，以前存在钱庄里的几千块银元，尽管钱庄经理是爸爸的表叔父，也因为钱庄倒闭而无法收回，家庭的花销陷入困境，祖母无奈带姑妈和爸爸，回到故里戚家桥板——距县城25公里的乡下。这里，有祖上留下的遗产，包括四五间房屋和30多亩田地。土地出租，每年可以收3000多斤稻谷和200多元棉田租金，祖母靠刺绣和打凉帽挣钱，以此度日，并供姑妈和爸爸到凤山小学读书。爸爸读书非常用功，仅用4年就高小毕业了。此时，祖母实在没有能力供他继续上学了，他也曾经哭过闹过，为了不荒废学业，只得申请在学校补习，利用空闲时间读了不少古典小说和武侠小说，增长了知识，也提高了文化素养。

1937年7月7日，震惊中外的卢沟桥事件发生；8月13日，日军又大举进攻上海。抗日战争全面爆发，家乡浙东也成为前线，日本飞机狂轰滥炸，杭州湾上空乌云密布，老百姓一日三惊。这年冬天的一个晚上，突然警钟齐鸣，说是日寇在后海——杭州湾南岸登陆了，乡里人惊慌失措，盲目地往山里躲跑，爸爸全家也随着逃。这个夜晚实在太难忘了，印象太深刻，他义愤填膺激动异常，当时就向祖母提出："我要去参军，同日本强盗拼了！"

## 学徒生涯

1938年5月，机遇终于来了，爸爸谋到一份职业——到上海承裕铜锡五金号学生意，离开家乡跨入人生的新里程。初夏的早上，由长者陪同到上海小北门找到该商号，按照行规拜先生（师父），开始学徒生涯。在告别祖母的时候，她再三告诫：不管怎么样苦，也要熬过3年，中途被师父辞退叫"回汤豆腐干"，是非常丢人的。再说，兵荒马乱老百姓流离失所，许多人在饥饿线上挣扎，要谋职业很不易，所以，爸爸对吃苦有思想准备，但是严酷的现实压得他透不过气。

这家五金店从收废旧铅锡冶炼加工的小作坊，发展成为从事进口有色金属业务商号。老板是经理，经理下面是协理、账房和技师，其余都是学徒。作为刚进店的小学徒，天蒙蒙亮就得起床，扫地倒痰盂揩台凳，把100多平方的店堂打扫干净。接着就是张罗早餐，从3楼厨房把饭菜搬到底楼，有时候还采购酱菜等。白天正活是扛抬铜铅锡等笨重的货物，或者放进仓库过磅，或者搬上人力塌车；客人上门要倒茶接待，并且听从老师傅和账房的差使。早晚要伺候老板的几个儿子，送"小开"上学和放学接回。晚上要守门，直到10点多才休息，半夜三更遇到高级职员的大师兄游乐回来还得开门，无论天寒地冻都如此，从来没有睡过一个安稳觉。

学徒不仅要做繁重的体力活，而且没有人身自由，常受人格侮辱。老师傅动不动就训斥，"小开"拳打脚踢是家常便饭，老板娘则骂骂咧咧。爸爸经常在深夜思念自己的母亲和姐姐，忍不住暗自饮泪。他常常想，难道我就一辈子这样过日子？社会为啥介不公平？出路何在？为此，他在1940年11月写过短文《一个学徒的控诉》，刊登在《大众呼声》杂志"读者信箱"专栏，这是爸爸第一次投稿。文章以亲身的体会，诉说人间的不平与黑暗，文字充满哀怨与愤怒，并道出了不甘心做奴隶、要反抗的心声，这是他探索人生道路的起点。

爸爸在最苦闷之际进了益友补习夜校，该校由共产党领导下的一个社会团体——益友社创办，是一个文化教育阵地，传播新的思想，推介艾思奇的《大众哲学》等进步书籍。由于他本身喜爱读书，在老师和他的表兄胡沛然（中共地下党员）的指引下，如饥似渴地看了不少好书，如杂志《上海周报》、《学习》，茅盾的《子夜》，巴金的《家》、《春》、《秋》，平心的《中国现代史》等等。由此，爸爸找到光明和前程，他积极参加社会活动，特别热心抗日救亡的运动，开始走上革命的道路。

在夜校里他参加同学会，当上了同学会主席，搞读书会座谈会，出壁报，办讲座，宣传抗日救亡道理和八路军新四军的事迹，为同学服务和参加"伤兵之友"、"寒衣捐"等活动，支援前方将士抗日。在进步文化思想的影响下，在群众运动中靠拢党组织，决心做一个爱国的进步青年，为抗日救亡出力。

在1940年8月1日那一天，爸爸光荣参加了伟大的中国共产党，成为其中的一员。

## 地下交通

参加地下党以后，爸爸在益友补习夜校做群众工作，1942年夏因为身份暴露，党组织决定让他撤退到敌后根据地。当时的情况是，上海地下党领导机关面临严峻的形势，江苏省委贯彻党中央"隐蔽精干，长期埋伏，积蓄力量，以待时机"的方针，决定撤退和转移省委机关和干部，以及上海的地下党领导骨干到华中敌后根据地。撤退工作需要一批地下交通员，护送大批人员离开上海，他就被选定为交通员，时间紧风险大，需要长途跋涉，沿途有封锁线，敌人在车站和码头严密盘查。总之，这是党交给的重要任务，艰难风险都很大，他坚定地挑起了这个担子，并且有信心和决心做到只能成功决不能有闪失。

爸爸受领任务以后，心情久久不能平静，感到这是组织对自己的极大信任，要更多接受革命的考验。想到自己远在家乡的老母亲孤身一人，又想到已是共产党员，应该坚决服从没有二话，毅然决然跟老板辞去工作，向党组织报到履职。1942年9月起，作为首批地下交通员全身心地投入，把江苏省委转移到淮南东路根据地。前后4个月时间，几乎每个星期要跑一两个来回，其中，爸爸就护送了近100位同志，都是安全抵达，确实做到毫无闪失；其中有张承宗、吴学谦、刘长胜、陆志仁等。

当年10月份，江苏省委组织部长特别向他交代新任务，要送一位"老同志"到根据地，只说叫刘浩然，没有介绍其身份，并且要和另一位从根据地来的交通员一起，把老刘和另外两位随同的学生系统负责人，安全送达目的地。

在一个秋高气爽的日子，爸爸与老刘在约定的上海先施公司门口见面，对方已四十开外，个子不高敦厚壮实，穿一件呢料长衫，像一个富有的商贾。两个人佯作逛荡南京路，从"五卅"反帝斗争谈到时下的形势。他循规蹈矩地履行自己的职责，向老刘介绍沿途情况，一本正经地告知注意事项，比如在遇到伪军警盘问如何应对等。接着根据上级规定，还认真给对方进行政治形势、党的纪律、共产党员气节教育；从国际形势讲到国内形势，讲世界反法西斯战争和抗日战争胜利在望；强调过封锁线的风险，一旦发生问题要沉着，即使被敌人逮捕，要坚守革命气节等等，还介绍了革命先烈瞿秋白、方志敏英勇就义的事迹。两个人走了好几条马路，他滔滔不绝地讲着，老刘认认真真地听着，不时点头说"是的，是的",很谦虚很随和。

一行 5 人组成临时家庭,老刘年长作为舅父,其余 4 人扮为两对夫妻。按照事先安排的交通路线,晚上从上海乘火车出发,第二天早上到南京,然后由下关过江到浦口。他们一行先换人力车到来安县的张家渡,这段路仅 25 华里,敌情变幻沿途气氛异常紧张,闯过了六道伪军警岗哨,到了渡口则遇到严重险情,正巧碰上驻地外出巡逻的伪军官,几经周旋才放行。估计后面一行人势必遇到更大麻烦,过江后他俩急急忙忙找到新四军的一个连部,请求紧急援救,连长立刻行动,走到半路,老刘一行却迎面走来。他们在渡口确实发生了问题,还被带到伪军大队部,由大队长亲自严加盘问,老刘沉着机智作了应对,还巧妙地跟伪军大队长攀上了山东老乡,又顺势送了一条高级羊毛毯和香烟给对方,总算脱险。伪军大队长还居然送他们出门哩!

这次行动中遇到的险情,老刘非常重视,到了来安县雷官集交通点,当夜就和大家认真总结经验教训。第二天,平安到达六合县竹镇交通站,站负责人热情接待了他们,这时才跟爸爸透露:"你知道老刘是谁吗?他就是省委副书记刘长胜同志,是一位 20 年代在苏联入党的老布尔什维克。"爸爸听后既激动又紧张,为这几天能和老刘风雨同舟感到兴奋,也为自己在南京路上班门弄斧而脸红。他找到老刘,对自己的幼稚无知表示歉意。刘长胜哈哈大笑,爽朗地说:你讲得很好嘛!我都被你说得感动了。在城工部闲谈时老刘打趣道:讲得很好,就是长了一点。非常巧合,当夜是农历八月半,爸爸与高级干部刘长胜同睡稻草地铺,度过永远难忘的中秋之夜。

在执行护送任务的整个过程中,爸爸不仅付出极大的心血,还在经费方面倾其所有。当时,上海地下党经费奇缺,活动和办事花费都是有条件的党员自掏腰包。他在学徒期间每个月 1 元的月规钿,年终发 40 元的红包;第二年,店里生意好,年终发红包 100 元;再过一年,又发了 2000 元;以及最后辞职时,老板发的退职费 2500 元。其中,扣除寄给自己老母亲的 800 元以外,大概共计三四千元全部花在"跑交通"上了,这笔钱在当时确实很可观,最终自己身无分文,就叫"毁家纾难"吧!

**编辑周刊**

1943 年，江苏省委改称华中局城工部，地下交通员改称政治联络员，任务主要是把上级的指示送到留驻上海的地下党负责人，以及上海向城工部的报告文件等，此外护送领导干部往来上海与根据地。1943 年 9 月至 1944 年 7 月，爸爸在中共中央华中局党校参加整风学习，比较系统地接受了马列主义与党性教育。1944 年冬，组织要求他到家乡尝试建立余姚联络点，他顺道探望老母亲；此时，祖母重病缠身卧床不起，无奈不辞而别。直到次年春天，才得知祖母撒手人寰，那次见面竟成为他们母子的诀别。

1945 年，爸爸被组织派遣回上海，分配在职委下的敌委（即敌产企业）做党的工作。不久抗战胜利，地下党职委书记找他谈话，组织上交给一项全新的工作——创办《人人周刊》，并且担任党支部书记，全面负责刊物的采访、编辑、印刷、出版和发行，总之什么都干，同时任《联合晚报》的副刊助理编辑。其实，爸爸自认为学历低，担当此任很艰巨，抱着"学习，学习，再学习"的态度，做出了一定的成绩，也使得自己的文化水平有了提高。

《人人周刊》是中共上海地下市委职员运动委员会创办的一份公开刊物，以上海人人出版社名义出版，于 1945 年 9 月 18 日创刊，每周一期，16 开铅印，8 至 32 页不等。该刊主要向店职员介绍抗日战争胜利后的国内外形势，宣传中国共产党和平民主团结的方针政策，揭露国民党假和平真内战的反动实质，通过刊物加强对全市店职员群众运动的领导。刊物设短评、小评论、论坛、人人经济、人人信箱、生活通讯、书报介绍、大众呼声、漫画、木刻、转载、来信等专栏。

办刊需要稿源，从几个方面解决：首先领导亲自动手，写得最多的是梅洛（职委联系人），几乎每期的社论、专论都出自他的手；另外是江春泽，他是职委所属店委书记，每期都有长篇论文；中共地下党市委书记张承宗和职委书记陆志仁都写过重要文章，其他同志也写了许多时评、青年修养、短篇小说等。同时，邀请专家和社会著名人士撰稿，曾经发表马叙伦、叶圣陶、沈志远等人的文章。在《人人周刊》上，爸爸以"原"、"文晓"等笔名，撰写《民主与统一》、《民主的绊脚石》、《严重的失业问题》、《推荐〈哲学初级读本〉》等文章；其中，《新新公司职工检举汉奸李泽案采访记》是轰动上海滩的大事，他闻讯即走访职工联谊会诸负责人据实揭示了事件内幕，产生了巨大的社会反响。

办刊需要经费且自筹，开始准备了 500 万旧币（储备券），当时物价飞涨，尤其是纸张涨幅更大，使得经费陷入困境。让爸爸难忘和特别感谢的两位热心人，是她们的无私帮助，才使得周刊能够生存。一位是董竹君女士，一位是发行人莫文垠。董竹君当时开了一家协森印刷厂，经常垫付纸张费减免印刷费，刊登其经营的锦江茶室广告，还帮忙拉了梅陇镇、信宜等企业的广告。后来得知，协森印刷厂经理任百尊，是由华中局派来上海做统战和情报工作，印刷厂通过他由董竹君承办，任百尊以此身份作为掩护。莫文垠不但做了许多行政和经营管理工作，还出资 200 万元，无偿地把其经营的"美丰纸号"作为《人人周刊》的通讯处和联络点，经济困难时想方设法给予解决，是党忠诚的老朋友。

《人人周刊》于 1946 年 5 月被迫停刊以后，7 月份职委将其改为《工商通讯》，为了适应形势，不谈政治，搞得"灰色"一点。刊物办公室设在益友社，实际上是一次重组。爸爸也在《工商通讯》发表文章，写过对香烟厂的报道，以及顾客心理学、怎么样做人、怎么样做生意等文章。内战全面爆发后，该刊仅出版 4 期，至 8 月中旬还是难逃停刊厄运。

1946 年下半年，经组织调动，爸爸先后担任职委所属中共店员工作委员会委员、补习学校工作委员会书记等职。为了迎接解放，1948 年秋调任中共沪南区委工业党委书记，重点是组织工人护厂。解放前夕，又任江南造船厂人民保安队党代表。

## 建国以后

1949 年 5 月上海解放。爸爸在新组建的职委做党的工作，主要负责南区，包括蓬莱、嵩山、卢湾等区的职工工作。1949 年 8 月，沪南区委成立，爸爸在区委组织部工作；1950 年 6 月受命在新建的中共邑庙区委负责党的宣传工作，以后兼统战部长和工业部长，参与和主持"反轰炸反封锁"、抗美援朝、"三反"、"五反"、民主改革和对私改造等系列运动。1955 年 5 月，他被任命为区委副书记，并在邑庙区第一届人民代表大会上当选为区长。1956 年被送往中共中央高级党校学习，1957 年夏结业回上海，继续担任中共邑庙区委书记兼区长。

1958年6月，在"党内也有阶级斗争"的思想指导下，一场暴风雨突然袭来，持续了一个多月的对他重点揭发批判后，给扣上4顶帽子："分散主义、自由主义、宗派主义、地方主义"。在会议上，有人突然揭发爸爸包庇反革命分子，他据理申辩，却被指责为"态度不好"。1959年11月，中共上海市委以"包庇反革命"的错误为由，给他"留党察看两年"处分。

爸爸的人生从高峰跌入低谷。区委对他的工作做了调整，先在区委的里弄办公室，后到露香街道一个居委会。期间，说是"参加工作组，帮助工作"，实际上是在食堂劳动，起早摸黑，拣菜洗菜，卖饭卖菜，财务核算，反正什么活都干。1960年，身背处分的他进入工业战线，第一站是安达一厂，虽然任命为副厂长，但不能参加党委会，分管职工生活。过了一段时间，受命组建化纤厂，开始作为"安达"的分厂，后改称"第十二化纤厂"。正处于"三年自然灾害"期间，仅11个月时间，就在空地上耸立起一座雄伟的工厂。

留党察看期满后两年，1963年他被调到上海印染一厂当第一副厂长，当初纺织局的领导找他谈话时，明确是厂长，批文却是"副"厂长，说明"政治尾巴"尚在。该厂是印染行业老大，还是"远东第一"，但是长期未能够完成上级下达的指标。那时他实际上是个门外汉且人生地疏，为了打开局面采用笨办法，干脆搬行李铺盖住厂，与工人和干部同甘共苦，终于取得回报——生产上去了，质量提高了，最高一年的利润达5000余万元。他在该厂呆了16年，可惜其中有10年"文革"，被靠边关押5年。

1976年党的十一届三中全会以后，对爸爸的错误决定才得以撤销。1979年春市委下调令，要他到金山的"上海石化总厂"工作。此时，年近六旬的爸爸悲喜交加：一是感到组织对自己的信任，还可以在余生发挥才干施展才华，为党再做贡献；二是感到力不从心，一个全新的"石油化纤"行当，几万人的"石化城"，自己却是门外汉，知识贫乏一窍不通。这时候，时任总厂的党委书记龚兆源多次登门动员，爸爸被其真情感动，回想"文革"10年被荒废，有生之年已经为时不多，6月1日他终于"走马上任"。

上海"石化"设在远郊金山县，市委决定建立相当于区级的"地区办事处"（简称"地区办"），统一管理石化地区行政、公安和职工生活服务工作，是一个

陪同李先念主席视察上海石化

政企不分、社企合一的特殊体制，也是历史的产物，在"石化"初期起到很大的作用。爸爸到上海石化总厂后，就被市委任命为地区办党委书记兼主任。期间，第一件是办合作农场，总厂二期工程征田暂停，将多余的荒废的土地恢复生产；第二件是解决商业职工的年终奖金，提高属于总厂编制外的人员福利待遇；第三件是建立工业公司，解决本地区失地农民和知青的就业。按照现在的说法，就是"民生工程"。

1981 年 7 月市委决定，上海石化总厂党委增补爸爸为党委委员，任副书记；1982 年 12 月至 1983 年 11 月为代理书记，到 1984 年退居二线。在石化，爸爸主要抓了以下三方面的工作：

一是打造"金山精神"。办任何事情离不开人，人就是需要有一点精神，在杭州湾海滩上创业，就是靠这个。围海造田，住"猪公馆"、"隧道新村"，无数艰难都克服了，把海边小镇建成石化城。40 年过后，"石化"成为上市企业，生产能力翻了几番，经济效益屡创新高，不乏是精神起的重要作用。

二是铸造凝聚力工程。他带领的一班人始终认为：建筑在共同理想和目标的基础上，需要发扬我党的优良传统——关心群众生活，做好人的工作。20 世纪 70 年代，"石化人"有自豪感；80 年代，有优越感归属感。"石化"的副食品供应好，逢过年过节职工家庭有鸡鸭鱼肉，而且那时"石化"的住房也优于市区。

三是锻造人才团队。他从自身的成长，深深地体会到文化知识的重要性。处于特定的年代，当年公司职工大部分是"高中的帽子，小学的底子"，为此，他们狠抓 7000 名职工的文化技术培训，包括办外语班等；从外地调入 700 多名技术人才，包括预招大学毕业生。投入大量资金兴办小学和中学，并且与市区的师范大学合作办学，以提高教学质量。

1984 年 11 月，爸爸主动退居二线却没有闲着，接连担任中国石化总公司董事会董事，联荣开发公司、兴城实业公司、金尔实业公司等董事长。后又担任《上海石化总厂厂史》编纂委员会第一二三届主任编委，前后编纂了《上海石化总厂志》、《上海石化总厂党史》、《上海石化志》、《上海石化党志》等大部头史书。

1988 年 8 月爸爸办理了离休手续，离休后一直为石化事业的发展出谋献策，奉献自己的余生，在"石化"长达 25 年之久。回顾往事，丰富、扎实、火热的生活，深深铭刻在他的心间，时时萦绕脑海，成为他最宝贵的精神财富。

# 蓝瑛：文化宣传阵地上的耕耘者

● 蓝 云

## 投身革命洪流的热血少年

1925 年 8 月，在上海新闸路东斯文里的一幢石库门里，爸爸出生了。

爸爸原名竺宣俊，祖籍浙江奉化竺家村，曾祖父原是该村的一位技艺高超的木匠。上海开埠之初，曾祖父离开家乡来这里打拼，开了一家颇有些名气的建筑公司——竺芝记营造厂，还与犹太商人哈同结为朋友，曾经参建了哈同花园、天蟾舞台、跑马厅、提篮桥监狱等不少建筑工程项目。祖父竺振兴系独子，毕业于圣约翰大学，后继承家业，在上海经商并落户。

爸爸早慧，在就读教会所属的培德幼儿园时，就由于接受性强而得了第一名嘉奖。后来爸爸进了闸北区三育小学，五年级时就已能写不错的文章。那一年他写了一篇科普文章，投稿《新闻报》被刊登，得稿费一块多大洋，他用这第一笔稿费给自己买了一本郭沫若的诗集。那时候，也正是日寇步步进逼，祖国面临河山破碎，人民即将沦为亡国奴的危急关头，小小年纪的他已十分关心时事，已懂得心系民族存亡。他格外关心抗日前线的动态，马占山、义勇军、傅作义、绥远抗战——他结合学校地理课的作业，把战况绘成了一幅幅地图。1937 年小学毕业的那一年，正值"八·一三"战争爆发，他更是天天晚上收听广播，然后即时编写成快报，到街上张贴。

淞沪战争整整打了几个月，为避战乱，爸爸随他的母亲乘轮船回到了家乡竺家村。竺家村富有革命传统，村里有共产党员四五名，还建有一个党小组。在这里，爸爸遇见他的两位族叔：竺扬和竺一平，他们都是大革命时期的老党员，竺扬还参加过八一南昌起义，他们成为爸爸走上革命道路的启蒙者和领路人。叔叔们很看重这个来自上海的学生娃，聪慧正直而富有激情，于是经常向他宣传共产主义思想，介绍他读了一批进步书籍，如艾思奇的《大众哲学》、斯诺的《西行漫记》、苏俄文艺小说等等，使爸爸认识到中国共产党是抗日战线上最有生气的核心力量，也是真理的代表、劳苦大众的代表，只有通过中国共产党的领导，才能取得中国抗日战争的完全彻底的胜利。因此，坚决跟着共产党走，为实现共产主义而奋斗终生的信仰在他小小的心灵萌生。1938年3月，回乡半年后的一天，由叔叔竺一平做介绍人，爸爸加入了中国共产党。其时爸爸实足年龄是十二岁零八个月，按照规定他应该加入的是共产主义青年团，但那个时候青年团解散了，组织上就决定让他直接入党。入党后，爸爸和竺家村的党员们一起参加奉化县文化工作队的活动，在本村小学做小先生，办壁报，发动群众宣传抗日，成为文工队年龄最小的成员。1938年夏季国民党制造黄河决堤阻止日寇进攻，全国各地发起救助灾民运动，爸爸翻山越岭到四乡为灾民募捐，并把所得救灾款连夜送到城里。当年的《奉化日报》以《十四龄童竺宣俊发动"黄灾一日捐"》为题，记下了这一则义举。

1938年秋，在党组织授意下，爸爸入读县城里的奉化中学，当时奉化中学和武岭学校是奉化唯有的两所中学。期间，中共地下党宁波地区的青年部长秦家林负责和爸爸单线联系，爸爸也作为县委青年委员，在校内领导开展革命活动，并在进步同学中组建"民先"（即民族解放先锋队）。他发动同学们演抗日短剧，举办歌咏会，还演出了《三江好》等抗日剧目。他组织流动抗日宣传队，率领同学张尚德、方菊燕、王冶等冒着风雪，到深山中人迹罕至的小村庄宣传抗日思想。回来之后他们还写了一篇报道——《学习红军二万五千里长征精神》登载于校刊上。当年寒假，爸爸利用空闲教室，组织部分同学，举办"寒假文化补习班"，义务招收贫寒子弟接受文化教育和爱国教育。仅从1937年12月至1938年9月，短短9个月，爸爸在宁波奉化报刊发表了一系列宣传抗日的文章，有《抗战时期应该认识的一点》、《保卫大武汉，文化人应有的努力》、《现阶段的青年》、

《救济难民问题》等18篇之多,其中不乏闪闪发光启迪人心之作,而推算起来,那时爸爸的年龄仅为13或14岁。

1939年春天,爸爸策动"民先"的骨干和进步同学7人,打算投奔皖南新四军。同学们的决心都很大,专门联系了一辆车,约定大家都必需保密,不能告诉家人。但不料还是有人走漏了风声,第二天他们在车站被教师截回。事后学校对为首的几个同学关禁闭,但他们以此为豪,自称要学习威武不屈的"七君子"(即上海被国民党禁闭的沈钧儒等7位爱国人士)。最后,校长的训诫耐人寻味:"你们还小,应该是好好读书的时候,不如去好好地读读《资本论》。"因为爸爸是主谋,所以学校给了两个大过,两个小过的处分。按照当时的校规,记了三个大过就要被学校开除,看来校长对进步学生还是怀有同情和恻隐之心的。身份暴露了,加上其时战局紧迫,奉化中学要离开县城迁往乡间,此时祖母要爸爸回上海,经组织批准,爸爸于1939年初秋回了上海。

### 踏上抗日征途

在上海,爸爸先就读于美琪大戏院旁边的浦东中学初三年级,该校的三青团活动猖獗,那时爸爸已比较懂得地下工作要韬光养晦,注意隐蔽身份,不多去抛头露面了。1940年初,爸爸参加了黄炎培创办的"第四中华职业补习学校"的活动。该校位于当时的爱多亚路浦东大楼内,有许多职业青年汇集在那里,除业余文化补习外,还组织读书会、办讲座、出墙报等,一些党员在其中起着骨干作用。爸爸在那里既参加俄语、日语、法语学习班的补习课程,又参加各项进步活动。补习学校组织了同学会、校友联谊会等组织,开办过哲学、经济学、国际问题、国内外形势内容的讲座,爸爸自己也走上讲台,讲"欧洲文艺复兴"、"开展大众通讯活动"等,还讲过"新民主主义论",面向年龄比他大得多的学生(多为职业青年)做起了小先生。他们还秘密进行地下书刊发行,如《新民主主义论》、《联共布党史》、新四军的通讯、新四军寄来的各种秘密刊物。对此,爸爸感到很兴奋,在一片黑暗的"孤岛"上,居然还留有这样一块传播光明和真理的园地,为大批的青年人点燃了理想的光芒。所以每天一早爸爸就去四补校,在那里直待到深夜,才依依不舍地离开。在那里,他目送一批批同志奔赴敌后新四军地区，走向抗日的前线，爸爸的心里是多么向往啊！于是他把大部分时间都用以阅读，从哲学到政治经济学、中外历史到马克思主义基本理论，共产党领导人对抗战方针政策的论述等，还有文艺理论，欧洲和俄罗斯等古典文学作品，如饥似渴地吸取知识，用革命的理论武装自己。

回上海之前，地下党领导人竺扬写了一封信给上海地下党文委的负责人王任叔，请他对爸爸多加关心。王任叔就要王元化来找爸爸联系。王元化那时曾用名为洛蚀文，他如约与爸爸接头，并对爸爸说："以后我会常来看你。"后来，王元化又介绍爸爸参加了地下党外围组织"文艺通讯站"。他给爸爸读了自己的文章和其他几本书，和爸爸谈了各种历史和理论问题，使爸爸由衷佩服。那时爸爸15岁，王元化不过20岁。受到王元化的激励，爸爸动笔更勤了，写文章给一些进步刊物发表，这时他选用了一个明代画家蓝瑛的名字为笔名，这就是爸爸名字的来历，这个名字一直沿用至今。爸爸当时还常给《正言报》的副刊投稿。副刊编辑潘大年对爸爸热情备至。潘大年是法政大学的教授，曾约了爸爸去法政大学面谈。爸爸写了一篇长达数万字的《普希金传》，潘已同意在副刊上连载。但由于稿件投出以后，紧接着爸爸就投奔了新四军，加之种种原因此稿搁置了下来。直到解放以后若干年，爸爸突然收到由《解放日报》转来潘大年的一封信和当年《普希金传》的手稿，信是这样写的："我从来没有替人保留稿件的习惯，但这篇稿子我保留至今，主要是我相信我还会和你见面。几天前我看到《解放日报》发表了你的文章，故将此稿退回给你。"读了此信爸爸万分感动，彼此也恢复了联系。

1941年过了元旦，经过一个时期的酝酿，爸爸决心奔赴新四军根据地。他对祖母谎称要外出求学，得到了祖母的同意。他的行装里，包括了自己心爱的一只皮箱和一双高筒靴，收拾停当。一天晚上，按照约定的地点和暗号，爸爸左手拿一张报纸在永安公司门口，和新四军的联络员接上了头。联络员领他在十六铺登上长江轮，驶离上海。夜半时分过了长江口，就有日本军警上船检查，手电筒气势汹汹地冲旅客乱照，盘问，检查"良民证"。还好，没有什么破绽。第二天一早轮船行至江阴以北的长江岸边靠岸，才发现其实同船前往新四军共有六七个人，原来为了安全和保密，同路人是各归各互不知情的。上岸之后再经过十几里路步行，在江阴的周庄宿了一晚，才找到新四军的驻地（当时新四军的驻地不固定，几乎每天都要移动）。爸爸这才发现，新开始的军旅生活中，城市带来的皮箱和长筒靴根本累赘而多余，只得割爱抛弃了。来到新四军游击区的第三天，就是一个举世难忘、震惊中外的日子——"皖南事变"发生了，爸爸作为一名抗日战士，真的要冒着敌人的炮火前进了。那时，爸爸的岗位是新四军《东进报》（后为《大众报》）的副刊编辑及记者。

## 抗日烽火中的战地春秋

才到游击区，迎面而来的就是敌人的疯狂扫荡。部队几乎每天都要转移阵地，在雨雪交加中夜行军成了家常便饭。但是，斗争环境的艰苦，物质生活的贫乏，却磨练了人的意志，使爸爸受益匪浅并乐在其中。他把这段经历写成报告文学《夜行军》，用化名寄给他哥哥，由他哥哥把此稿转给了当时的《海藻》文艺丛刊发表，该刊由地下党主办。1941年8月间，日军在苏南大举清乡，新四军第十八旅跳出重围转移到苏北。经过几天几夜长途行军，跨越长江到达泰兴、靖江地区，又逢敌伪对苏北展开"秋季大扫荡"，再次迂回迁移。有次经过一夜行军，到达一个村庄想歇下来吃早饭，哪知刚端起饭碗，紧急集合号角响起，大家立即丢下饭碗开拔。事后得知，如果迟走一刻钟，就会陷入敌人的包围中。

1941年秋，爸爸自苏南转到苏中，在《湖东报》（后改为《前哨报》）、《人民报》工作，直到1947年1月调苏中二分区司令部，任地委书记惠浴宇的秘书，爸爸的办报工作共经历了6年，其中大部分是他的抗战岁月。

敌后根据地办报条件极其艰苦，为了应付经常发生的战斗，报社的流动性很大。他们依靠一架短波收音机抄收新闻，通过钢板刻字，油印机印刷，人员总共不过十来个，运送纸张设备靠的是两三副小扁担而已。但他们在根据地初创时期的油印报刊已具有相当的艺术水平，钢板刻印的字体美观，还配了层次丰富的插图，油墨均匀，令读者赞叹。据说这些油印报还曾流传到美国，被当作珍贵的出版物展出。

根据地扩大后，报纸由油印改为铅印。爸爸他们建立了"水上印刷厂"，搞了两条小木船，随队在农村的小河道行驶，把印刷机、铅字架、各种设备安放在船上。为了节省占地和便于拆装，工人们还设计了能分能合的排字架和小巧玲珑的铅字盒、存放版子的木盘等。有时赶任务要晚上排印，光线昏暗，排字工们就像矿工那样，在自己的帽檐上装个小电筒，夜里检字就方便了许多。

解放战争开始，新四军主力大部队都撤退到山东，在苏中苏北地区只留下少量部队，爸爸留在高邮任报社总编辑。后来组织决定调爸爸担任地委书记惠浴宇的政治秘书，爸爸跟随惠浴宇历时两年多。这段时间是苏中敌后斗争形势特别尖锐复杂的时期，爸爸与分区领导朝夕相处，受到的教育锻炼都十分深刻。以后惠浴宇升调为兵团政治部主任，爸爸留分区任宣教科长。

1949年扬州解放，爸爸进驻扬州城，为渡江南下作准备。4月21日，渡江战役开始，解放大军千帆竞发，直指长江南岸。蒋家王朝回天无力兵败如山倒。爸爸也在24日凌晨登上了这些木船中的一艘，顺风顺水到达南岸镇江。

新中国建立了，一个新的时代来临了。在镇江，爸爸的职务是镇江军分区宣教科长。这时部队要加强地方工作，爸爸还到中学兼任政治课教员，而妈妈在分区团地委任学生部长。在军分区的家属宿舍，他们安下了第一个属于自己的家。

1950年初，爸爸任苏南军区宣教科长，工作内涵扩大了，包括苏南几个分区的宣教工作，以及《战士报》和苏南京剧团。1952年前后，在"三反"运动"打老虎"期间，他的一些朝夕相处的部下遭受冤屈，爸爸因思想不通罹患严重的神经衰弱，休养了近两年。病愈后，华东军区要抽调干部支援上海，建立上海军事工业委员会。1953年，爸爸转业到上海担任了军工党委宣传部长，妈妈也随同调该单位组织部从事党的纪律检查工作。

### 文化宣传阵地的耕耘者

1953年，爸爸正式转业，结束了十多年的军旅生涯，自此，他开始在文化宣传阵地耕耘，一直走到如今。

开始爸爸在上海军事工业委员会任宣传部长，后军工党委并入第二重工业党委，爸爸还是任宣传部长。1956年，爸爸又被调任为上海市委宣传部工厂宣传处副处长。

在市委宣传部，爸爸先后担任宣传处长、办公室主任，他经常要起草各种文

与夫人合影

件、报告，在报刊上发表的文章不多，但写作的任务却很繁重。当年他写的文章主要有：《克服群众宣传中的教条主义、形式主义作风》（刊于中宣部内刊）、《关于教育革命的几个认识问题》（刊于《解放》杂志）；《在工厂中开展群众运动的几个问题》是接受市委布置，对当年工业系统发动群众的经验总结，由石西民与爸爸共同署名，1959年第6期《红旗》发表，同年6月《新华月报》转载。这些文章反映了爸爸注重调查研究，并善于独立思考。在我那时的印象里，每天夜晚，我们孩子们上床睡觉了，他总在书房里，一杯浓茶、一缸香烟灰，桌上摊着一摞稿纸，他总是伏在书桌上写啊写啊，"夜车"开起来没完没了，这是我们从小看惯的一道风景线。

这里还要提一下爸爸和王元化的交谊。爸爸在1950年回上海时，就去延安西路华山路转角口的上海市文委办公室找王元化，交流阔别10年的经历和感受。1955年王元化因胡风案蒙冤，爸爸对他仍然敬重并充满同情。爸爸曾经对我们说："周扬说王伯伯是党内少有的马克思主义文艺理论造诣较深的学问家，他是个好人，他的问题一定会搞清楚的。"在我的心里就播下"王伯伯是个好人"的概念，不管社会上如何非议他。爸爸一度还把我送到张可阿姨那里学英语，每周一次。爸爸还多次向石西民部长汇报王元化的生活、身体情况，石西民要爸爸转告王元化："将来他总要回到党内来的。"这以后不久，石西民还要爸爸约王元化到当年市委办公的海格大楼9楼，专门进行了一次畅谈。在当年险恶的环境中，这给予元化伯伯的心灵以多么大的温暖和慰藉啊。后来，元化伯伯总对我说："那个时候，我在政治上沦为贱民，有时候真是鬼都不上门，但是，你们却从不避讳我。"1965年，爸爸被提拔为市委宣传部副部长，那一年爸爸40岁，是最年轻的一位副部长，他负责分管办公室和上海社会科学院。

很快,《海瑞罢官》开始遭批判,极左之风愈演愈烈。1966 年,文化大革命拉开序幕,爸爸也不得不在这样的氛围中遵命行事。当初由于爸爸比较年轻,市委就让张文豹和爸爸共同担任上海市红卫兵接待站正副主任,负责与上海本地和四面八方涌进上海的红卫兵小将打交道。

随着"文革"的进一步失控,宣传部被称作"阎王殿",爸爸沦为谁都可以不需要理由就扣押批斗的"末代阎王"。1966 年冬天,对走资派的批斗会多了起来,由于爸爸在"阎王"中比较年轻,他自己也主动多"出场"接受批斗。他多年以来一直穿一件很神气的呢军大衣,可是造反派觉得太显眼,与被批斗对象的身份不符,认为是向革命造反派示威。于是爸爸在冰冻腊月被剥掉了军大衣光着双脚登上文化广场舞台——那场批判陈丕显、曹荻秋的批斗大会,爸爸作为陪斗出场。恰巧我们姐妹加表姐妹一群人也去了,要知道,我们也很久没有见我们的爸爸了。当我们看到原本儒雅英俊的爸爸一副"落水狗"的模样被押上台,那些曾经帅气威武的叔叔伯伯也被凌辱得面貌全非,我们心中充满抵触。而文化广场参加批斗会的数千民众仿佛真怀有血海深仇般的狂热,声嘶力竭地扬起一片"打倒——打倒——打倒——"的口号声。我们姐妹几个满心不服气,拼命按捺住内心的反感,坚决不挥拳头。当"打倒蓝瑛"的口号响起,我们几个忍不住喊出:"蓝瑛无罪!——"周围一片群众刷地回过头来:"什么人喊反动口号?"倒是我们同排有好几个上影厂的"老保",认识我们,他们出来保护了我们,让我们姐妹几个赶快离开批斗会场。说起那时候的事,还忘不了我们的一位老阿姨,她一夜飞针,为爸爸缝制了一件棉袄,絮进足足两斤新棉花,衣长过膝,让爸爸再不怕"出场"吃寒风了。爸爸被批斗时还有一个罪名,就是"利用职权包庇胡风分子王元化"。过了一段时候,爸爸被送到奉贤"五七"干校劳动锻炼,学会了浇粪、挑担、种菜、冒着烈日摘棉花等农活,3 年的农耕劳作,还真叫一个书生长了本事!爸爸和一批干部被宣布解放,经过了一段时期的学习考察,先到上海水泥厂工宣队,再和一批领导干部王一平、杨士法、高扬等组成调查组,下工厂、跑基层,经历了一个调查研究的过渡期,迎接新的工作。

1971 年 9 月 13 日,林彪事件爆发,军宣队有很大的调整,爸爸被调到上海市文化局。过些时候又宣布爸爸为局党委副书记、革委会副主任、主持文化局领导工作。爸爸上任后，保护了许多老同志，促成部分老同志的解放复出，如孟波、李太成、许平等，还有一批艺术家、演员。徐景贤曾叫爸爸给张春桥写写信，爸爸共写过一封，汇报老干部结合的情况是此信唯一内容，别无其他，完全违背了徐的用心。在邓小平主持中央工作时，各地文艺界开始较多上演革命文艺节目。当时爸爸也想扭转样板戏一支独大的局面，想请北京《长征组歌》剧组来沪献演。可是徐景贤批评爸爸："你糊涂。"爸爸说："我有感情。"

1975年11月，爸爸担任团长，率上海乐团出访澳大利亚、新西兰，这是中国艺术团首次访问大洋洲，获得极大的成功。乐团由曹鹏担纲艺术总指挥，汇集了京沪著名歌唱家、演奏家李名强、林明珍、殷承基、胡松华、李谷一等80人。演奏了革命交响乐《智取威虎山》、钢琴协奏曲《黄河》、交响组曲《白毛女》等及民乐专场，还有澳大利亚、新西兰乐曲。历时37天，剧场观众达3.6万人，增进了中国人民与澳大利亚、新西兰人民的友谊。演出是成功了，但爸爸既快慰又纠结。爸爸的父亲还有数位兄弟姐妹都在台湾，而且数十年不见了，多么希望能够借乐团路过香港的机会得以相见。但是，一个共产党员，有铁的纪律，有无可更改的原则，他甚至害怕，亲人们得知乐团会路过香港的消息，专程来香港会他。那个年代，爸爸作为一个共产党员领导干部，对海外关系终究是非常谨慎的。

在文化局期间，爸爸作为文艺界代表，曾担任上海市政协第五届常务委员。

1976年10月，"四人帮"被粉碎，十年浩劫终于结束，祖国迎来一个欣欣向荣百废待兴的时代。由于爸爸对社会科学院一直怀有特殊的感情，年底他即向当时市委宣传部领导车文仪、洪泽提议，尽快成立上海社科院。1978年5月27日市委正式批准成立上海社科院筹备小组，市委宣传部副部长江岚和爸爸任正副召集人。他们走访了社科院的老领导老专家，听取对恢复社科院的意见。还多次召开小组讨论策划，最后，由爸爸起草了专门的报告，对复院后的研究方向、院所设置、建设规模提出设想。复院后的第一任领导班子于当年10月11日宣布，爸爸担任党委副书记、副院长、秘书长兼情报所党委书记。期间他曾以上海联络员的名义，前后3次赴北京参加中央召开的理论务虚会，促进他思想的进一步开放和对许多问题的进一步思考。爸爸在小组发言中着重提出"大民主决不是民主"，民主与集中、民主与法制决不能对立起来。这是爸爸经历十年内乱的切身体会。此后爸爸又撰文《人权从来就是资产阶级口号吗？》，对当年《红旗》杂志的一篇文章提出质疑。文中写道："无产阶级是彻底的人权论者，这就是建立在历史发展的客观规律上的人权观，把社会发展和个人解放完满结合起来。共产主义理想也就是实现真正的彻底的人权。"爸爸写此文正是对多年来党内斗争过火，政治运动扩大化的初步反思。此后，他又在宣传部主办的理论讲座及上海人民广播电台的广播讲座中分别作了《实事求是》和《思想上理论上的不同意见不能压服》的宣讲。

从 1978 年社科院筹建开始，直到 1992 年 67 岁离休，爸爸在社科院共待了 15 年。这 15 年中，他除了担任领导工作以外，同时还进行一些社科项目的研究，发表了一批著述。20 世纪 70 年代中期以后，爸爸逐步摆脱领导工作，转向科学社会主义、未来学、苏东问题等学会方面的工作。他对社会主义理论研究很有兴趣，而且从历史到现实，从国内到国外，作比较考察。80 年代中期到 90 年代初，他担纲主编的《社会主义政治学说史》被列为"六五"期间国家社科规划重点项目，组织了十多位相关学科的专家，耗时 3 年半，完成了 160 多万字两卷本的《社会主义政治学说史》、《第三世界的社会主义流派》，这两部书都获得上海社会科学院优秀成果奖。离休前后，爸爸还主编了《社会科学争鸣大系：国际共运史》卷、《非洲社会主义》等等，还发表了关于苏东国家改革实践、民主德国社会科学情况以及发达国家共运情况等论文，另有一部关于世界政党的专题资料集也已完成排版，后由于苏东巨变，情况变化较大，故未出版。

2008 年纪念上海社会科学院成立 50 周年大会授予爸爸"学术杰出贡献奖"。

在社科院工作期间，爸爸作为理论界代表，又一次当选为上海市政协常委。

爸爸就是这样在文化宣传阵地上一路走来，耕耘着，奉献着，也经历了风浪、波折和考验，无愧无悔。

# 严政：将毕生热情献给祖国

● 汪建强　李自力

### 爱国，让她感受到祖国母亲的呼唤

1940年，出生在宁波镇海柴桥镇一户乡绅人家的16岁女孩严政，经由在上海经商的大姐夫安排，进入到地处牛庄路的宁波效实中学上海分校读书。

严政进校时，上海正遭受日军侵略，爱好和平的中国人无法释怀自己做亡国奴的命运。租界成了宣传抗战的"孤岛"。每天读书结束，严政走出校门，就会感受到中国人民、感受到世界上一切爱好和平的在华民众宣传抗战的声音。

1941年12月"太平洋战争"爆发，日本正式向美英宣战。此时的法西斯日军堂而皇之地开进了公共租界，将在上海的一些英美"反日"侨民相继投入到自己设置的集中营里。此时，原本可以自由发表抗战声音的"孤岛"消失了，上海市民也失去了自己的最后一块"避难所"。但是，《三联生活周刊》等中国共产党主办的刊物，仍坚持在租界中宣传抗战。

已经在公共租界里生活两年，逐渐长大的严政思想开始成熟，她在中国共产党的"呐喊"声中觉醒，她在祖国不愿做"亡国奴"的声音里睁开了眼睛。每次只要走出地处闹市的校门，她都会看到爱国的学生、工人，以及一切热爱自己祖国的人民群众，高喊着宣传抗战不做"亡国奴"的口号。那一刻，她是多么渴望自己也能为多病多灾的祖国尽一份力。她还渴望能早日投入到抗战的第一线，将日本侵略军从中国的土地上彻底赶走。

那时，严政每天看到的、听到的，以及周围同学议论着的都是"抗战"，都是不做"亡国奴"的声音。"军号已经吹响，热血已经沸腾。"一天，在她又一次看到《三联生活周刊》上刊有新四军在江苏盐城带领人民进行殊死抗战的新闻后，她和5名热血沸腾志同道合的同学血脉贲张了，她们相约：为了祖国的明天，为了母亲不再流血，她们要去苏北，寻找抗战的队伍，她们要用自己的热血为中国的未来"殊死一拼"。

### 抗日，她把爱国热血融成了坚定的革命信念

1942年暑假，严政与陈望秋、杨学梗、沈祥华、陈忠良等同学从上海出发了。当时她们采用步行的方式，一路行走一路问讯，最终到达素有"苏北延安"的新四军军部——盐城。只是没有想到的是，为了组织盐阜军民抵抗日伪军，新四军的军部已转移到其他地方去了。

为了追寻真理，也为了能够早日参加抗战，严政和同学追踪抗日队伍，不顾身体的疲劳，不顾脚底已走出硕大的血泡，硬是互相携扶互相鼓励，最终在淮安找到了自己日思夜想的亲人——新四军第三师黄克诚领导的抗日部队。

而在进入新四军第三师的无数日夜里，严政亲眼看到了中国共产党领导的人民军队是怎样抗战的，又是怎样历尽艰险不断打击日伪军拯救自己祖国的；她感受到了抗日的烽火，感受到了黄克诚所在的部队是怎样与人民群众鱼水相连、深受驻地老百姓的爱戴和拥护的。她将自己的抗日激情融化到苏北根据地的建设中，在中共党组织的指引下，这个凭着一腔热血来到部队的年轻女孩，真正在思想上树立起了"坚决紧跟共产党，永远热爱自己祖国"的决心。那时的她，甚至还将自己原本叫"叶兆芝"的名字，改成了"严正"。采访中她说："当时自己考虑，今后不仅要做一个严格的人，更要走一条紧跟共产党的正确的道路……"只是以后，在新中国建设时期，感觉"严正"两字太过严肃，最终她将自己的名字由"严正"改成了"严政"。

### 潜伏，她不管生死成功打入日伪特务中心

1943年春，日伪军又一次扫荡苏北抗日根据地。

那些日子里，新四军为了能够粉碎敌人的扫荡，部队不停地行军不断地穿插。为了打击日伪军，严政，一个女孩子的步频，在穿插的过程中，锻炼得能比过部队的男同志。直到如今，已年逾90岁的老人，走路仍如脚下生风。按照她的说法，这都是当年在部队时锻炼出来的。

此后，根据工作的需要，同时也考虑严政同志宁波口音较重，在苏北根据地做群众工作容易暴露等，组织上经过仔细研究后将她转移到了浙东抗日根据地工作。

在组织的安排下，她被分配到"浙东区党委敌伪工作委员会"工作。当时，该机构的主要任务就是收集杭甬沿线，包括宁波、镇海、慈溪、余姚、上虞、绍兴、杭州等地的日伪军情报；同时，将日伪军的据点情况了解清楚，并在每次日伪军即将扫荡我根据地时，及时通过交通员将信息传递出来。为此，她奉命打入了相当于汪伪在上海"万航渡路76号"的敌伪特务机关"绍兴35号"。

在"绍兴35号"敌特机关里，敌人的警惕性也很高，而严政通过关系，成功地获得了极为重要的核心岗位——负责给特务机关抄写战时情报，由此经历了许多"日煎夜熬"的惊心动魄的遭遇。以后，由于介绍她进入汪伪绍兴敌特机关工作的何畏同志（原名杜其昌，浙江省上虞驿亭五夫村人，1938年加入中国共产党）身份暴露，在组织的安排下她及时撤退回到了浙东抗日根据地。

在根据地打游击，部队白天休息，晚上转移，几乎天天要换地方，流动性很大，但严政表现出了一个革命者"不怕苦不怕死"的作风。特别是有一次，她和五六个同志，在三七市镇遭遇到敌人的扫荡。此时的她，身上带有方晓同志（中共党员。1938年参加新四军）让她保管的绝密材料。面对敌人的包围，面对生死的又一次考验，她勇敢地紧握手榴弹，随时准备同敌人同归于尽。最终，她和其他同志利用熟悉地形等优势，摆脱了敌人的包围。

组织上根据严政同志长时间的表现，以及她在与日伪军斗争中的机智勇敢，1945年年初，批准她加入中国共产党的队伍。

根据严政到根据地以来的优异表现，组织上再次寻机让她打入余姚中学，名义上是参加学习，实际上是争取学生为党工作。由此，她克服困难再次出色地完成了为党输送了新生力量的任务。

1945 年 8 月，抗日战争胜利。9 月，根据中共中央决定，浙东、苏南、皖江等新四军多个根据地北撤。在撤退的过程中，组织上根据严政的工作经历，准备利用她家在宁波柴桥镇的影响，继续让她潜伏浙东。但万没想到的是，抗战时期参加国民党游击队的亲哥哥，竟将她是共产党的身份向国民党反动派进行了告发。

在获得哥哥告发自己的第一时间内，严政表现出了超人的智慧；而这次连夜的出逃，她不仅与自己的哥哥义断情绝，她的父亲更是大义凛然，断绝了与自己"不识调"的唯一儿子的联系，甚至还登报申明"断绝父子关系"。

### 北上，思想日渐成熟的她经受住了战火考验

1945 年年底，在及时逃脱哥哥的告发后，严政和同样具有革命理想的爱人，也是一名为党工作的战友李学民一起，没有害怕没有退缩；相反，更加坚定了自己紧跟共产党的决心。那次，他们一起黄夜乘船到达宁波，再经过上海去到了苏北抗日根据地。

回忆自己从宁波连夜潜逃上海去到苏北的过程，严政连连说自己"交关运道"。那时，在上海她找到以前在浙东根据地担任"姚北站"的负责人罗洪，在与她商量后征得她的同意，罗洪也随严政一起同行去苏北。

到苏北后，严政被分配到"华东军区卫生部第八医院"工作，但此时她又碰到一个大问题。由于撤离匆忙，她的组织关系没有获得衔接。正在她烦恼的时候，原本浙东根据地的王兴（解放后曾担任宁波市委领导）去苏北汇报工作。在第八医院工作的严政正好撞到他，立即将她的情况反映给了组织，这才使她避免了因"组织关系"没有转移，而处于"脱党"的状态。

1946 年夏季开始，蒋介石集中约占其进犯解放区总兵力三分之一的正规军，即 62 个旅（师）约 50 万人向华东解放区进攻。遵照中央军委的指示，山东、华中野战军和军区

部队，分数路迎击进犯之敌。

战斗中，她所在的第八医院，以后改名第三野战军第一医院，需要医生护士随军去前线，严政毫不犹豫选择去战斗的第一线救护伤员。战斗间隙，她还根据自己看到的部队干部战士勇敢对敌的情况，为医院油印的"战讯"撰写《部队战士在战斗中不怕牺牲》等战地文章。

在粉碎敌人的重点进攻时，严政虽已经怀孕，但她仍以满腔的热情参与这次战斗。在孟良崮围歼国民党第七十四师的战役里，严政所在的部队驻地牛庄只离该部约两公里地，面对近在咫尺的敌军，她毫不畏惧。尽管在激战过程中，不时有冷枪"嗖"、"嗖"地穿过她耳际，但打倒蒋介石建立新中国的信念，让她毫不退缩，坚持为前线战士油印传单。

孟良崮战斗结束，她怀着喜悦腆着5个月的身孕，亲自去了敌师长张灵甫被我军击毙的山洞看了回热闹。

## 南下，她完美转型成功完成了"进城考试"

1947年10月，在山东惠民县的野战医院里，严政生下了自己的第一个儿子。生下儿子后，组织上根据严政的表现，将她分配到华东军区通讯局机关担任政治指导员。

1948年9月8日至13日，中共中央在河北省平山县西柏坡召开政治局扩大会议，分析了全国解放战争的政治形势，在制定了一系列夺取全国胜利的战略任务与战略决策时，讨论了"夺取全国政权的任务，要求我党迅速地有计划地训练大批能够管理军事、政治、经济、党务、文化教育等项工作的干部"。由此，这年的冬天，华东局各战略区领导于临朐县与益都县交界处的闵家庄召开会议，其主要讨论内容之一就是部署抽调干部随军南下。

12月25日，中央华东局作出了《关于执行中央准备五万三千名干部决议的指示》。《指示》指出："由于目前华中的干部'尤其中级和高级干部'特别缺乏，因此准备一万五千干部的中央决议将完全由山东来负责。"《指示》要求，抽调南下的一万五千名干部分两期筹备，1948年12月底为第一期，抽调三千人，1949年2月底为第二期，抽调一万两千人。

对于部队实施组织"南下支队"接管上海的信息，严政充满着兴奋。

看到我军势如破竹打败国民党的大好形势，严政内心充满着自豪，她渴望南下、渴望早日能再回到她熟悉的上海去看看。只是，临着要南下的时候，她的爱人李学民却住进了山东济南省立医院。最终，她没有赶上参与其他同志搭建的班子南下，而是和自己的爱人一起来到上海。

到上海后，她去设置在延安西路33号的华东军政委员会报到，当即被分配到办公厅担任直属机关总支副书记。1955年，严政调至上海市人民委员会（即上海市人民政府）办公厅，担任联络处处长的工作。当时的联络处主要任务是，联系全国人大代表、市人大代表，重点则是联系党外上层人士，如荣毅仁、周谷城、胡厥文、金仲华、刘靖基、谈家桢、赵祖康、冯德培等几十位各界知名人士。不定期地组织座谈会，请有关副市长主持会议，听取他们对政府工作的意见和建议。

联络处每年还要组织市人大代表视察，接待全国人大代表来沪视察等。严政曾接待过黄炎培领队来沪视察上海郊区土改情况，也接待过黄绍竑领队视察镇压反革命的情况。

平时，联络处的干部还要分头个别联系人大代表，时常上门拜访他们听取意见，并及时将有关情况向市领导反映，尤其是党外人士生活上有困难时，她们都要千方百计想办法及时给予帮助。就这样，通过自己满腔的热情与掌握的对待"民主人士"的政策，她赢得了各民主人士的尊重，也为中共赢得了口碑。

那时，严政虽然不是在市委统战部工作，但其工作性质也属于统战工作。有一次在接待中央领导时，她的工作获得了周恩来总理的鼓励。

1959年、1960年，党中央分别在上海召开政治局扩大会议、中央工作会议，此时的严政主要负责接待中央首长的夫人。白天，中央领导在开会，严政的任务是陪同首长夫人参观钢铁厂、纺织厂；晚上，组织上安排开会的同志在锦江饭店俱乐部跳舞。一次，严政陪同王光美同志进入舞厅，此时，刘少奇同志走了过来，王光美就向刘少奇介绍说："这是严政同志。"

刘少奇看着严政，亲切地询问她在什么单位工作。看到主席热情的目光，严政有点紧张。她回答说，自己在上海市委办公厅做联络处工作。刘少奇同志对她讲了一些鼓励的话，然后还邀请她进入舞池跳了一曲。

周恩来总理当时住在锦江饭店 17 楼。一次严政去 17 楼陪同邓大姐参观，遇到了周恩来同志。周总理问她在联络处具体搞什么工作，严政回答说是联系党外上层人士。周总理说："搞统战工作，很好！"

通过这两次接待，严政感受到了中央首长待人的和蔼可亲、平易近人，特别是刘少奇同志、周恩来同志鼓励她的话，严政永远难以忘记。

但谁知这两次接待中央首长，尤其是接待刘少奇同志的经历，在以后发生的"文化大革命"中，却成了严政"走修正主义道路"的罪证，她也成了"走资派"刘少奇的"黑干将"，甚至还被关进了"五七"干校，直到粉碎"四人帮"后才予以彻底平反昭雪。

### 磨难，仍然坚定紧跟中国共产党走的决心

粉碎"四人帮"后的 1979 年年底，严政被调到中共上海市委统战部搞清查工作。1981 年初，她被任命为市委统战部副部长。初期，她的主要任务就是拨乱反正，落实政策，给那些党外代表性人士"平反冤假错案，落实私房政策，发还被查抄的物资"等等。

在落实工商业者政策中，严政发现有的政策落实得不彻底。比如，对原工商业者，仅仅发还落实政策后的定息，而对停发以前多年的定息，没有做到及时补发。当严政把自己了解的情况向市委统战部部长张承宗反映后，张部长明确表示要彻底落实政策。

但对于落实这个政策，当时有两种截然不同的意见。以后，中央统战部一位副部长到上海专门召开座谈会，在听取了工商界人士的意见后，最终同意了"彻底落实政策，补发以前的定息"的建议。不久，中央发文批复，同意全部发还原工商业者的定息问题。对此，工商界人士十分感动，他们在拿到这些定息后，为了支持国家经济建设，成立了当时在上海很有影响的"爱建公司"，从而发挥他们在金融经济领域的特长和优势，为上海的经济建设做出了贡献。

在与工商界人士刘靖基的交往过程中，严政也有不少故事。

"文革"开始时，刘靖基就跑到香港去了。严政在落实他的政策中，做得很

"到位"，他以前的房子、文物字画全都发还给他，这位工商人士很感动。以后刘靖基回到了上海，市委统战部认为，他是工商界的代表人士，就推荐他担任了上海市工商联主任，并请他带头做其他工商界人士的工作。刘靖基在担任市工商联的领导后，发挥了很大的作用。此后，香港的一些企业家看到落实了他们的政策，再看到共产党对刘靖基的信任后，都纷纷到上海投资建厂。唐君远先生的儿子唐翔千，在香港得知政府很好地落实了给原工商业者的政策后，立即到上海开了一家纺织厂。

严政的工作获得了中央统战部的赞扬。

在落实"人事安排"等工作中，当时，严政被任命为"市委人事安排小组"成员。小组负责人是市委书记钟民，而成员则由市委各部、委、办负责人参加。

严政在人事小组里具体分工负责全国人大的"上海代表"、全国政协的"上海委员"，以及上海市人大代表、市政协委员的安排，即"提名推荐"工作。在开展这项工作中，她受领导委托，走访了许多党外代表人士，也做了不少思想工作。为了推荐赵祖康担任副市长领导工作，她亲自拜访他好几次。

开始时，赵祖康有畏难情绪。严政同他讲政策，讲共产党与民主党派的关系，慢慢地他消除了顾虑，答应出来工作。她与谈家桢、董寅初等民主人士也有深交。她体会到，统战干部只有与党外人士做知心朋友，只有成为他们的挚友、净友，真心为他们着想，才能最终解决他们思想上的顾虑，才能真正把党的统战工作落到实处。

严政通过走访党外人士，在同他们"拉家常"的谈话中，真切了解他们的思想，她时常将了解的情况在回到办公室后及时写成简报和建议，给市委参考。在与党外人士的谈话时，严政一般不在现场做记录，她担心他们在看到她记录时不敢说真话。

1989 年，已经 65 岁的严政，从第一线岗位上退了下来，但她还是主动负责统战系统的修志工作。期间，在她的主持和参与下，共出版了 5 部志书，即《中国民主党派上海地方组织志》、《上海侨务志》、《上海工商社团志》、《上海宗教志》和《上海民族志》等。她还被评为上海市修志工作先进个人。

# 陆平一："祖国永远在我心中"

● 童志强

生理年龄 85 岁，党龄 67 岁，经历过解放战争的洗礼，从到浙东革命根据地开始从事党报新闻编辑工作起，一生与文字为缘——他就是中共上海市委党校离休干部、上海市宁波经济建设促进协会顾问陆平一。

## 旧中国蒋家王朝的掘墓者

陆平一，1929 年 9 月出生于慈城张陆村一户耕读世家。祖上原是农民，祖父陆泰孚为晚清举人，后弃官从医，并与人合资开设参行。祖父去世后家道开始衰落。

陆平一的幼年，正是国民党背叛革命、发动内战、到处捕杀共产党人的黑暗年代。他的姑姑是小学教师，很早就参加革命；叔叔也订了很多进步刊物，家中有不少藏书。他们十分疼爱陆平一，经常给他讲日本侵占东三省、妄图灭我中华的狼子野心，以及那儿的人民当亡国奴的悲惨故事。抗日战争爆发后，宁波很快沦入敌手。当时陆平一父亲失业，他们兄妹失学，只得靠变卖家产艰辛度日，舅舅余毓明因投身抗日而被日伪斩首挖心，残酷杀害。姑姑曾经对他讲的东三省的故事变成了活生生的现实。

陆平一从小喜静，好读书、写作，在高小时就已经熟读了《铁流》、《钢铁是怎样炼成的》等优秀小说和抗日刊物，在小学和初中读书时成绩一直名列前茅。

慈城离当时新四军四明山根据地较近，受到中国共产党和新四军敌后抗日活动的影响，在慈湖中学读初中时，担任学生自治会主席的陆平一组织十几个思想激进的同学阅读美国记者斯诺写的《红星照耀中国》等书籍，人称"小共产"。

抗战胜利，日本投降，但国民党蒋介石很快便撕毁国共两党重庆谈判时签订的"双十协定"，悍然发动新的内战。这时陆平一由慈湖中学初中毕业考入鄞县县中（现宁波二中）高中部。入校后，因不满该校反动的训育主任制订的限制学生活动的种种规定，16岁的陆平一用笔名在《宁波时事公报》上著文予以抨击。训育主任看后大怒，到报社查实作者是本校学生陆平一，将他叫到办公室责问，并进行威胁。陆平一据理力争，与之进行针锋相对的抗争，结果被认为是"问题学生"而列入黑名单。1947年10月，18岁的陆平一被中共宁波地下组织吸收入党。

在那激情燃烧的岁月里，陆平一在党组织的引导下，冒着白色恐怖的危险，在学生中成立"曙光社"，办《曙光》刊物，成立读书会，学习《新民主主义论》，办民众夜校，团结进步同学，积聚革命力量，迎接新中国的曙光。后因受到反动当局注意，遂转学到鄞县师范，第二学期即当选为校学生会主席。在他的领导下，鄞县师范的学生运动又红火起来。谁知反动当局因怀疑鄞县师范有共产党活动，下令免去支持学生开展活动的开明校长，将鄞县县中的反动训育主任调来出任校长。此人的黑名单上原本就有陆平一的名字，因此一到学校就要开除陆平一，因遭到其他教师反对，最后给陆平一以留校察看、记大过两次处分。

1948年秋，中共宁波地下组织遭破坏，上级通知身份暴露的党员全部转移。遵照党组织的安排，陆平一等一批学生党员被转移到浙东四明山革命根据地，直接投身于解放浙东地区的战斗，从此走上了职业革命的道路。

当时，全国解放战争已经取得节节胜利，国民党妄想划江而治以保住半壁江山，因此对江南地区中共武装疯狂地进行"戡乱"、"清剿"。浙东地区是蒋介石的家乡，"清剿"与"反清剿"斗争尤为激烈。在浙东根据地，陆平一有生以来第一次经受了艰苦游击环境的严峻考验。当时转移到根据地的学生党员中，组织上根据陆平一的写作特长，分配其到深山老林里办报。陆平一时而深居在高山密林的竹棚中收录新华社电讯，刻钢板，当编辑，推油印机，编印党委机关报《四明简讯》、《台州简讯》；时而跟着战斗部队昼伏夜行，跨越峻岭深溪，寻找战机，打击敌人，作采访报道。到 1949 年春，浙东根据地从四明山扩展到会稽山、天台山，还先后解放了天台、三门两座县城。到 5 月，又和南下的解放大军会师，解放了临海、黄岩等县城。20 岁的陆平一作为中国人民解放军临海市军管会代表，奉命接管了当地的《台州时报》。

1949 年 10 月 1 日，当红色电波传来毛泽东主席宣布"中华人民共和国中央人民政府今天成立了"的雄伟声音时，身在临海参加临海军民庆祝新中国成立集会游行的陆平一热血沸腾，泪水盈眶。作为亲身参加埋葬蒋家王朝的掘墓者的他，发誓要以自己的鲜血和生命来坚决保卫新中国、捍卫新中国。

### 新中国新闻出版事业的建设者

新中国成立伊始，百废待兴，各条战线、各个部门都急需大量建设人才。陆平一自参加革命后，即与新闻出版事业结缘。他虽然没有上大学受过正规、系统的教育，但在"实践大学新闻系"中边干边学，很快就成为这方面的行家里手，为建设新中国的新闻出版事业做出了自己的贡献。

陆平一 1949 年 5 月奉命接管《台州时报》，后又调台州地委宣传部、新华社台州支社工作。1953 年调台州地委机关报《台州大众》担任总编办公室主任。1954 年底调到省城杭州，先到省《农民大众报》任编辑部主任，旋又调任浙江人民出版社副总编辑，时年 23 岁，是当时最年轻的副总编辑。尽管工作变动频繁，但是他始终没有离开新闻出版编辑工作。这一阶段，他在台州地区经历了剿匪反霸、土改、镇压反革命、抗美援朝、"三反"、"五反"等群众运动的锻炼，又在中共浙江省委党校接受了理论培训，理论修养和思想觉悟均有很大的提高。陆平一克服了成名成家的个人主义思想，认识到红花须有绿叶相配，蓝天须有白云映衬，个人利益必须服从党的需要，下定决心踏踏实实、认认真真地做好为他人作嫁衣的编辑工作。

1963 年，党中央决定恢复华东局，要求华东 6 省市支援干部。为筹办华东局党刊《华东通讯》，陆平一被抽调到上海，担任《华东通讯》编辑室编辑组长。在长达 10 余年的新闻出版工作岗位上，他兢兢业业、尽心尽职，热情宣传党的理论、路线、方针、政策，宣传国家经济文化建设的成就和经验，积极钻研新闻出版业务，先后参与撰写、编著和审读的文章与书稿有 2000 多万字，其中由浙江人民出版社出版的《辩证唯物主义问答》、《社会主义教育问答》等书产生了较大的社会影响。

在史无前例的"文化大革命"中，陆平一与许多曾在宣传文化部门工作的同志一样，受到了沉重的打击和迫害。尽管他从浙江人民出版社调到华东局工作已有 3 年之久，但是运动中原单位的造反派仍然没有放过他。1966 年底，他们派人到当时几近瘫痪的华东局机关，将陆平一揪回杭州，给他扣上一顶"反革命修正主义分子"的帽子，整整批斗了 3 年。直到 1969 年军宣队进驻出版社后，实行两派大联合、三结合，才将他放回上海。当时华东局已解散，原有的干部全部分配到干校或基层劳动锻炼，陆平一回沪后即到在南汇的华东局机关"五七"干校报到。

文化大革命是党和国家的一场严重灾难，也是陆平一个人一生中遇到的一次最大考验。尽管在运动中他备受打击，孤身一人被扣在杭州接受批判，但是他更多关心的是党和国家的命运，而非个人的荣辱得失。对这场由伟大领袖毛主席亲自发动的运动，他感到困惑不解，但他坚信党的实事求是的路线和政策一定会得到恢复和落实。1976 年 10 月，"四人帮"终于垮台。经过拨乱反正，全党对新中国成立以来的若干历史问题作出了全面总结，既彻底否定了"文化大革命"，也指出了新中国建立以来"左"的错误。这不仅使全党从中接受了深刻教训，把坏事变成了好事，把灾难变成了财富，也使陆平一长期以来萦绕在心头的困惑得以化解，他从心底里庆幸祖国从此踏上了新的征程。

## 新时期党的干部教育事业的探索者

1978 年 2 月，上级决定调陆平一到中共上海市委党校工作。他意识到党校是培训各级领导干部和理论干部的重要阵地，也是自己为人民服务的新的重要岗位。为了把"文革"中失去的宝贵时间夺回来，他决心将一生中余下来的时间全部奉献给党的干部教育事业。

到党校工作不久，陆平一到北京参加全国党校工作会议，有幸在人民大会堂聆听改革开放总设计师邓小平同志关于当时形势和任务的讲话。邓小平在讲话中强调了 80 年代党的三项重要任务，要求全党专心致志、聚精会神地搞四个现代化建设，并讲了实现四化必须解决的 4 个问题，其中之一就是"要有一支坚持走社会主义道路的、具有专业知识能力的干部队伍"。这是陆平一生平第一次亲耳聆听小平同志讲话，感到特别亲切、解渴。由于小平同志关于加强干部队伍建设的指示与党校工作直接有关，多年来陆平一一直深深地刻印在自己的脑海中，成为他从事党校实际工作的指导思想和重要依据。

在上海市委党校，陆平一先后担任过校办公室主任、校委委员、校刊《党政论坛》主编、机关党委代理书记、副局级巡视员等职务，多次参加过全国党校工作会议，也参与了党校建设的一些重要决策的审议和校报《上海党校通讯》的筹办。他在工作中积极贯彻执行党的十一届三中全会以来的路线、方针、政策，热情宣传中国特色社会主义理论体系，坚持不断解放思想与时俱进，努力探索干部教育和党校工作规律，先后参与撰写、编著和审核的文稿约有 1000 万字，其参与主编的《培养与选拔德才兼备的领导人才》一书（上海人民出版社出版），获上海市邓小平理论研究与宣传优秀成果著作类一等奖，主编的《党政论坛》曾两次获华东地区优秀期刊提名奖，个人参与起草、修改的有关党校工作的文稿不少作为党委正式文件下发或在中央一级刊物上发表。

1991 年底，按照国家规定的制度，陆平一正式办理了离休手续。他屈指算来，自己 44 年工龄中真正为国家建设服务的时间其实不足 30 年，贡献实在有限，内心不免有些遗憾。他勉励自己，人虽然离休了，但是思想不能离休，要把离休作为新的起点，根据需要与可能，以新的方式继续为国家的改革开放服务。因此他在力所能及的前提下，尽可能地继续参加党校的教学、科研、办刊等活动，还担任了离休支部副书记，并以老干部的身份参与市委党校的党性教育活动。在每一期局处级干部培训班上，他都积极参与，现身说法，以自己参加革命60多年的切身体会，帮助中青年干部搞好党性分析，增强党性修养。他的党性分析不讲套话，客观中肯，使得中青年干部心悦诚服，获益匪浅。2010年7月，陆平一被中共上海市委党校、上海行政学院评为优秀党员。

## 协会文化工作的奠基者

1999年底，正在上海市宁波经济建设促进协会的新会所——位于市中心南汇路69号的上海宁波联谊大楼尚在紧张地施工兴建时，协会的领导已把抓好协会的文化建设列入重要议事日程。当时的会长庄晓天认为："随着经济建设的发展，文化建设越来越显得重要。文化对一个地区、一个国家的影响会越来越大。过去协会没有条件，新会所建成后，有了物质条件，就要两手抓，一手抓经济促进，一手抓文化促进。研究、宣传和弘扬宁波人精神就是文化促进，这是有益于子孙后代的实事、好事。"在他的倡导下，协会领导很快达成共识，将这项任务列入2000年协会工作要点之中。

2000年2月，协会为适应开展宁波传统文化与宁波帮研究和宣传的需要，决定筹建文史资料研究室（海上宁波人研究中心前身）。庄晓天会长慧眼识人，聘请陆平一担任协会文史资料研究室主任。陆平一上任后，首先取得家乡宁波市、县、区政协文史资料部门和众多协会理事、会员的支持，收集了一批有关宁波文化的珍贵资料，为协会开展研究工作创造了必要的条件。然后又接到筹办协会成立11年回顾展的任务。经过将近半年的策划、筹备，在2000年9月30日协会新会所落成庆典时正式展出。回顾展以文字、照片及图表相结合的形式，反映协会成立11年来各方面的成就，受到了广大会员的关注。不少会员看了展览后，加深了对协会宗旨、作用的认识，增强了凝聚力和进一步搞好协会的信心。

编辑出版《宁波人在上海》系列丛书，是协会在新世纪提出的又一项重要任务。协会领导认为，陆平一是主持这项工程的最佳人选。领受任务后，陆平一组织编辑部同志在查阅历史资料、走访在沪"老宁波"、参考同类读物的基础上，制订出《宁波人在上海》系列丛书编辑工作计划。丛书拟分4辑，第1辑《创业上海滩》着重介绍上海开埠后至建国前宁波人在上海经济界开拓创业的业绩；第2辑《战斗在大上海》着重介绍民主革命时期宁波人在上海英勇斗争事迹；第3辑《同建新上海》着重介绍宁波人在上海社会主义改造和建设时期的主要事迹；第4辑《共创上海新辉煌》着重介绍宁波人在上海改革开放新时期为上海腾飞所做出的贡献。在陆平一的直接领导下，从2001年1月正式启动，到2008年2月历时7年完成了这套丛书的编辑出版工作。全套丛书200万字，一共介绍391位海上宁波人，这是迄今为止国内外第一部系统介绍海上宁波人业绩的大型丛书。它既是宁波人在上海各个时期历史作用的全面反映，也是宁波人勤奋好学、诚实崇信、团结互助、艰苦创业、开拓创新、爱国爱乡优良传统和精神面貌的真实写照，同时也对作为上海软实力的海派文化的发展，注入了新的内核。可以毫不夸张地说，这套丛书的编辑出版，从总体设计到指导思想，从凡例到序言，从排入选名单到物色作者，从编辑到审稿，身为主编的陆平一殚精竭虑，功不可没。

办一份高质量的会刊，一直是协会领导和广大会员的良好愿望。在新会所建成两年后，这个愿望终于实现了。2002年1月9日，庄晓天会长主持会议，就会刊的办刊宗旨、编辑方针、读者对象、刊物特色、栏目设置以及编委会、编辑部人选等问题进行专题讨论，并明确由文史资料研究室主任陆平一和协会副秘书长朱兆年具体负责会刊的筹备工作，由陆平一任会刊主编。在试刊两期的基础上，《海上宁波人》会刊于2003年4月正式出版。

陆平一认为，尽管上海市新闻出版局批准《海上宁波人》会刊是连续性内部资料，但是应该作为一本正规的社会文化类杂志来办，力求办出特色，办出水平，使之成为真正受广大会员和乡友欢迎的文化精品。为此，他倾注了大量心血。在他的领导下，刊物建立了相关的规章制度，适当充实了编辑班子，尽力扩大作者队伍，不断革新刊物内容，进一步提高了文化品位、文化层次和文化表现力，受到广大乡友的赞扬，也一再得到市新闻出版局报刊处的好评。

2003年9月，协会召开四届一次常务理事（扩大）会议，会议研究了进一步整合资源，深入推进文化工作的议题，决定成立协会海上宁波人研究中心，由陆平一担任研究中心主任。研究中心既具有理论研究、信息交流功能，也具有编辑出版、文化积累功能。在陆平一的精心策划下，研究中心先后筹办了"宁波文化与宁波人"研讨会，参办了"炎黄子孙，振兴中华"论坛，主编了《宁波人在上海》4辑系列丛书，出版了30期《海上宁波人》刊物，完成了《宁波在沪企业调查报告》，组编了《宁波帮与上海洋行买办》专著……

离休后的陆平一志愿到协会上岗发挥余热，历时10年，心系家乡，老有所为，不负众望，当之无愧地成为协会文化工作的主要奠基者。

## 科学养生的实践者

笔者出生也晚，2006年退休到协会研究中心发挥余热，与陆平一在一个办公室共事，日常接触、耳濡目染，于健康养生方面得益匪浅。他认为，人到老年，容易出现"五化"现象，即体质老化、机能退化、血管硬化、行动钝化、头脑僵化。这是非个人意志所能完全控制的自然规律，但是完全可以通过科学健身来延缓衰老，延长寿命。用他的话来说，其养生之道可以概括为"六有一坚持"。

何为"六有"？

一曰生活有律。他认为，生活有律，就是要按照自然"生物钟"的节律作息和活动。他的日常起居、工作生活非常有规律，每天定时起床、进食、工作、就寝。特别强调早睡早起，因为只有保证必要的睡眠时间，才能保证有充沛的精力。

二曰饮食有节。老陆一生无烟酒嗜好，日常饮食注意荤素粗细合理搭配，除了重糖重油，基本不忌口。有时和老陆在一起聚餐，面对满桌佳肴，他也只是浅尝辄止，从不暴饮暴食。

三曰运动有度。老陆从1991年离休以后，根据自身的体能状况，摸索出一套走步、练功十八法、回春功、太极拳相结合的运动形式，每天坚持早晚锻炼一个半小时，迄今已有18年。他在腰带上配了一只计步器，保证每天步行不少于1万步。积18年的经验，他深感"生命在于运动"，"运动要讲科学"。在他的影响下，我也开始每天早上户外锻炼一小时，风雨无阻，已坚持一年有余，既锻炼了身体，又结交了朋友，于身于心相得益彰。

四曰心态有衡。一般老年人从岗位上退下来后，会有一种手足无措的失落感，容易产生心态失衡，发无名火，损害身心健康，是为"退休综合征"。而老陆则把"事能知足心常乐,人到无求品自高"这两句古训作为调节个人心态的座右铭,心胸开朗,从容淡定,凡事想得开,收得拢,努力要求自己做到"三乐",即助人为乐、知足常乐、自得其乐。他认为,适当参与一些自己感兴趣又能发挥自身特长的社会工作,对刚退下来的老人而言,可以避免因脱离社会而无所适从。老陆的毛笔字在求学时就打下了良好的基础,离休后在青松城老年大学书法班进修了11年,专攻书法,老伴则偏重国画,老夫妻俩珠联璧合,乐在其中。老陆离休后,至今仍被选任市委党校离休支部副书记,还被推选为宁波慈湖中学、宁波二中校友会会长。在上海宁波经促会,他多次慷慨解囊,助学捐款,是大家公认的忠厚长者。

五曰治病有方。步入老年后,各种器官老化,免疫力随之减弱。难免会有疾病。老陆认为一定要以宁静之心对待疾病,不可悲观,不可急躁,不可违疾忌医,更不可病急乱投医,要相信科学,相信医师,尊重医师的意见。此外,他认真自学医疗卫生知识,通过每年体检,注意各种检测数据的变化,随时掌握自己的身体状况,遵照医嘱适当服用一些蜂胶等保健食品。

六曰用脑有法。老年人记忆力日趋衰退,容易得健忘症,老陆的对策是通过多记、常记、反复记、背古文、诵古诗、学外语、记日记、写文章来锻炼脑力。

老陆一生与文字结缘,自参加革命后就一直从事文字工作。几十年来的工作需要,使他养成了关心时事政治、研究政策文件的习惯,他每隔一两个星期,必到党校阅文室学习中央和市委的有关文件,从中吃透最新的精神。我曾问他为何有如此旺盛的精力,他说道:"人离休了,思想不能离休;工作退岗了,学习不能退岗。学理论、学文件是一个党员干部的天职,也是自己的一种习惯,只要自己活着一天,就要努力学习一天。老年人只有多用脑、多学习、多思考,才能使思想常新,与时俱进。"八旬高龄的他仍在老年大学学外语、学电脑,真令晚辈后生汗颜!

2009年6月,年逾八旬的陆平一从协会退居二线,担任顾问,仍然一如既往地关心和支持协会研究中心的工作。2010年12月,上海市宁波经济建设促进协会向其颁发"突出贡献者"荣誉证书。2011年,在他的倡议下,《海上宁波人》会刊和台北宁波同乡会《宁波同乡》会刊联合进行"纪念辛亥革命100周年"联合征文，并取得了圆满成功。

陆平一的人生，少有悲喜交加、跌宕起伏的坎坷，也没有石破天惊、惊世骇俗的伟业，更没有卿卿我我、风花雪月的浪漫，但是他的生命火花照样绚丽多姿、光彩夺目、熠熠生辉。他永远是那样的淡定和从容，那样的坚毅和执着。究其原因，用他自己的话说，是因为"祖国永远在我心中"。

# 江震：鹰击长空　剑指蓝天

● 童志强

在一次上海市新四军历史研究会召开的座谈会上，与我相邻而坐的浙东分会会长戚南强指着前排正在发言的老者说："他是我会的顾问、空军英模、沈阳军区空军原副司令员江震中将，是我们宁波人。"戚南强乡贤也是我们上海宁波经促会的常务理事，知道我在协会编《海上宁波人》会刊和《海上甬人风采录》丛书，散会时便热情地将我介绍给江老。于是，就有了这次采访。

## 难忘徐英大姐

江老原籍奉化棠云，1929 年诞生在贫寒农家。为了糊口，一家人散住各处，父亲在外地打工，母亲到宁波市里当佣人，双目失明的祖母带着江震住在鄞县乡下姐姐的婆家。姐姐和姐夫有一个与江震年龄相仿的孩子，因为付不起两个孩子的学费，善良的姐姐和姐夫决定只供江震一人上学，就这样他勉强读了 3 年小学。抗日战争爆发后不久，宁波沦陷，姐姐家的日子也越发难过，江震决定独自谋生。他先在宁波鼓楼冯姓财主家做了半年多小佣人，后又遵循宁波帮的老路，于 1941 年夏天经人介绍到上海新丰印染厂印花车间学生意，12 岁的江震每天要工作 12 个小时。

在艰苦的工作、生活条件下，要强的江震报名参加了杨树浦工友义务夜校，企望通过读书来改变自己的命运。在夜校读书的同班同学里，他结识了大他 8 岁的徐英大姐。日寇统治期间，中共上海地下党组织通过开办工友义务夜校，组织、团结了一批又一批要求上进、思想进步的青年工人，而徐英本人就是其中的积极分子。

由于都是宁波同乡，徐英对江震特别关心。1943 年，14 岁的江震一年之内父母双亡，生活无着，江震的父亲在江西被日机炸死，随即母亲也因病亡故，不久他又因工厂关闭失业，国仇家恨，打击接踵而来。是徐英大姐在他病倒床榻时送去汤药，为他缝制棉衣棉裤；是徐英大姐循循善诱地启发教育他工人农民为什么会穷、老板地主为什么会富的道理。1945 年 8 月抗战胜利，工厂复工，江震又回厂当工人，但是国民党劫收大员一来，大搞五子登科，通货膨胀，物价飞涨，工人的生活并没有得到改善。这时，徐英向江震表明了自己中共党员的身份，鼓励他干革命，求解放，投身到推翻三座大山，打倒蒋家王朝的革命洪流中去。

1945 年抗战胜利后，原来坚持四明山区敌后斗争的新四军浙东游击纵队奉命北撤，留下少数人员坚持原地斗争。随着全国解放战争形势的发展，需要恢复和发展浙东武装斗争。1947 年 3 月，在徐英的组织和带领下，江震和一批青年离开上海到达四明山区，正式参加革命。江震被分配到三支队二大队第四中队，由于他是工人出身，就叫他当机枪手胡瑞根的助手，负责肩扛全中队唯一的一挺机关枪。1947 年 7 月 3 日，江震在部队光荣地加入中国共产党。

在四明山区，徐英与江震分手后，接受了建立秘密联络站的任务，担任白龙潭中心联络站站长。几个月后，传来了徐英不幸被捕英勇就义的消息。采访过程中，江震动情地说："徐英大姐是我的革命引路人，没有她，就没有我江震的今天。徐英大姐的事迹已被宁波市新四军历史研究会编入《宁波革命历史人物选》中，我深切缅怀徐英大姐，她永远活在我的心里。"

## 加入人民空军

在浙东三支队，江震在部队的培养下迅速成长，先后参加了三北、中村、双庙、马坑、湖头庙等战斗，被评为中队模范。1947 年 8 月，部队南进台州地区，江震参加了两克天台、解放三门县的战斗。1949 年 6 月，他所在部队与南下的解放军三野兄弟部队在解放绍兴的战斗中胜利会师。江震经受了解放战争血与火的洗礼，从一名普通战士逐级提拔成为连级干部。

全国解放以后，为了建立和完善部队各军兵种建设，中央军委决定建立人民空军。1950年春，当时担任宁波军分区团参谋的江震，被部队批准参加飞行员选拔。他经过宁波军分区、浙江省军区和南京军区三级医院极其严格的体检，身体各方面指标均为合格，于同年7月进入长春空军预科总队学习。按原定计划，先要在预科补习一年文化知识，然后才能到航校学习飞行技术。当时由于抗美援朝战场急需飞行员，便打破常规，原定一年的文化学习计划缩短到4个月。好在江震从小读过3年正规小学，后在上海工人夜校刻苦攻读了几年，已有小学毕业的文化基础。

1950年11月，江震被分配到设在锦州的空军第三航校本科速成班学习飞行技术。他因是工人出身，对机械设备比较熟悉，所以很快掌握飞行技术并能单飞，深受苏联空军教官的器重。经半年速成飞行技术学习，他于1951年5月分配到空军十五师四十五团第三大队，被任命为第三大队副大队长（副营级），但没配大队长，由他全盘负责大队领导工作。全大队有3个中队，每个中队配4架飞机，全为苏制米格—15。经过半年速成训练即投入到抗美援朝升空作战。

### 血战长空

每个人一生中都有无数次的第一，但对江震来说，1952年5月8日，是他永远铭记在心的日子，这一天，是他参加空军后的第一次对敌作战。

那一天，他们四十五团出动16架米格—15战机，在副团长林广山的带领下，从丹东机场起飞，执行掩护地面部队输送后勤物资的任务。身为第三大队副大队长的江震，在航校全部飞行时间仅为81小时，在战斗机上的训练时间只有22个小时就升空参加实战，这在世界空军史上也属少见。江震和他的战友们驾机很快飞到朝鲜清川江与大同江之间的空域。突然，地面指挥员发来指令，通报在正前方70公里处有一群敌机飞来，要他们立即投掉副油箱，准备迎接战斗。空中带队长机立即发布命令："保持队形，注意距离，全面搜索，准备战斗。"说时迟，那时快，几十架敌机呼啸着向他们扑来。江老向我介绍说："当时中国空军全是苏制米格—15战斗机，配备有1门主炮和2门副炮，美机则为F—86'佩刀式'战机，配备机关枪。双方性能相仿，但米格炮弹少而对方机枪子弹多，因此必须要在最短时间内保证命中率的前提下向敌开火，才能落于不败。"由于是首次升空作战，心里难免有些紧张，在双方机群交汇时，江震在瞄准具的棱形光环里，见到一架敌机正在接近"死亡"中心点，他果断地按动发射按钮，向敌机射出 3 发炮弹。谁知这架敌机速度极快，侥幸逃脱，后面那架敌机躲避不及，恰好被打个正着，一个倒栽冲向地面摔下去。江震兴奋地喊出声来。

混战中，己方的编队很快被数倍于己的敌机冲散，江震与僚机失去联络，炮弹也已用尽，机上的仪表也提醒他燃油快要耗尽。

江震立即调转机头向祖国方向飞去。谁知两架敌机恃强凌弱，突然从云端中冲出向他逼近。这时因弹药用尽，他已无力与敌缠斗。为摆脱敌机，他猛力拉杆跃升，迅速作一个大角度转弯，谁知道由于过度紧张，用力过猛，飞机一下子进入了垂直螺旋状态转落下去。

在面临机毁人亡的紧急关头，在飞机垂直下降 3000 米时，江震蹬反舵，推驾杆，缩油门，终于停止转落，脱离了螺旋。谁知一波未平，一波又起，只见又一架敌机从左上方俯冲而下，江震已经看到敌机机翼上的标志，他还没来得及蹬舵，敌机已抢先开火，机关枪朝他猛烈射来。江震只觉得机身一阵抖动之下，又一次进入螺旋，掉头下沉。可能是敌机的油料也将用完，也可能以为飞机已被击落，等江震再一次控制驾杆转出螺旋时，敌机已经远去。

两次转出螺旋，江震已耗尽了心力，胃里的早饭全部呕吐出来。他驾驶着摇摇欲坠的战机，心中默念道："只要我还活着，只要飞机还能飞一定的高度，就一定要人机同在，飞回祖国。"这时飞机离地面已不到 1500 米高度，剩油已不够飞回原机场，他当机立

与夫人合影

断，将飞机就近降落到边境线上的辽宁另一个机场。飞机降落后，地勤人员迅速将他从机舱中扶出，他们不无惊讶地发现，3 处致命点被击中的飞机，竟然还能完整地飞了回来。

首次升空作战就击落一架敌机，荣立一等功，江震信心大振。此后他多次驾机参战，又先后击落敌机 3 架，再次荣立一等功。1955 年江震荣幸地参加了在北京召开的空军第一次英模大会，受到朱德总司令和总部首长的亲切接见。

抗美援朝战争结束后，江震历任空军副团长、团长、副师长、师长、副军长、军长。1983 年升任沈阳空军少将副司令员，1988 年晋升为中将，直到 1991 年 12 月离休。他的 50 年的革命生涯，绝大部分时间都奉献给了祖国的空军事业。

江老 1992 年到上海空军政治学院干休所养老，同时还担任上海市新四军历史研究会的顾问。

# 邵有民：理想，一生的追求

● 唐旻红

蓦然间，认识邵老，已是 18 年前。那时，他是会议桌对面温和的主考官，我是会议桌这边惴惴的应聘者。后来，走廊里，会议上，文稿中，差旅间，常常可以接触到他的音容、言谈、文字、思想，乃至性情。再后来，听说他是宁波人。

是的，他就应该是宁波人，宁波人中的凡常，宁波人中的翘楚。

## 自强不息的甬人传统

邵老诞于 1930 年的上海，祖籍浙江镇海，曾祖父一代便已移居申城。说起祖籍，故土，邵老总有些许遗憾：那边，早已经没什么亲戚，我也始终没有机会回去。但这似乎正是甬人的命运，甬人的选择——人多地少、海阔天空的自然条件，让宁波人在不断的行走、开拓中，自强，进取。

邵家是 19 世纪下半叶移民上海的无数普通宁波家庭中的一份子，没有丰厚的家底和卓著的声望，却是上海这座城市兴起之初的见证者和支撑者。父亲 18 岁时，便已是一名远洋水手。邵老记事时，父亲已是万吨轮的轮机长，可以称得上是中国的第一代产业工人。在有形无形、耳濡目染的熏陶下，父亲那种不甘困顿的志气，通过自学成才、改变命运的毅力和奋斗精神，都深深地影响着年少时的邵有民。

他还记得，童年时，父亲不幸罹患严重的心脏病，5 年卧床不起。为了治病，邵家倾家荡产，生活陷入困境，两个哥哥只得辍学早早工作，支撑起这个家庭，供弟妹继续读书。好好读书，掌握知识，改变命运，是这个家庭所有成员的冀盼。也正是在此期间，少年邵有民开始接触进步思想。

1941年，二哥邵有华在造船厂加入了中国共产党。其后，二哥的党小组会便常常在邵家召开。该党组织的领导，是一位姓李的先生，一袭长衫整洁而儒雅，他的公开身份则是南货店的职员。邵有民放学回家，便时常看见李先生已经坐在家里等二哥。有时，李先生也会与邵家人一起就晚餐。渐渐地，李先生由关心邵有民的学业、生活，到关注他的阅读、思想，并给他推荐了诸如党的地下出版物《灯塔》小丛书、斯诺的《西行漫记》等传播革命理论、理想、人生价值的进步书刊。

1945年，在李先生和二哥的介绍下，邵有民在缉椝中学（今市东中学）加入中共。那年，他15岁。很久以后，他才知道，李先生当时是一位职业革命家，解放后也是香港与内地金融界的风云人物。

父母与家族，给了他朴实为人的价值理念，给了他自强不息的甬人传统，二哥与李先生又给了他更宽广的视野、更高蹈的思想，使他得以宁波人纳新的禀赋，在阅读、学识、思维与知行上，开辟出新的疆界。

## 不畏强权的家族血性

宁波人的血性，从来都不在于沸腾的脾气或张扬的架势。那是一种真的豪迈，基于正义，基于勇气。邵有民的父亲就是这样的宁波人。

经过5年与病魔作斗争，病愈后的父亲重新工作了。但此时的上海滩，已经发生了巨大的变化，父亲只能选择到日资船厂谋生。日本管理人员对中国员工非常苛刻，常常欺负甚至打骂工人，大家只得忍气吞声。一次，耿直的父亲终于找到了替工友们反击的机会。日本领班私吞了手下员工的加班费。大家愤愤不平却又都不敢吱声，父亲冲了出去，跟领班叫起板来，并当着领班的面，义正词严地向主管揭露领班克扣加班费等恶行，同为日本人的主管觉得颜面扫地，当场给了日本领班两个耳光，工人们不仅要回了加班费，更觉得扬眉吐气。

回家后，父亲将这事告诉了家人，母亲非常担心他会遭日本人报复，毕竟，那是一个日本人横行霸道的年代，整个沦陷区，整个城市，没有几个人敢公开跟日本人叫板。邵老还清晰记得，一次日本军人封锁了他的住地——榆林里，将所有居民统统赶出家门，在平凉路马路旁待了一天一夜，没有吃，没有喝，又冷又饿，这就是亡国奴的羞辱和无奈。因此，年少的邵有民对父亲的作为非常敬佩。虽然父亲只是一名普通的技术工人，但这种为人正直、敢于出头、不畏强暴、不计得失的男儿血性，都深刻地感染和影响着邵有民，为他之后走上革命道路奠定了人格基础。

在学校老师们的眼里，邵有民始终是一位品学兼优的好学生，勤奋、乐于助人。直到1947年的"五二〇"反内战、反饥饿、反迫害运动中，大家才发现了他身上正义豪迈的革命气概。

1947年5月20日，赴南京请愿、反对内战、反对饥饿的学生游行队伍遭到了国民党当局的血腥镇压，发生了流血惨案。消息传来，上海学生纷纷发动罢课游行，以示抗议。缉椝中学学生也积极行动起来了。中共党支部估计校方会利用周一的周会进行阻挠，决定在周会前学生自治会的墙报上，刊登介绍"五二〇"惨案的文章。由学习干事邵有民负责，在周会上由党员金世华向全校师生介绍他哥哥（金陵大学进步学生）亲眼目睹惨案的真相。果然不出所料，周会上校方要学生好好读书，反对罢课，并谎称流血事件是学生在游行途中自己打破了玻璃窗、划破了手造成的。面对一派胡言，金世华毅然走上讲台，严词驳斥谎言，大声讲述惨案真相，却被校方赶下了台。身为初三学生的邵有民初生牛犊不怕虎，冲上讲台质问："校方怎能编造谎言来欺骗同学！金世华讲的是他哥哥亲身经历的事实！学生应该有言论的自由，为什么不让他讲话？"驳得校方哑口无言，博得了师生们热烈的掌声。事后，训导主任找邵有民单独谈话，不仅批评他的上台发言，还逼迫他交出墙报作者们的名字和原稿。他毫不含糊地拒绝了。

以后，邵有民才知道，在班主任和任课老师的保护和据理力争下，校方收回了开除他的决定，准予毕业，但不让他升入高中。他转而考取了复兴中学。事实上，无论他是否地下党员，作为一个勤学、友善、正直、仗义的学生，老师和同学都会报以真诚的喜爱和赞赏。而这些秉性，无疑是承接于不畏强权的家族血性。只是，他将这种血性，融入了高尚的革命理想和爱国情怀，融入了复杂斗争中的理性和策略。

邵有民进入复兴中学以后，一方面勤奋学习，一方面广泛联系同学。他在高中学生中组织了合群社，在初中学生中组织了幼幼剧团，以阅读进步书籍、唱歌跳舞等学生喜闻乐见的形式，宣传进步思想，团结广大学生。1948 年 5 月 9 日，因发动学生参加"反对美国扶植日本"的爱国学生运动，他被当局列入黑名单。

1948 年 8 月 26 日，国民党当局为镇压学生运动，开出了 300 多名学生的黑名单，实行全市大逮捕，有 92 人遭逮捕，5 名是中学生，邵便是其中之一，其他都是全市各校的大学生，被捕后被关押在特种刑事法庭拘留所。被捕同学无所畏惧，在狱中继续进行斗争。他与同学们为改善狱中生活、争取早日获释，进行了两次 6 天的绝食等一系列斗争，不仅与敌人周旋，还结交团结了原本并非党员的学生，并且把牢房当课堂，相互授课，鼓舞斗志，坚持学习。从祖辈父辈身上继承下来的正义感与男儿血性，在狱中凝练成了执着的信念、不屈的精神和对国家更为深沉的爱。这一腔热血，让邵老在以后的人生路上，走得更为坚实、坦荡、无畏、淡泊。

### 老实真诚的立身家训

说起母亲，邵老充满深情。母亲是家庭妇女，典型的贤妻良母，信奉老老实实做事，清清白白做人，与人为善，真诚待人，宁可自己吃亏，不占别人便宜。在邵老看来，这样的家训，与共产党人所尊奉的革命奉献精神是一脉相承的，与现如今所倡导的"立党为公，执政为民"也是一脉相承的，是一种传承、发展和升华。也正因此，他和他的二哥能那么顺理成章地接受革命道理、走上革命道路。这些为人正派、讲究信誉的立身家训，以及革命的理想和信念，影响了邵老一辈子，也在变幻莫测的政治风云中指导着他正确采取对事对人的态度。

1949 年上海解放后，邵有民就担任了虹口、闸北的团委领导工作，1954 年开始，又先后领导了闸北的工业、教卫、宣传等部门。当时，还未满 25 岁，自然会在历次政治运动中，受到轰轰烈烈建设高潮中"左"的影响。但邵老自省，做老实人、办老实事、出于公心，始终是他处理问题的原则。上世纪 50 年代初审干，有一位青年干部，地主家庭出身，中学时入了党，但未向组织讲清年少时曾居住在身为国民党军官的姐夫家的经历。邵有民率领的工作组调查清楚这段背景后，确定其只是作为至亲的借住，并无政治上的影响和瓜葛，便还其清白。这位青年在 1954 年顺利考上大学，后来作为高级工程师为上海的建设做了不少贡献。

十年浩劫，更是考验每个党员诚实与良知的时候。1966年，作为区委常委分管教卫工作的宣传部长邵有民，成为闸北区第一个被打倒的领导，也是第一批下"五七"干校劳动的"走资派"。开始被冲击时，他想不通，不知所措，痛苦彷徨。经过一段时间的思考，他的心态放开了：自己原本就是一个老百姓，当年冒着危险参加革命，从来就不是为了升官发财，而是为了国家的独立富强，为了能让老百姓过上好日子，所有的工作也都是出于公心、老老实实去做的，问心无愧，今天，再去做一名普通农民或工人，都没什么冤。虽然被隔离着，天天做检讨，但他悠然吃饭、睡觉、看书，人都胖了；虽然因是干校开拓者，筑屋、开河、挑担、打农药等等，非常的艰苦，但他都干得很欢，体质也为此强壮了不少。

老实真诚的立身家训，让邵老在最艰难的岁月里仍享有着夫妻相濡以沫、亲人互助互慰的真情，同时也让他在其后的干部工作中体现出了那个复杂年代少有的平和与务实。1980年后，他被借调到市委组织部担任整党办的副主任和核查办的主任，接手处理了大量的案件。在定性"三种人"或"犯严重错误"的过程中，总会遭来非议，或被指责为"左"了，或被指责为"右"了。但他本着实事求是、坦荡无私的心态，深入调查研究，以事实为依据，以政策为准绳，以历史唯物主义的态度看待人。上世纪50年代邵老担任区教卫部长时的同事副部长，"文革"中被结合任革委会副主任，"文革"后被清查，要定他犯有严重错误。邵老审阅了全部材料，认为在当时历史条件下，谁在这个岗位都会这样干，不应追究个人责任，否则打击面太宽了。他排除非议，坚持原则，保护了一位老同志。

正是因为这份公心，这份诚恳，虽历经风风雨雨，相识、共事者们也都境遇各异，但对邵老却都有着一致的认可和尊重。直到今天，五六十年前团委、教委的同事们，还会年年聚会叙旧，组织部等机关的老同事们，也还会时常相约合家出游。84岁的邵老感慨地说，老老实实地做人做事，虽然会吃些亏，但总会有更重要的收获。作为一名共产党员，全心全意为人民服务，立党为公，执政为民，应该是自己一生的追求。

## 创新务实的精神特质

宁波人开拓创新、团结互助的精神是世人皆知的。创新，需要知识，需要人才。这一点，邵老深有体会。

邵老的爱人出身于知识分子世家，父亲早年留学美国，与当年许多爱国知识分子一样，为了祖国的战后重建而回到了上海。她自己则是生长在摩登上海的典型的小布尔乔亚，钢琴与革命，是她的生活和理想。上海解放后，年仅19岁的邵有民走上了党团领导岗位，不可能再回到校园念书了。但他鼓励爱人考大学继续深造，由此成就了妻子园林生态研究的职业生涯。

邵老熟悉知识分子，了解知识分子，他对知识分子的尊重和评价，更多地在于其实际的才能和创新的才华，而非一纸文凭或职称。80年代的上海，正是需要大批各行各类专业人才之时，需要革命化、知识化、年轻化、专业化的干部队伍充实到各级领导班子，邵有民担任了市委组织部副部长。在市委和组织部的集体领导下，他参与了全市各级组织公开推荐领导干部的活动，组织专家组公开考核干部，深入实际深入基层，发现并推荐有实绩的优秀人才。经过考察，按组织程序选拔了一大批符合"四化"条件的干部和专业技术人才到全市各条块局级岗位，其中不乏在后来成为国家和地方高层领导者。但邵老对此经历却淡然掠过，而让邵老无法释怀的，却是一位他没帮成的知识分子。

那是某高校一位生态学家，在业界颇有口碑，在专业杂志上也发表了不少论文并有专著，讲课深受学生欢迎，却因为历史原因在政治上长期遭受不公正待遇，以致连教师资格都没有，更别说职称。邵老为其奔走招呼，终被当时僵化的用人机制阻碍而无果。对此，邵老深感无奈。所以每当他有机会有能力发现有用之才加以提携助力时，他都坦然援手。有一回，他参加一个读书活动，发现一个演讲非常精彩，不仅有文采、有内涵，还有思想、有个性。他马上打听拟稿人是谁，发现是一位企业基层的宣传干部，没有科班学历，更没有什么背景，但他经过组织考察后很快将其调入市委组织部。

在邵老担任组织部、党史研究室等单位的领导期间，像此类不拘一格降人才的事例有很多。不论是自己发现的、公开招聘的，还是他人推介的，他都本着公心，以实际才能和个性才华为参照，吸收各类德才兼备的人才。在他看来，有一定生活、工作经历的人，能脱颖而出，更能体现智商与情商的相容性。

这种眼光，与邵老的个人经历有关。他自己就是通过不断在实践中学习而逐渐适应、熟悉各项工作的。50年代刚接手工业、教卫系统的管理，他并没有经验。但通过下基层、进课堂、调查研究，听取建议，虚心求教，在工作中善于总结经验、研究问题，就能找到客观规律和具体的工作思路。为此，邵老深感学哲学、学马列理论的重要。扎实的哲学理论功底能够让人掌握科学方法、善于分析、学会研究。而一切的实际能力和创新思维也都是从这些理论和方法延伸出的。

邵老用这些武装充实了自己。他除了在华东党校、中央党校学习理论外，主要是靠自学，结合工作，边学边干，既重实践，又重理性总结。特别是改革开放以来，他还发表了一系列著作，主编了《上海改革开放风云录》、《改革开放系列丛书》、《上海党史》、《炼狱》、《共产党员在九十年代》以及《党建新探》等专著和近百篇的论文、讲课稿。

欣赏个性的邵老本身也是一位个性十足、不甘平庸的人，说话直率，为人坦诚。直到今天，邵老仍然会在各类座谈、会议以及与领导干部的个别交流中发表自己的见地，用笔陈述自己的思考。他的有关转变领导理念、改善领导方法的观点，甚至会使很多年轻干部都自感相形平庸。

"我是一位理想主义者，吃了不少苦，也越来越理性，但追求理想信念始终不渝。

与夫人合影

理想主义者会有不少烦恼，可有一点好处，就是自己努力了，就能够从良心上解放自己，类似于西方宗教里所说的心灵救赎。因此，离休后，自己的生活过得很充实愉快。每周去老年大学学习文化知识，去游泳锻炼身体，阅读书籍报刊，还参加力所能及的社会活动，总感到时间不够用，要学的东西太多了。"

# 赖振元：龙腾中天　固本培元

● 丁言鸣

在上海，只要一提起"象山二建"，在建筑领域里几乎无人不晓。

在全国，只要一提起"龙元集团"，在7000万股民心目中的分量总是沉甸甸的。

然而，对于前"象山二建"的负责人，现"龙元建设集团"的董事长赖振元，人们恐怕就未能尽知其详了。今年74岁的赖振元属龙，属龙的赖振元打造了一个民营的建筑王国：龙元，谱写了一个从泥瓦匠到上市公司董事长的现代神话。

## 一份沉甸甸的人生档案

濒临东海的宁波以南，因岛上的象鼻山而得名为象山半岛。1940年，赖振元出生在象山一个普通农民家庭。象山并不富裕，倚山靠海，耕地不多，然而"一方水土养一方人"，渔业、建筑业和农业并列为象山的三大支柱，托起了象山一方天地。生于农民家庭的赖振元，很早就投身于建筑行业，从16岁起就在象山部队的施工队里当上了泥瓦匠，从此，他与建筑结下了不解之缘。

1983年，改革的春风乍起，也吹进了这个濒临东海的贫困山区。此时，上海的基本建设方兴未艾，高楼大厦拔地而起，基础设施项目纷纷上马。赖振元眼观六路，耳听八方，深感这是一个难得的走出大山的机缘。于是，年少气盛的他自告奋勇地要求到上海设立象山二建驻沪办，从此，踏上迈向建筑大市场的拼搏之路。1984年，赖振元接下了上海的第一个建筑项目，虽然这只是一个19万元的工程，建筑面积也仅为 2700 平方米，然而，"象山二建"终于在上海亮剑，迈出了坚实的一步。

以后，象山二建又承接了上海宝钢一项打桩建造引水工程防渗墙的项目。赖振元深知这是一块打进上海建筑市场的敲门砖，于是他阵前请缨，自告奋勇地去啃这根硬骨头。他带领一帮象山兄弟在吴淞口齐腰的江水中打桩，潮起潮落，冬去春回，打下了 2.7 万根 9 米长、40 公分粗的桩基，围成了 5.7 公里长的防渗墙，为宝钢节省投资 90 万元，工期提前了 7 个月，工程被评为质量金奖。艰苦的劳作磨炼了象山兄弟们的斗志，也擦亮了"象山二建"这块招牌，从此象山二建在上海崭露头角，成为一支不可小觑的建筑奇兵。

随后，赖振元率领的象山二建在上海揽下了一个又一个小工程。1989 年，象山县人民政府给赖振元记大功一次；1992 年，赖振元被评为"宁波市劳动模范"；1997 年被评为"宁波市特等劳动模范"，并被选送中央党校学习经营管理；1999 年，赖振元被评为"浙江省劳动模范"；以后各种荣誉接踵而来，赖振元被选为宁波市人大代表、浙江省优秀建筑企业家、全国优秀建筑企业家、上海市建筑施工行业协会副理事长、中国建筑业协会副会长。在如此众多的头衔中，赖振元最看重的是中国建筑业协会副会长，这个协会是统管全国 12.8 万家建筑企业的行业龙头。协会的会长自然是由建筑部的部长担任，而在所有的副会长中，惟赖振元是一位民营企业的掌门人。赖振元说："作为一个农民出身的企业家，这是我一生中能得到的最高荣誉，别的行业协会的副会长有好多个，而建筑行业协会只有 3 个，北京、天津、上海各一个，而民营企业中就我一个，年纪也最大，工龄也最长，我特别珍惜这个得之不易的荣誉。"

从一个浙东农村的泥瓦匠，嬗变为全国建筑行业协会的副会长，赖振元在建筑行业中摸爬滚打了整整 58 年。

## 一张金灿灿的企业榜单

1995 年，象山二建驻沪办正式改制为股份制企业，赖振元将其承包所得折成股份为 2333 万股。后来，他又将其中的一些股份分赠其妻子儿女，赖氏家族占整个公司发起股份比例的 61.39%，占绝对控股地位。1998 年公司正式更名为龙元建设集团股份有限公司。"龙"者，赖振元的属相，"元"者，赖振元的名字。起名"龙元"，即希望企业似飞龙在天，创造建筑行业的新纪元，可谓是雄心勃勃、吉祥如意。至上市前，赖氏家族拥有公司股份达到6309.5万股，占整个公司股本的78.87%，其中赖振元直接持有4856.5万股。2004年5月24日，龙元建设2800万股A股在上海证券交易所首发上市，赖振元一下身价近10亿元。

公司以服务社会为宗旨，坚持"奉献、务实、诚信、奋进"的企业精神和"管理上一流、质量出精品、服务创信誉"的质量方针，坚持"人才是企业的资本、学习是一种生活方式、创新是生命之源"，以质量拓市场、以管理求发展。公司坚持以人为本，坚持企业共同目标，坚持社会责任，提倡员工追求协作创新和发挥个性，实现企业和个人的良性互动。公司倡导员工追求有兴趣的工作、志趣相投的同事、健康的体魄、开放的心态和乐观向上的精神。公司为员工提供可持续发展的机会和空间，努力创造公平竞争的环境，坚持工作和家庭、健康、物质、精神生活协调一致。

已年过70的赖振元，每天仍然工作十几个小时，享受的是不倦的工作给他带来的乐趣和成功的业绩给他带来的满足。

走进龙元集团在上海的办公大楼，最先映入眼帘的是一排排闪光的奖牌和一组组璀璨的奖杯，它们默然无声，却响亮地宣告着龙元在建筑市场上走过的道路。

龙元进入市场以来，声誉鹊起，硕果累累。其代表工程有杭州萧山国际机场航站楼，荣获国家最高奖"鲁班奖"；上海卢湾区政府重置楼、上海新华联商厦、复兴苑、瑞南新苑、香榭丽花园、锦绣江南小区、春申万科小区、广粤小区均获上海建筑最高奖"白玉兰奖"；港陆广场荣获全国建筑质量管理优秀奖。据不完全统计，龙元荣获的优质工程已有600多项，荣获各项奖励已达800多次。

在上海，无论是走在马路上或行驶在高架道路上，触目所见均有龙元的建筑成果。在龙元的榜单中，杭州大剧院、宁波大剧院、越洋广场、大连国贸中心、世纪大道、上海书城、南北高架、内环线、延安西路高架、沪闵高架、外高桥港区……赫然在目。即将竣工的101层上海环球金融中心的第一标，地下基础工程也是由龙元承建。在改革开放以来日新月异的建设热潮中，龙元就是一条遨游于天地之间的蛟龙，上天入地，翻江倒海，威风八面。

正因为如此，20多年来，在全国各地到上海的6000多家建筑施工企业的综合考评中，龙元有17年夺得魁首，有6年位居第二。2004年龙元在上海上市，连续3年被评为全国500强企

业，在浙江省百强企业中排名第32位，在宁波市百强企业中名列第8位。上市以后，连续3年入选"民营上市企业100强"，2005年排名第8位，"社会贡献10大民营企业"第3位，2006年排名第14位，"社会贡献10大民营企业"第6位。在21家国内建筑业上市公司中，"龙元建设"的主营业务收入突破100亿元，名列三甲，与中建公司等那些响当当的建筑国家队比肩而立。

这真是一张金灿灿的企业榜单，从30年前携3000元进上海，到如今总资产近200亿元，每年上缴税收6亿多元，解决就业7万多人。赖振元为上海的经济发展和社会稳定作出了自己的贡献。

## 一组响当当的管理箴言

在辉煌的企业业绩后面，作为董事长赖振元却是低调而谨慎的。他说得最多的一句话是："民营企业家不是栽培的，是野生的，一切只能依靠自己。"为此，赖振元在自己20多年的经营中间，摸索出了一套带有明显个人特征的管理方式。

赖振元说："会管理的人，首先把自己管好；不会管理的人，只管别人不管自己。"他自律甚严，天天都起得很早，几乎没有休息天和节假日。龙元集团高层有一个约定，每天早晨七点半有一个高层早餐会，十几年如一日，从不间断。只要赖振元在公司，那些部门经理每天都要在早餐会上亮相。"我对高层管得很紧，他们不卖力怎么行。"赖振元甚至吃住都在公司，他对龙元既尽了心，也尽了力。

赖振元说："我做企业不是为了自己，因此，我决不偷税漏税，决不弄虚作假，我想把龙元做成上市公司中最好的。"

赖振元正是朝这个方向努力的。上世纪90年代，建筑市场日趋规范，工程质量普遍提高，业主对建筑业的要求也很高，靠吃吃喝喝、拉拉关系已经承揽不了工程，惟有靠质量和服务才能赢得市场。此时，赖振元就提出"增强服务质量，主动服务业主和用户"的口号，提前为用户和业主提供超前超值的服务。赖振元提出："公房当成宾馆做，普通装饰高级做。"这样，无论做什么工程，业主对龙元总是十分满意。赖振元说："民营企业不应该惧怕恶劣的生存环境，只要自己争气，自己不垮，别人就打不垮你。"正是凭着这份自律、自强、自信，龙元成了上市的建筑企业中效益最好的。

赖振元说："如果一个企业连主业都做不好，用辅业来支撑是绝对撑不住的。"

一般的企业在做大以后，往往想着扩大经营，多元投资，而像龙元这样沉下心来，甘于做劳动密集型的建筑工程的却不多。

赖振元也曾想试着做点房地产，他曾在华山路花3000万元买下一块地，然而历经6年，连拆迁问题都尚未解决，结果房产没搞成，倒亏了一大笔。赖振元自嘲地说："我与房地产无缘。"而且，他十分珍惜做工程赚来的"血汗钱"。也许是做了一辈子的建筑，他把全部精力都放在建筑上，从而铸就了龙元品牌，确立了自己在建筑市场上的地位。

赖振元说："管理没有模式，管理有模式是要死定的，管理就是要天天创新，不断动脑筋。"

赖振元和龙元都是土生土长的，既没有上过MBA，又不遵循什么"管理规律"，惟其土，才在实践中走出一条属于自己的道路。相对于中建这样的大型建筑国家队而言，龙元的管理更贴近市场，更加灵活多变。经过多年摸索，赖振元对龙元的项目管理进行了大刀阔斧的改革，赋予200多名项目经理实际的经营管理权，薪酬支付也摒弃了工资加奖金的老模式。项目经理在承接项目时与公司签订合同，在确保工程的利润水平并缴纳了工程保证金后，超出利润率的部分全部归项目部支配。项目部经理完全成了职业经理人，一个龙元集团下面顿时增加了几百个"小公司",这成了龙元的一大优势。

为了创新,赖振元还成立了企业管理研究室,深入研究公司各项制度的合理性和科学性,加强企业内训,培养有创新意识的员工。赖振元有句名言:"员工的抱怨就是企业领导管理创新的主要源泉。"因此,在龙元,一种民主的工作氛围正在逐渐形成。

赖振元说:"抓人的质量比抓工程质量更重要。人才是企业的资本,学习是一种生活方式,创新是生命之源。"

在人们的感觉中,民营企业家大都高高在上,派头十足,盘剥员工。但赖振元生于农家干在基层,从16岁时做泥瓦匠起就和工人朝夕相处,他了解工人,爱护员工,把提高公司员工的素质视作百年大计。从1996年起,龙元公司成立了党委,赖振元亲任党委书记,他每年在工人中提拔干部,吸收工人中的优秀分子入党,至今已发展工人新党员65名。他组织工人参加各种培训,公司就有自己的培训中心。他还不惜重金,引进和聘用有各种职称和专长的人才200多名,吸纳大中专毕业生100多人,还选送了100多名素质好、有培养前途的青年工人登堂入室,赴高等学府深造,并请专家教授到公司的培训中心为技术骨干授课。在龙元,学习技术成了一种氛围,好学上进成了一种风气,许多青年工人在龙元找到了自己的人生坐标。

赖振元说:"企业当然要交给我儿子,培养他,希望他按照我的思路去做企业。一般人的一股独大是不好,而我的一股独大绝对是好的。因为人家是钱聚人散,而我们是钱聚人也聚。我的一股独大,如果钱分散开去的话,肯定要坏事情。比如说,当时我有2.8个亿可以分,我一分没动。现在龙元给流通股东的分红累计有五六千万了,可是我的家族包括我自己到今天为止一分钱都没有分到,全部留在上市公司了。我自己辛苦不是为了给自己挣钱用,而是为了企业发展下去。"

"我希望我的儿子接班以后,能不断改进我的管理模式。我的愿望是做百年龙元,但我不会把龙元带到家里来。我几十年来每天工作十几个小时,就是为了百年龙元。将来即使不是我的儿子、孙子在经营龙元,我也愿意看到龙元的品牌传承下去,我就对得起社会了。"

龙元是一家民营企业，其管理模式在相当大的程度是家族管理。但赖振元从长计议，不图家庭私利，规划长远发展。因此，在相当长的时间里，赖振元考虑的是如何做大做强"龙元"品牌，打造百年名企。中国有许多民营企业常走不出"一代而终"的怪圈，更遑论打造百年基业了。作为一个民营企业家，赖振元决心跳出怪圈，迈向企业管理的"必然王国"，这是极其难能可贵的。

冰冻三尺，非一日之寒。在龙元辉煌的业绩背后，正是赖振元"野生"的，从实践中摸索出来的一整套企业管理的真功。

## 一个真切切的社会责任

2004 年，上海证券交易所里铜锣一响，"龙元建设"，作为一家上市公司亮相了。从这一刻起，赖振元感到自己肩头的责任更重了。

赖振元常常说："作为一个企业家要有社会责任心。"过去，他把这份责任心放在搞好公司的施工质量上，这仅仅是对业主负责；而今，公司成了社会公众企业，赖振元更多地考虑公司如何为整个社会负责。做成一个有社会责任心的百年企业，这就是赖振元心中的目标，也是他创立"龙元"的初衷和归宿。

在龙元公司上市前，经国家证监会核准有 2.8 亿元未分配利润。所有的老股东都可以参与分配，作为控股的大股东赖振元就可以分得 1.7 亿元。但赖振元却坚持要新老股东一起共享，一方面使老股东保持坚强的团队核心，另一方面要让新股东投资龙元得到实惠。此招一出，舆论哗然，因为这在当时的 1300 多家上市公司中是绝无仅有的。至今，龙元公司给众多股民分红的总额已超过亿元，仅 2012 年的分红额就达到 1.232 亿元，而且在当年 6 月 7 日前全部发放到位。但作为控股的赖振元和他的家人却连一分钱也未分到，赖振元把这些红利全部留在公司，用于扩大再生产了。对此，赖振元说："股民用血汗钱投资我们的股票，这是对公司的信任，我们要让他们的投资得到应有的回报。"

有了这份社会责任心，赖振元不顾年逾 70 的高龄，每天工作 10 个小时，不顾鞍马劳顿，仍四处奔波，做大做强企业。近年来，他频频出访东南亚，在马来西亚、菲律宾找到了新的合作伙伴，龙元的海外战略正方兴未艾。

有了这份社会责任心，赖振元正在逐步淡化民营企业家族化的模式。在公司上市后，他立即任命了 3 位职业经理人担任副总经理。尽管他的儿子出身科班，学有专攻，也很优秀，是目前公司的总经理，但赖振元说："我现在还没有考虑把企业交给儿子，管理是不好教的，要靠竞争，要得到社会上的公认。"

有了这份社会责任心，赖振元热心公益，乐于奉献。2008 年 5 月，四川汶川特大震灾，龙元一出手就是 500 万元，不仅如此，龙元的建筑队伍还时刻准备进入四川，为灾民们筑路造房。对于家乡，赖振元更是心存感念，出资修自来水管道，创立振元希望小学，还为象山建造了一条耗资 150 万元的公路。

在上海，赖振元也经常参加各项公益活动。他是上海市宁波经济建设促进协会的副会长，上海宁波商会的常务副会长。近年来，他出资赞助了上海艺术节、第七届大学生运动会、田径黄金联赛、"宁波人在上海"展览会……他说："企业家是社会的一份子，要有一颗回报社会的爱心。"

龙腾四海，固本培元，做大做强，回报社会。如今，龙元已进入了一个发展的新阶段。赖振元提出了"一业为主，多头并进"的经营战略，在尽力扩大国内市场份额的同时，积极扩展海外市场，力争做到业务量上海地区占三分之一，全国其他地区占三分之一，国际市场占三分之一。在泰国、马来西亚、菲律宾、澳门、利比亚、卡塔尔、沙特阿拉伯……龙元频频出击，佳音连连。

公司的长远规划是：立足上海、拓展周边、面向全国、走向世界；勘察、开发、设计、施工一条龙服务；工民建、市政、交通、水利、园林全面跃动；基础、土建、安装、装饰、配套并举；突出主业、多元经营、发展优势，成为综合化大型、高效益的总承包建设集团。

潜龙在水，扎实练好内功；飞龙在天，积极拓展市场。人们有理由相信，未来的龙元，将龙腾百年，更加辉煌！

# 沙洲：为文为商为藏　慈善为上

● 史鹤幸

　　初次采访沙洲，是源于"沙洲先生的三维空间"。1966年至1980年的整个"文革"时代，沙洲先生先是在中国农村第一代乡镇企业做采购员，随后做过记者、编过书籍，活跃于上海、北京文坛；1990年去文经商，先在上

海横沙岛试水中国的博彩业——普陀区长征乡的跑马场。后因项目搁浅而转战中国的地产业，一举成为进驻上海房地产开发市场最早的民间资本。而最为令人惊羡的是，沙洲先生历经数十年事业起伏与跌宕，始终没有放弃以收为藏、文而化之雅兴，成为一个颇具影响力的民间古玩收藏达人，为人啧啧激赏。

　　今天再次采访沙洲，不仅只是对其藏品之丰、之杂、之精，啧啧称道——如何一个"叹"字了得！更是缘于沙洲先生为藏为玩、慈善为上的这份精神——这份对中国慈善事业的爱心而打动。

**妙手文章**

　　与沙洲的一面之雅，他给我的印象说不上很深刻，印象中他一脸平和、淡定，说起话从从容容，若走在人群中似乎过于普通；然而，一旦走进他的收藏世界，却发现他是一个相当有人文蕴藉的"人物"，一如身后条案上供着的几尊佛像，自在自得、意气生动。

他手中一把温暖掌心、有点年头且包浆的紫砂壶在握，给人几分"松风竹炉"的古典与雅致；再加上客厅里全套清代红木桌椅中所营造出的氛围，令人不知"身"在何处、"俗"为何物；尤其，沙洲先生的一句"这是来自宁波的福泉山及广西巴马（中国长寿村）的水"，令我回过神来，呷一口，心沁齿香——难怪年近70的沙洲俨然仙风道骨一般。还有一个细节，令我回味。他说，"我把各种红茶、普洱茶依据不同个性分别放在黄花梨或小叶紫檀的笔筒里，令闻者咋舌。"他还补充说它们还活着……可见沙洲先生对生活的感悟与见解，非与俗人言。

出生在宁波的沙洲先生，早年曾在一家社办企业跑采购，天南地北，有了他最初的人生闯荡。这是缘于沙洲家庭出身之故，少年时代的沙洲酷爱读书，却上不了中学，报名当兵也未能遂意，而成为中国农村萌芽时期乡镇企业第一代的采购员。幸运的是，他娶了一个投亲回乡的上海知青，也改变了他的人生。

时入1979年，沙洲妻子携儿子作为首批上海知青率先返城回沪；沙洲随即作为鄞州区乡镇企业局驻沪办的工作人员，开始他在上海边工作、边读书的生涯，也有了他最初的新闻写作。一篇新闻稿《凤凰涅槃》，写的是上海中百一店在文革后的"浴火重生"，却成为了沙洲的发轫之作。他先后成为《解放日报》、《上海电影》、《竞技与健美》及浙江的《浙江日报》等多家媒体的特约记者或记者，且以一部电视剧《淘金人》文学剧本而声名鹊起。或许，淘金人中还有他自己的"影子"。1984年，作品正式发表于萌芽杂志社的《电视电影文学》期刊，并拍成电视剧在中央台播出，沙洲成为国内最早的一个自己编剧、自筹资金的电视制作人，堪称开中国电视剧山寨制作之先河。1984年2期《上海电视》、《大众电视》杂志中封彩页刊登其作品剧照。

为了提高自身的文化素养，沙洲一边写稿、一边在上海复旦新闻系、上海戏曲学院戏剧系"充电"。虽说，这不是正规的学历教育，却是一种学养，一种人文通识的积累。沙洲说起一个细节，上世纪50年代在小学读书时的一次统考中，他在宁波地区名列前三。他的作文卷子常常成为同学们的范本，其潜力可见一斑。

期间，沙洲在上海多家杂志及书籍发表他的作品，如1989年出版的《上海万象》，那是一类丛书，囊括人间万象。其中，沙洲著有两文，《南兰陵的报春花》写一企业家支持话剧事业，这是潜于他自己内心的一种惺惺相惜；《溪口行》写的是武岭胜境、蒋氏家史、雪窦古风，更是源于自身的浓得化不开的乡情……尤其是发表在《电视电影文学》杂志的一份报告文学《青春的世界》，题款的竟是唐云先生。文章写的是杭州中药二厂，曾经驰骋商界的"青春宝"——那是1988年。当年，若能在主流媒体上发表文章，那是一份殊荣。

中国改革开放之际，沙洲应邀北上，加盟国务院经济、社会发展研究中心主办的《中国开发报》并担纲副社长。在《中国开发报》，他领到了"文革"后国家新闻出版部门颁发的第一批"记者证"。主编多部文稿，如"谨以此书作为新中国诞生四十周年献礼"《邓小平——二十八年间》等，渐已成为当时崭露头角的媒体人物。参与主编《1990年北京第十一届亚洲运动会书画纪念册》……正当他职业生涯渐入佳境之时，中国发生了"春秋之交"的那场政治风波，1991年该报无疾而终。

沙洲本可以调入其他新闻媒体，他却选择放弃而下海。缘此沙洲先生完成了又一次人生转折，开始了他转战商海，闯入文人"下海"的生意场。说起自己的记者生涯，沙洲先生既不为自己曾经的得宠而喜形于色，也不为有过的失意而怨天尤人。他说，近十年的记者生涯是他人生中必不可少的一次历练。当年，沙洲在《解放日报》曾获旅游征文二等奖，一篇报告文学《弄潮儿今年七十一》获二等奖，写的是四川帐子大王杨百万。细细算来，我随意翻翻沙洲一本发稿记录，沙洲竟在1987年里获得稿酬4718元，当时这可是一笔不少的收入了。而最令他耿耿于怀的是，他的10万字专著《沙孟海》一书，本已出了大样，因莫明其妙的原因，却最终竟铩羽而归，至今搁置在他的箱底而无法释怀。尽管这样出版社还是发了670元的补偿费，因为是出版社约稿的作品。

或许，由此中国文坛少了一位骁将；而商海里却多了一个驰骋疆场的赶潮人。

**叱咤商海**

沙洲离开报社后自找门路，与北京一批志同相和的朋友一起接收了清理整顿中的康华公司，并更名为中国天平经济文化发展公司，挂靠国家司法部。沙洲出任首任副总（时任公司董事长为国家司法部常务副部长张秀夫，总经理为时任北京市委书记王大明同志的秘书李银燕。均是原国家司法部与北京市原市委官员）。由此，他开始了下海经商的人生之旅。基于他在北京有较多人脉资源，使他成功地主持过不少文化、商务、商贸活动，一时成为叱咤商海，活跃商界、文化艺术界的一个"弄潮人"。熟知上海歌坛的人不会不知道，1991年9月1日"小虎队"首次赴上海万体馆演出，其组织者正是沙洲先生的上海天平公司，并为公司成立举行庆典活动。随后香港歌手谭咏麟、童安格演唱会在上海的演出均是沙洲的天平公司独家主办。

1992年，了解上海娱乐行业的人或许会知道，沙洲曾参与横沙岛的旅游项目（类似今天的"海南开发"）与普陀区跑马场项目的开发等等。他出钱出力，并为项目早日获批而跑地方、跑中央。沙洲是上海最后见到倪天增副市长的人，那时倪副市长在中央党校学习，沙洲向他汇报横沙岛项目及跑马场的事，征求倪副市长意见，倪副市长亲自写信让沙洲找刘振元副市长。但就在临门一脚的时候，最终无功而返。甚至为此留下多处"伤疤"……如今，那些"往事"已鲜为人知，只是他"一个人的记忆"。普陀区成就了沙洲，1988年起，沙洲以《中国开发报》名义入驻金沙江大酒店，以组织演唱会起家。位于中山北路的物贸大厦竣工后，沙洲的上海天平公司首批入驻物贸大厦。虽然跑马场项目泡汤，沙洲还为普陀区多次举办的自贡灯会、拳击项目的落户立下了汗马功劳。1995年2月25日鉴于沙洲对普陀区的贡献，沙洲获得了区政府颁发的金、银奖章各一，上有徐柏章区长的题字——"汗洒普陀，功在千秋"。1997年3月上海市人民政府协作办、市经委、商委联合表彰一批优秀企业，沙洲的上海天成实业总公司也赫然在目。

然而，不甘寂寞的沙洲在上述项目无望之际，他开始涉足中国的房地产市场，成为投资房地产市场最早的民间资本，忙碌于上海、浙江等地，主持参与多项房地产开发。当时，他的初衷并不是赚钱，而是为了多干事、让更多的老百姓改善居住条件，为国家的住宅建设作贡献。因为他自己切身体会，初进上海的沙洲一家就住在岳母家只有6平方一米高的阁楼里。

1995 年，上海普陀区房地产经营公司用转让形式，把他们的旧城改造项目中的 4 幢高层交与沙洲的上海天成房地产经营公司，定名"天成小区"，那是政府的"二万户"改造项目之一。天成做的是 4 幢高层及裙房，建筑面积六七万平方米，投资三四亿。用沙洲的话说，那时造高楼是块"骨头"，"肉"已被地方房产经营公司吃了，"我是来啃硬骨头的"。而问题还并不在于骨头本身，而是无法细说的"后遗症"所带来的身心交瘁。客观上说，当时的中国房地产市场处于起步阶段，政府部门的一些政策法规滞后，尚未规范。以致小区建成后商品房卖出，而合作方普陀房产公司却迟迟未能办妥土地证、房产证等，业主纷纷提出赔偿要求，而国家的房产市场又正处于一个发展中的阵痛期，房价连连滑坡，由五六千跌至二三千。正是由此，这个项目成了沙洲的切肤之痛，一些新的房地产开发项目无法如期再实施。天成小区也成了上访大户。此项目直至习书记主政上海，市、区成立了天成小区领导小组才予以彻底解决。

另外，中山西路（武夷路）口，有一座天山茶城，临马路那幢是沙洲在 1994 年花钱从台湾人手中购置的。熟料，付款后台湾商人竟成"落跑商人"，他不负责任地一走了之了。无奈之中，沙洲将其告上一中院……然而，房子至今还没拿到手。沙洲却要为此赔偿韩国人的损失，因为，沙洲将其房子租给韩国人。

还有，1994 年的新年，沪西影剧院二楼 KTV 的一场大火，泱及一楼的浦发银行与三四楼沙洲的上海天平公司用房。当时这场大火上了央视新闻，时任沪西影剧院的经理，一再请求沙洲别把损失报得太大了。当时规定 50 万以上上报市委，100 万以上上报中央。那经理是个残疾人，沙洲答应了，但是，当商量赔偿时，那经理却说，你自己所报损失也只是 50 万……

可惜的是，沙洲历经 20 年收藏的两铁皮箱中国书画竟化为乌有。所毁书画包括当近代大家的作品，光沙耆的作品就一大捆，按现在价计算岂止连城。尤其，这笔赔偿至今无着落。开始，沙洲让公司财务每隔一两年让沪西影剧院盖章，以防失去赔偿时效，后来人家连章也不盖了。

今天，当沙洲说起这些"往事"，既无伤感，也无得意忘形，而是波澜不惊，笑傲江湖的淡定。他仿佛在说历史，说别人的故事。沙洲夫人却记得最清楚，自从这场大火后，她茶不思饭不想……想想 1979 年回沪，通过 15 年打拼，在上海积攒下不少的资产，竟被一场莫名其妙的大火湮没了。甚至，他夫人还有多个银行存折，那时银行没有实名制，她自己也不知道当时用何名存入银行的，这令她整天躺在床上，只有掉泪的份。然，沙洲却说，这有什么！想想1979年，我们来到上海一无所有，住在岳母家的阁楼里，宁波搬来的坛坛罐罐都没处放……我们可以从头再来啊。

正是这份淡定，致使沙洲终以收藏成"家"，成就一种"无与俗人言"的圆满。

## 收藏有道

无论在一家企业当采购员，还是活跃于文坛，纵然在"下海"经商的风口浪尖，收藏古今这条线沙洲始终初衷不变。尤其在上海连连发生多件"烦心事"后，沙洲毅然把上海庞大的摊子扔给了年仅28岁的儿子，自己孤身一人来到安吉。他在安吉以惊人的胆识揽下地铺中心一块300亩的土地，同时又动迁了刚入驻的安吉县公安局以建造安吉天平小区，及安吉天平大酒店，这是当时浙北第一高楼，也成就了沙洲投资安吉第一人。

在安吉，沙洲边施工边收藏。沙洲知道安吉曾是清代一个陆上驿站，多少出将入相的人物往来其间。这里更是一块人杰地灵之地，从中出了一位近代海派大家的领军人物吴昌硕。在安吉5年，沙洲还从邻近的昌化收藏不少绝品的鸡血石——那是上苍对沙洲的一种眷顾。

2010年，宁波博物馆举办"民间珍宝——宁波市收藏家协会成立暨会员收藏品展"，当选为副会长的沙洲提供了"朗世宁制圆明园风光瓷板画"、"宣德炉"等83款珍贵的藏品，博受好评。石祝三会长多次为其挥毫题辞"江夏第一藏家"、"家乡翘楚"等，对沙洲的收藏颇为赞誉。最近，他正在筹划建一个沙洲典藏博物馆，让更多的人分享他的收藏之乐。

当我随着主人走进他万

般风情、暗香浮动的收藏世界时，总是小心翼翼，生怕自己庸庸碌碌于滚滚红尘的步履，打搅了这里"因沉默而越加美丽"的天籁。那些沉甸甸、重笃笃，古色古香的紫檀家什、象牙角雕、金银铜器、陶瓷器皿、玉石摆件……林林总总，令人叹为观止。比如一款相当传统的题材"骑俑唐三彩"，却不是常见的泥坯刷釉烧制，而是银胎上釉而成；还有一款古沉香木，放在相当醒目的位置，据说，它还活着，还有生命迹象；令人惊叹不已的还有一款御用象牙笔筒（"康熙御览之宝"款），器型之大、品相之美，上面的阳雕楷书，个个挺拔隽秀……

其中，更有一批藏品馨香久远、令人心仪，囊括了明清、民国、近当代名家制作的紫砂壶，造型古朴、包浆厚重润泽，人文魅力凸显，满满当当于几大书橱。时大彬、陈鸣远、陈鸿寿、邵大亨、顾景舟……个个声名远播，心驰神往。如果说，往事如水、岁月如风，那么，这些如水如风的人生总有积淀，演绎成一种生命印记，一如文物的沁色而益发弥足珍贵。如今，年届68岁的沙洲先生，已将他的人生历练、阅历与嬗变，都归于"收藏"。他在收藏古玩，他亦在收藏心境；他在与古玩对话，他亦在与自己的心境对话——上海人大原主任龚学平为其题字"藏宝为民"。

今天，当人们聊起当今的古玩行时，最为沙洲纠结的是，专家们的口头禅"传承有序"。沙洲质疑"传承有序"一说不真，有哄人之嫌。谁都知道，没有一个中国家庭可数百年不倒，一般"富不过三代"。宁波人有句俗语——皇帝也有草鞋亲，说的就是政治的风云变幻。唐宋甚至更早的，你能说传承有序。古玩所能看到的，凭的就是"绣"。凭的是财力、眼力、魄力。

他说，现在一些大的相关拍卖行，吹嘘一件天价拍品时，往往会说此拍品出自《石渠宝集》，以此抬高身价。岂不知《石渠宝集》地摊上也有，造假人不会依葫芦画瓢？即使真的出自《石渠宝集》之中，拥有人不会李代桃僵？沙洲认为，对古玩的鉴定初审可凭眼力，排除一些一眼假的东西，终审还得靠科技手段及法律手段。如果法律规定造假，可追责，谁敢！比如曹操墓，同济大学完全可以测得出年代。如今成千上万赝品充斥市场，也成就成千上万以此吃饭的人。若按造假而吃官司，那谁还敢如此造假，且横行霸道……

说到眼力，不少事可证明沙洲的眼力及魄力。三年前沙洲偶然看到一块绝品巴林鸡血石，由于对方出价过高，沙洲又爱不释手，最终用美丽园公寓一套197平方米房舍交换。早在"文革"期间，沙洲任采购员，经省沪办批准到上海生资公司采购废铜，沙洲在生资公司的郊外堆场里专拣铜佛像、铜烛台等被当时作为四旧回炉的铜制品，沙洲把它们拣出来带回宁波。

若问及他的镇藏之宝，沙洲却语焉不详。或许，这里的每一件、每一款都是他的心血。确实，沙洲并非为价值收藏，他的收藏门类广、杂是任何藏家难以比拼的。从小学时收藏家乡洋岐小山玉（宁波产）始，屈指算来已近55年之久。

握别之际，他还特意嘱我看一对联，"为人当于世有益，凡事求其心所安"（康有为）。这莫不是沙洲的一种为人有益、求心有安的一种处世哲学。

## 慈善为上

今天，作为一个宁波乡贤，沙洲先生勤勤勉勉为上海鄞州经济促进会及上海市宁波经济建设促进协会出力，多次返乡且慷慨解囊，为家乡的贫困学子帮困解忧，被乡亲们誉为"热心助学的沙会长"。沙洲以热心于中国慈善事业而为人推崇，不胜枚举。诸如重阳节，为同乡会八十高龄以上的老人送上礼物；宁波小百花携新编越剧《绣球记》赴上海演出，沙洲慷慨解囊包了一场给同乡会的八十老人，每位两张票，既是对家乡剧团给予支持，又是为同乡会的老人提供文化享受。

最具代表性的是，2011年，沙洲在中国首届华夏珍品展暨公益慈善拍卖会捐品汇展的慈善晚宴上，向中国妇女发展基金会捐赠1200万元，全国妇女发展基金会理事长黄晴宜接受捐赠。同时，沙洲更是携300百件精品参加拍卖，价值约过7亿元。如"九鱼图瓶"，重达万克的犀牛角制品，及"清苑十二月令图"……

沙洲先生在捐赠仪式上致辞：我觉得这次活动做得非常有意义，当初因为改革开放的决策才使得我们这批人先富了起来，那么现在我们也要帮助一些贫困的人，让一小部分的富人们慷慨解囊，为社会、为我们国家的民族团结，为社会的安定做一份贡献。只要人人都献出一点爱，我们的国家就会变成美好的人间。多家媒体竞相报道沙洲的善举，2013年两会特刊还辟有"著名收藏家沙洲慈善专辑"，大家纷纷传阅，成为美谈。2012 年，沙洲被评为国家级的中国慈善典范，陈至立副委员长在人民大会堂为沙洲颁奖。2013 年，沙洲还向复旦大学视觉艺术学院捐赠珍藏的 66 平方尺巨幅油画《黄河壶口瀑布》，原人大主任龚学平向沙洲颁发捐赠证书。

如今沙洲先生的晚年还想办三件事：首先，他想历经数十年收藏的文玩珍品不能再次分离，拟在江浙沪地区选一人文之地建一博物馆，使藏品回归社会，造福子孙万代。第二，针对文玩行业造假之风盛行的现状，建一文物诚信交易平台，引入无理由退货机制，以保护收藏买家的权利不被侵犯，同时也以此积累一笔资金，作为沙洲博物馆的运作基金，不使博物馆在沙洲身后因缺钱而停止运转。第三，就是将自己的为文、为商、为藏的心路物语写成一本传记，或拍成电视剧，歌颂改革开放既是个人，又是国家的繁荣与兴盛的体现。

中华民族的伟大复兴必然伴随中华文化的繁荣兴盛。文化强国是历史的昭示，是时代的脉搏，是人民的期待，也是今日中国奋力崛起的美好展望——中国著名收藏家、慈善家沙洲先生正在身体力行。他的弘扬慈善文化、热心公益事业之心，一定为大家所啧啧称道，传为美谈。

# 董锡健：上海智业领域的开拓者

● 王立华

2012 年 9 月 的 一 天，宁波市县前街 61 号，绿树掩映的市委办公厅大院。浙江省委常委、宁波市委书记王辉忠正在认真地看一份由宁波市政府驻沪办事处和上海市宁波经济建设促进协会主编的《沪甬快递》内参，题目是《宁波与上海互动发展的五个融合点建言》。王书记阅毕，眼睛一亮，这是一份好建言啊！他当即批示：请涉及的几位分管市长好好研究。

这份《沪甬快递》的作者就是上海市人民政府决策咨询专家、上海工业发展咨询有限公司董锡健同志。

数天后，带着宁波市委市政府领导的批示，宁波市经信委两位领导专程赴沪拜访董锡健，就如何落实市委市府领导的批示与他进行了详细商讨。

这是董锡健从事智业工作近 20 年来，为政府和企业提供咨询服务的一个花絮。

作为曾担任过上海市政府经济委员会研究室主任的董锡健，擅长于中观和微观经济决策及企业营运的研究，"创意产业"、"都市工业"、"总部经济题材研发"、"工业旅游"、"工业地产"、"服务外包采购"、"制造向智造转型"、"民生类高端制造"、"创业题材储备银行"、"科技创新服务综合体"等，而今颇为流行的这些新词汇、新概念都是他率先在智业咨询实践中提炼出来的，这些新词汇就像一股清新的春风，给申城的制造业和现代服务业的创新驱动、转型发展增添了一抹亮色。

董锡健在上海智业领域中开拓创新的突出业绩，受到政府部门和企业的肯定，他被聘为上海市人民政府决策咨询专家、上海市品牌专家委员会委员、上海市注册咨询专家，被中国公关协会评为"中国公关十大杰出人物"。他领衔的上海市工业发展咨询有限公司连续9届被上海市科委评为"上海市信誉咨询公司"，公司还被上海市人民政府聘为市政府决策咨询专家单位。

董锡健本人还担任上海市咨询行业协会副会长，上海市绿色工业促进会副会长，YBC中国青年国际创业计划总部专家、沪甬决策咨询专家，并担任复旦大学、交通大学、华东师范大学客座教授。

## 智业研究　沪上迈出第一步

人生之路充满了机遇和挑战，漫漫行旅融合着偶然和必然。20年前，和新中国同龄的董锡健已担任上海市经济委员会研究室副主任和办公室副主任职务。也许凭着他的才干，顺着仕途走下去，他的职务还可以不断晋升，成为优秀的政府官员。然而那一年，他却遵循市经委领导的意见，率先建起了上海工业系统首家"智库"——上海市工业发展咨询公司。他本人毅然从政府官员下海办起了企业。

创建智业公司，不是他心血来潮之举，而是经过深思熟虑的。早在1988年，他在市轻工业局工作期间，就收到了他的堂妹董继玲的来信（堂妹后在布什政府中任美国联邦商业发展总署副署长，现为美国领袖基金会主任），谈到企业形象建设和企业文化建设在西方发达国家已成为热点，尤以文化精神培育和弘扬为最。董锡健敏锐地意识到这正是国内尚未引起重视又亟待解决的重要课题，于是他研究起这一课题，写出了《中美企业精神比较》、《中国企业形象塑造的动力机制》等论文，受到了国内理论界和企业界的首肯。进入市经委研究室工作后，董锡健作为访问学者和研究人员，应邀去香港中文大学交流访问，在港期间他先后考察了40多个各类"头脑公司"和智业机构，使他开了眼界。回沪后撰写了10篇专稿在报章上连载，介绍香港的智业机构和服务贸易业的需求市场化和功能细分化的规范运作。

此外，他还通过对经委系统一些工厂的调研，就目前众多企业初涉市场经济，急需寻找社会综合配套服务的现状，在《新闻报》上发表了题为《大有作为的企业软件开发企业——头脑公司》的文章，在国内率先提出了加快建立"头脑公司"的倡议。《人民日报》、《文汇报》等重要媒体都进行了转载。此举引起舆论关注，上海和国内多家媒体进行跟踪报道，在以后不到半年时间内上海就涌现出了许多家以决策咨询、策划为主的"头脑公司"。对此，市经委主任蒋以任（后任上海市常务副市长）积极鼓励董锡健大胆试水，在上海市经委系统创办一家"头脑公司"，闯出一条政府转变职能直接为企业服务的新路。缘此，一个"头脑公司"雏形在他脑海里渐进显现。1993年7月，董锡健毅然放弃国家机关的"铁饭碗"，白手起家，组建起上海市工业发展咨询公司，这不是他刻意猎奇，而是一个瓜熟蒂落之举，从此机关里少了一名公务员，却走出一个日后上海智业机构的领军人物。

### 超值服务　帮助企业摆脱困境、树立形象

上海工业发展咨询公司成立伊始，董锡健就为公司确立了"智业机构要比利润更高的追求"的企业精神，"以超值的服务，赢得无愧的回报"的价值观念和"与众不同，创意领先"的形象口号。公司策划的首个项目就是帮助处于困境中的正广和公司重振雄风、重塑品牌。

"正广和"是中国民族饮料企业的第一品牌，上世纪80年代以后由于受到洋饮料的冲击，"正广和"经营每况愈下，市场份额越来越小。如何重塑"正广和"形象，除了需要一流的策划包装外，更需要投入。可是当时"正广和"连发工资都困难，根本就拿不出宣传包装费。因此，许多策划公司、广告公司望而却步。

然而董锡健闻讯后，却别具慧眼，接了这个项目。他和公司同事们花3天时间，搞出了重塑"正广和"的"引爆"策划方案：利用5月27日正广和130周年厂庆这一天，由"正广和"出面买断当天行驶在南京路上的108辆20路无轨电车营业额，让观光南京路的海内外游客免费乘车1天，以此真情激发"正广和"品牌的回归意识。董锡健还亲自跑公安局、公用事业局求得支持。结果此举

一炮打响,引起轰动,20万人当天免费搭乘20路车,满城争说"正广和",海内外50多家传媒相继报道,仿佛"风乍起,吹皱一池春水"。一周后正广和公司门前车水马龙,提货的车辆排成长龙。以后,"正广和"连续数月满产满销,企业借此获得转机。正广和公司又配以其他改革措施,使企业一举走出低谷,"扭亏为盈"。"正广和"策划案被评为1995年中国10佳策划案例之一。

"上海首届最佳工业企业形象展示",也是董锡健一个出彩的策划。

对照西方国家正在兴起的企业形象和企业文化建设,董锡健向市工业党委书记建议,在工业系统组织开展以"争创国内一流,瞄准世界先进"为目标的企业形象塑造活动,市工业党委十分重视他的建议,请他写出策划报告,在工业系统内开展轰轰烈烈的"上海市首届最佳工业企业形象"的宣传、展示和评选活动。几百家企业参与,展示各自的企业品牌、经营理念、企业文化。最终通过评选,评出了50家最佳工业企业形象单位,他们当中不仅有国有大企业,也有中小企业和合资企业。通过展评讴歌了上海工人阶级在两个文明建设中的精神风貌,对上海企业及其产品在国内国际市场中知名度的提高、竞争力的增强,起到了激励和促进作用。

董锡健的"头脑公司"以"面对面"的智力配送、"门对门"的解决方案,包括市场开拓、资金落实、产品开发、帮助企业摆脱困境重新振兴等多方面。其成功案例更是闻名遐迩,声名鹊起,如"'白猫'外滩旋风行动"、"金多靶,让您多把劲"、"红子鸡——月星家居誉满澳门路"、"上海家化企业形象整体推导"、

"冠生园与上海世博互动"……董锡健和他的公司还为上汽大众、上实交通、冠生园集团等企业专门编写了《营销商法》、《追求卓越》、《商战攻略》等系列MBA在线案例专著,在上海工业系统广受好评。

董锡健和他的公司为

企业提供的是超值的服务，而又不讲究回报；甚至不惜为一些困难企业垫付部分启动资金，以解燃眉之急。如此周到的咨询服务，自然受到企业的欢迎，不少外省市企业都慕名而来，业务应接不暇，有一阵子公司只好在《新民晚报》上刊出"受理咨询项目必须提前一个月预约登记"的启事。据有关部门统计，上海工业发展咨询有限公司的项目成功率和用户满意率分别达到90%和86%以上，这样的绩效在沪上咨询业界是屈指可数的。

## 打造一个星座 照亮一片星空

"打造一个星座，照亮一片星空"，这是董锡健从一个决策咨询专家的战略眼光出发对于发展总部经济推动区域经济传导效应的一个生动比喻。

随着上海建设四个国际中心步伐的加快，上海总部经济建设也呈现出方兴未艾的势头。到2010年，上海已批准和设立的各类国际总部型机构已有700多家。

在本世纪初，董锡健就率先提出了在上海发展总部经济的理念，并又高屋建瓴创建了上海工业发展咨询有限公司"区域经济与总部经济题材研发中心"。研发中心通过调研认为，以上海日益提升的国际地位和影响力，上海拓展"总部经济"还有相当可观的上升空间，特别是对照中国香港与新加坡，上海发展"总部经济"还有相当多"空白"需要填补。为此，研发中心从"为区域经济发展打造瞩目亮点、为国际产业转移策划承载基地、为国际组织在沪设立地区总部设计载体、为国家战略与区域发展战略对接接口"的四个目标出发，自2006年到2011年这5年间先后创意策划和研发了36项总部经济标志性项目，得到了各级领导和主管部门的高度评价。如"市北工业新区和半岛国际中心——上海国际行业组织总部集聚区"、"外国投资机构（上海）集成服务区"、"上海国际钢铁服务示范区"、"中国物流资源（上海）交易中心"、"上海全球著名大学驻华机构总部集聚区"、"上海时尚国际中心"、"上海国际水岸城市规划设计总部基地"、"亚太数据港"、"上海国际循环经济产业装配基地"、"国际机器人（上海）产业港"等等。其中绩效最显著的是"上海市北工业新区和半岛国际中心——国际行业组织总部集聚区"。

上海市北工业新区地处闸北区江场三路以西、彭越浦河以东区域，这里散落着一些旧厂房和仓库。2006年闸北区政府欲将此块土地建工业园区，特向董锡健咨询如何开发。董锡健认为，闸北历来是上海陆上交通门户，早年依托苏州河航运之利，建像湖州会馆等行业商会组织。而今毗邻此地块的北郊物流园区将全面建成，共和新路沿线的大市北现代生产性服务区、交通商务区已初具框架，这是地域优势。目前国内前沿城市"总部经济"已初露端倪，但国际行业协会总部集聚区至今尚未有城市构建，闸北区可以填补这一国际元素导入的"空缺"，通过建国际行业协会总部集聚区来推进区域经济的发展。

董锡健的动议和设想列入闸北区城市发展战略，经区政府论证研究后认为可行，并请董锡健和他公司的"研发中心"策划具体的方案。董锡健一共做了5个系列策划方案，提出在市北工业新区处于彭越浦河和中扬河交汇的半岛形12号地块内，建15层的"半岛国际中心"，作为国际行业协会（上海）总部集聚区首期项目，在半岛中心周围建配套的国际产业服务集聚区，让从事服务业为主的中外企业进驻，可作为国际行业协会（上海）总部的服务和产业链延伸。同时还建议，新区可以制定对进入半岛中心的中外行业协会无偿提供试运行期的办公场所，对引进协会和导入项目者实施奖励、提供法律、税收服务等系列配套政策等措施。

经过短短四五年的时间，市北工业新区已升格为国家高新技术示范区，"半岛国际中心"已租赁一空，前后有20多家国际和国内的行业协会总部、7个国际总部进驻，并形成日本住友化学、瑞典美生雅、台湾神达电脑、晶澳太阳能等世界500强跨国企业的总部研发中心，整个园区入驻的中外企业已达2600家，其中包括40多家世界500强企业，成为国际前沿产业和生产性服务业的集聚区。2012年园区的全年税收就达36个亿。

打造一个个"总部经济"的星座，有力地推进了上海及周边地区区域经济的发展。

**"接天线、取名份、占先机" 指导产业转型发展**

由于国际金融危机的冲击及国内外严峻的经济形势影响，一些企业陷入了困境，有一部分企业想通过转型来摆脱困境，但究竟如何转型，感到迷茫困惑。作为上海市经信委系统首家智业机构，董锡健提供了不少针对优化升级、转型发展的决策咨询方案，企业实施后收到了积极的成效。

梅陇地区景联路 439 号有一块占地约 80 亩的纺织业厂房，纺织生产转移后，土地和厂房如何转型、如何规划？产权方"红富士"公司找到了董锡健，董锡健到现场进行调研，提出了建立"梅陇 439 时尚编纺创意产业园"的构想，使纺织制造业向现代服务业为特征的时尚创意中心转移。利用旧厂房建设由时尚中心、编织工坊、品牌展示、生活服务等多个板块组成的首期商城。产业园则以时尚编织创意设计为核心，以加工、供料、展示、交易和孵化服务为支撑，逐步建成沪上最大的时尚编纺创意产业示范基地。

"梅陇 439 时尚编纺创意产业园"通过招商一期就有 300 多家业主进驻，这些业主中有搞设计的、有工坊制作的、有经营绒线超市的，门类很多，开业不久产业园举办了羊绒羊毛线（衫）交易会，吸引了海内外众多厂商前来洽谈交易。紧接着，产业园又推出了"首届梅陇 439 绒线创意编织大赛"，更吸引了沪上众多绒线编织爱好者参赛，参赛的作品有 600 多件，有几位 60 岁开外的爱好者拖着皮箱、带上作品前来报名，令人感动。

业内人士认为，"梅陇 439"由纺织制造业向创意服务业转型，这是董锡健策划企业转轨变型的又一个成功范例。

不久前，浙江嵊州市政府找到了上海工业咨询发展有限公司，请公司为该地区企业和产品的转型出谋划策。嵊州的特色产业一是领带，二是家用电器，三是电机产品，董锡健带领公司员工亲赴嵊州考察，提出了"接天线、取名分、占先机"的产业优化升级的设想。即将领带产业转型为都市时尚产业，以获得国家政策的支持。让家用电器与被列为国家七大战略性新兴产业首位的新一代 IT 产业对接，以此优化升级为智能化生活电器，可享受国家战略产业方面的一些优惠政策，而让电机制造业与笔记本电脑行业与风力发电配套，同样可获得国家的产业政策支持。嵊州市政府领导采纳了董锡健团队的决策咨询方案，目前产业转型发展正在积极推进之中。

对于上海一些制造企业如何向服务业转型，以争取政策，董锡健提出了"换帽子、换领子、换鞋子"的思路，如灯具制造业可以换名为"都市空间照明解决方案中心"，电镀厂可以换名为"表面处理科技事务所"，装修装潢公司可以更名为"室内艺术营运中心",标准件生产厂可以换名为"全球标准件(中国上海)采购中心",这些策划思路对企业的转型发展皆颇有启示。

谈及区域性产业如何通过科技创新取得发展时,董锡健指出:主业和主体产业是区域经济发展的根与本,不能废弃,"固本才能图新"。区域产业要把重点放在能够引领生活方式和提高生活质量的民生类产品制造上。一是以提高中国人生命质量为主的高端制造业,如高端医药装备、人体植入材料等。二是以提高中国人生存质量为主的制造业,如绿色能源及其装备、节能环保装备等。三是以提高中国人生活质量为主的制造业,如老年功能化生活用品、户外休闲装备用品、睡眠助眠产品等。不能再一拥而上搞什么"光伏发电"、"新能源汽车"、"钢铁贸易"等产能过剩重复建设的项目。

### 情系故乡　关爱有加

宁波,上海,一苇可航。当年,董锡健父母就是乘着海轮从鄞县(今鄞州区)来到上海的。受长辈的影响,董锡健身上有股宁波人所特有的勤勉、务实、开拓精神,同时他对宁波也有一股割不断的故乡情结。宁波的发展变化总是时刻牵动他的心,作为上海市人民政府的决策咨询专家,他总想为家乡的发展尽一份力。

2009年,当宁波市人民政府驻沪办和上海市宁波经济建设促进协会聘请他为沪甬决策咨询专家时,他十分高兴。随后,由沪办和协会主办的专供宁波市党政领导参阅的《沪甬快递》发刊了,第一期就刊发了他写的《加快转型升级,实现"宁波制造"向"宁波智造"跨越——对宁波"十二五"规划建言之一》的内参简报。他就十二五期间宁波的制造业如何通过产业链整合和精准化管理,率先向"智造"转型,建成面向海内外市场的"中国生活电器全球采购中心"和"生活家电智造港"的建议。他同时设计智造港由"产能展示、业务接单、商机交易、服务外包、产业创意研发"5个中心模块构成。宁波市市长毛光烈看了他写的这份内参后当即批转给了余红艺副市长和余姚、慈溪市的党政领导。

《沪甬快递》创刊以来,董锡健一共发稿13篇,是沪甬决策咨询专家中写得最多的一位。其中《抢占先机,宁波可以从四个"接口"与上海对接》、《对宁波杭州湾新区产业布局之管见》、《对宁波发展海洋经济产业的建议》、《宁波给力产业经济"软实力"大有作为》等内参简报都写得极有见地，得到宁波市领导和有关委办的好评。如《对宁波杭州湾新区产业布局之管见》一文中，他提出了新区应打造具有宁波特色的五大全新产业的模块：一是国际前沿产业；二是凸显民生的"民生制造产业"；三是有浙江特质优势的潜力产业；四是能体现国家与区域双向对接的新兴战略产业；五是聚集国内空缺的服务型"智业"产业。2010年6月，在宁波举行的、有上海市决策咨询专家参加的"宁波市'十二五'规划基本思路咨询会"上，董锡健谈了对杭州湾新区产业布局的建议，毛光烈市长听后亲切地对他说："你对杭州湾新区产业布局的建议很有创意，我们会认真研究的，谢谢您对宁波发展的关心。"

2012年9月，"沪甬经济合作论坛"在沪举行，董锡健就"沪甬两地企业如何转型发展、产业经济如何优化升级"作了精彩的演讲，随后他又在《沪甬快递》上撰写了《宁波与上海互动发展的五个融合点建言》，提出：一，宁波可与上海最新推出的"两头在沪"产业发展战略对接，主动承接上海移出的对应高端"产能"；二，上海正在打造"全球邮轮经济之都"，宁波可与上海联手共建"邮轮产业经济联盟"；三，宁波可与上海长兴岛船舶海工装备基地结盟，共建"宁波船配产业综合解决方案中心"；四，宁波可与上海洋山港"准离岸中转港"互动对接，共享"启运港退税新政"成果；五，借助上海"全球创意设计之都"优势，宁波可与上海创意产业界联手，构建跨省市合作的"感知东海（沪甬）创意港"。宁波市委书记王辉忠、副市长陈仲朝相继在这份内参上作了重要批示。

## 崇尚第一　不断进取

"第一是永远的，第二是陪衬"，这是上海市工业发展咨询有限公司的形象口号，也是董锡健崇尚信奉的自律口号。梅花香自苦寒来，为了追求企业的卓越和辉煌，近20年来，董锡健付出的实在太多了，国家规定双休日，而他始终是单休日。白天要忙于接待客户、洽谈项目、商议工作，编撰策划报告就只能利用晚上和星期六时间。粗略计算一下，这20年来他利用了900多个星期六和晚上的业余时间，编撰了800多份策划报告和可行性报告。此外，他还每月为《上海企业》、《沪港经济》、《上海咨询》定期写"专家视角"专栏文章。

春节长假，可他往往是年初一、年初二给长辈和同事拜了年，年初三就到公司上班了。每天早晨他7点走出家门去上班，一直要忙碌到晚上七八点钟才回家。然而回家的概念，对他来说仅仅是换了一个办公室的空间、换了一张写字台而已。每天晚上回家后，11时前撰写项目策划提纲，拟写自己的新思路、新概念文稿，完成媒体的约稿。11时以后到凌晨1时则是"充电"时间，细细阅读订阅的10多份报刊、特别是当夜送达的香港报纸，摘观点、记数据、做笔记、贴剪报。他说，这是一个智业工作者的必修课，咨询公司接待客户来自各行各业，涉及项目五花八门，要让客户满意，自己得先知先觉，必须强行"充电"，没有金刚钻，难揽瓷器活呀！

一次，上海市宁波经济建设促进协会会长陈正兴在同他闲聊中问起："董总，你的好多观点网上没有，报纸上也没有看到过啊！"是的，董锡健的许多观点和创意都不是现成的，这是他在咨询工作长期实践中不断提炼研究的成果。

"崇尚第一、追求卓越"，不是上级给董锡健下达的命令，而是一种自发、自觉的行动，也是他始终追求的目标。

有人曾替他惋惜，放弃了市级机关的位子、票子、房子、车子，没日没夜地干，这是为的啥呀？董锡健则笑道："我们的咨询公司是有上海市的市字带头的，是有政府背景的智业公司，这是其他咨询公司所没有的。从某种意义上说，我们搞策划、做项目就是代表政府形象，或是搭建起政府和企业之间联系的一座桥梁，使企业感到在他们困难的时候，政府始终在关爱他们。当看到自己策划的成果转化为客户实实在在的效益时，我感到创出了自己的事业，实现了自己的价值，再苦再累也值得。"

在董锡健心目中，"崇尚第一、追求卓越"有两层含义，一是外在的层面，包括公司的形象、业绩必须达到"致强"的地步，被方方面面所公认是一流的；二是内在的层面，必须是充满生机活力的，具有创新的气质和风格，具有开拓性的前瞻目光。

因为有这样的理解，20年来尽管上海工业发展咨询有限公司不断取得新的成功，但董锡健从来没有停止过向新高度冲刺的步伐。

祝董锡健和他的公司，百尺竿头更进一步，再创新业绩，再铸新辉煌！

# 郑宏舫：心有宏图润四方

● 丁言鸣

2008年的初秋，宁波市南苑饭店国际会议中心。一个汇聚了全球宁波人精英的甬商创业创新大会在这里隆重举行。

一位西装革履的中年男子，气宇轩昂地走上了甬商创业创新大会的讲台，向来自祖国四方的甬商代表们报告了一连串闪光的数字。他那带着浓重象山口音的宁波普通话，在偌大的会场上回响，语调虽平和舒缓，听起来却振聋发聩："我们是以一个小企业发展起来的，但是我现在可以高兴地告诉大家，我们目前正在施工的地铁隧道线路就有12条，我们拥有的地铁盾构施工设备就达6亿多元，在全国所有的民营建筑企业中，我们是唯一能进行盾构施工的企业，在上海仅次于号称国家队的上海隧道股份公司，名列第二！"顷刻，会场上爆发出一阵又一阵热烈的掌声。这位自信的中年男子，就是被誉为"新浙商杰出代表"的宏润建设集团股份有限公司董事长郑宏舫。他从象山的海边走来，到进入这样一个辉煌的舞台，在艰苦的建筑行业中整整打拼了35年。

## 闯荡：土人、土工具、土办法

象山地处东海沿岸，山多地少，因此，世代以两种职业为主：下海捕鱼和上岸营造。因此，早在1973年，身为象山中娄工程队队长的郑宏舫就离开了家乡，来到大上海闯荡。

初到上海，人地两疏，郑宏舫凭一股闯劲告诉他的队友们："咱们是土人、土具、土法闯上海，我们就要准备好吃苦！"于是，他们凭几把砖刀，几只灰桶，一身气力，从别人最不愿干的拆房、驳岸干起，干点拾遗补缺的工程，做点小打小闹的事业。虽无多大发展，倒也扎根上海，提高了技术，积累了经验，广结了人缘。

上世纪80年代到90年代，正是上海大发展的时期。郑宏舫在这里敏锐地发现了商机：做市政工程。而做大工程需要更多的投入，比如大型打桩机、巨型吊机等等。如果没有生意，这些投入就会打水漂。这对刚刚赚了点钱的宏润来说，无疑是很大的风险。这时候，郑宏舫的一番分析让大家定下心来。

当时郑宏舫给员工们说："如果企业墨守成规的话，一直做简单的东西，我们是发展不了的，那我们不要到上海来了，到上海就要有一种拼，要有冲劲和拼搏精神。"

一般来说，企业做项目是为了赚钱。可是郑宏舫却愣是做了一笔亏本的大买卖。1996年做延安路高架工程，郑宏舫率先进入了这个极有前途的市政建设领域。郑宏舫和他的团队日夜加班，保质保量，按时完工，工程获得行业最高奖——鲁班奖，但是企业却亏了2500万。当时有不少同行说郑宏舫真"傻"，明知要亏本也要接这个工程。

郑宏舫却淡然一笑。他说，企业固然要做工程，但更重要的是要树形象，打品牌，这与添置设备相比，也是一项投资，而且是更长远的投资。于是，树形象，打品牌，成了郑宏舫和他的团队的不懈追求。

机会总是青睐有准备的人。改革开放后的上海，又掀起了一个更大的建设热潮。1999年除夕，春节的喜庆气氛洒满了上海的大街小巷，忙碌了一年的郑宏舫和象山的员工已是归心如箭。突然，郑宏舫接到上海城建部门的一个电话："莘松高速公路工程为了赶时间，急需春节加班，原施工单位不愿做，你们象山人愿不愿做？"真是天赐良机，生性豪爽的郑宏舫回答得特别干脆："做！别人不愿做的，我们都愿做！"于是，上海城建部门把这条高速公路整个儿交给了由郑宏舫领衔的象山建设者。70多位创业者，经过了8个月的夜以继日的奋战，甚至放弃了春节与亲人团聚的天伦之乐，终于保质保量提前完成了任务。放弃一个春节，赢得了十分的信任。从此，郑宏舫和他的象山市政工程建筑公司在上海声名大振，并与上海日新月异的市政建设结下了不解之缘。

土人、土法终于闯开了上海这个大市场。但喜爱读书的郑宏舫深知，仅仅靠土人、土法是不能持久的。于是，他一面抓紧时间读书充实自己，一面努力用现代管理理念武装其团队。终于把一个小小的施工队伍引领进了现代企业的殿堂。苦心人、天不负，泥腿子终于成了一个市政建设行业的小巨人。

## 质量：打牌子、创牌子、保牌子

进入 20 世纪 90 年代，上海乘改革开放的东风，进入了"一年一个样，三年大变样"的跨越式发展期，郑宏舫遇到了千载难逢的好机会。

如果说莘松高速公路工程是一支前奏曲，让郑宏舫小试牛刀的话；那么，1992 年郑宏舫承接的沪青平公路跨沪杭复线立交工程，则是实现了公司承接大型项目的突破。这个标的为 4000 万元的工程，跨越沪杭铁路复线立交，地势造型复杂，施工质量要求十分高。郑宏舫平生从没有接触过如此复杂的项目。但生性坚毅的他，敢担当能坚守，处处把住质量关。他对上海有关部门保证："我不会拿自己来开玩笑，更不会拿上海来开玩笑，请你们放心！"就这样，这个工程不仅如期完成，而且拿到了郑宏舫建设生涯中的第一个"鲁班奖"。在建筑行业中，"鲁班奖"是质量最高奖。郑宏舫和他的象山兄弟赢得了"敢打硬仗，敢啃硬骨头"的美誉，象山市政工程建设公司，在上海的发展渐入佳境，成了上海开发建设中一个响当当的品牌。

为了提高质量，郑宏舫一方面培训员工，一方面招贤纳士，提高项目经理的素质。他主持作出决定，凡项目一次验收合格的，要给予重奖，奖得让别人眼红；对连续 3 次接到质量整改单的，项目经理就地免职。此举一出，工程质量的一次验收合格率始终保持在 100%。正因为如此，在延安西路高架工程以后，每一年上海市府一号工程都有宏润的身影。

就这样，郑宏舫坚持"质量兴业"的宗旨，咬定"创优夺杯"的目标，自1992 年至今，公司获得了 8 个"鲁班奖"、13 个中国市政金奖、47 个上海市"白玉兰奖"、10 个浙江省"钱江杯"奖，公司被授予"全国先进建筑施工企业"、"全国用户满意企业"、"上海市优秀施工企业"、"浙江省进沪施工先进单位"等荣誉称号。郑宏舫说得好:"质量也会传染,也会扩散,优秀的质量传染的是声誉,扩散的是业务,兴旺的是企业。"郑宏舫靠质量兴业,把一个来自东海渔港小城的建筑队打造成了一个全国响当当的建筑优秀企业。他们所承接完成的 300 多个项目,大部分成为上海和当地的形象工程。如今,他们已拥有固定资产 15 亿多元,正式员工 1 万多人,公司总资产 60 多亿元,2012 年利润达 3 亿多元,宏润成了全国建筑业中的一面高高飘扬、猎猎作响的红旗。

### 创新: 科技化、多元化、国际化

宏润在上海不仅站稳了脚跟,而且有了很大的发展。对此,郑宏舫心知肚明,心存感恩。他说:"宏润是在黄浦江水的浇灌下生根、发芽、开花、结果的。宏润看着上海变大变美,上海见证宏润长高长大,没有上海,就没有宏润的今天。"郑宏舫的话是出自肺腑的。

然而,随着上海经济社会的进一步发展,"宏润如何与时俱进"这个问题时时困扰着郑宏舫的心。随着上海新一轮开发的进展,郑宏舫感到已经不能满足"每一条高架上都有宏润人的足迹"了,他要进军民营企业从未涉足过的轨道交通工程。

从 1995 年开始参与轨道交通地面车站,到 2002 年 6 月郑宏舫经过精心的准备,参与了上海地铁 M8 线Ⅶ段标的竞标,以商务标和技术标两个第一的成绩力拔头筹,获得总承包资格,合同金额高达 2.8 亿元,使宏润一下子跨入了科技含量高、社会影响大、竞争对手相对较少的地铁建设领域。为了这一天,郑宏舫看了不少书,培训了许多员工,购置了许多机械,使公司的实力陡然间提升了一个台阶,成为全国第一个进入隧道盾构施工领域的民营企业。经过两年半的施工,M8 线Ⅶ标的主体结构竣工通过验收,并荣获了上海市优质结构奖。

有了 M8 线的经验,郑宏舫和宏润一发而不可收,在上海地铁施工战场上全面开花,地铁 M9、M1、M11 线,从地下盾构到车站,从停车场到整个标段,宏润成了上海隧道工程公司之外一支强大的锐不可当的生力军。至此,郑宏舫才可以充满自豪地说:"在上海每一条施工的地铁里,都有着宏润的标段!"

公司于1995年开始参与上海轨道交通建设，已承建上海、杭州、苏州、南京、武汉、大连、天津、西安、青岛、宁波等10大城市轨道交通项目，成功进入了地铁盾构施工领域，具备地上、地面、地下全面的建筑工程施工能力。通过ISO 9001·2008《质量管理体系》认证、ISO 14001·2004《环境管理体系》认证和GB/T 28001—2001《职业健康安全管理体系》认证。现在，宏润可以充满自信地说："哪里有地铁，哪里就会有宏润！"

为了把宏润做大做强，郑宏舫日思夜虑，他已经不能满足于上海地域的局限和建筑行业的束缚，他提出了国际化和多元化的思路。

历来建筑行业是到处游击，居无定所的，但郑宏舫早就在为宏润物色一个大本营了。他成为外地建筑企业第一个在上海买地置业的人。地处上海市区的宏润大厦，高达14层，除去企业自用4个楼层外，其余全部出租。随着地价升值，房产增值，宏润大厦获得了可观的回报。

初次试水房地产尝到甜果后，郑宏舫把多元化经营、国际化发展列为公司的中远期目标。在上海，地处徐汇中心区的高档商品房宏润花园建成了，投资建设的宁波象山港国际大酒店开业了，在象山县开发的精品房产"宏润花园"卖疯了；在越南、也门、孟加拉国承接工程成功了，在蒙古国开发房地产项目启动了……郑宏舫居泰山之巅，览天下风云，从一个小打小闹的建筑队带头人，已成长为一个具有战略思维、全球目光和宏观决策能力的企业家，他甚至已被媒体称为"新浙商的杰出代表"。

2006年8月，"宏润建设"在深圳股票交易所成功上市，注册资金为2亿元。在上市锣声敲响的一瞬间，郑宏舫陡然感到自己身上的担子更重了。从18岁进入上海创业，到过了天命之年让公司成为一个公众企业，他靠的就是4个大字：创业创新。

## 梦想：立宏愿、润四方，打造"百年宏润"

郑宏舫是个很有特点的人，他身材高大，举止随和，讲一口象山宁波普通话，穿一袭随意运动衫，只有在正规的大会场上才以西装革履示人。他为人低调，很少接受采访，他说："我们造房子修路的，靠的是实力和实干，出不出名倒是很少考虑的。修路架桥、造福一方，这才是百年大计！"此话讲得实实在在。

郑宏舫想得最多的是企业的明天，在他的心中，永远有着明天的蓝图。

——公司要科技开路，技术领先。公司目前拥有省级企业技术中心，持续研发了行业领先和独创的先进技术。已拥有发明专利授权 4 项，实用新型专利授权 30 项，计算机软件著作权 9 项。主编国家行业标准 1 项，参编上海地方标准 1 项。已获国家级工法 6 项，浙江省和上海市级工法 19 项。公司与同济大学、浙江大学、武汉理工大学等多所高校进行产学研合作，并荣获国家高新技术企业的荣誉证书。

——公司要重视装备投入，打造一支具有一流装备的威武之师。经过多年的积累和投入，公司现拥有盾构机 21 台、LIEBHERR 成槽机 9 台、350 吨汽车吊 1 台、其他吊车 5 台、钢支撑 13000 吨、行车 20 台。加强信息化建设，开发了协同办公系统、综合项目管理系统、视频会议系统、企业邮箱系统，建立了公司网站和技术中心网站，通过科技、信息化与物联网技术的融合，提升企业竞争力，引领未来发展。2012 年，公司被认定为国家高新技术企业。

——宏润要把目光瞄准世界，以上海为中心，辐射到长三角，甚至远至山东、天津。宏润将每年推进盾构 10 公里左右，将企业的总产值提升到 50 亿到 60 亿元。随后要逐步冲出亚洲，走向全世界！

目前公司业务遍及上海、浙江、江苏、湖北、广东、海南、安徽、山东、天津、辽宁、陕西、哈尔滨等地，逐步面向全国，稳步拓展国际业务。公司在上海先后承建了南北高架、延安路高架、鲁班路立交、徐浦大桥、卢浦大桥、浦东世纪大道、浦东国际机场主进场高架、轨道交通、世博会、虹桥枢纽、污水治理、远洋大厦等标志性工程项目，以良好的市场信誉、优良的工程质量、稳健的经营理念获得了社会的广泛认同，树立了宏润品牌，宏润成了建筑行业一块响当当、硬梆梆的金色招牌。

公司先后荣获国家优质工程奖、中国建筑工程鲁班奖、中国土木工程詹天佑奖、中国市政工程金杯奖、上海市白玉兰奖、浙江省钱江杯、广东省建设工程金匠奖等省市级以上奖项数百项。公司被授予全国建筑业先进企业、全国优秀市政工程施工企业、全国工程建设质量管理优秀企业、全国质量效益型先进企业、全国质量管理小组活动优秀企业、全国用户满意企业、全国实施卓越绩效模式先进企业、创鲁班奖工程特别荣誉企业、中国建筑业竞争力百强企业、上海市优秀施工企业、上海市重大工程立功竞赛优秀公司、上海市建筑施工企业综合实力30强企业、上海市创白玉兰奖工程杰出贡献单位、浙江省建筑业先进企业、浙江省建筑业强企、浙江省进沪施工先进单位、浙江省百强企业、浙江省著名商标等荣誉称号。

——一业为主，两翼齐飞，走多元发展的道路，提升核心竞争力，走错位竞争之路。宏润旗下的房产开发力争达到1000万平方米，让更多的人民住进宏润造的优质精品房。公司房地产开发项目包括：上海宏润国际花园、宏润韶光花园、浦江丽都、象山宏润花园、无锡东城中央府、杭州东方君悦、蒙古上海小区、龙口宏润花园、上海君莲基地、上海浦江馨都、衡阳数码广场、嘉兴宏润花园、哈尔滨宏润花园、上海宝山罗南家园等。在海外的房产项目也在积极筹划和紧锣密鼓地进行中。海外开发已成为宏润新的发展方向，东南亚、俄罗斯都已纳入宏润的发展视野，"把房产做好，有机会把公司拿到香港上市"，这是郑宏舫心中的又一个宏愿。

——提升企业的素质，克服民营企业的不足，增强上市公司的社会责任心，把宏润打造成"文明之师"、"技能之师"和"文化之师"，使宏润成为经得起时间和历史检验的"百年宏润"。2013年4月8日，宏润公司派出了一支高管考察团，赴贵山贫困山区考察助学行动。在山区他们看到了孩子们艰苦的就学条件和简陋的生活，更感到自己肩上的社会责任。郑宏舫对自己的团队交代，要打造"百年宏润"，我们首先要对得起这个社会，心有宏图，才能惠润四方！这就是这位从18岁起赴上海打拼天下的建筑巨头内心的原动力！

出生在象山海边的郑宏舫，把宏润打造成了一个能搏击风浪、扬帆远航的战舰，而他正是一个目光远大，劈波斩浪的船长，他将率领宏润乘长风破万里浪，在更广阔的市场海洋中远航。

# 应裕乔：自甘"隐身"的"无冕之王"

● 徐益平

尽管已在上海生活了 20 多年，应裕乔的骨子里仍然是个典型的宁波人。

宁波人是怎么样的？上海籍著名作家陈祖芬在《走进宁波》一书中写道："有人说，温州人是从风险中看到机遇，宁波人是从机遇中看到风险。有人说，宁波最会无中生有，以小见大。有人说，宁波人普通话讲不好，干脆不讲了，埋头干活吧。有人说宁波人光做不说，有诗云：两岸猿声啼不住，轻舟已过万重山。"

老家在宁波慈溪的应裕乔无疑是这段话最传神和贴切的主角。

在任何浙商风云榜和富豪榜上，都找不到他的名字，邻居们甚至一直以为常年穿布鞋的他是一个"司机"。然而，他却是一个长袖善舞并舞得风生水起的出色企业家。他所掌舵的上海明珠企业集团有限公司，在国内石材和钢结构市场中地位显赫，产品遍布上海国际会议中心、上海科技馆、东方电视台等上海地标性的重大工程，还进了上海世博会的标志性建筑——中国馆，并荣获业内的各类重量级桂冠。他的"商业王国"已逐渐拓展至电力设备制造、房地产开发、建筑装饰、进出口贸易、矿业开发等领域。

从这个角度而言，他是一个当之无愧的"无冕之王"。有人曾如此描述应裕乔："其志难移，纵千般坎坷，万遍险阻，尽历艰辛成英雄；斯颜不改，况一任卷舒，几番起落，自甘淡泊散清香。"

## "硬碰硬"的王者路

在宁波慈溪，当地人把自己讲的普通话称作"塑料普通话"，像硬塑料那样硬梆梆又什么花色什么颜色都有。应裕乔的个性一如他嘴里的普通话，用他自己的话说，"我的特点是硬碰硬。我的产品——花岗岩、钢材硬碰硬；我的产品质量、项目质量硬碰硬；我的性格也是硬碰硬。"

不过，"硬碰硬"不等同于"硬闯"，纵观应裕乔30多年的商海激荡，他其实是那种"嗅觉"极好而且敢于行动的人。

早在1980年，深圳经济特区刚刚开始沸腾，20多岁的应裕乔就启程南下，加入了最早一批浙江乡镇企业推销员的队伍。5年后，已略有斩获的他出人意料地转战上海，在浦东开办上海市高桥化工建材综合商店，推销保温材料。应裕乔做此选择的理由是："那时高桥化工正投资10个亿搞开发，我想我如果能拿到其中的万分之一就足够了。"

初进上海，应裕乔充分施展了自己积年已久的营销才能，果然和高桥石化搭上了线。"我把家乡产的建材卖给他们，又把他们的原材料拉到浙江。生意做得顺风顺水。"

上世纪90年代初，开发开放的巨手指向浦东，他有如发现一片新大陆。他开始积攒自有资金，蓄势待发，期待着有一天能推销自己的产品。

机会总是垂青有准备的人。1992年，应裕乔辞去老家乡镇企业副厂长的职务，在浦东创办上海外高桥花岗石厂，从事花岗石、大理石板材及异形石雕加工。这是浦东第一家石材加工企业，注册资本高达270万元，是应裕乔"硬碰硬"的现金投入。270万是个什么概念？不妨做个对比。同一年，从复旦大学辞职下海的郭广昌和梁信军创立了复星集团的前身广信科技咨询有限公司，注册资金仅10万元。

应裕乔看中石材行业，并非突发奇想。多年前，他住进一家高档酒店，突然对酒店富丽堂皇的装修产生了浓厚的兴趣，他预感到这可能是自己一个绝好机遇。他是个完美主义者，对品质近乎苛求，一开始就定位以进口石材为主原料，从国外引进先进石材加工设备，并聘请经验丰富的技师带兵作战。很快，便出现了客户拿着支票排队的奇观。

1996 年，筹建不久的上海东方电视台也"注意"上了声名鹊起的应裕乔。对方考察了他的企业，对工厂标准规范的生产线和质量系统心生满意，一举将电视台主楼、宾馆等室内外几万平方米的石材项目交给了这家民营企业。应裕乔因此拿到了第一个销售额超过千万元的工程，还让他捧回了"国家建设工程质量银质奖"。提起这里程碑式的工程，应裕乔至今仍一脸自豪。他说，这是 10 多年来，最让他难忘的一个项目。

1998 年，应裕乔趁势而上，将工厂改制为上海明珠石材有限公司。面目焕然一新的公司求贤若渴、大揽人才，使企业从单一的石材加工，发展成集石材装饰设计、石材精细加工和施工为一体的专业化公司。他还意识到品牌的重要性，于是兴冲冲地跑到工商局注册"上海明珠"商标。理念之超前，以致办事员半天没反应过来。

不久，应裕乔又拿下了上海国际会议中心石材工程项目。这个项目为他赢得了"杰出贡献奖"，也彰显了草根民企跻身大上海重点工程的底气。随后，他的身影在上海科技馆、浦东软件园、东方绿洲、上海机场城市航站楼等十多项上海重大工程中频闪，"上海市白玉兰参建奖"、石材行业"金石奖"等 20 多个重量级奖项被他收入囊中，他真正成为了上海石材业响当当的头号人物。

进入新世纪后，应裕乔伺机而动，将目光随向与建筑相关的钢结构产业，迈出了多元化的第一步。2001 年，他在浦东外高桥投资开办上海明珠钢结构有限公司，涉足各类轻、重钢结构的制作和安装。在新行业，应裕乔举重若轻，不仅使法国阿尔斯通、ABB、芬兰 UPM 等外企纷纷成为他的座上客，还迎来了最风光的时刻——参建了 2010 年上海世博会的中国馆工程，并一举斩获上海市金属结构建设工程（市优质工程）最高奖项"金钢奖特等奖"。

在大上海的舞台上，应裕乔越来越自信，也愈发挥洒自如。2003 年，他将旗下企业进行整合，组建上海明珠企业集团有限公司。2011 年 5 月，他又瞄上了前景一片大好的电力设备行业，豪掷 10.5 亿元，在江苏省大丰光明工业区征地 530 亩，成立年产 10 万吨高端钢结构及电力设备建设项目的大丰明珠电力设备有限公司，从传统实业挥师进军高新技术产业。

## "专家型企业家"的低调人生

在中国的石材界，应裕乔是个当仁不让的技术和管理专家。这从他的一长串的社会职务中即可看出端倪：上海市石材行业协会副会长、上海石材行业专家委员会副主任、上海市建筑施工行业专家委员会专家，并持有两项石材加工方面的"发明专利"和"实用新型专利"。

专家是怎样炼成的？应裕乔将其归功于"自己的兴趣"。这自然是他自谦的说法。事实上，他为此付出了不足为外人道的百倍艰辛。他曾深入偏远山区的石矿，和采矿工人吃住在一起；走遍全国各地的石材加工和交易市场，了解市场供求信息；数十次拜访当时上海唯一的一家国有石材企业老师傅，虚心请教。

一番摸爬滚打后，应裕乔对石材的熟悉程度，几乎达到了"火眼金睛"的境界，一座矿山，一片石材，他只要一掂量，就知成色如何、怎么加工、市场在哪。"开矿、加工、安装、设计、施工，我没一个不会。"对自己的"全能"，应裕乔颇为自得。

而在企业经营上，应裕乔也刻上了自己独特的烙印。一言以概之，就是对资金运作极其谨慎。这种与"一块钱当做十块用"的资本游戏迥异的做法，使他创业30多年来，无论商业江湖如何艰险、经济形势如何起落，都从未亏过一次钱，企业发展得良性而稳健。

"如果我愿，企业马上就可以做得很大。但这不是我的行事风格，我首先是追求做实，而不是做大。比如种树，我喜欢从小树苗开始，每天施肥浇水。一棵小树，若从树苗开始养育，直径长到20公分，就已经是根深叶茂了。但如果是从别的地方移植过来的大树，仍有可能被突如其来的风暴连根拔起。"应裕乔解释："我相信天上不会掉馅饼，所以从不抱侥幸心理，凡事一步一步，每件事都做得很小、很细，如履薄冰，如临深渊。"有例为证，明珠钢构参建上海世博会中国馆工程获得"金钢奖特等奖"一事被媒体无意间获知，认为这是条难得的"新闻大鱼"，约他采访，他却婉言谢绝："我没什么好宣传的。"

专注、禁得住诱惑、不祈求一口吃成胖子，靠产品质量和品牌硬碰硬闯市场的低调行事作风，使得应裕乔在"许多企业天天跑银行"的时候，比别人多了许多悠闲。"我几乎没有什么应酬，一年发不了一盒名片；手机一个月的花费不到100块。"

　　在中国商界，自诩"低调"的商人俯拾皆是，但有的人低调是故作姿态，有的人是刻意张贴标签，有的人是"低调的奢华"。应裕乔则不然，他是本色使然，在生活中一以贯之，甚至可以在他身上隐约看到百年前闯荡十里洋场的老宁波帮们的深厚积淀。

　　应裕乔平日里衣着朴素，常常是一双布鞋、一身汗衫漫步于自己居住的高档小区；进出小区，他总要谦和地跟保安打招呼，并告诉好奇的人们，能开豪车是因为自己是"老板的驾驶员"，住在这里"是帮助老板看房子"；周末就骑辆自行车去菜场买菜；就连自己的妻子进入厂区，也必须到保安室登记。他对孩子的家教甚严，不许孩子炫耀和透露家庭信息，家长资料均填写为父亲"司机"、母亲"下岗"，以至于老师对这个"贫困家庭"实在看不下去，希望他给自己的孩子"吃得好一点，穿得好一点"；即便孩子参加工作后，他也要求其准时上班，不允许比别人早下班。

　　在老板圈里，人们都说他"想不通"。而应裕乔说自己已经够"奢侈"了。早年住在高桥的时候，上下班他都自己骑车，后来一辆别克车开了9年；属下们说，"老板你的车没我们的好，换一辆吧"，这才换了辆奥迪。

　　对自己和家人要求严格的应裕乔，对外人却是"两重天"，显现了这位低调富豪的另一面。他良好的口碑在石材业公认，凡是与他有过业务往来的客户都

说，跟应裕乔做大生意，不必担心收不到钱。他曾因为自己的秘书不尊重扫地阿姨，二话不说将其辞退。能在这样的老板底下做事，对员工而言，不啻是一大幸事，所以尽管他的企业薪资水平并非顶尖，但几乎无人跳槽。

## 商会"元老"的难忘往事

　　应裕乔现在是上海市浙江商会的执行副会长。很少有人知道，他其实还有另外一个身份，那就是商会的前身——浙江省

驻沪企业协会的创始会员。作为商会的元老级人物，他是商会和上海新浙商发展的见证人。

1985 年，为帮助在浙江商人在上海立足，浙江省政府驻上海办事处决定筹建驻沪企业协会。古道热肠的应裕乔被选为筹建组成员，他的主要工作是动员老乡们加入协会。"那时大家对协会的概念还比较陌生，会员是一个一个发展起来的，非常难。不像现在规模大了，一呼百应。"应裕乔说。

让他印象最深刻的一段经历，是游说一个来自温州泰顺的商人。应裕乔回忆："他在罗店，从我当时所在的浦东高桥过去非常远，骑自行车来回要 7 个小时，再在他那里一呆，一天就要 10 个小时。我一共去了 3 次，'三顾茅庐'。每次去跑，自行车后座还要带上饭。第一次去，我跟他讲成立这个协会有什么好处——万一碰到问题，可以帮你解决，帮来帮去对做生意蛮好。但费了半天口舌，他硬是没答应。第二次去，他老婆也在，偷偷地跟她丈夫讲，'这个人是不是骗子？'我听到了，赶紧解释，'我不是骗子，会费也不是交给我。'第三次去，对方终于被我的韧劲感动了，说：听你讲起来，这个平台蛮好，协会什么时候成立，你写封信告诉我，我一定来。那时候互相联系基本都靠写信，不像现在可以发个信息、打个手机。"

1986 年 3 月，浙江省驻沪企业协会获上海市政府协作办公室备案同意。"协会成立时，一共有 33 个会员。这个数字我记得非常清楚，因为名册是我参编的，当然它也是有来历的——浙江省政府驻上海办事处的地址在九江路 33 号，所以就发展了 33 个会员。因为协会的办公室在 5 楼，又设了 5 个理事。"对于这段年代久远的往事，应裕乔如数家珍："协会成立时的会费是一个月 2.5 元，一年 30 元。为了鼓励大家，当时的章程还规定，当副会长满 15 年，也就是连续 5 届以上可以免会费。这诱惑力还是不小的，因为当时有的人一个月工资也才 30 元。"

"协会对浙江人的帮助非常大，就像是一个娘家，"应裕乔说，"那时，私营企业到上海做生意是很难的，比如说到银行开账户，程序非常复杂，但有了协会，事情就简单多了，只要去协会盖个章，代表你有一个正规的挂靠单位，就可以开存折户了。"

虽然贵为元老，但应裕乔并不居功自傲，甘当"幕后英雄"。有晚辈企业家登门求教，他倾箱倾箧地传授机宜，提携之心溢于言表；对商会的发展，他也总是热心地穿针引线、出谋划策。"对我而言，商会就像我另外一个孩子，亲眼看着它慢慢长大。只要有利于商会发展，有利于浙商发展的事，我都会尽心尽力去做好、去支持。"说这话时，一向淡笃若定的应裕乔竟有些动情。

# 屠海鸣：他心中的三份事业

● 沪　桥

从1983年复旦大学新闻系毕业进《解放日报》当记者，到定居香港、下海创业，再到回沪投资开发房地产，屠海鸣的职业生涯，可谓一帆风顺。然而，在屠海鸣的心中，他有今天，固然离不开其自身的努力，但更得益于上海的改革开放大环境。

故而他朴实而深情地说道："我是上海人民哺育的。"

当我有幸也作为媒体人，审视屠海鸣的事业生涯特别是其人生境界的时候，我一时思忖：他究竟是一位房地产商呢，还是一位政协委员、一位慈善家呢？据屠海鸣自己坦言："除了本职的房地产，我还有另外两份事业——当政协委员和做慈善。对这后两份事业，我甚至投注了比房地产更加多的心血。"有领导评价屠海鸣是"专职的政协委员、业余的房地产商"；其实另外，屠海鸣至少还同时是一位"兼职的慈善家"。

### 第一份事业：房地产商

1989年，屠海鸣定居香港。赚了"第一桶金"后，他一心想要回到上海投资，这是他的衣胞之地，是曾经养育他的家乡。那是上世纪90年代初，虽然实行了改革开放，但内地还是非常闭塞的，没有人能够告诉屠海鸣一切该怎么做。

1992年，邓小平南方谈话发表后，屠海鸣敏锐地觉察到内地的商机，就成了最早一批带着资金和技术回来投资、办企业的港澳海外华侨。他投资创办了上海豪都房地产开发经营有限公司。

当时，绝大多数开发商把目标都盯在高端写字楼、俱乐部、豪华别墅等高端楼盘，利润即使没有100%，也有80%。屠海鸣却立志要造老百姓买得起的房子。因为他知道，上海还有许许多多的"72家房客"、"虹镇老街"。作为在上海出生长大的海上宁波人，屠海鸣心里清楚，上海市民最企盼的是什么。

决定开发上海豪都国际花园楼盘时，屠海鸣没有急于开工，而是先印了3000份调查问卷，向市民征求意见。调查中发现，很多市民表示他们购买房子的心理价位在人民币2000元左右。根据这个需求定价，屠海鸣把利润严格控制在15%左右。1994年，上海豪都国际花园第一期房源入市，开价仅人民币1500元/平方米，远低于市场均价。3天内，全部房源售罄。这在当时可创下了记录。

以后的几年，屠海鸣开发建设的都是市民百姓喜闻乐见的楼盘。而在这当中，上海捷克住宅小区是屠海鸣最得意的作品。作为中捷两国的经贸合作和文化交流项目，捷克小区由捷克共和国最出色的40位建筑设计师担纲规划设计。他们将捷克古典建筑艺术与上海本地居住理念融合。2007年，在房价持续走高的情况下，捷克小区均价仍然保持在人民币6000元左右。这个项目一期开盘时，许多市民百姓冲着屠海鸣定下的房价，冲着豪都这个品牌，排了3天3夜的队，才买到一套称心的房子。2009年，捷克小区新开出的三期房源，其10000多元人民币的价格还是远低于周边楼盘。

屠海鸣把"让工薪阶层能住上宽敞的房子"作为他的使命。豪都房产始终不改其定位——服务普通市民，无论是房价、房型，还是物业管理，都以普通市民为主要对象，坚持赚取阳光利润，把利润控制在15%以内，不去追求暴利。

这里可以举一个例子。1995年的黄梅雨季，屠海鸣正在香港开会，突然接到其公司工程部负责人的紧急电话：因沪上连日暴雨，豪都国际花园尚未销售的别墅中发现不少屋顶渗漏。公司员工们都知道，屠海鸣一向把质量看成他自己的生命，于是第一时间报告了他。屠海鸣迅即赶回上海，冒着大雨，爬到别墅屋顶检查瓦片。原来，那些瓦片只有装饰功能，并不能防水。问题并不只我们公司一家，上海那个时候90%的别墅都用这种瓦片，所以"十幢别墅九幢漏"。

"如不能彻底根治，我们永远不卖这批别墅！"屠海鸣开始积极寻觅合格的防水瓦片。在上海展览馆一场国际建筑装饰材料展览会上，他刚巧看到一家加拿大外商的防水瓦片，正是他要找的东西。一问价格，一片瓦开价100多美元，这样，一幢别墅的瓦片成本差不多等于整幢别墅的造价了！

屠海鸣买下4片瓦，拿回公司研究对策。他感到，要创新，要研发，就要有自主产品。他想到了陶都宜兴。于是驱车赶往当地一家颇有名气的陶瓷生产厂。当时这家企业几乎快倒闭了，4个窑有3个空关着。屠海鸣拿出瓦片，要求厂长召集科研人员马上研发适合上海天气特点、又能经得起半个世纪考验的防水瓦片，"至于研制经费，由我来包办"。三个星期后，厂长送来了新瓦片。屠海鸣让公司员工和施工队伍反复试验，终于成功了。于是，已造好的全部40余幢别墅的屋顶被掀掉，加上防水材料的刚性屋顶和金属网片，再换上新的瓦片。但屠海鸣还不放心，硬是借来了消防龙头，对准屋顶浇水整整72小时，证明瓦片万无一失，才放心地和厂家签字验收。这家陶瓷厂和宜兴同行把这种防水瓦片命名为"豪都瓦"；并且后来陆续接到50多家房产公司的订单，该工厂一举复活。

屠海鸣作为上海知名房产商，他20年来滚动投资50多亿人民币开发建设面向普通市民的普通商品房，营建了"上海豪都国际花园"、"上海捷克住宅小区"等众多深受百姓欢迎的超大型高质量住宅楼盘。这些楼盘在上海乃至华东地区颇具知名度和影响力，曾获得"中国房地产20大经典楼盘"、"上海房地产十大最具文化价值楼盘"、"2008影响中国的典范小区"等荣誉。他连续15年担任上海市房地产行业协会副会长、上海市工商联房地产商会副会长、上海市社科院房地产研究中心副理事长等职务。20年来，他投资创办的豪都房产公司，就向上海市交纳税收高达人民币6亿元，连续多年被评为"纳税大户"；他的公司也一直被评为重合同、守信用企业和诚信企业。为此，屠海鸣获得过"中国优秀企业家"、"上海房地产十大杰出人物"、"2006年中国房地产十大领军人物"、"中国百名优秀房地产企业家"、"2009上海锋度地产人物"、"2009地产风云人物"等许多荣誉；他领导的豪都房产公司获得过"中国房地产名牌企业"、"上海房地产年度十大影响力企业"、"上海房地产18年·十大外资房地产企业"、"中国居住文化营造贡献奖"、"中国诚信企业示范单位"、"上海·长三角最具实力房地产开发商"、"上海市房地产企业顾客满意度指数评比第一名"、国务院侨办颁发的"2006—2008年度全国百家明星侨资企业"等许多荣誉。

## 第二份事业：政协委员

屠海鸣不是专职的政协委员，却又完全是一位"专职"的政协委员。

作为企业家的屠海鸣，拥有3家公司、300多位员工。与此同时，他还要频繁地在沪港两边飞，因为在香港他也有不少职务、公务和业务。他担任着上海、香港、全国各地70多项社会职务。但在他的心中，放在第一位的职务就是政协委员，放在第一项的重要工作就是为党和政府的大局查实情、调实研、说实话。

屠海鸣连续担任了4届上海市政协委员，现任上海市政协常委，平均每年都有10余篇高质量提案，累计已超过100篇提案，还有120余篇《挚友诤言》、《建言》、《社情民意》；参与了10多部课题的撰写，进行了6次大会发言，参加了许多论坛的演讲。仅从本届政协以来，他递交提案的数目就达67篇，提交《挚友诤言》和《建言》近20篇、《社情民意》60余篇，参加了好几部重要课题的撰写工作。

最典型的，是他"五年磨一剑"写好旧区改造系列提案的故事。

上海的旧区改造是经济社会发展大局中的最重要民生工作。在一次调研中，他了解到上海还有许多市民居住在条件极差的2级以下旧里甚至危棚简屋中，仅中心城区就有740万平方米、34万户民居需"改"。他就以此题目深入下去，由小到大、由表及里、由浅入深，每年从不同角度、层面写一篇关于旧改的提案。在最近5年中，他的足迹遍及了上海最重要的5大旧改基地——闸北"桥东2期"、黄浦"董家渡13、15街坊"、杨浦"平凉西块基地"、普陀"建民村"和虹口"虹镇老街"。

在市政协十一届一次全会上，他提交了《在旧改工作中应学习和借鉴香港住房保障经验》的提案；一年后，他递交的《关于破解本市旧区改造资金瓶颈的八项建议》提案，得到市政协领导的高度重视，提案被呈交给当时的中共中央政治局委员、上海市委书记俞正声审阅。这个举措极大鼓舞他继续写深、写透、写好旧改系列提案。

2010年两会后，他马上着手摸索旧改新情况、新矛盾、新焦点。针对旧区拆迁成本快速上升，不少居民博弈心态日趋严重的突出问题，他用整整一年时间一个一个基地调研，递交了第三篇提案《关于在本市旧区改造工作进一步调动居民积极性、减少信访矛盾的八项建议》。由于不断专而又专，他赢得了"旧改专家"的称号。本市旧改的两次征询方案、动迁居民方案、旧改评议方案、阳光动迁监督等政策，都采纳了他的一些意见建议。

2011年初冬，天气异常寒冷，他又一次来到闸北旧改基地"桥东2期"。当他穿着非常单薄的衣服，踏着泥泞的道路，走进不堪入目的动迁院子时；当他走进破破烂烂、快要动迁的居民家庭，与他们促膝交谈时；当他一步一步迈上没有电梯的8层楼动迁小组办公室，坐在没有空调没有暖气的会议室，与动迁基地的干部群众真情交流时，市区两级负责旧改的领导感动了，第一线动迁干部感动了，10多位动迁居民也感动了，他们与他交谈了整整一个下午。后来，这些第一手的鲜活资料都成为了他在2011年两会上提交的第四篇旧改系列提案《关于在旧区改造中拓展"小规模居民自助拆迁改建"的建议》中的详实素材。2012年，他向市政协提交的旧改系列第五篇提案是《关于将居住类历史建筑保护利用与旧区改造有机结合的建议》。

屠海鸣连续5年撰写旧改系列提案的心血和汗水没有白费。不仅好几篇提案获得市政协优秀提案的奖励和表彰，2010年两会期间，他还被邀请走进上海电台"市民与社会"直播栏目。在与市民的直接对话中，他叙述了在各旧改基地的所见所闻，叙述了这些系列提案的主要内容，叙述了作为一名政协委员的履职经历。没想到，许多市民写信到市政协给他。他们说"政协委员说出了我们的心里话"，"政协委员是我们的贴心人"。

除了提案，屠海鸣还积极参与市政协组织的各种调研、视察、协商、讨论。这10多年里，他几乎参加过所有委员会的调研活动，并出谋划策、建言献策、奉献资源，有些课题他还亲自动手连续撰写几个星期。有一年，市政协港澳台侨委员会要写一篇《归国留学生回国创业的现状和对策》调研报告，在上海各区视察了10多次以后，屠海鸣组织10余位委员一起到杭州，关门讨论，撰写3天，这份调研报告获得了很好的评价。

最近一年多时间里，屠海鸣分别参与了"沪港澳城市安全比较"和"沪台港澳文化发展比较"两个课题的撰写工作。这两份报告，一份是 63 页、42000 字，一份是 55 页、36000 字。许多观点、意见、分析、建议，都是在与港澳台侨委员会领导和一些委员的交谈、切磋、调研、考察中获得的。

他还多次受市政协的委派，为新当选的政协委员或港澳委员上课，还到卢湾区政协、青浦区政协为新委员上课。

作为一名政协委员，还要非常关心各级政府决策需要的、人民群众普遍关心的社情和民意。在他撰写的《社情民意》中，有《上海建设"迪士尼"不会对港恶性竞争，建议加强对港宣传以消除港人忧虑》、《在外资企业中提倡敬业教育，减少员工频繁跳槽》、《法轮功组织加剧向本市一些外企民企发送传真，建议反邪教部门加大抵御、防范和消毒力度》、《为从容应对紧急突发事件，本市交通集聚枢纽站场所需准备大客车应急》、《针对个别爱心市民产生误解或不切实际的想法，本市应对抗震救灾善款用途尽早公示》、《北京奥运开幕在即，上海街头气氛欠浓，建议本市交通主干道和主要公共设施迅速增加宣传举措》、《本市旧改任务难度大、资金紧、房源少、矛盾多，旧城改造应市区对接、以区为主、区区联手》、《完善中小企业融资担保体系的建议》、《关于确保房地产市场调控政策落实到位的八点建议》、《上海要成为中华优秀文化远航的"港口"》等等，其中，多篇被全国政协采纳；几十篇被市委、市政府领导批示；市委领导多次打来电话，对屠海鸣写的社情民意表示肯定并咨询相关情况；多篇被评选为市政协"优秀社情民意"。屠海鸣本人，则被评为"2010—2011 年度上海市政协反映社情民意信息工作先进个人"（在市政协委员、在沪全国政协委员、特邀信息员中，只有 15 人获得了此荣誉）。

作为政协委员，还要不断加强自身修养、提高知情明政意识、丰富参政议政能力。屠海鸣撰写的不少《建言》，就是如此。在他撰写的《建言》中，有《对"双增双减"工作的思考》、《政府在推动上海会展业发展中的作用》、《本市大学生就业一些重要帮扶举措急需畅通、加强和改善》、《应重视目前上海房地产市场暴露引发的新问题》。

屠海鸣还进行了 6 次政协全体会议的大会发言，有《努力提升上海新一轮吸引外资的核心竞争力》、《关于进一步加强沪港合作交流，以推动上海国际金融中心建设取得新进展、新突破的建议》、《推动上海公交科学发展，可借鉴香港成功经验》、《香港处置"11·20"特大火灾的作法值得上海借鉴》等。

屠海鸣数十次参加市政协领导与委员的网上交流；连续8年参与市政协领导作的《常委会报告》、《提案工作报告》或政协重要章程的修改和撰写；几乎每年都受市政协派遣，参加市长、副市长同市人大代表、政协委员的书面意见和提案办理会；还参与了几十篇调研报告、视察报告、委员会报告的调研、撰写，2010年在市政协人口资源环境建设委员会的"上海城市客运交通适应世博及可持续发展课题"中，屠海鸣担任"促进上海出租车行业稳健发展"的分课题组组长；还担任上海市政协《关于加强城市建设、运行及生产安全若干建议的调研报告》总课题组成员和港澳台侨委员会《沪港澳城市运行安全的比较和建议》分课题组的副组长兼执笔人，担任港澳台侨委员会《台北香港澳门近年来文化发展和建设经验给上海的启迪》分课题组的副组长兼执笔人。此外，屠海鸣还多次在政协各种论坛上演讲。

在世博会举行的半年时间里，屠海鸣写了10多篇《社情民意》和《建言》：《关于迅速采取多种办法，吸引外国游客来华来沪观博的12条建议》、《纾缓、分流中外游客观展长时间排队之困，世博会可借鉴迪士尼乐园"快速通道"办法》、《交通协管员不能在夜间拦车查酒后驾车》、《对世博会200万志愿者应该理解、支持、配合，建议市委主要领导亲自担当志愿大军总指挥》、《上海世博开幕在即"国门""国道"气氛欠浓，浦东国际机场和迎宾大道应迅速增加宣传举措》、《世博开幕后，进出上海的国际和港澳台航班延误频频，应尽快抓一下浦东国际机场的航班延误问题》、《世博会升温造成京沪空中快线一票难求，建议相关航空公司速增加京沪空中运能运力》等等。有的文章迅速送达市委市政府主要领导，有的则报送了全国政协，其中一篇还受到了中央政治局常委的批示。当时的市委书记俞正声曾经在接受电视采访的时候对世博工作予以总结，其中还专门提到了屠海鸣做的工作。事实上，在屠海鸣的心目中，一位政协委员只有这样全力履行职责，才能交出让人民满意的答卷。

### 第三份事业：慈善家

1998 年，屠海鸣跟随上海市侨联去内蒙、宁夏考察。10 多年不乘火车的他，没想到还有条件那么差的火车！由于铺位紧张，考察团员们拿到的票是分散在各节车厢的。半夜上去时，车厢里密密麻麻挤满了农民工。他们赤着膊，许多人轮着喝一瓶水，每一张上下铺都不止睡了一个人，而下铺下面的地上还躺着人。下了火车，听宁夏侨联主席说，那还不算最差的，真正的"民工专列"连硬卧、硬座都不设的，不管多远的路途，都只好"人贴人"站到底。那 8 小时火车旅途，彻底改变了屠海鸣的人生观。他反复自问："我可以为他们做点什么吗？"屠海鸣倾尽随身所带的钱物，帮助沿途遇到的贫困群众。屠海鸣还听说宁夏侨联为买几台电脑，报告打上去 3 个月还未批下来。结果，这家侨联的全部电脑，都是屠海鸣赞助的。那次，算是屠海鸣的第一次行善吧。回到上海后，屠海鸣慢慢变了——不再讲究他自己的生活，也减少了应酬。

2001 年夏，中国侨联、河北省政府组织"全球华人看河北"活动，聚集起五六百名来自世界各地的华人，屠海鸣作为香港地区的 3 名代表之一也参加了。参观西柏坡后，在石家庄举行河北投资洽谈会时，不少代表跑出去旅游、购物，以至于当地接待的干部倒比参加活动的代表多。第二天，接待方还在石家庄最大的广场举行万人大会，以庆祝此次活动圆满成功。屠海鸣却向全体代表倡议："河北毕竟不是沿海地区，我们要为河北做点事情。今天我们虽然还没来投资，但可以先献爱心。"他率先拿出 10 万元，发起捐建希望小学的倡议。代表们也纷纷慷慨解囊，当场就集聚了 100 万元，为河北最贫困的农村捐了 5 所希望小学。学校建成后，当地有关部门邀请屠海鸣去当剪彩嘉宾。他却不愿意去，还建议取消剪彩仪式，把搞仪式的钱省下来设立助学基金。

2002 年夏，国务院侨办、国务院扶贫办组织全国各地著名侨资企业家赴甘肃帮困助学。团队中，唯一来自上海的侨资企业家就是刚刚成为上海市政协委员的屠海鸣。到了全国最贫困的山区之一——积石山保安族东乡族撒拉族自治县，看到当地很多人家人均资产才 50 元，家里的最大"家当"就是一口铁锅；希望小学没有校门，教室空空荡荡，外面却聚满了衣衫褴褛的家长和孩子……屠海鸣被震惊了，立即决定认养一批贫困孩子。

座谈会上，当地领导对大家讲，即使每年只需 300 多元钱，积石山县每年还是有 3000 个孩子读不起书，希望前来的企业家们能慷慨解囊。坐在最后一排的屠海鸣忍不住站起来，大声说："今天，我们千里迢迢到这里，并不是来休闲观光、考察旅游资源的。希望小学不能没有学生，让我们帮助积石山的小朋友读书吧！我认养 800 个！"会场里一下子鸦雀无声，然后响起雷鸣般的掌声。时任国侨办副主任的李海峰问："海鸣，你是认养 8 个，80 个，还是 800 个？""800个！"屠海鸣斩钉截铁地回答。随之，就有企业家们响应了屠海鸣的行动，不到15 分钟，3000 个孩子的帮困助学费用全部落实了。临走时，当时的甘肃省委书记宋照肃握着屠海鸣的手说："你为甘肃人民做了一件大好事！"消息传回上海。在一次市政协全会联组会议讨论后，当时的市委副书记王安顺特意等在门口，他握住屠海鸣的手说："海鸣委员，你做得很好！你是政协的骄傲！"王安顺副书记来上海工作前就长期在甘肃工作，他知道抚养这 800 位贫困孩童读书的重要性和迫切性。

在那 6 年中，屠海鸣每年都会收到来自积石山的数百封家长孩子的来信。屠海鸣很欣慰，那不是 800 个山区儿童，那是 800 颗未来的星星啊！我们国家的未来一定会星光灿烂，那里面少不了积石山的 800 颗星！如今，这 800 位孩童已全部小学毕业。屠海鸣又联合了 3 位侨商，共同出资为这些孩童的家庭办起了一个大型养牛场，让他们的家庭脱贫。

屠海鸣还连续多年资助和救济上海 100 位贫困老劳模生活；他长期救济、扶助的贫困大学生、聋哑儿童、残疾人，更是数以百计。在上海和祖国各地许多慈善、公益、助学、扶贫场合，均有他的身影。2008 年 5 月 12 日四川地震后，屠海鸣在上海、北京、香港、四川等地捐献的金额高达人民币 1700 万元；他还资助了都江堰灾区 300 位中小学生、200 位中小学老师、100 位中小学校长，来沪安度夏令营，受到了川沪两地和国务院侨办领导的高度赞扬。2013 年 4 月 20 日四川雅安地震后，正在南非公务访问的屠海鸣，迅速向国务院侨办捐款人民币100 万元，用于抗震救灾和灾后重建。他还回报培养他的母校复旦大学，连续 3届出任复旦大学校董。复旦大学把他曾经就学和捐资建造的新闻学院图书楼，命名为"屠海鸣图书楼"。据统计，仅最近 5 年，屠海鸣向上海和祖国内地慈善、

受到习近平主席接见

帮困、温暖、希望工程等公益事业的捐赠已多达人民1亿零500多万元。为此，他多次获得中央和地方各项荣誉，曾被授予"中华慈善突出贡献（人物）奖"、首届上海市政府"慈善奖"、第三届"上海慈善之星"称号、第三届"上海侨届十杰"称号，还被上海市政协授予了"爱心奖"荣誉，并受国家民委邀请出席了全国少数民族团结表彰大会和全国少数民族运动会，接受了党和国家领导人的接见和嘉奖。屠海鸣先生还连续7年被"胡润中国慈善榜"列为全国慈善家前列，在上海能连续7年获此荣誉的也仅他一人；他还被授予了2010年福布斯中国慈善榜第79名的荣誉。作为捐赠者代表，他是上海市慈善基金会24位理事会中的一位成员；他还担任上海市宋庆龄基金会理事。

2013年4月7日，在2013博鳌亚洲论坛年会期间，屠海鸣先生与其他来自世界各地的29位侨商，受到了习近平主席的亲切会见。

慈善是屠海鸣一生的追求。关于做善事，屠海鸣的认识是：第一，献爱心，要有平常心；第二，献爱心，要有恒心。每当屠海鸣收到那些他曾资助过的老人们、乡亲们、孩子们雪花般的来信，他从心底而生的欣慰之感，使他的意志更加坚定：行善之路，任重而道远。他经常说的一句话是："我以回报社会、奉献社会为光荣的职责。这是我对自己的承诺，也是对社会的承诺。"

# 吴国迪：大商至善

● 刘建夏

我和吴国迪博士初次见面是在2013年5月5日，北京大学百年讲堂，北京宁波商会成立十周年庆典活动上。他作为宁波商会名誉会长的发言精辟入里，特别是关于新时期"宁波帮"企业家应向老一辈"宁波帮"包玉刚、王

宽诚、邵逸夫、吴锦堂等学习，要具备聪明、精明、开明、高明、英明的"五明"特质，把风险控制作为企业经营第一要素，识人善任、以善为本、以义取利、以利济世的理念，令我为之一震。在我力邀下，吴博士终于答应我做专访。

5月11日，上海阳光明媚，繁花似锦，黄浦江上船来船往一派繁忙景象。10点30分，陆家嘴香格里拉酒店紫荆大厅，风尘仆仆刚从外地回沪的吴国迪准时赴约。吴先生个头中等偏上，方额圆脸，慈眉善目，板寸平头配一副无框眼镜，动作敏捷，语速稍快，刚落座茶便点好了，给人留下朴实、干练、和蔼、儒雅的深刻印象。因为是老乡缘分，又是第二次见面，这位一贯高调做事低调做人、不接受媒体采访的"商界奇才"，向我讲述了他的故事。

**苦难让他6岁开始经商，奋斗让他把5元钱变为1000亿**

吴国迪，1960年出生于宁波慈溪海边一个清贫的农村家庭。家中5个兄弟和1个妹妹，他排行老三。这个9口之家在1978年以前，只能依靠父亲微薄的

30多块钱工资过活，生活的艰难可想而知。在那个特殊的年代，读书对吴国迪也成为一种遥不可及的梦想。吴国迪清楚地记得，他6岁那年，要去上学的时候，向父亲要5毛钱学费，结果父亲二话没说就打了他两个耳光。他理解，"一家人饭都吃不饱，哪有钱交学费。"吴国迪回忆说，"父亲打了我两个耳光反而把我打醒了。从此之后我只有一个想法，自己去赚钱。我家离海近，我要到海里去挣钱。当天下午，我就跑到海里去捞蛏子、泥螺、小螃蟹，天黑了还没回家，把父母亲急坏了。那天我换回1块2毛钱。"

可以说，吴国迪的商业生涯早在6岁就开始了。其他孩子在这个年龄还只知道玩耍呢，而吴国迪则迈出了经商的第一步，从大海里获取生活所必需的金钱。到12岁时，吴国迪俨然已经成长为一个路子娴熟的商人。他奔波于宁波、象山、舟山之间，用在宁波收购来的布票换取渔民的鱼，从中获得利润。他开心地回忆，"11岁时，最多一次赚过1100块钱（在当时，这可是一个处长一年的工资）。"这无疑是最简单的商业模式，但其中的艰辛磨砺并非一般人所能承受。

为了进行这种以物易物的贸易活动，吴国迪有时不得不出海，跟随渔船驶向浩瀚无边的大目洋、猫头洋甚至远海。最长的一次在船上长达三个月，期间的遭遇可以用"出生入死"来形容。"遇到飓风的时候，要把所有能扔的东西全部往海里扔，苦熬了3个月上岸后，船长不得不用绳子把我绑住吊起来，因为人已经根本站不住了。在海上的3个月里，一见到鱼、一见到饭就恶心，胃里没食，吐的是绿酸水，后来才知道那是胆汁。只有靠吃红薯蘸盐才挺过来。这件事我一辈子也忘不了。"吴国迪回忆说。

"11岁那年，有一次到舟山用3个月时间收鱼鲞运到绍兴去卖，几个骗子拿大钞票买，我找不开，他们把货全骗走了。我连吃饭的钱都没了，又气又恨，哭了一夜。"吴国迪早年经商经历的坎坷远不止于此。他说，"我从6岁到18岁，这中间什么生意都做过。"那是改革开放之前的岁月，商业贸易活动几乎全部被禁止，吴国迪的经商行为确实要冒风险，更要极大的勇气。

尽管早期的商业活动非常艰难和惊险，但吴国迪认为那些经历都是弥足珍贵的。没有过去的付出，就没有现在的自己。正是因为这些经历让吴国迪磨砺了意志，在应对日后的困难时显得冷静从容。

由于私人贸易活动在当时还不受鼓励，18岁之后，吴国迪只能中断自己的贸易活动，进入国有企业工作，从模具工开始做起。这家企业的厂长是个善于识人用人的伯乐，他将头脑灵活的吴国迪调到销售部门，使吴国迪的人生轨迹发生了重大转折。

不久，吴国迪奉命去推销工厂的小五金产品，他手握5块钱的差旅费，第一次踏上去上海的路。他面对的是一片完全陌生的市场，但他很快找到问题的解决之道。锁定要进行推销的客户总经理后，吴国迪从5块钱的差旅费中拿出为数不少的一部分买了包烟，结识了目标客户的门卫。门卫在总经理出现后第一时间告诉了吴国迪，于是他抓住这转瞬即逝的机会，千方百计对客户进行推销，终于成功拿到这笔价值高达50万美金（外汇券）的出口订单。"我们这个工厂的产品从来没有出口到国外，我创造了这个公司的第一。"吴国迪说。

这件事让吴国迪一战成名，他的商业天赋被更多的人所认识和重视，也顺利开始了他在商途中的快速提升之路。吴国迪回忆那段岁月时说："从1978年到1983年，我从销售员被接连提拔为科长、副厂长，后来又把我调到了宁波塑料八厂担任厂长，当时已经有几千万的年销售额，在全国国有同行企业中都是赫赫有名的。"

1988年，宁波市的一轻公司和二轻公司重组为中轻工业集团公司，当时28岁的吴国迪出任董事长兼总经理、党委书记，手下员工多达25万人。当然，这25万人在某种意义上也是一个沉重的包袱。因此，吴国迪上任之后，还肩负着对企业进行改革改造改制的重任。经过7年的努力，吴国迪顺利完成了改制目标，为地方国有企业改制树立了典范。企业员工从25万减缩为5万人，盈利能力和科技水平大为提高。宁波市目前比较大的企业很多都是这一阶段企业改制过来的，吴国迪的奠基之力功不可没。

1992年他在去台州的车上，听到邓小平南方谈话，倍加振奋。吴国迪回顾自己的经历脱口说出了四句话："做生意踏遍千山万水；谈生意说尽千言万语；要做成生意想尽千方百计；为做好生意吃尽千辛万苦。"这就是后来叫响全国的"浙商四千精神"。

吴国迪在推动中国轻工企业发展过程中，不仅注重提升企业自身的竞争力，而且善于通过开展国际合作提升应对市场的能力。早在1990年，吴国迪就率先提出生产无污染的高科技产品，此举获得了国际金融机构的高度赞赏，企业也因此争取到世界银行 1800 万美元的贷款。这笔钱在当时可算天文数字，对于企业的发展起到了极为重要的推动作用。这在地方国有企业中也创造了一个先例。"当时设备全部从美国进口，引进美国技术，生产的产品 100% 环保，产品 100% 出口欧美。依靠的就是诚恳、诚信、诚实。"吴国迪表示。从 1994 年起，他作为 APEC 中国工商委员会主席，先后陪同江泽民主席、胡锦涛主席连续十几年出席 APEC 会议，并多次与微软董事长比尔·盖茨、BP 董事长、埃克森美孚董事长、雪弗龙总裁、美国 GE 公司董事长与 CEO 杰克·韦尔奇等国际业界领袖对话、交流。

这种善于借助国际资本、开展国际合作助推企业发展的理念和做法，在吴国迪日后的企业管理中得以不断延续和深化。1997 年起，吴国迪出任埃力生（集团）有限公司党委书记、董事局主席，将集团打造为年销售额 600 亿元的大型国有企业。2005 年起，吴国迪又出任中国国际能源集团控股有限公司党委书记、董事局主席，截止 2012 年底，中国国际能源集团已实现总资产（含合资和控股公司）达人民币 1350 亿元，利税（含合资和控股）达人民币 105 亿元。

### 高超的掌控能力，在多个市场领域谱写华章

吴国迪的商业生涯从贸易起步，在轻工和制造业领域曾经大展拳脚，然而最终与资源行业结下不解之缘。从 2005 年起，他开始掌控中国国际能源集团控股有限公司（CIEG）。这是一家特大型产业集团，拥有强大的股东背景和雄厚的资金实力，主要股东来自美国、欧洲、中东和中国国有企业及地方政府，旗下拥有众多控股公司和合资及合作企业，产业涉及石油、天然气和矿产等能源资源领域，生态城市的总体规划和开发，水资源项目投资开发，海上保税船加油以及跨国并购和资产重组等投资银行业务。

在推动中国国际能源集团（CIEG）成长的过程中，吴国迪一直专注于市场的拓展，扎扎实实完成集团的每一步跨越，在传统能源领域展现出令人耳目一新的气象。目前，CIEG 拥有亚洲最大的聚苯乙烯生产基地及有色材料来料加工业务，产品 80% 用于出口欧美；在中国西部及海外参与联合开发总储量 15 亿吨的原油项目；旗下的合资及合作公司拥有煤炭储量约 200 亿吨；与世界 500 强能源

类企业开发煤电一体化项目，建立了全面合作关系；与世界最大的综合能源集团福曼，在石油、铜矿、铁矿、及油页岩展开了全面合作。此外，中能集团在赞比亚的铜矿项目也在顺利开展之中；赞比亚矿业资源丰富，是世界第二大产钴国和第四大产铜国。CIEG 已经与合作方签订相关文件，共同投资和开发赞比亚资源。

2011 年以来，CIEG 十分关注自身在新能源领域的扩展。为此，CIEG 一方面继续在传统能源领域持续开拓，一方面也适时介入新能源的开发。吴国迪指出："我们企业家，也有一份将传统能源转化为新能源的责任，尽管当前中国国际能源 90% 是传统能源，但经过我们的努力，我相信，在未来的 5 年、10 年，我们的传统能源跟新能源的结构也能出现更大的改变，比例有一个更大的提高。"

吴国迪之所以说出这番话，是因为 CIEG 近年来在新能源领域的步伐在不断加快。如在上海化学工业区成立了中国国能技术中心，总投入 5 亿人民币，2011 年年底正式投入使用。同时全面参与甲醇汽油的投资开发、产品质量提升、市场推广拓展，2011 年达到 50 万吨的销售目标，根据集团的长期规划，预计 2020 年甲醇汽油的年产量将达到 1000 万吨。此外，还与合资公司在吉林共建一百万千瓦风能发电项目，项目一期工程已于 2011 年底并网发电，二期工程预计于 2013 并网发电。

所有这些在新能源领域的尝试，体现了 CIEG 积极响应国家"十二五规划"政策的努力。在吴国迪的带领下，CIEG 在中国的多家合资公司连续十年跻身中国 500 强企业的前 100 位。2011 年 9 月中国国际能源集团凭借高效一流的服务、成功的品牌建设及业界的广泛影响力入选第六届"亚洲品牌 500 强"。

对集团未来的发展，吴国迪给出的规划是："在传统能源领域，我们将进一步加大投资，与国际组织及海内外战略合作伙伴联手，整合国内外资源，实现低碳化和高效化的能源供给，继续履行以绿色低碳和环境保护为首要任务的企业社会责任；在新能源领域，继续加大投资和研发力度，以高新技术为导向，加快新能源领域的产业化进程；在商业地产和旅游地产领域，结合中国城市化发展的浪潮，以'绿色低碳'为特色，继续贯彻和执行'生产、生态、生活'三生平衡的发展理念和发展目标；在矿产资源领域，开阔视野，以全球资源整合为目标，实现跨地域的资源优化配置。"可以想见，在如此清晰的思路的指导下，CIEG 必能在上述领域取得更加辉煌的成绩。

### 控制风险是第一要务，冒最低风险实现最大收益

也许是出于宁波商人特有的谨慎，也许是因为多年的商业生涯中经历了太多的惊涛骇浪，吴国迪对企业风险控制表现出异乎寻常的重视。在 CIEG 内部，"最低风险，最高收益"被作为核心价值理念大力推广，而企业在市场经济条件下的抗风险能力、盈利能力和可持续发展能力被吴国迪视为集团的主要努力方向。

企业家面对变化莫测的市场，无时无刻不在面对风险。然而，有的企业家较为激进，不惜冒着高风险寻求高回报，而有的企业家则较为严谨，总是在权衡风险与回报的比率之后再谨慎行动。吴国迪无疑属于后者。

在依法的情况下如何控制好风险，保护好股东的权益，保护好客户的权益，是吴国迪最为重视的。他认为，"如果股东不支持，做什么事情都不会成功的。因为只有保护好了股东的权益，我们才有更大的平台；只有保护好了客户的权益，才能赢得市场。2012 年，股东有一千亿的额度可以让集团用于投资，但是我们在没有把握的情况下是绝对不会投入的。我们的风险意识非常强，通常会设置不止一道防火墙。这样，即使第一堵墙倒了，我们还有第二堵墙进行防范。只有在风险完全可控的情况下，我们才会出手。"吴国迪说，"我们是非常保守的，我们要确保生意牢牢驾驭在我们自己手中，对股东对客户高度负责。"

吴国迪举例说："我们要将风险控制在最小，比如说我投资 100 亿，目标是赚 50 亿，但是这 100 亿不能丢，我们必须保证本金稳定不能有损失，必须要有资产抵押给我。无论项目如何运作，只有对方无条件地保障我的利益，我才会考虑跟他合资。"

从更深层面来看，吴国迪所强调的风险意识，其实是要企业戒掉赌性，踏踏实实赚取风险最小的利润。"我们要想好风险在哪里，机会在哪里，公司到现在为止从来不赌，不会押注式地投入某一项目。项目投资上我们不允许有赌性，即使是拿 100 亿去赌回 1000 亿，我们也不干。"吴国迪说。

从投资的角度看，吴国迪属于"风险厌恶型"的经营者，这一点与股神巴菲特倒有很多相似之处。巴菲特认为投资的头号大事是控制风险，不追求一夜暴

富，而是利用复利的威力经年累月地持续赚钱。吴国迪在经营企业时，无疑也抱着长期耕耘的念头。对风险的反复强调，其实体现的就是对于"保持本金安全"的高度重视，用一句更为通俗的话进行解释，那就是：不做亏本的买卖。

目前，风险控制已经成为CIEG最为鲜明的企业文化特征之一。在集团内部，上至吴国迪本人，下至每一名普通员工，无不将风险意识摆在首位。

这种风险控制意识也是吴国迪在长期经商生涯中屡次遭受欺诈陷阱后换来的宝贵教训。他略带无奈的说："过去的10到15年，我们做生意的时候，通常是'不见棺材不掉泪'，可是有时我们见了棺材哭了半天，结果发现尸体是假的。刚刚过去的5年，我们是'不见尸体不掉泪'，现在我认为是到了'不验尸不掉泪'的时候了。因为现在在生意场上，商业欺诈太多，有时候就是从10万个人里面都很难找到合适的合作伙伴，不亚于大海捞针。"

对于一家资产千亿以上的公司，CIEG抗风险的能力要比众多中小企业强大得多。尽管如此，吴国迪还是一如既往地强调风险控制，确保集团在运作过程中只承担最低风险。

有一次，吴国迪在上海拜会宝钢集团的董事长。"宝钢的董事长为我提供了一个富有远见卓识的市场判断，他认为未来5年中国的钢铁业，特别是钢铁原材料是非常难过的5年。他问我准备了多少现金？我说我们从2008年次贷危机以来30亿美金一分也没动过。"吴国迪回忆这次会见的场景时说。

经历了2008年全球金融风暴之后，吴国迪头脑中风险控制这根弦绷得更紧了，公司账上躺着30亿美元的现金，在一般人看来或许有些浪费，但在吴国迪看来，这是保持一个企业稳健经营的必要条件。拥有强大的现金流，即使遇到最坏的情况，遭遇最严寒的冬天，企业也不致遭受灭顶之灾。

"我们现在需要直接面对世界的危机和挑战，在全球一体化的今天，我们需要以

更快的速度去了解世界大势。愈演愈烈的欧债危机会影响到美国，而美国经济不好的话，世界经济肯定将迎来更加漫长的恢复期，这个恢复期也许是五年也许更长。"吴国迪说，"在这种大环境下，作为一个公司，你没有足够的现金那早晚要走向破产。"

反复强调风险防范只是吴国迪经营企业的起点。因为，任何事都不做就可以规避一切风险，但企业显然要通过不断地做生意才能获取利润。事实上，CIEG一年100多亿的利润也正是在风险防范的前提下积极进行投资经营获得的。在为企业获取利润时，吴国迪多年来形成了一套科学、缜密、高效的决策机制和运作方式，实现了无往而不胜的盈利手段。

概括地说，吴国迪所提炼出来的这套科学的盈利手段包含两大方面内容，一是"股权多元化"，二是"股东专业化"。这两方面的努力为中国国际能源集团的商业活动化解了风险，降低了成本，提高了效率，使每一笔生意的盈利成为水到渠成的事。

就"股权多元化"而言，它意味着CIEG参与的每个投资专案背后都有三四个股东作为支撑。这些股东来源极为广泛，50%国有，40%外资，10%民营。股权的多元化有一系列显而易见的好处：降低了资金风险、使经营者有更灵活的经营自主权、在经营活动中有更广泛的资源可以借用。这对于保障每笔生意的成功获利是至关重要的。因此，吴国迪对于股东的挑选是极为慎重的，许多股东都是合作十多年的老朋友，他常说："没有缘分的事我不做。有了了解，就能理解，有了理解，就能谅解。"

"股东专业化"是吴国迪在商业活动中盈利能力过人的另一利器。具体来说，就是指CIEG在进行投资经营时，每一个项目都和该领域最优秀、最专业的企业结盟，另外成立一家合资公司来经营。"双方一合作，我们可以降低成本，无需再组织新的管理团队，因为谁能够比他们更专业？"吴国迪说。

正确的经营方式所带来的唯一结果当然就是项目盈利。因此，吴国迪不无自豪地表示："CIEG成立以来，所投资的项目百分百正确，没有一笔失误。"这种完美盈利记录的出现，得益于吴国迪对风险防范意识的高度强调、对商业机会的精准把握以及有效利用资源，保质保量达成目标的卓越执行力。

CIEG 的巨额利润并不是频繁出击所累积起来的，而是在判断大势正确的基础上通过少数几笔生意获得的。吴国迪指出："我们做的是能源大生意，要看清世界的趋势，有可能两三年才做一笔大生意。"

例如，2008 年全球金融危机爆发后，国际原油价格从 140 美元一桶的高位下跌到 33 美元，在一片继续看跌的悲观气氛中，吴国迪则建议股东果断出手抄底。最终，股东们以 28 美元一桶的价格买下 13.5 亿吨的石油权益。事后证明，这笔交易几乎是在油价最低点附近完成。

在惊涛骇浪阵阵袭来的商海里，从来不缺少逆势出击的勇士，不过，很多勇士因为自己的一时莽撞而折戟沉沙，最终沦为"烈士"。事实证明，只有那些风险意识至上的企业才能迎来持续的发展，只有那些遵循科学运作方式、掌握行之有效的盈利手段的经营者才能跨越重重阻碍，最终攀上行业之巅。

## 以"至善"的核心价值观汇聚众力

吴国迪能够在商业生涯中保持不败战绩，不断将企业做大做强，除了掌控企业和风险控制能力之外，也得益于其高超的管理艺术，体现在以"至善"的共同价值观汇集起 2 万多名具有奋斗愿景、德才兼备的人，实现 CIEG 又好又快的发展。

一是识人善任。在人才使用问题上，吴国迪也曾付出很大的成本代价。1997 年，还是在掌管埃力生集团时，吴国迪顺应公司发展需要，引入很多海归高层，但并没有带来所期待的效应。"吴国迪认为，海归真正能用的只有一万分之一，因为问他生意怎么来、钱哪里赚的时候，海归们通常答不出来。他们缺少实践，光讲理论的东西，而且没有从中国本土的特点来考虑问题。"

此后，吴国迪在人才管理上变得非常谨慎，在聘用海外人才时也注意风险控制，不惜万里挑一地寻求最适合企业发展的人。"我们公司招人和别的公司不一样，叫做马拉松式的，最长的招聘过程可以持续 3 年。我们在招聘这个人之前，必须要有了解，没有了解就没有理解，没有理解就没有谅解。我们的核心岗位，最快的招聘也要进行 1 年。"

这种细致、谨慎到极点的招聘方式，其本质仍是吴国迪从企业用人源头予以风险控制的体现。这才可以把那些可能带来潜在危害的员工排除在外，无疑有助于企业的良性健康发展。吴国迪说："我们招司机，曾经在一千个人里面选两个人。最后我们提出到家里去了解情况，一个人都不敢了。我们只要那些自己讲的与我们看到的一致的人。我们不能伤害别人，也不能被别人欺骗，我们必须防范风险。"

其次，是强调全体员工必须具有以"至善"为核心的共同价值观。吴国迪认为，"宇宙三宝日、月、星；世间三宝水、火、风；佛家三宝佛、法、僧；人有三宝精、气、神；心有三宝真、善、美。其中，善是最根本的，没有善就没有真，更谈不上美。企业文化最高境界是至善至美，没有共同的'至善'价值观，我们宁可一个人都不进。"这种共同价值观体现的是对企业发展前景的由衷认同和个人行为上的紧密配合，能够确保所有的员工最大程度实现团结协作，为共同目标的实现而无缝衔接、努力奋斗。"有共同的价值观让我们更加认识我们的位置，有共同的价值观我们才有更大的竞争力。"吴国迪说。

再次，是有一套赏罚严明的薪酬体系，加强人才的甄别力度，确保好的人才得到鼓励，表现不佳的人则受到惩罚。吴国迪说"我们有非常透明的公司治理结构和透明的薪酬体系。我们把工资分为3档：岗位工资一块，奖金一块，绩效加红利一块。必须有保证吃饭的钱，有3年之后要拿的钱，好的人永远可以加薪，不好的人拿不到钱。最终，优秀的员工得以留下发挥更大的作用，公司很自然地实现更大的发展。"

对于吴国迪来说，提升管理水平、做好服务是他永恒的事业，为此，从1990年开始，他20多年从未间断过学习深造，先后在浙江财政学院、中国人民大学、哈佛大学、沃顿商学院、长江商学院、欧洲商学院从事企业管理方面的学习进修并获得博士学位。"我们是一个紧密合作的团队，作为团队的带头人，必须更要走在最前面，在赚钱能力方面包括驾驭能力、对市场的了解能力、识别能力、设计能力，我必须一个人顶一万个人。"吴国迪表示。

尽管吴国迪在集团发挥着一个人顶一万人的巨大作用，但他所索取的报酬非常有限，始终以一种奉献的情怀进行工作。他将自己的工作看作是为股东、为客户、为员工的服务工作，一种由衷的报恩行动。他说："因为我1978年入党，对共产党非常有感情，对国家也非常感恩。没有共产党，没有新中国，也就没有我们自己。我们可以什么都不要，利用我们学到的为国家做贡献，这是最大的努力目标。我虽然没有股份，但是我一样去奉献。"2013年4月份的时候，在海南博鳌论坛上习主席会见了我，给我极大的鼓励。并提到早在2003年，时任浙江省委书记会见我时曾经教导我："企业家就是要学会无中生有，这才是企业家"。这句话对我启发很大，企业家如果只有钱，没有思想和执行力，那就无法从社会、市场的变动中抓住机会，把握企业发展的道路。

吴国迪在经营企业时始终怀着感恩之心，他所领导的企业也表现出勇于担当社会责任、注重公益慈善事业的一面。对此，吴国迪解释说："企业的天职就是要赚钱，我们要用善心、善德、善行去赚钱，以义取利，以利济世，回馈社会。这是我的曾祖父'宁波帮'老前辈吴锦堂给我们留下的最大精神财富。我们所有的项目都把环境保护放到第一位，尽量减少污染。我们现在在吉林建设的100万千瓦的风能发电，在中国西部规划兴建的500万千瓦风场，总投资600亿元，到现在为止谁都没有保证投资什么时候可以收回，但是为了响应国家发展低碳、清洁能源的号召，我们在能够承受的前提下，愿意把传统能源赚来的钱一部分投入到新能源上，为世界人民造福，为中国人民造福。此外，我们还积极为希望工程、地震救灾捐款，我们认为一切社会公益事业只要我们有能力做到的我们都要去做。"

"大商止于至善"。这不正是数百年来"宁波帮"代代相传的精神薪火吗？

我们回望过去的成功，更展望和憧憬未来的美好前景。习近平主席提出的中国梦，为中国各族人民描绘了一幅强国富民、民族复兴的宏伟蓝图，我们期待着吴国迪驾驭中国国际能源集团这艘巨轮，作为"宁波帮"启航中国梦的主力战舰，乘风破浪，驶向更广阔的蓝色海洋。

# 裘东方：开发的是土地　建造的是家园

● 董鸣亭

海纳百川，有容乃大。上海这座有着几代宁波人奋斗史的城市，曾留下了多少豪杰的足迹？散发着多少甬商的豪情？

当改革的春风在上海的浦江两岸吹拂，率先踏着改革时代列车隆隆向着上海驶来的就是现今活跃在上海的新一代甬商们。

如今，岁月已经成为一种记忆，再打开这层记忆，品味个中滋味可谓回味无穷。

## 上海就是我们的家

上海保集集团总裁裘东方，刚踏上上海这块热土时，他面朝浦东，滚滚的黄浦江横穿上海东西两岸，抬头看上海的天空，星云浩瀚，风云激荡。

此时，他刚从宁波一家国营单位走出来，刚过了而立之年，浑身散发着男人的成熟和刚毅，他对身边的同伴说："上海就是我们的家。"

裘东方就是凭着这句话，在上海站稳了脚。

常言说，你的心在哪里，你的家就在哪里。裘东方带着对这片土地的热爱，把心放在了上海。

1996年，这是一个开放的上海，也是气象万新的上海，上海保集集团成立了。

它伴随着中国经济和房地产业的发展，经过17年披肝沥胆的奋斗，已发展成为上海一家综合性的集团企业，谱写了充满奋斗与成就的华丽篇章。

最为裘东方津津乐道的是位于奉贤金汇镇的上海市宁波商会"金汇总部经济园区"，它是当时宁波企业家进军上海的一个桥头堡，也是新甬商们的家园。

说起这个"金汇总部经济园区"，裘东方就仿佛回到了十多年前的岁月，他操着一口浓重的宁波口音对我们讲述起这段开发的经历。

裘东方说，建设"金汇总部经济园区"，最早是商会会长庄晓天提出的建议，是一个金点子，既然是金，就要让它发光，所以，我们保集集团就担当起开发建设"金汇总部经济园区"这个责任，这是义不容辞的，也是我们保集的光荣。

上海，历来是宁波帮的发祥之地，上海作为长江三角洲的龙头，在经济信息、影响力和城市地位等方面具有不可比拟的优势，这些都吸引着宁波企业前往上海设立贸易窗口、信息窗口和市场窗口。

现在，杭州湾大桥的建成，使上海与宁波的距离进一步缩短，沪甬之间的合作将进一步密切。跑宁波和上海之间就如走娘家那样方便。加之上海市宁波商会中已经有很多会员，他们的企业规模较大，有在上海设立区域总部的需要。所以，随着希望开拓全国市场的宁波企业越来越多，这就需要在上海设立一个能为更多的宁波企业到上海建区域总部的平台。

"新甬商"，已经成为上海当地一支不可忽视的经济力量。宁波与上海人文相亲、地缘相近，一直以来都有宁波企业源源不断将企业总部搬迁上海，或在上海设立区域总部、研发中心、信息中心等，面向上海开拓全国市场。

据有关资料表明，在上海市工商局注册的宁波企业已经达到600多家，而上海市公安局初步统计有大大小小的在沪甬籍企业家2万多人；目前上海市宁波商会了解的在沪宁波企业就超过2000家，共涉及建筑、房产、电子、服装、家具、餐饮等10大行业。

"我们宁波商人为什么名气响？这和我们的诚信、开创、进取、团结的宁波帮精神是分不开的。我们宁波商人虽四海为家，但总应有一个据点，上海就是我们的家，一个可供企业家创业和交流的家。"作为在上海开发房地产而获得好口碑的保集集团总裁，裘东方正是看准了这个机遇，在奉贤金汇镇开发建设"金汇总部经济园区"，使它成为宁波企业接轨上海的"桥头堡"。

如今，上海市宁波商会"金汇总部经济园区"位于奉贤金汇镇，交通便捷，是上海市距离浙江最近的区域总部，园区已建设成为以"总部经济"为特色的现代服务业基地，成为生态环境优美、配套齐全的企业独栋和总部楼类型的总部经济基地，主要集聚宁波乃至浙江的中小企业。

"金汇总部经济园区"如同保集开发的所有房地产一样，深得人心。它让在上海的宁波企业家们感到了一种家的温馨，一种大家庭的力量。也许这就是裘东方成功的魅力，他在经营集团时，就当它是自己的家，他把心放在了这个家里。

## 经营共赢之道

出生在宁波象山的裘东方，与一些甬籍企业家最大不同的是他受过高等教育。他于1963年出生，在宁波完成中学学业后，考入浙江工业大学有机化工专业，1985年毕业分配到宁波化工局工作，曾任宁波化工局技术处处长，成为当时系统里最年轻的处级干部之一。

裘东方于1993年任化工部宁波凯士达工贸公司总经理，1996年国家化工部进行机构改革，原化工部下属企业划归地方进行改制，1996年裘东方任改制后的上海凯士达房地产公司总经理，同年任上海申标建筑工程有限公司总经理，1997年至今任上海保集（集团）有限公司总裁。

裘东方经历的岁月正是中国改革开放的大好时机，机遇让这位年青人展现了才华和商智。

在宁波化工局工作时，裘东方就涉及贸易进出口业务。当时工贸公司主要任务是利用化工部旗下18大院校的化工科技成果，改造转化为化工产品，为科技兴化作贡献。公司确立的企业发展理念是，企业发展要像鸟的飞翔，从地面腾空飞翔靠的是两翼的拍动，达到一定的高度后，展开双翼可以自由翱翔。

为此，裘东方带领一干人通过奋发努力，围绕企业做大做强目标，3年内就进入了华东地区同行业的榜首。

后来，随着化工局业务的需要，在上海成立了上海凯士达房地产公司，他担任总经理。为了宁波和上海两地的发展，他每星期三下午飞上海，然后星期一上午飞回宁波。

说起那段往事，裘东方仍是百感交集。他回忆道："星期一飞回宁波还是最早的班机，我要5点不到就出门了，往往在上海处理业务到深夜，人还是睡眼惺忪时就要去赶飞机了。我每星期这样飞来飞去飞了很多年，为公司创下了业绩，也培养了自己吃苦耐劳的精神。"

人们都说商人无利不起早，都说商人唯利是图，可裘东方讲的是情感，在与人合作中寻求共同的合作价值，让人家也好有钱赚，处理问题也要考虑别人的利益。

当然，这也得益于国家的改革开放政策，使保集集团从无到有，从小到大，从不成熟到成熟。

回顾保集10多年的发展历程，其房地产业务大致可以概括为三轮开发。

第一轮开发是指早期上海开发的"三泉"系列楼盘，其中代表楼盘是位于上海三泉路的"保集·三泉家园"。它以当时领先的景观规划和房型设计而引发热销，并于2001年和2002年连续两年跻身上海市楼盘销售面积50强之列。

第二轮开发是指保集集团开发布局到江浙两省以后开发的"保集半岛"系列楼盘，其中"金华保集半岛"成为浙东地区首家通过建设部国家康居示范工程验收的住宅小区，已成为金华地区的第一品牌。

然后是在2005年后保集第三轮的房产开发高潮，本轮开发以产品线为系列，注重目标客户的定位，小区文化氛围的营造，产品品质和服务相比以往更加专业化和精细化。

位于上海友谊路的"保集欧郡"着力营造清新自然的欧派生活，成为北上海西城区中心独有的低密度、高科技生活社区，在中国房协、国务院发展研究中心、中国指数研究院联合举办的中国第七届房地产发展会上，"保集欧郡"被评为"2006—2007年度上海房地产十大人居典范楼盘"。

位于上海海湾旅游度假区的"海湾国际名苑"，由独栋及联排别墅、星级酒店及多功能会所构成，目标是打造成为上海滨海度假休闲旅游的典范；"南昌保集半岛"和"金华保集蓝郡"这两个超级大盘定位为国际化社区，已与法国香槟阿登大区色当社区缔结为国际友好社区，将通过双方在教育、经贸、文化方面的交往活动促进社区建设的提升。

上海保集集团现已拥有 20 余家全资和控股子公司，并在香港、加拿大、澳大利亚等地设有控股机构。

保集集团的开发足迹遍至上海、江苏、浙江、江西等地，并即将在环渤海湾经济中心——天津市和中部经济中心——武汉市开发新的地产项目。也因取得的有目共睹的成就，保集集团荣获了国务院发展研究中心、清华大学、中国指数研究院联合颁发的"2007 中国房地产百强企业"称号。

保集集团开发的商业区和住宅区，都充满了人情味，给人一种家的感觉。商人并不是见利唯图，出售住宅并不是简单的金钱交易，裘东方在规划开发家园时就以人为本，让消费者在购买时和保集一起享受赢利的优惠，因为这里体现的是一种家园的爱。

回顾保集这十多年的发展之路，裘东方感叹道："保集集团从一家宁波企业发展到一个跨地区的多元化集团公司；从单一楼盘开发到多楼盘开发，从单一区域开发走向全国性开发；从中档商品房开发扩展到精品、高端产品的开发；从局部一枝独秀到一个区域的第一品牌，甚至与多家国内知名企业直接竞争，成功抢占一个区域的市场占有率。这些成绩与一直支持保集发展的广大客户是密不可分的，公司一贯重视客户服务，将客户视为我们的衣食父母，我们去年成立了'保集会'，倡导'为客户创造价值'的理念，期待所有关心保集的人都能得到保集良好的服务。在发展和建设合作中，我一直主张'合作共赢'的理念，期望与合作伙伴实现共同利益的最大化。"

在房地产开发中，裘东方始终秉承"开发的是土地，建造的是家园、营造的是文化、创造的是价值"的开发理念，相继打造出"国家康居示范工程"、"全国优质楼盘放心楼"等一系列优质宜居示范小区，这不仅彰显保集集团强大的开发实力，也印证了保集人对社会和消费者的责任意识。

## 打造企业文化

保集集团已经发展成为以房地产业为核心，辐射金融投资、高科技以及国际贸易等多个领域的大型现代化综合集团，逐步获得了客户的信赖，赢得了对手的尊敬，得到了社会的认可。可谓十年磨剑铸品牌，独领风骚上海滩。

然而，裘东方却是出了名的低调行事、高调做事的人。

论学养，裘东方握有高等学府的文凭，论经济地位，在上海 100 多家房地产中，保集集团也排得上坐位和名次。但裘东方却踏实工作，很少在媒体上曝光，也极少出现在大庭广众面前，最多出现在各地的房产楼盘展销会上，那也是为了更接近市场。

裘东方是文化人出身，也透露出一个儒商的风雅，他的办公室里挂着他儿子亲手书写的楷书"正气"两字，他不仅赞誉儿子在书艺上的进步，更钟情于这"正气"二字中蕴含的精神。

就凭着这个"正气"，裘东方经营起自己集团的家园，因为他深知，良好的企业文化是企业发展的内在动力。

在保集集团的视界里，建筑不再是钢筋加水泥。优雅的建筑不仅可以欣赏，更可作为一种凝固的音乐来聆听和感受。保集集团构造的建筑，不仅把外在的美观与内在的品质完美地融合，更注重的是一种居住文化的营造。

在保集集团的字典里，每一套房子都是更好的生活开始。

从简单的功能布局，到尊重人性的细节；从自然绿意的环境融合，到人文科技的品质提升，不管是过往的十年历程，还是今后呈现的一切，保集始终致力于为广大业主提供高性价比的优质居所，并力图创造一种新的生活方式，进而创造一种新的城市价值。

这些年来，保集集团从创业历程的成功经验中总结提炼了企业的核心价值观，即"利益、负责、执行、忠诚、学习"，以此引导员工的价值理念与行动方向。

随着公司的发展与时代的需要，企业文化也需要不断地丰富和完善。

例如对忠诚的理解，裘东方认为服从与执行组织的决定，不以组织平台谋私利或损害组织利益是忠诚的基本要求。

从集团第三轮开发起，保集就提出了以集团实力进入华东地区房地产企业第一方阵的目标，保集将更加重视品牌建设与文化建设。为此，保集从员工、顾客与企业的关系角度，又丰富和完善了原有企业文化的内涵，提出了响亮的企业文化理念。使命：做中国受人尊敬的房地产企业；核心理念：利益、负责、执行、忠诚、学习；经营哲学：与顾客共同创造卓越，与员工共同成长；企业个性：不讲任何借口，保证完成任务。

对未来房地产市场的发展，裘东方的态度是乐观的。他告诉我们：对于保集的发展来说，这是一场硬仗，同时也充满了挑战。然而正是在挑战中，才能获得更快的发展，获取更多成功的机会和经验。因此，我们要有挑战不可能的气势和心态，要面对错综复杂的经济市场，坚守自己的阵地，提高产品质量，这样才能打胜每一场的决胜战。

为此，裘东方提出了保集集团要增加"三要"的企业文化，那就是"要有共同的价值观；要敢于负责、善于负责；要竭尽所能把事情办好"。


## 勇于挑战

城镇化是未来中国首选经济政策。中国的城镇化水平远低于经合组织以及发达国家，因而中国在未来仍有推动城镇化发展的巨大空间。

2013 年 3 月 29 日，保集集团总裁裘东方就城镇化背景下房产企业如何寻求发展机遇，开始思索新的思路。

他对我们说，结合保集集团 10 多年来的发展历程，和保集集团奉行的稳健策略，始终关注、研究政策，寻求与政策的平衡点，产品定位转向刚需和改善型需求，以最经济合理的投入，尽可能满足市场的需求。

裘东方认为，房地产开发企业是城镇化的重要力量，这就要求具有规模化、高效化、标准化的特质，具备更为专业的城市综合开发能力，品牌企业在这方面应该发挥标杆作用，"稳"中求进，在机会来临时把握机会。

他还表示，要在新型城镇化进程推进的背景下，走出一条中国房地产业持续发展的道路，走集约、智能、绿色、低碳的新型城镇化道路，绿色低碳地产或产品将会受到市场的关注，获得新的发展机会。

在上海这个看不见的商业硝烟中，在房地产潮起潮落中，保集集团始终抱着"开发的是土地，经营的是家园"这个企业口号，不断寻找商机，特别是在房地产业面临向何处去的 2013 年间，裘东方仍开足马力在开发土地，营造家园。

2013 年 9 月，上海保集（集团）有限公司与万家共赢资产管理有限公司签订了 3 年战略合作框架协议，约定合作规模为每年不低于人民币 20 亿元。

合作双方本着平等协商、资源共享、互惠互利、共同发展的原则，结成战略合作伙伴，将定期举行战略合作高层沟通会，促进互动和了解，形成有效的沟通和反馈机制。

此次合作协议，万家共赢将通过向保集集团提供低成本高效率的资金，为其专业领域的开发建设提供完善的金融服务，共同为市场提供优质的房地产业项目，推动双方在各自核心领域内的共同发展。

2013 年 10 月，裘东方亲赴南昌市青山湖区，与当地政府领导签署合作开发青山湖区罗家镇新型示范城镇框架协议。

在此次签约前，上海保集集团前后对南昌青山湖工作小组做了大量细致的工作，无论是汇报文案或者是协议条款都是斟酌再三，力求完美。

该项目位于南昌市青山湖区瑶湖水域南岸，初步规划核心区三四平方公里，整体约 10 平方公里。

2013 年 10 月，集团与香港泛源投资公司在集团总部签署了佘苑路一号项目转让框架协议。

佘苑路一号项目紧邻佘山国家森林公园，属于佘山豪宅板块。该地块属于商业地块，占地约 226 亩，总建面积约 7.5 万平米，初步规划建设高档出租型别墅。

随着《上海佘山国家旅游度假区建设 3 年行动计划（2013—2015 年）》的实施，地块周边的相关配套将进一步完善，佘山板块价值将进一步提升。佘苑路项目的获取及开发，进一步丰富了保集的产品线，扩展了集团在上海的版图。

2013 年 10 月 28 日，集团在上海自由贸易区设立的首家贸易公司核准注册，认缴注册资金 5000 万元。

目前，自贸区各相关部门具体实施细则尚未公布，但其可预期的各项先行先试政策，仍给予市场充分的政策红利想象空间。尤其是自贸区对注册企业在贸易领域、投资准入、金融服务等诸方面形成利好。

问渠哪得清如许，为有源头活水来。保集集团能在浩瀚经济浪潮中劈波斩浪、扬帆千里，除了企业有远见卓识的经营方略、科学化的管理，还有社会上关心和支持保集集团发展的朋友和客户。

裘东方，作为一家以经营房地产为主业的集团企业领导人，他始终坚持"开发的是土地，建造的是家园，营造的是文化，创造的是价值"的开发理念，以"造就品质生活"为使命，以"利益、负责、执行、忠诚、学习"为企业核心价值观，致力于为客户提供最好的产品，为员工创造实现自身价值的平台，为社会回报更多。

东风浩荡满眼春，万里征程催人急。展望未来，保集集团将勇立潮头，超越自我，在创造新的发展历史的征途中阔步前进，挑战无限，追求卓越。

# 严健军：致高致强　兼济天下

● 丁言鸣

信息技术产业真可谓是浙江才俊的一块福地。自上世纪90年代以来，在这个当下世界最前沿的高科技领域，涌现出了许多叱咤风云的精英，前有丁磊、陈天桥，后有马云、江南春，其中丁磊和江南春就是地道的宁波人。而在上海，另

有一位宁波企业家，既非出身名门，又非毕业名校，创业20年，却同样在IT行业中脱颖而出，成就了一番令人称羡的事业。他就是致达控股集团有限公司的董事长，上海市工商联副主席，上海市宁波经济建设促进协会第五届理事会的副会长严健军。

提起致达，在上海颇有名气。这家创立于1994年的民营高科技公司，从20万元起步，在一幢租来的民居中创业。短短十几间，已成长为一个拥有近万名员工，年销售总额达61亿元的民营企业"小巨人"，致达成了中国民营企业中跻身于200强的明星。严健军和他率领的企业团队荣膺"全国劳动模范"、"中国优秀民营科技企业家"、"中国优秀民营企业"、"上海高科技企业20强"、"上海服务业百强企业"等近50项殊荣。

## 感恩社会　才懂得积极进取

上海西区三和大厦的29层，是致达集团的总部所在。办公室简洁明快，会议厅晶亮闪烁，有近50座奖杯、奖状昭示着公司走过的历程，各级领导参观公

司和接见严健军的照片悬挂于四壁，名人书法彰显着企业的文化追求，在这里文静的严健军平和地追叙着公司的发展，仿佛在描绘心中难以割舍的梦。

严健军生在上海，祖籍宁波鄞县。出身于工人家庭的他，幼年时曾在宁波外婆家度过一段淳朴的时光，直到 9 岁时才回到上海上学。严健军依稀记得，和蔼的外婆常常给他讲许多做人的道理，要他争气，要他不怕出力，靠自己的本领才能做大事。外婆的启蒙给他平和而坚毅的性格打下了坚实的基础。一回忆起童年生活，严健军至今仍十分动情。这一段生活，培养了严健军心中难以割舍的宁波情结。

然而，一个人的成长肯定不会是一帆风顺的。严健军上初中时，作为家中脊梁的父亲不幸病故了。少年失怙，家道艰难，惟有宽厚的母亲和政府的资助，给了他们姐弟三人前进的勇气和动力。含辛茹苦的母亲依靠微薄的工资，培养出了 3 个大学生。在严健军的心中，首先是感谢政府，其次是感恩母亲，正是怀着这颗感恩之心，1988 年从上海工程技术大学毕业的严健军踏上了从业之路。

从业之初，严健军被分配在上海副食品市场电脑部从事软件开发，后来又调到商业局做项目开发。两年的实践，使他不仅对计算机行业的兴趣更加浓厚，而且对 IT 市场日益增长的需求了然于胸。他常常加班写程序到深夜，勤奋加专业使他积累了更多的经验。一个合适的机会，当一家外资公司向他伸出橄榄枝时，他实现了从一个从业者到一个创业者的飞跃。

那时，信息技术方兴未艾，证券市场风生水起，而严健军就职的那家外资公司正是从事证券信息系统开发的。严健军从埋头写程序开始，凭着不懈的努力和宽厚的为人，两年之中擢升为公司的副总经理。正在此时，严健军却敏锐地发现，公司的发展理念和社会需求与他的理想相去甚远，因此，不求平稳、惟图进取的严健军毅然与原公司和平分手了。他没有拿到原公司的一分钱、一台设备，带走的却是公司的管理经验和 IT 领域中日积月累的人脉，他终于走上了一条创业之路，时间是 1994 年那个令人难忘的春天。

回忆起这一段经历，严健军始终不忘两个字：感恩。感恩社会，使他拒绝平庸；感恩生活，使他勤勉创造；感恩母亲，使他追求卓越。他说："我能走到今天，能在社会上处于受人尊重的地位，并非是我个人有多出色，而是社会对我的眷顾，母亲对我的关爱，我要永怀感恩之心，才能不断前进！"

这应该是严健军内心的原动力。

## 勤奋学习　方成就致高致远

新公司办起来了，严健军把它命名为致达。他的理念是"致高致强达天下"。雄心壮志毕现。

志存高远，务先博闻强志，而要做到这一切，必先"苦其心志，劳其筋骨"，不断学习，充实自己。

于是，大学毕业的严健军选择了充电。他重返校园，在社科院的经济学专业和中欧工商管理学院的企业管理专业完成了双硕士的学业，从一个工科大学生登堂入室，攀上了一个企业管理的高峰。严健军说："在中欧学院集聚了许多优秀的企业家，与别人相比，我看到了自己的差距，不断改掉自己的不足，才能让自己从心智到技能都变得更加强大！"

在致达初创时期，正是 IT 公司风起云涌之时，行业竞争十分激烈。严健军用系统的观点来看企业，把软件开发和硬件制造结合起来，把信息传播和信息服务结合起来，把本地市场和外地开拓结合起来，几乎涵盖了 IT 行业的所有领域，以技术和服务赢得了客户，仅两年时间，他把产品和服务打入了一半以上的证券公司，使致达在证券信息业中独占鳌头。他们所生产的证券行业 LED 信息显示系统，几乎涵盖了申银万国、银河、海通等各大证券公司，不仅为公司换回了"第一桶金"，也成就了无数股民的致富梦。

当年的辛苦是不言而喻的。严健军说，当时最奢侈的事情不是吃饭和娱乐，而是充足的睡眠。有时为了赢得客户，半夜出击是常有的事。有一次，严健军忙碌了一天刚要休息，突然半夜的电话铃声惊醒了他。原来是南京的一家证券客户的服务器出现故障，若不修复，势必影响第二天的交易。严健军听罢电话二话不说，连夜驱车飞驰南京赶紧处理，尽管后来发现服务器故障是使用不当而引起的，但他还是积极排除了故障，使客户大为感动。

不消几年，致达长高了，变强了，产品不仅打入了长三角，而且出口到俄罗斯、埃及、日本；他们生产的显示器（LCD）和模块（LCM）占据了高端用户市场，成为海尔、三菱、欧姆龙、三星、松下等著名品牌大公司的合作伙伴。

公司做大了，经营的项目涵盖了 IT、金融服务、投资、房地产等多元领域。作为公司的领军人物，严健军的学习更加自觉，更加刻苦了。他博览群书，涉猎很广，举凡政治、经济、财务、管理、历史……只要有空，常一册在手，默诵于胸。每天上班时，他总要浏览《第一财经日报》、《经济观察报》等十几份喜爱的报刊。他自己总结道："人不能生而知之，聪明在于勤奋，能力在于学习。"

严健军不仅自己善于学习，而且积极鼓励和推动员工学习。在致达，作为董事长的严健军每年都要给部属送书，几乎成了一项制度。有一次，一位记者给严健军介绍说，韩国的企业十分推崇中国明朝洪应明所著的《菜根谭》一书，这本书中充满思辨的语言对企业经营有很大的启示意义。严健军马上叫来了公司行政部的经理，指示他马上给公司干部配上一册，并表示自己也要好好研读。又有一次，严健军到北京去收购一个 2000 多人的国企，在改制中严健军送给经营班子的礼物是人手一册《深深太平洋》，一本介绍经营巨子、财富黑马严介和创业历程和经营理念的书。两周后，当严健军正式面对自己的新部属时，开谈就问大家看完《深深太平洋》后的感想，讨论会整整开了一个下午，使新部属对企业改制后新的经营理念统一了认识。

组建一个学习型的企业，让企业致高致强，严健军通过不断学习，达到了这个理想的境界。他说："商海行船，不进则退，知识不仅是致达积累财富的源泉，更是致达造就人才的根本。读书学习，是我永远做不完的功课。"

## 企业文化　提升团队素质

一位伟人曾经说过："没有文化的军队是愚蠢的军队，而愚蠢的军队是不能战胜敌人的。"严健军因此而引申出一个理念："没有文化的企业是盲目的企业，而盲目的企业是不能长久的。"因此，严健军从创建致达公司的第一天起，就关注企业文化的建设，至今不渝。

严健军说："企业文化是一个企业的灵魂，折射出一个企业的品位和境界，指导着员工的理想和追求，应该蕴含在企业的每一步成长之中。"

在严健军的关注下，致达逐步形成了自己的企业文化体系。

有一次，严健军到大连出差，遇到一位文化友人。友人问道：你们企业起名"致达"有什么内涵。严健军随口答道：致高就是高科技，致强就是要强大起来，达天下就是走向全国，走向世界。友人闻后微微一笑，意为这个内涵太过简单。"致高致强"，应是高瞻远瞩，自强不息，"达天下"当取通达天下之意。严健军一听深受启动，他把这"高"、"强"、"达天下"作了进一步的阐述。所谓高，即要做到"高科技的公司、高素质的人才、高品质的产品"；所谓强，即要"有强大的经营实力，强盛的团队精神，强劲的科研力量"；所谓达天下，要取孟子之意，"穷则独善其身，达则兼济天下"，一个成功的企业和个人，要兼济天下，担当起自己的社会责任。这样的诠释，令"致达"有了更深一层的意义，在"致达"内部营造了一个勤奋、诚信、创新、团结的企业精神。

近几年，致达集团通过企业文化大讨论和理念提炼，逐步形成了一整套具有独特个性的企业文化体系。把"责任、忠诚、卓越、奉献、共享"作为企业的核心价值，"敬业、自律、执行、进取、沟通、尊重、信任、包容、关爱"作为员工的行为准则。各企业要贴近时代精神、贴近企业发展实际、贴近员工需求，打造企业核心价值，坚持以人文凝心、以和谐聚力，激励员工保持追求卓越、勇于创新、乐于奉献的良好职业精神。

一个学工科的大学生，竟然在企业文化这样的软实力范畴中有这样精细缜密的思考，何其难能可贵！

一分耕耘一分收获。严健军倡导的企业文化终于造就了致达内部人文为本、和谐快乐、上下平等、通力合作的局面。走进致达，人人可以感受到一股清澈的溪水汩汩地流淌，有竞争但不是倾轧，有压力但不是太紧张。每个员工生日，公司发蛋糕祝福。员工请病假3天以上，公司干部一准到家里探望。优秀员工可望到名校甚至国外深造，对企业功臣，严健军花巨资奖励，甚至奖励价值百万的住房。有跳槽者，公司按规定理性处理，有"归去来兮"者，公司照样一视同仁，竭诚欢迎。每年的公司年会是公司最欢乐的时刻，上下同乐、品茗饮酒、畅谈公司的未来和发展，其乐融融。

在致达集团成立一周年之际，严健军特意制作了象征公司鼎盛发展的"致达盛鼎"，把企业文化发挥到了极致。在鼎身上镌刻着这样一段铭文：

"浦江汤汤，源远流长，致达人才，济济跄跄，励学笃行，维新维强，致达基业，永固永昌。"

这是祝福，更是希望。

## 社会责任 甘愿为国担当

企业健康发展，不仅为致达集团带来了每年两位数的增长速度，也为该集团赢得多种荣誉。近几年来，致达集团先后获得中国民营企业500强、中国优秀民营企业、上海市民营科技百强、上海服务业百强企业、上海市文明单位、上海市"双爱双评"优秀企业、上海市A类纳税信用单位、银行AA+资信等级企业、工商免检企业等多项殊荣和良好资信。

致达从IT行业起步，在完成了原始积累后，便走向多元发展和资本运作的新阶段。此刻的严健军似乎登上了一座山峰，目光更加深邃远大。他坦言：赚钱的公司不一定是有价值的公司，更不一定是有影响的公司。既言"兼济天下"，公司就要担当更为博大的社会责任。

作为一个民营企业，至高至善的境界是追求强国富民，把报效祖国、构建富裕和谐社会作为自己义不容辞的责任。为此，严健军作出了不懈的努力。

——致达以国家利益高于一切的理念办企业。每年上交的税收总是比企业的利润还要多。2005年，企业的利润为1.2亿元，而上交税收却高达1.4亿元；2006年企业实现利润1.3亿元，上交利润是1.5亿元；2009年，在金融风暴的冲击下，致达上交税收仍高达2.6亿元。这两年在国际大环境的影响下，企业税收不仅不降，反而稳中有升，体现了致达稳健的经营能力。

——致达以人为本办企业，不仅每年要为近千人提供就业岗位，而且坚持民主管理，关心员工利益。在参与国企改制和重组时，不忘对国家有贡献的功臣，不忘各个时期的劳模，不忘生活有困难的职工，使员工们逐步感到在致达工作，有一份保障，是一种幸福。

——致达以回报社会为光荣。2009年4月，青海玉树发生地震，致达在10天之内就募集了62万元的善款，仅严健军个人就捐款50万元。"致爱扬善，达济天下"，成了"致达"企业精神的另一种诠释。公司成立以来，累计各种捐款近 800 多万元。另外，公司还专门拨出 500 万元，设立了致达慈善公益基金，以资助包括灾区学生在内的社会困难群体。严健军个人就常年资助湘西两名穷困学生，直至他们完成大学学业，其中有一位毕业后就在致达集团下属的公司工作，成了为上海建设贡献才智的新上海人。

——2010 年是上海世博会的盛事。严健军又以主人翁的态度，积极投身于世博公益。先后慰问武警官兵、捐助上海世博青年高峰论坛、公益电影、上海交响乐团世博宣传巡演共计 220 万；组建千余人志愿大军参与服务；还组织技术人员加班加点，完成世博场馆等 7 项建设任务。

——正因为深知人才的价值，又有感于当下软件开发人材短缺的现状，从2001 年开始，严健军就开始进军教育事业，"择天下英才而教育之"。致达每年从企业利润中投资 1000 万元，经过近 10 年的积累和建设，作为上海"软件蓝领"教育基地的中侨学院在浦东康桥平地而起了。这个可以容纳 8000 子弟的学院成了致达的一个新的发展起点，也成了年过不惑之年的严健军醉心的新事业。

作为一个集团公司的掌门人，严健军日理百机，工作千头万绪。他有着众多的社会职务，头顶着许多耀目的光环，他是上海市人民代表、上海市工商联副主

席、上海浙江商会执行副会长、上海宁波经济建设促进协会副会长……每年开人代会，他总要提几个关于民生方面的提案；在企业家俱乐部里，他总是出谋划策，热情参与，体现了一个民营企业家强烈的社会责任感和真诚的赤子情怀。

有一首歌唱得好："不经历风雨怎能见彩虹，没有人能随随便便成功。把握我们生命里的每一分钟，全力以赴我心中的梦。"探索严健军的创业成功之道，当然离不开正值改革开放中心的上海，尽得天时、地利、人和之便，同时，更得益于他开拓奋进、平和踏实、诚信为本的经营和为人之道。然而，正如古人所

语："宇宙内事，要力担当，又要善摆脱：不担当则无经世之事业，不摆脱则无出世之襟期。"面对荣誉和赞扬，严健军正是以一种超然的姿态摆脱。他说："在新的形势下，我最困扰的事情是如何把致达打造成一个最具有影响力和社会价值的公司。"

人高山为峰，这是致达新一轮发展的目标。严健军说，他将为之而不懈努力。

### 转型发展　追求持续跨越

民营企业，从上世纪八九十年代起步，经过二三十年的发展，走到了历史的拐点。如何使民营企业在世界经济的新格局中实现可持续的跨越式发展，成了许多有作为的民营企业，包括严健军日思夜虑的课题。

思虑再三，严健军以三招治企业，使致达无论在经营理念上，抑或是经营实绩上都迈上了一个新台阶。

第一招，重视企业党建。

作为民主党派人士，严健军从我国社会主义建设在党的领导下蓬勃发展以及致达集团健康发展的实践中，从心底里拥护中国共产党的领导，在企业的不同发展阶段，成立党组织，扩大党对民营科技企业的影响力、凝聚力和渗透力。

在致达集团发展过程中，严健军始终重视企业党建工作，早在1999年致达集团成立时就成立了中共党支部，以党组织的战斗堡垒作用保证企业健康发展；2001年随着企业规模不断扩大，成立了党总支，把党的基层组织建在各子公司；为适应企业快速发展的需求，集团于2004年成立党委。可以说企业每发展一步，党建工作就有新的拓展，党建工作每推进一步，企业就有新的发展。几年来，集团党组织在企业发展中充分发挥党组织的战斗力和凝聚力，在推进文明单位创建、非公企业思想政治工作以及凝聚力工程中，发挥了政治核心作用。严健军还积极支持企业建立健全工、青、妇群众组织，维护员工合法权益，构建和谐稳定的劳动关系，为企业健康发展提供了坚实的思想保证和组织保证。

第二招，构筑人才高地。

"人才是企业最大财富"，这既是致达集团的经营理念，也是严健军所倡导的企业文化的核心。在企业发展过程中，他始终支持企业党组织和工会拓展多种途径，建立有效载体来促进员工思想道德素质和科学文化素质的同步提高，维护员工精神文化生活利益，不断增强员工对企业的依附感和归属感，激励企业员工把个人价值融入企业、融入社会，与企业同成长，与社会同进步。

严健军常说："企业的发展目标最终实现是员工干出来的，员工对企业的满意度直接决定企业目标实现的质量和程度。"多年来，他始终把关心员工、尊重员工、建立和谐稳定的劳动关系作为企业十分重视的大事，为员工建立了以人为本的生活保障平台。在他指导下，按国家规定为员工办理"四金"，成立企业帮困基金解决员工的特殊困难，为患病员工开展募捐等。许多员工并不视严健军为威严的领导，而把他看作是师长、朋友，全公司上下洋溢着一片亲切、和谐的人际关系氛围。

风雨20载，致达集团的成功发展过程留下了严健军在党的关怀下，与社会同发展、与企业同进步的成长轨迹；展示了他牢固树立科学发展观，积极投身"科教兴国"战略的远大理想；彰显了他致力于民族科技发展、努力打造和谐企业的执着追求。严健军带领企业不断健康发展的同时，将其所获得的财富逐步回归社会，契合了构建社会主义和谐社会的主题。

第三招，实施转型发展。

2012年，中央经济工作会议刚开过，严健军就趁势而为，在企业内提出了新的发展战略，这就是：以集聚人才为支撑，以转型调整为主线，立足科技创新驱动，以效益优先为根本，提高致达的经营质量和可持续发展水平。

致达是以信息产业起步的，然而，随着社会的发展，仅仅这一手已远远不够。多年来，严健军涉足教育，试水金融，拓展制造，已有丰富的成功经验。因此，他响亮地提出，致达集团要在2020年前后，打造成一个以金融、教育、商贸等现代服务业为核心，以基建房产为支撑，以工业现代制造为基础的具有创新能力、经营活力、发展潜力，在上海乃至全国多个领域有较大影响，国际市场相关领域有足够份额的多元化民营科技控股集团。

这是一幅何等光辉灿烂的愿景呀！

为了实现这个愿景，致达新一轮的创新驱动开始展翅高飞。致达集团开发的国内首创，具有自主知识产权的城市公交网络电视和 GPRS、卫星调度系统已多点开花，在全国多个省级大都市得以应用；致达集团投资兴办的上海中侨职业技术学院已成为培养 IT 高端人才的基地；致达集团在宝山投资兴建的占地 270 亩、总面积达 30 余万平方米的科技产业园区正在崛起，建成后将形成研究开发、加工制造、销售维护为轴心的智能化产品产业链；致达集团投资的中侨学院金山校区、启东环保安全产品基地正在进行，更有一批项目正在冲出国门，走向世界……

致达在行动。在严健军的带领下，致达从 20 年前以 20 万元起步的民营企业，正在成为一艘在市场经济的风浪中劈波斩涛、奋然前行的战舰，而严健军正是这艘战舰登高望远、志在万里的掌舵人。

"不求短暂辉煌，但求长期发展。"这是严健军对麾下五千员工的要求，也是对自己定下的目标。为了致力于中国民族科技事业的发展，严健军和他的致达集团在思考，在求索，在努力，在前进……

# 周永昌：医术有道　医德可嘉

● 史鹤幸

当年，一个秋意渐起的下午，我怀着几份敬佩之情（八十又八的耄耋老人还在坐堂门诊，被誉为"一眼准"）、几份敬畏（缘于周老对生命敬畏，"我的诊断关系到病人生命"），造访上海市第六人民医院的超声诊断专家周永昌老先生。试图通过采访，写出他"医术有道，医德可嘉"的美誉，感悟他60年的行医心路，与乡友分享与共勉。

原以为，周老行医60年，只要从纷繁病例中拾掇三五，就是一部情节跌宕的"小说"；然而，一个多小时的采访里，我阅读的却是另一篇简约而又写意的"散文"，其中蕴藉着周老更多的人文情怀。仿佛一抹丹青，寥寥数笔——周老印象——神形毕现。

## 医术有道

好在医务处的范（理宏）处长早已招呼小张来陪我进去，这才三拐二转，来到周老办公处的4楼。楼道弯处，迎面邂逅一老者——他正是本文的主人翁周永昌教授，一袭白大褂，一头银发，一副很普通的眼镜，给人以和蔼又随和的感觉。周老老当益壮，年届"米"寿（88岁），还在看门诊，每周（上午）一、二、四、五看"专家门诊"，周二下午还有个"特需门诊"。

周老，宁波鄞县西巷新庄人，1922年生于上海。早年就读于格致公学（现格致中学），解放前夕毕业于同德医学院（现归于"二医"，6年制）。临毕业，周老在南京中央医院实习，正值国民党政府节节败退，人民解放军准备渡江，医院将迁徙广东，而周老选择回沪，解放后进了市六医院，一干就是60年。

上世纪 50 年代，周老参加"抗美援朝国际医防队"任副队长，并荣获朝鲜政府授予的军功章。回国后，先在泌尿科当医生，后做超声诊断研究工作。20世纪 60 年代参加下乡医疗队任队长，为贫下中农看病。1966 年文革中，被打成"反动学术权威"，关进"牛棚"并监督劳动一年余。"解放"后又回到泌尿科工作。那年，唐山大地震，周老先后两次参加抗震救灾，任第一抗震医院大外科主任。一年后回沪，继续泌尿外科工作。改革开放后，研究工作恢复，周老也回到超声研究室。

周老从上世纪 50 年代末从事超声医学工作，至今已 50 余载。于 1964 年建立中华医学会上海分会超声诊断学组（任组长），是我国第一个超声诊断的学术组织。"文革"后，上海分会成立超声诊断分科学会，周老是第一、第二任主任委员。在培养专业人才方面，自 1960 年就开始举办全国超声诊断学习班多期。文革后不仅举办了多期超声医学进修班、提高班、讲习班、研讨班，还招收了研究生，编写了《超声医学》第一版至第五版，其中第二版获中国卫生部科技进步二等奖。桃李满天下，有许多著名的超声诊断专家出自他的门下。我对陪同的小张说："周老是六院的一个宝，更是病人的一个福音。"

有位乡友听说我采访周老，兴奋地告诉我说，周老曾为她老母亲做诊，很是敬佩他的医术。还一脸认真地说，周老的诊断报告就是一个权威！这并非夸誉，而是一种美谈。因为他的诊断报告，令多少患者获得生命。周老将多年临床经验与超声诊断有机地融合起来，融会贯通，从而达到"一眼准"。比如，他的超声诊断报告中，过去还绘有简易解剖图，使临床医生一目了然，这是他的秘笈。

周老介绍说，起初的超声成像是 A 型超声，即一维以线表示；后来是 B 型超声，即二维以（平面）图表示。周老将它们画成"解剖图"，这正是周老做超声诊断的独到之处。在今天模式化的报告中，他保留他的个性化的诊断报告，从而积淀了他的医术有道，成就了他"超声成像"领域的不一般的风景。

### 医德可嘉

采访中，我把已"搜寻"的一些个例让他确认，试图写出故事的真实性。比如，"一病家 3 年前被告知有 5 个甲状腺瘤，医生建议手术治疗，否则会病变。

后经人介绍慕名来六院，周老为其做 B 超，说不必手术，还作了一些解释和宽慰，使病人轻松地离开了医院。2010 年体检复查，不知怎么他的 5 个瘤已不见了。"周老的诊断使病家免受动刀之苦，他却平平地一笑说"没什么"。我正是在他"没什么"的只言片语中，梳理、复原一个盛名之下的周老，如何从创建中国超声医学，继而成为中国超声医学界的开拓者：如 1958 年在全国率先涉足超声医学领域，1960 年率先组建了超声医学研究室，1961 年组织编著出版了我国第一部《超声诊断学》专著，再如 1963 年筹建中华医学会上海分会超声诊断学组，1979 年获上海市劳动模范称号，1986 年他被评为中国十名最佳超声医学专家，1991 年第一批被批准获国务院特殊津贴，并于 1995 年被国务院批准超龄不退休专家。

其中，1958 年 A 型超声仪率先在上海市第六人民医院用于肿瘤诊断，轰动全国，"超声诊断"由此在上海诞生。他说，一般临床医生，往往一个"待查"。而做超声诊断的周老，便要仔细问诊。"如果不仔细询问病史和症状就匆忙检查，往往容易出错。"周老也一再地对学生们说，"多花点时间询问病人、病情"。因为，同病异图、同图异病，这有赖于超声断诊医生平日积累的临床

经验。比如，他不论 20 元的"专家门诊"，还是 150 元的"特需门诊"，都是如此。周老大概每次接诊病人（特需门诊）8 人，或（专家门诊）10 人，以保证诊病质量，这是难能可贵的。他做的既是临床医生的事，也是超声诊断的事，这才有了周老闻名遐迩的美誉度。

说起他的"一眼准"，周老谦逊地笑着，连连摆手说："这不科学。我又不是神医，诊断总是有对有错，我只是尽量避免错误，更仔细更认真一点罢了。"与其说周老是用眼看病，不如说是用"心"。在和超声结缘之前，周老已是一名经

验丰富的泌尿外科医生，却去研究无人问津的超声诊断。周老硬是在没有任何经验的情况下，白手起家，边实践边学习，终于在艰难的探索中发现了利用超声进行诊断的意义。

周老之所以看得准，主要得益于他独特的诊断习惯。病人一进门，他从不急着做B超，而是先仔细询问病史，对病情作大体掌握，而后再针对性地进行检查。这正是周老与众不同的地方，"需要超声医生结合自身的临床知识，把图像、病人的症状和病史三者结合起来，再根据自己的经验仔细寻找证据，诊断才能更准。如果不仔细询问病史和症状就匆忙检查，往往容易出错，即使你再仔细，花上一个小时查一个病人也许都找不到要害。有了临床经验，我一问病史，大体就知道检查的重点在哪里，有了目标，才能查得准。"

在比别人更仔细更用心的背后，周老正是得益于他几十年临床经验的积累。正是由于在外科及泌尿外科累积的丰富经验，加之对超声诊断技巧的潜心钻研，周老才成为了腹部超声尤其是泌尿系统超声诊断领域的一位权威专家。

"我不敢轻易下结论，我知道我的结论关系到病人的生命。"他说得最多的是"对生命要有一种敬畏感"，"假如我是病人"。一个医生若有对生命的敬畏，医疗事业不再有"医患矛盾"，医患矛盾也不再为人诟病。不要以为超声诊断只是单纯的辅助学科，是幕后英雄，超声也能治疗疾病。从最初的A超，到如今的彩色B超，技术在不断进步，周老却固执地喜欢"老一套"。他说："以前的诊断报告是我亲自手写，画解剖图，肿瘤位置在哪里，医生一看就明了。现在都是计算机出报告，格式统一，却不如过去那样个性化了。"偏爱手写报告，绝不仅仅是格式的差别，周老坚守的是医疗诊断过程中的一种人文关怀与人间温情。

# 陈尚霖：走出逆境铸辉煌

● 甘兆勇　梁松泽

　　曾经遭受磨难，走出逆境以后，在晚年不断创出辉煌事迹的陈尚霖，生前是上海闸北区业余工业大学的一位副教授，在经济管理和数学领域具有突出贡献，多次被评为市、区先进教师，全国和上海市的先进、劳模；并且享受国务院特殊津贴。他的一生是从坎坷转向辉煌的一生，他是为闸北区乃至上海、全国成人教育作出巨大贡献的人。

## 青壮年经历坎坷

　　陈尚霖，原用名陈植霖，祖籍是宁波慈溪，1929年7月出生在上海。父亲曾经是商业资本家，但是，陈尚霖少年时代就父母亲双亡，由兄长陈尚藩抚养成人。陈尚霖在上海老城厢的敬业中学读书时候，受学校的动员，参加了国民党领导下的"三民主义青年团"，而其兄则是中共地下党成员。经过兄长的开导和教诲，陈尚霖看清了"三青团"的本质，很快就与该组织脱离了关系。

　　1947年，陈尚霖高中毕业，因为成绩优秀，考入复旦大学数学系攻读。同时，受到中共复旦大学地下党的帮助和影响，积极参加学生运动。由于他的学习成绩优秀，为人又正直，被推荐担任系学生会副主席、主席，复旦大学学生自治会理事。期间，陈尚霖带领同学参加揭露国民党反动派一系列镇压学生、迫害进步人士的行为，参加全市性反饥饿、反内战的斗争，还组织"应变委员会"，迎接上海的解放。

1949 年 7 月，上海解放才 2 个月，陈尚霖就报名参加中国人民解放军——投笔从戎，报效祖国。后来，部队按照他的特长和爱好以及知识水平，将其分配到北京中央军委情报部训练班当一名学员。次年被分配到河北张家口的中央军委工程学校，任资料干事，负责收集、整理、保管各种"工程资料"。此后，又在该校和陕西宝鸡的解放军 64 军速成中学任教员。

1954 年 2 月，陈尚霖从部队转业回到上海，在闸北区市北中学任教员。1957 年，全国掀起一场轰轰烈烈的反右政治运动，陈尚霖一些言论（现在看来应该是公正的言论）被抓住了，后又因为"政治历史问题"，被定为"反革命分子"，还不到 30 虚岁，这样，再也不能够在学校教书育人了。他被判刑 7 年，解到大西北的青海都兰县香日德农场劳动改造。

青海省都兰县香日德镇，距西宁约 450 公里，香日德农场距香日德镇约 10 公里，香日德农场原是青海省都兰监狱，现在移交到地方了。当年，人烟稀少，生活极其艰苦，劳动之余还要不停地进行"思想汇报"。陈尚霖的心里，总是觉得自己没有讲错话，至于"政治历史"早就向组织如实地交代了。他当时还坚信党的政策：政治问题看表现，历史问题看现在。觉得自己"仰不愧于天，俯不愧于人"，扪心自问，没有做过亏心事，不怕任何磨难，坚信有出头的一天。

期间，陈尚霖的哥哥不断给他写信，给予帮助和鼓励，再三叮嘱他：自强不息，抓紧学习，有朝一日用自己的真本事报效祖国。

在逆境中，陈尚霖总是感到自己有光明的前途，加上他拥有坦荡荡、看得开想得通的豁达心态，不怕艰难和曲折，坚持学习专业知识。在原本懂英语和俄语的基础上，还自学了德语，看了不少外国的专业著作。虽然政治遭受沉重打击，但还是没有能够改变他报效祖国的赤诚之心和远大的志向，也没有改变他对教育事业的无比热爱。

尽管环境恶劣，生活艰苦，劳动繁重，而且患上了严重的肺结核病，陈尚霖没有趴下，还冒着极大的风险，偷偷地把俄文版的《几何中的变换》和英文版的《大众数学》译成中文共计 60 多万字。这两本书，花了 20 多年时间才翻译完成。他深知这两本书在普及数学教育方面的价值，自己虽然被剥夺了教师的资格，但可以采用其他的方式变相继续从事教育事业，期望有朝一日再回到自己钟爱的教育事业，发挥自己的能力。

1978 年，中共十一届三中全会以后，开始拨乱反正，平反冤假错案，陈尚霖终于盼到了这一天。是年 5 月，年近半百的陈尚霖，右派帽子被摘了；1980 年 1 月，经过闸北区人民法院复查，其"反革命"莫须有罪名也拿掉了，宣告陈尚霖无罪。

## 半百起大显身手

陈尚霖只身回到久别的上海，1980 年 2 月被安排到闸北区业余大学，又开始他梦寐以求的教育事业，重新踏上三尺讲台。当时，他十分高兴，以自己全部的精力投入教育，一心一意想"把失去的时间补回来"。

尽管陈尚霖已经 50 岁了，长期的折磨造成健康情况很差，而闸北区业余大学是一所新成立的学校，各方面条件都非常有限。但是，他却热衷于"开垦处女地"，全身心地投入，忘我地耕耘。陈尚霖的工作精神不亚于年轻人，进进出出地忙碌，甚至没日没夜地工作。当时，学校为了照顾他，让他花半年时间翻译《基础运筹学》一书，再准备半年时间讲授这门课。

学校开学前 3 天，一位受聘的老师突然不来了，他原本要开的课是"经济数学"。学校领导万分焦急，因为课程已经排定，学生也急切盼望开课。陈尚霖得知以后，主动请缨上这门课，还向领导保证，决不耽误《基础运筹学》一书的翻译和教学，解了学校的燃眉之急。

陈尚霖受领任务以后，马上日以继夜地收集资料，写出教案，并且结合学生的实际情况，一边印发讲义，一边上课，再反复修改讲义。业余大学属于成人教育，陈尚霖根据学员的特点和实际，有针对性地授课。源于陈尚霖扎实的数学基础，丰富的人生阅历，以及当年在农场刻苦的学习，新开的课程完成得十分出色，学生的反映也较好。不久，学校根据其学历、翻译的成果，已经完成教学的业绩，马上评他为讲师，过了两年又晋升为副教授职称。

陈尚霖在完成教学的同时，相继编写多种有关经济数学的教材，并且提交出版社出版，成为该领域的领军人物，产生了很大的影响力。此后，在 3 年时间里，他又开出在财经专业很有特色的"线性代数"、"概率论"、"运筹学" 3 门新课程，并且在 1985 年又开出学校急需的 3 门新课程。就在短短的 6 年时间里，陈尚霖不仅在数学领域开了 6 门课程，而且还为校承担了最重的数学教学任务。

期间，陈尚霖以惊人的毅力，没日没夜地翻译外文资料和专业书籍，如《微积分》、《运筹学》、《经济数学》等，累计字数达到 150 多万；同时，编写讲义 4 本，共计字数 200 多万，其中《运筹学基础》、《管理数学》正式出版。当年，这些文字工作，不要说思考，就是单纯的抄写，全部依靠手工劳动，需要花费多少时间啊！

当时，陈尚霖几乎每天工作 14 个小时以上，根本没有什么寒暑假。他只是感到肩负责任重大，时间极其紧迫，只有如此才能够释放出埋在自己心头几十年的"能量"。实际上，他的身体状况很不好，如此忘我工作实属不易。陈尚霖矢志不渝报效祖国的赤子之心，完完全全体现在他的实际工作中，其取得的丰硕成果有目共睹，获得全校师生和全区教育界一致好评。

1985 年，陈尚霖写出了《经济分析》讲义；1986 年，他又编写了《公共关系调查》、《公共宣传》等讲义 5 万多字，提供给学员学习之用。同时，他撰写的论文《公共关系新发展》在北京《未来与发展》杂志发表，这实际上已经超出了数学领域。1987 年他编写的《公共关系意识及八十年代之新发现》，1988 年他翻译的《管理决策模型》，被北京华夏出版社纳入"21 世纪丛书"出版。他的《管理数学》中微积分部分，被中央刊授大学、上海交大分校、上海财经大学、浙江大学、苏州丝绸工学院和常州工学院等多所高等院校采用。

陈尚霖在数学学术研究会上宣读有关学术论文，博得同行钦佩和好评。上海科技大学曾邀聘其任教，被他婉言谢绝。他认为成人教育创业艰难、任重道远，他不为高薪所动，不见异思迁，宁可待遇低，也甘心终身贡献给成人教育事业。

创建于上世纪 80 年代的闸北区业余大学，建校初期师资力量薄弱，教材和教学资料也有限。为了满足社会针对性需求，开出企业管理等课程，学校让陈尚霖挑起重担，负责该专业的教学任务。陈尚霖没有辜负领导的期望，积极进行教学准备工作。财政专业的数学教学如何适应"四化"的建设，当时几乎无章可循，他努力探索，一边编写讲义，一边上课收集意见，先后写了 5 种讲义，经过完善，达到国内领先水平。

1984年，陈尚霖编写的《预测技术》讲义，一脱稿被上海交通大学和上海科技干部进修学院获悉，邀请他去讲课，担任交大工业管理工程系本科生的《经济预测与决策分析》课程教员。他讲课时，不仅仅是该校学生认真听讲，其他班级学生甚至校外的学生纷沓而来，经常是"高朋满座"，气氛十分热烈。

陈尚霖另一个特点是，甘为人梯，积极培育年轻教师。他将教材、教案毫无保留地给予年轻教师，让他们尽早挑起大梁，年轻教师也在他的指导下，不断完善《运筹学》、《资金流的分析》等教材，在某些方面还超过了他的水平，成为学校里的业务骨干，陈尚霖十分欣慰，也十分高兴。平日里，对年轻教师的请教，做到有求必应，随叫随到，有问必答，有难必帮，甚至不请自到，细心指点，尽量给予满足，使得年轻教师在学术上有所建树。

陈尚霖经常说，"未来是年轻人的，现代知识更新频繁，发展的节奏非常快。我老了，就应该为年轻人攀登科技高峰做好人梯，让他们快一点上去。他们上去了，能够挑大梁了，我就是高兴啊！"陈尚霖教授就是一支红烛——燃烧自己，点亮别人。这一精神，被广大年轻教师敬重。

陈尚霖的累累教学成果，以及忘我的奉献精神，得到了应有的认可和褒奖。1982年、1984年，他两次被评为上海市先进教育工作者；1985年、1987年被评为上海市劳动模范，1987年又获得全国"五一"劳动奖章；1989年被评为全国优秀教师；1992年享受国务院特殊津贴。

**战病魔鞠躬尽瘁**

陈尚霖长期超负荷工作，他的老胃病不断复发，医生开出的病假单却被他悄悄地藏起来，一天也不休息，抱病坚持工作，照常上班讲课，埋头翻译，终于在1983年病倒了，经过检查明确是胃癌。是年1月，做了胃全部切除的大手术，只能够静静地躺在病床上。但是，他的脑子没有休息，还是想着他的学生和他的译著。

2个月以后，陈尚霖教授又上班了，此时他每餐只能够进食半两一两主食，经常头昏呕吐，但是还坚持请求上讲台。学校领导考虑到他术后虚弱的身体，劝他多多休息。他却说，我也不赞成蛮干，但是，生病对自己打击太大了，使得自己原先的许多计划"泡汤"，不得不放弃。我要用工作，探索病后各个时期自己还剩下的工作容量极限。

此时此刻，他没有抱怨曾经的青海农场岁月对自己身体的折磨，不抱怨一生大部分时间遭受不白之冤，不数说自己经历的坎坷。他却对领导诚恳地说，时间不多了，要一天当两天干，将蒙冤失去的时间抢回来。学校拗不过他，让他每周象征性上两节课，他却主动上6节课。此时，一位老师病故，他马上顶替上去。

陈尚霖一边采用药物治疗，一边忘我地工作。1985年起，居然研究"城市经济管理"的新课题，编写了《城市经济管理简介》一书。1986年，他翻译出版《管理决策模型》，并且结合自己的研究成果，给财经专业的学员开设"经营战略"讲座。1987年，为学校公共关系大专班，以及和复旦大学合办的"高级公共关系培训班"编写教学参考资料，并且讲授"公共关系"新课。

1988年，陈尚霖钻研"领导科学"专题新领域，又到达一个新高度。他经常为闸北区的处级干部和经济口的干部培训班担任主要的讲课任务。他的讲课结合学员特点，紧密联系实际，深入浅出，启发诱导，勤思多想，而不是"满堂灌"。学员对他讲课的评价是：讲理论，听得懂，用得上。凡是学员因故缺课，不论人多人少，不管是平时还是假日，都愿意给他们补课。学员毕业离开学校以后，在工作中碰到问题，经常向陈教授讨教，他总是不嫌其烦地一一作答。

陈尚霖对工作认真努力，对生活却没有要求什么，踩的是一辆"老坦克"——破旧的自行车，穿梭于学校与住所之间。那年代，工作条件确实没有现在好，单位无法给外出讲课的教授派车接送，陈尚霖就骑上一个多小时路程的自行车，讲两三个小时的课。尽管精疲力竭，还是坚持夜里准备第二天的课程，吃饭总是草草了事。数年如一日，早晨5点钟起床，做一会儿气功锻炼，喝一杯牛奶，马上投入到工作中间。中餐和晚餐再简单不过，就是一二两主食应付。

陈尚霖曾经说过，最好不要评为我先进，更不要让我到处参加非学术性的会议，作个人事迹报告。我最大的心愿就是多写一些教材，多讲一些课，多留一些东西给后人。

1989年10月，陈尚霖刚满60岁，办理了离休手续，还是没有离开讲台，也没有停止他的译著。但是，不幸的是，体内的癌细胞悄悄地转移到肝脏，1992年又住进了医院，做了肝脏部分切除手术。学校再也不让他登讲台上课了。他却与前来探望的同事说，当前，新的技术革命浪潮下，我还要学习数学前辈华罗庚教授的人梯精神，尽量多介绍些东西，为国家的腾飞多出一份力。

他一如既往，继续顽强地与病魔作抗争，仍然伏案译著，不断地将译稿交出版社，单上海商务印书馆出版他的译著就 10 余本。2002 年 11 月，商务印书馆还出版了陈尚霖翻译的法国奥古斯丹·古诺著的专业书《财富理论的数学原理的研究》。

与夫人合影

1996 年 6 月 14 日，陈尚霖走到了生命的尽头，抛下了他心爱的事业，年仅 68 虚岁。在送别陈尚霖教授的追悼会上，师生们无不动容，大家为教育界失去了一位强者感到惋惜。陈尚霖为祖国奉献的精神，为教育事业鞠躬尽瘁，以及他博大的胸怀和高尚的师德，至今没有被人忘却。

# 袁恩桢：经济学探索之路

● 陈俊言

袁恩桢是上海经济学界的资深学者。在他50余年的学术生涯中，一直从事社会主义经济学研究，特别在国有企业改革与发展、温州经济发展与"温州模式"、社会主义市场经济理论等研究领域，进行了大胆而富有成果的探索。他在1987年破格晋升为研究员，先后任上海社会科学院经济研究所所长、上海市经济学会会长，市政协委员、市工商联合会副会长等职，曾获孙冶方经济科学著作奖、中青年突出贡献专家、市劳动模范、国务院特殊津贴、上海市哲学社会科学学术贡献奖等多项奖励。

## 进入学术殿堂

1938年3月，袁恩桢出生于其家避难之地鄞县（现鄞州区）东乡柯何董村。1949年秋从宁波鄞山小学毕业。在迎接解放的时日，使其有机会进入效实中学，避免重走几个哥哥小学毕业即当学徒之路。那年秋冬，由于从舟山群岛起飞的国民党飞机对宁波的狂轰滥炸，沿江几条商业街几成废墟，学校也不得不在白天停课而改上夜课，使授课大受影响，再加上家庭经济原因而难以继续支付效实中学的较高学费，于是就中断了第二学期学业。至1950年秋，重新考入学杂费全免并享受人民助学金的宁波财经学校。

1956年是大学大扩招之年，袁恩桢这个本应进入社会的中专毕业生，有机会进入上海财经学院统计系。1958 年，上海财经学院、华东政法学院等单位合并而组成上海社会科学院，因此 1960 年毕业时拿的也是社会科学院的证书，并留院分配至经济研究所政治经济学研究室工作。

20 世纪 60 年代初上海社科院政治经济学研究室，人才济济：主任雍文远教授，留美学子，是国内第一本自主编写、出版的社会主义政治经济学教材的主持者之一；王惟中教授留学德奥，回国后在中央大学等宁沪两地大学任教，同时开设马克思的《资本论》与西方经济学两门课，解放后专注于《资本论》研究与讲授，被大家尊为德高望重的"夫子"；沈志远教授更是中国政治经济学领域的重要开拓者，他在 40 年代出版的那本《新经济学大纲》蜚声整个中国大地，又是受周总理之命，筹建上海经济研究所的第一任所长；汪旭庄教授，以编写《大众政治经济学》而著名的一个多产作家；一批中青年学者，都是极富个性且精神奋发。袁恩桢这个非经济学理论科班出身的毛头小伙进入这一学术殿堂，既是庆幸，更感到巨大压力。好在这是一个融洽的学术团队，先由老教授指导，又经过一年的《资本论》学习，逐渐打下了理论研究的初步基础，并在 1964、1965 年的《学术学刊》、《经济研究》上，刊发了研究商品与价值、专业化与协作等几篇文章。

正当袁恩桢在经济理论研究上初试锋芒，却为"文化大革命"的十年浩劫而中断。其真正的理论春天，是在党的十一届三中全会的拨乱反正之后。在上世纪 70 年代末、80 年代初，袁恩桢萌发的是要追回以往丧失时间的无限激情，一方面积极参加价值规律研讨会、《资本论》研究会、经济规律体系研讨会等一系列全国与地方性的经济学研讨会，吸取营养；另一方面环绕经济理论界的拨乱反正，在商品与价值、计划与市场、个人利益与社会利益、社会主义生产目的等问题上，撰写与发表了大量文章，形成了其学术生涯中的一个小高潮。

### 认为市场经济既是一种方法，更是一种经济关系

20 世纪 80 年代以后，袁恩桢的科研活动，主要是围绕社会主义商品经济或者说社会主义市场经济理论的研究。1983 年春节后，袁恩桢陪同上海社科院副院长兼经济研究所所长孙怀仁教授赴京，参加全国"六五"哲学社会科学规划会议，这是中华人民共和国成立以来第一个哲学社会科学规划。在这次规划会上，

雍文远教授领衔的学术团队，被列入社会主义政治经济学课题五家承担者之一。在之后的两年之内，袁恩桢作为雍文远教授的副手之一，全力以赴地投入了课题写作。书稿融入了雍文远教授多年探索的思路，加上课题组众人的努力，终于在规划期内即 1985 年底，以《社会必要产品论》之名出书。由于书中的清新观点与新颖结构，特别是其中倡导的以社会主义商品为研究起点、V+M 即社会必要产品为运转核心、计划与市场等双重运行机制等，符合上世纪 80 年代经济改革的精神，受到了社会的充分关注，并由此获得了孙冶方经济科学著作奖，受到上海市委市府领导在西郊宾馆的接见与褒扬。

在社会主义商品理论方面，袁恩桢在社会主义商品关系存在的原因、发展的阶段、社会主义市场经济的双重运行机制等问题上，发表了自己的研究观点。特别在邓小平南方谈话讲到"计划与市场都是经济手段"，之后，曾有人打着发展市场经济之旗帜而为走私贩私、假冒伪劣等非法行为正名。袁恩桢在《文汇报》上发文，论述市场经济既是一种方法，更是一种经济关系，即不同经济利益主体间相互联系的道理。与此同时还发文论述马克思商品拜物教理论的现实意义，希望社会能注意市场经济作用的两重性，希望我们的干部与企业家既要独立船头，成为市场经济的弄潮儿，又要避免被市场经济大潮所吞没。

### 倡导温州模式

1986 年春节之后，袁恩桢带领由 10 人组成的研究队伍，前往温州考察温州模式的发展情况。当时，正值温州被个别领导人斥为"资本主义温床"的严峻时刻，当地，从政府到企业都极欢迎上海的理论团队这时来此作客观的调查，从而敞开了所有的资料之门。调查组足足花了一个月时间，从听取温州综合经济部门介绍到走访专业市场、个私企业诸多方面，在整理归纳大量资料的基础上，写成《温州模式与富裕之路》一书，成了国内第一本研究温州经济的专著。书中充分赞扬温州企业家的创新精神，高度肯定温州农村市场体系发育的情况，并对雇工现象作了积极的全面的分析。同时，还在多种报刊上分别介绍温州模式——以家庭工业与专业市场为两翼、个私经济为主体的一条发展社会主义商品经济的农村致富之路。

上世纪 80 年代，袁恩桢曾提出应恢复上海爱建公司为私营企业的主张。上世纪 70 年代末，上海的一批老工商业者及其家属，将文革后发还的定息的一部分，集资组建一家公司，以表示爱国与参加社会主义建设的决心，从而，爱与建就合成为公司之名。出于时代的特点，这批老工商业者不想让公司重铸私营之名，而是一致要求成为公有企业，也不愿分享公司利润，说最多只领取与银行存款相当的利息。老工商业者中多经营之才，在市场经济初起之时，爱建公司发展相当迅速。而上世纪 80 年代又是私营经济命运多舛，特别是上海私营经济发展明显滞后的时期。当时的爱建公司，可以说是全国最大的一家且具现代化经营特色的私营企业，如果能高举这面旗帜登高一呼，不仅能大大提升中国私营经济的发展层次，更能有力地促进上海私营经济的发展。

## 强调公有制经济的主导作用

在研究个私经济的同时，袁恩桢也极其注意研究公有制经济的改革与发展，注意公有制经济的主体地位与国有经济主导作用的问题。曾领衔写过《公有制的命运》一书，其中的主题是在改革中重振公有制经济主导作用。在上世纪 90 年代中的一天，《解放日报》刊登了袁的一篇论述公有制的主体地位的文章，上班不久，报社就接到美领馆的一则电话，询问此文的发表有无背景，报社编辑只能笑答"这是作者的观点"。

袁恩桢极其赞赏中央关于"两个务必"的提法，并为此写了有关文章：即务必坚持公有制的主体地位与国有经济的主导作用，务必支持非公经济的发展。认为这才是中国基本经济制度的精粹所在，并认为广阔的国内市场与国际市场，有各类企业展示自己的充分天地。

上海是我国国有企业的主要基地之一。袁恩桢认为，作为上海社会科学院经济研究所的领导人，理应在国有企业改革与发展研究上投入更多的精力。他深入企业调查与研究改革与发展经验，组织一系列国企改革与发展的研讨会。并发表文章论述国有企业改革的核心问题是企业在市场中的自主运行，从而关键环节是政企分离、政府还权。在上世纪 90 年代中期，他提出国企的问题在于两个滞后：即不仅是改革的滞后，而且还有发展的滞后。发展滞后也是由改革滞后而起，从而对有些企业除了要加快改革，还需有国家财力的支持，或者是采取企业改组、兼并组合的办法。

**硕果累累**

1990年4月的一天，袁恩桢参加康平路双月理论座谈会，时任市委书记朱镕基到会并谈到浦东开发进程。过了几天，即4月18日，李鹏总理在"上海大众"投产仪式上，向国内外宣告，中央决定开发开放浦东。

1990年6月间，《解放日报》刊发了袁恩桢的《浦东开发中的八大关系》一文，谈到新区开发必然会碰到许多矛盾，亟须处理不少关系，特别是浦东与浦西、外资与内资、筑巢与引凤的关系等。

1991年5月，袁恩桢参加关于浦东开发的对外宣传活动："日中经济讨论会——面向21世纪的上海开发计划"。会议采用视频音频通讯装置，在上海和横滨同步召开，由中日两方各派三人到会进行互动对谈。代表中方的是来自上海市政府、浦东开发办和上海社会科学院的黄菊、沙麟和袁恩桢；代表日方的是来自日本经团联和日中经济协会的河合良一、春名和雄、大野静三等。黄菊主讲浦东开发的背景与意义，沙麟讲开发规划与进程，袁恩桢讲开发中的一些关系问题。

2000年，市委宣传部要袁为浦东开发十周年写本专著，以总结其成绩。刚好，在市府系统工作的一位同志的论文就是以浦东开发为题材，袁就邀请这位同志与曾炜、武伟、许俭安和社科院的韩汉君、汤静波等共同参与，并于2001年以《开发浦东、思索浦东》之名，在上海人民出版社出书。2001年，袁又在《经济学家》刊物上，发表《浦东开发的八大经济效应》一文。改革开放以来，袁先后独著、主编与副主编的著作有《计划与市场》、《社会必要产品论》、《温州模

式与富裕之路》、《商品经济与社会主义》、《商品经济简论》、《社会主义初级阶段经济问题》、《改革十谈》、《公有制的命运》、《国有资产管理、运行与监督》、《中国特色社会主义经济》、《中国私营经济：现状发展与评估》、《60年经济发展与经济学》、《江泽民社会主义经济市场经济思想研究》等20余种。在《经济研究》、《学术月刊》、《求是》、《社会科学》、《上海经济研究》、《光明日报》、《解放日报》、《文汇报》等报刊上发表文章400余篇。

# 张奠宙：数学界杰出的"三栖教授"

● 张方盛　戴再平

张奠宙于1933年出生在浙江奉化，1951年毕业于奉化中学。1954年考入华东师大数学分析研究班，毕业后留校任教，浸润数学研究教育领域数十年，硕果累累。

1994年，张奠宙当选为国际数学教育委员会执行委员，这是中国人第一次进入具有国际权威的数学教育领导机构；1999年当选国际欧亚科学院院士；1995年获全国优秀教师奖章；1997年获全国教师奖（曾宪梓奖）一等奖。他在数学教育及现代数学史研究方面的大量论著，在国内外享有盛誉，成为公认的该学科的学术带头人，当之无愧的数学教育界杰出的领军人物。

## 崭露头角　硕果累累

1986年前，张奠宙主要从事函数论和泛函分析的研究和教学。1964年以来，师从中国科学院院士、复旦大学夏道行教授，从事非自共轭算子谱理论的研究。1966年，张奠宙和沈祖和合作发表《广义标量算子和非拟解析算子》的论文，是这方面较早的研究成果。

上世纪80年代，张奠宙和他在华东师大的合作者，一起开拓了"算子细联合谱"的研究，获得了一系列的成果。其中比较重要的有"Hilbert空间上闭算子组的联合谱"（与王宗尧合作），发表于《中国科学》1984年第2期。随后，连续在《数学年刊》、《数学研究和评论》等国内一流杂志上继续发表论文。

1986 年,张奠宙因以上的数学成果晋升为正教授。

1992 年出版的《算子组的联合谱》一书,总结了他和合作者们的研究成果。

1996 年,著名的荷兰出版社 Kluwer Academy Publisher 出版《泛函分析在中国》(*Functional Analysis in China*),由李炳仁、王声望、严绍宗、杨重骏编辑,张奠宙贡献了《线性算子组联合谱的某些成果》的综述。1997 年,张奠宙作为组织委员会的执行主席,在华东师范大学主办"算子代数与算子理论"的国际会议,一流的算子代数与算子理论学者都到会演讲。这是张奠宙教授在算子理论研究上辉煌的一页。

### 引领中国数学教育研究大步走向世界

张奠宙在华东师范大学担负了培养教师的任务。1986 年起,他受命参加数学教育的研究,同时担任华东师大《数学教学》杂志主编。上海位于国家改革开放的前沿,得海外风气之先。他们邀请国际上最权威的数学教育家 H·弗赖登塔尔(Hans Freudenthal,1906—1990)在华东师范大学讲了 3 周,拓宽了数学教育的视野,接触到世界最先进的数学教育理论,进一步打开了中外数学教育研究的大门。

张奠宙和他的同事们在关注国际的数学教育研究动向的同时,针对我国数学教育存在的问题,结合研究生的培养,编写了《数学教育学》、《现代数学与中学数学》、《数学教育研究导引》、《数学方法论稿》、《现代数学思想讲话》等一系列著作,张奠宙都是第一作者,奠定了在全国数学教育研究领先的地位。

1992 年开始,以张奠宙为主,组织了"数学教育研讨班",邀请国内一流的数学教育专家到会研究切磋。每年一次，连续 15 年，这是一个创举。研究班的研究内容及其成果，提升了我国数学教育的理论水平，并有效地推动数学教育的改革，成为一个时代的记录。诸如"大众数学"、"数学素质教育"、"数学应用意识的失落"、"提倡问题解决"、"关注建构主义"、"允许非形式化"、"把主动权交给学生"、"计算机进入课堂"、"不要走极端"等研讨班的成果，都陆续为大家所认同，并在相当程度上变为现实。

张奠宙的另外一项成就是带领中国数学教育走向世界。

在新加坡李秉彝教授的引荐之下，他迅速接触到国际数学教育的主流圈。1994 年，在华东师范大学举办"国际数学教育委员会——中国的数学教育会议"，国际上最重要的数学教育专家几乎悉数到会，外国来宾达 150 人，极一时之盛。

由于张奠宙积极参与国际数学教育委员会的工作并卓有成效，当选了1995—1998 年度的执行委员。执行委员会共 8 人组成，张奠宙是来自亚洲的唯一委员，也是中国人第一次进入国际数学教育的最高领导机构，足令张奠宙本人及中国数学教育界同行引以为豪。

借助于张奠宙在国际数学教育领导机构的努力工作、积极推介，中国数学教育大步地走向世界：1996 年在西班牙塞尔维亚召开的第八届国际数学教育大会，张是大会程序委员会成员，推荐了王长沛、顾泠沅、裘宗沪 3 位中国学者作 45分钟报告；2000 年在日本东京举行的第九届国际数学教育大会，特别设立了"华人数学教育论坛"，由张奠宙、范良火主持，在此基础上，范良火等编辑出版了《How Chinese Learn mathematics》（华人如何学习数学）的英文著作，影响广泛；2004 年在哥本哈根召开的第十届国际数学教育大会上，张奠宙作了"中国数学双基教育与开放题问题解决"的 45 分钟报告（邀请浙江教育学院戴再平教授合作），把中国"数学双基（指数学基本知识、基本技能）教育"推向世界。

在 21 世纪之交，中国数学教育进行了重大改革。张奠宙积极支持数学教育改革的大方向，先后担任《高中数学课程标准》制定组组长（另一位组长是北京师范大学严士健教授）、教育部师范司教学指导委员，积极推进教学改革；同时，他又注意发扬中国数学教育的优良传统，通过数学教育高级研讨班与有关专家通力合作，完成了《中学数学双基教学》专著，从理论和实践上对数学双基作了深入的阐述。此外，由他主编的《数学学科德育——新视角·新案例》、《数学教育导论》、《数学教育概论》、《中国代数研究》、《中学几何研究》相继出版。他的许多论述，如"数学的学术形态与教育形态"、"警惕数学教育中的'去数学化'"、"课堂教学必须揭示数学本质"、"数学文化与诗词意境"、"双基＋发展，就是优质教育"等，都得到了广泛的认同和传播。

### 现代数学史研究独树一帜

张奠宙的另一个重要成就是现代数学史研究。

早在 1984 年，他编写的《20 世纪数学史话》（与赵斌合作）风靡世界，数学大师陈省身给他写信予以鼓励："杨振宁先生送我大作《20 世纪数学史话》。读后佩服。这样的书国外还没有，似值得译成英文，在美国发表。"该书不拘体例，自成一格，熔数学、历史、哲学、文学于一炉。前后照应又独立成篇，文笔优美，语言流畅，读之气势磅礴，心旷神怡，确是一本难得的数学史好书。许多大学生从中看到了世界数学发展的轨迹，明确了我国数学发展的方向。

1990 年张奠宙得到王宽诚基金会的资助，去美国纽约市立大学访问，与当时的国际数学史学会主席 Joe Dauben 合作，撰写了英文论文《中美数学交往（1850—1950）》，发表在《现代数学史丛书》上。1991 年，张奠宙受杨振宁教授邀请，访问纽约州立大学（石溪），从事现代科学史工作。接着又应邀访问陈省身为首任所长的美国数学科学研究所（位于加州伯克利）。在此期间，他收集了大量的现代数学史料，包括访问许多著名的华人数学家，林家翘、王浩、樊畿和周炜良等。

根据这些第一手的资料，两本重要的著作——《20 世纪数学经纬》、《中国现代数学的发展》，在 1999 年和 2002 年相继问世，成为当代世界和中国数学发展比较完整的记录，具有首创性。

研究现代数学史，必须接触一些著名的数学家，获得第一手的历史资料。很幸运的是，他能够长时间地和杨振宁、陈省身两位大师进行直接接触，深入地交谈，这使得张奠宙的现代数学研究，具有宽阔的视野、深刻的见解、独特的视角。

1993 年，一篇英文的文章——《C. N. Yan and Contemporary mathematics》（《杨振宁和当代数学》）发表在著名的《Mathematical Intelligencer》（《数学信使》），这也是中国数学学者首次在该杂志发表文章。

张奠宙怀着对杨振宁、陈省身两位大师景仰的心情，先后编写出版了两卷本的《杨振宁文集》、《陈省身文集》，还与王善平合作，撰写出版《陈省身传》。陈老怀着喜悦心情，亲手签名 200 本分送亲朋好友。出书才过 3 个月，陈老便驾鹤西去，这本传记已成为当代数学史的重要史料。

张奠宙曾风趣地说："我是数学、数学教育、数学史的三栖动物。"的确，要在这 3 个领域都做出成绩，而且都具有开拓性，是一件很不容易的事情，但张奠宙做到了。

# 张令浩：军中"爱心天使"

● 刘巽明

张令浩是一位耄耋老人，一位治疗不孕症的著名专家，一位抗美援朝时入伍的军医。

第一次见到张老是在他的寓所，只见他一米八的个子，腰板挺直，步履健快，确确实实还保持当年的"军人姿态"；已谢顶连周围头发都稀疏，但是双眼炯炯有神，谈吐思路敏捷，言语中气十足，全然与其生理年龄不符。

他摆出了许多自己出版的书籍、刊登论文的中外学术杂志，以及奖状奖牌铭牌等。他邀请我进入书房，靠墙的一排书橱垒满了书籍，完完全全显示出主人的学者身份。他利索地打开电脑，两个人一起瞧着屏幕，随着幻灯片的一页页转换，张老津津乐道地介绍情况，我犹如在聆听他的学术报告，不同的是随时有互动和问答——双向交流，侃侃而谈。

张令浩 1933 年 2 月 24 日出生在武汉，祖籍宁波鄞县（现鄞州区）姜山。实际上，这一辈子在家乡住的时间并不多，只是断断续续有几年。但是，家乡情结，宁波味道却无法了却。

## 童年历经战乱

张令浩的父亲张贞，如同很多宁波人一样，少年时候到上海学生意，满师以后娶家乡姑娘为妻，不久到重庆中国国货银行工作。

1937 年"八·一三"以后，"东洋人打仗"波及中国南方，日本侵略军不断南下，长驱直入，可恶的是，日本人曾经在宁波投细菌弹。1942 年春，张令浩两个年幼的弟弟，因患上时疫（烈性传染病）相继而亡。张令浩母亲，一个妇道人家，面对天灾人祸束手无策，再三权衡，还是躲避灾祸背井离乡，到大后方去找自己的丈夫。一个弱女子带着1个儿子和1个女儿，从宁波出发到温州，很多时候是步行，没有搭车也搭不上车，一路投宿小旅馆。在衡阳，遇到日本人狂轰滥炸，该旅店挨炸弹；算是命大，张令浩与母亲等都幸免遭难——正好到不太远的另一个小旅店洗衣服，行李却损失了。这样经过大约4个月的旅程，克服千辛万苦终于抵达重庆，在大后方与张令浩父亲会面。

提及此段经历，张老无限感叹，对母亲无比怀念和崇敬。从此，在幼小的心灵中，深深地埋下对日本侵略者的刻骨仇恨和治病救人的愿望。中国多灾多难，备受列强欺凌。他关心国事，热爱祖国，青少年时就立志以教育救国为己任，也与此有关。

抗日战争胜利，张令浩随母亲返回家乡，到鄞县的正始中学读初中。正始中学坐落在鄞南山明水秀的横溪镇，创办于1934年，是县里办学历史最悠久的学堂。学校的校训是：人生正始，伟业我待。

1949年，张令浩到了上海，就读上海欧阳路上的"光华附中"。该校师生思想活跃，积极进步，早有中共地下党组织，并且有各项活动。张令浩积极追随，于1950年经刚公开的地下党员介绍，被批准为青年团团员。


**青年投笔从戎**

1950年，18虚岁的张令浩积极响应抗美援朝，带头报名参加军干校，准备入朝参战保家卫国，但是家里不同意。宁波人有"好男不当兵"、"望子成龙"、"养儿防老"的传统思想影响，母亲对儿子参军坚决反对。张令浩的哥哥此前考入华东军政大学，已经到上海的宛平南路报到，居然被母亲"硬拉"回到家中。

他吸取哥哥的教训，经过几番硬磨软泡，于次年夏作为上海第二批军干校招生，父母亲勉强"不反对"。参军就意味着"把一切献给党"、"一切服从党的安排"。几个被批准参军的同学在"光华"集中，全然不知具体去向，更不敢询问"军事行动"秘密，车子拉到上海东北郊的宝山县五角场，竟是到第二军医大学读书。那天是1951年7月15日，张令浩开始了人生新的历程，尽管62年过去了，还是难忘这个有意义的日子。

为期2个月的"入伍教育"是极其严格的，从一名年轻学生转变为革命军人，需要很多的付出。首先是了解和遵守部队的规矩——条令和条例，以及各种各样的规章制度，不得有半点含糊。那时候，新中国刚刚建立，一切支援前方打仗，生活的艰苦现在人难以想象。伙食上基本吃素，不是冬瓜就是茄子，很少有鱼肉；每个月发少量津贴费，也只够买草纸肥皂必需品而已。

原先是短期培训，然而1953年朝鲜战争结束，学校延长了学制，作为"正规培养"了。到1956年底，顺利完成临床的见习和实习，实实足足在校5年多——正宗的临床医学本科毕业生。

这一期的学生，因为各种原因淘汰率很高。毕业时候只剩下60余人，其中，有多人因为受不了部队的管束中途退学，也有一些因为"政治问题"被劝退，还有一部分中途改为政治干部被抽调，或者整个中队改行当文化教员。因为受到完整的临床医学教育，而且历经选拔和淘汰，毕业的同学日后不是业务技术骨干，就是军队卫生系统的领导干部。

在地方公费医院实习期间，张令浩结识了自己的另一半——老伴老俞，是一位上海人。张老感叹道，没有想到在上海解放以后，能够完整地读完大学本科，成为一个医生，还找到对象，更没有想到能够成为一名医学专家。

## 服从组织安排

顺利完成了在"二军大"的学业。张令浩被分配到地处重庆的"第七军医大学"（现第三军医大学），他感觉几分欣慰，毕竟还是少时生活过的城市，在"七军大"他又被分配到西南医院妇产科工作。

张令浩说，完完全全是出于"服从"。只好"违心"地到妇产科报到，真没有想到，居然从事妇产科半个多世纪，直到如今，年届耄耋还一周两个半天看"专家门诊"，实在是"党的安排"、"命运的安排"。

"人总得做一些事情吧！"张令浩除了上班，业余时间就是学习充电，完善自己在该领域的知识结构。好在1959年完婚，1960年妻子才调到"七医大"，可以全身心地扑到工作上。他在军医大学学的是俄语，但当时俄语的资料少而又少，无法丰富自己的知识。张令浩凭借自己在中学时代的基础英语，奋发自学，很快达到可阅读英语专业杂志的水平。

1962年，张令浩被批准加入中国共产党。

1963年，组织上安排他到天津中心妇产科医院进修。该医院附近有一个很具规模的医学图书馆，馆藏有很多英语的专业杂志。业余时间，他就钻到那里看书，爱读书爱知识的张令浩如鱼得水，如饥似渴地学习，在业务上得到很大长进，返回到医院不久就提升为主治医生。1965年6月1日，全军"去衔减薪"，他此时已经从上尉军衔调整为行政18级。

机遇总是给有准备的人。由于张令浩业务能力和外语水平双优，在恢复技术职称评定的第一批，就被评为副主任医师和副教授。在1983年，参加卫生部的统考，获得世界卫生组织奖学金，赴美国康乃尔大学医学院纽约医院进修考察1年。张老感叹道，历史就是作弄人，曾经想赴朝鲜战场"打败美国野心狼"的他，居然到美国学习先进技术。

在美国的1年期间，张令浩没有单纯地停留在一个点，走遍了几个著名的医院，考察妇产科的前沿。他除了完成出国课题——医学遗传学的学习外，还利用世界卫生组织提供的资金，安排时间参观各主要医学院，了解生殖医学的进展，以及超声波的应用及围产医学的发展。

此后，张令浩教授把学术精力转向生殖技术，为一部分经治疗未能实现生儿育女愿望的夫妻带来福音。现代技术的发展，对不孕的诊断与治疗有了新的认识，过去未被认识的原因有了解释，过去难以解决的不孕有了治疗的方法。

张令浩教授说，人类的生育不仅是一个医学问题，更是一个社会问题，人本身就是社会人，具有社会属性，受到社会、心理等因素的极大影响，因此，要全盘考虑。

### "送子观音"美誉

1988年，在张令浩55岁的时候，经过组织协调，终于被批准调动，由"三医大"的西南医院，调到"二医大"的长征医院，回到培养自己的母校；还是"老行当"——妇产科任职，先任副主任医师、科室副主任，随后晋升为妇产科科主任、主任医师、教授。

长征医院妇产科早在上世纪 80 年代初就买了腹腔镜，就是苦于没有人会使用。由于张令浩在美国期间学过腹腔镜使用，因此如鱼得水，开始用于不孕症的治疗。医院适时配备了团队，包括检验、检查的辅助人员，形成了一个强有力的团队，为张令浩"大显身手"创造了有利条件。对此，张教授感恩不尽，在实践中也培养了一批人才，作为研究生的导师，他带出了 8 名研究生。

改革开放军地合作、横向联系，张令浩开始与某妇幼保健院"联手"，治疗不育症的病人，因为长征医院毕竟不是妇产科专科医院。由于采用的是现代医学理念和手段治疗不孕症，他总结出诊治原则："全面检查，综合治疗"。诊治中，充分应用现代科技，如腹腔镜、超声波、生殖内分泌测定及现代药物治疗。他研究创立新的手术方法"行宫颈环扎手术"，使一位婚后 15 年、连续流产 10 次的农村妇女，于 1991 年生了一个儿子。张令浩赢得了"送子观音"的美誉。

上世纪 90 年代他主持"排卵机制、促排卵及排卵监测的研究"课题，成果获 1996 年军队科技进步三等奖。

张令浩根据临床经验编著《不孕症治疗成功经验》，1997 年由人民军医出版社出版发行，受到广大不孕症病人及其亲朋好友和从事不孕症诊断与治疗的广大医护人员的欢迎。第一版印刷 16000 册，居然卖得脱销，后一再加印以应读者需求。此书在国际书展中获得好评，1999 年台湾的一位妇产科专家在境外看到此

书，买下版权，采用繁体汉字竖排，定名为《不孕症诊疗室》，印刷了 3000 册。2010 年，他进一步充实内容再版，取名《不孕症治疗成功新经验》，又印刷了 4000 册。一本 16 万字的专业书，32 开本 218 页，居然成为"畅销书"，足以说明该书的创

新性和实用性。

张教授所接诊的患者，有很多是同行介绍的，更多是经治愈的患者介绍的，不管是谁介绍的，他都一视同仁真情以待。正因为如此，治愈的患者总是不忘记在逢年过节的时候，致电致信感谢，还不时介绍"小天使"的成长情况。他认为，这是病家对自己的肯定，也十分有成就感。

他还诚实地说，自己不是包医百病的"神医"，拍胸部打包票是"江湖郎中"，甚至是骗人钞票的巫医。自己是一个堂堂正正的"救死扶伤，实行革命人道主义"的军医！

张令浩教授说，不完全统计，从事不孕症20多年里，治愈病家大概3000余例；换言之，也就是有多于这个数字的宝宝降生人世间，因为其中不乏双胞胎（约5%）。

每一个不孕症治愈的患者，都有一个动人的故事。张令浩教授拥有很多很多宝宝的照片，其中最多的是与宝宝照在一起——"小天使"和"老天使"，他满怀灿烂的笑容，张老有时简直如稚童般地发自内心的欢笑。他直言，这些照片对于家庭是隐私，但是在他面前"暴露无遗"。世上最宝贵的是人，是生命。毕竟是人啊！生命是无价之宝！

### 爱心故事多多

张令浩教授酷爱"收藏"宝宝的照片，因为这是他的学术成果和心血的凝聚，其中每一张照片都有一个动人故事。他拿着其中一个胖男孩子的照片说，孩子的父亲是马来西亚人，母亲姓施，是一位美籍华人，年届"不惑"才喜得贵子。

施女士早年非常幸运被录取为美联航的员工，成为人人羡慕的空姐。没多久，她结识在美国生活的马来西亚籍的男子，并且很快结婚。结婚初两人工作都非常忙，施女士经常在空中，丈夫事业也是刚刚起步，于是商量着等两人事业稳定，稍微空闲下来再考虑怀孕的事情。谁曾料到，在施女士33岁那年，夫妇决定开始试着怀孕时，老天爷居然"开玩笑"，事态竟会那样的曲折——3次怀孕都胎死腹中，施女士感到了从未有过的恐惧，她已逼近40岁了，难道注定当不了母亲吗？

国外医生告诉她，她的内分泌有点紊乱，需要好好调理，于是开了药物，让她回家慢慢调养。同时，施女士决定申请调岗，不再在空中飞来飞去，在丈夫的关心下，生活作息、饮食等都变规律了；慢慢地好起来后，施女士决定再次受孕，终于又传来了好消息。这次她特别地小心呵护，3个月后再次检查，医生依然告知她已经停孕的坏消息；并且还委婉地劝慰她，几乎不能自然受孕了，需要辅助生育。

施女士失望之际，想到医生的建议：试管婴儿。她想美国的医学这么发达，试管婴儿几乎处于世界最领先的地位，一定可以给她带来好运！她在丈夫的陪同下，到曼哈顿预约了著名的试管婴儿医师，在医生的指导下准备试孕。可没想到，先进国家先进的试管婴儿居然两次都失败，她感到从来没有过的绝望。此时此刻，施女士与上海的母亲通电话，老妈在安慰她的同时，建议不妨到上海试试，也许看得好毛病。

巧的是，张教授接诊这位施女士，在仔细询问病史并全面检查后，确诊其确是内分泌异常导致的不孕症。张教授告知，根据她的内分泌情况，采取针对病因的中西医结合辨证施治，还是有希望的。经过3个月左右的治疗，再次做有关检查，其各项内分泌指标正常，身体条件也已适合受孕，可以尝试怀孕。施女士按照张教授的吩咐，飞回美国准备受孕。

年近"不惑"的施女士，回美国以后不久果然怀孕了。这次，她格外小心翼翼，唯恐"重蹈覆辙"，采用远洋电话与张教授保持"热线"，接受技术指导注意调养保胎。3个月、5个月、7个月过去了，当9个月也顺利过去，施女士腹中的胎儿一切正常时，她几乎要喜极而泣；最终在医院顺利产下一个男孩子，宝宝体重7斤，各项检查均正常。在孩子双满月后，施女士在丈夫的陪同下，飞来上海张教授的诊室报喜！同时，送上孩子单独的照片和"全家福"。

张令浩教授经常指导夫妻双方配合受孕，最终成功。3年前，接待初诊患者李某，是29岁的上海人，结婚9年未避孕却未孕，曾辗转多地治疗均未果。张教授检查确诊其患有多囊卵巢综合征、输卵管梗阻等症，其丈夫患有少精、弱精症。张老为患者实施宫腹腔手术疏通输卵管，并运用中药三期疗法为其做促排卵治疗；同时，对其丈夫采用中药生精治疗，还进行技术指导。半年后，李某来院复查时，B超显示已成功怀孕；2011年5月，顺利生育一子。双满月不久，也是怀抱着宝贝儿子前来探望张老，带着"全家福"照片连连表达谢意。

## 情系家乡发余热

张令浩教授说的是"宁波上海话"，可说"乡音无改鬓毛衰"。1956年秋，他在上海南京路的"中国照相馆"照的第一张穿军装照片，硬衬板右下的落款是"上海公私合营中国照相馆"——历史的见证！当时，彩照还是人工着色的哩！当年的张令浩英俊潇洒，满头乌发，目光炯炯。2013年8月与外宾的合影照片，头发"地方支援中央"都已很难了。真是岁月不饶人啊！

张令浩回报家乡父老乡亲，两次赠书给母校鄞州正始中学，《不孕症治疗成功经验》和2010年《不孕症治疗成功新经验》出版，都及时赠给母校。

张老是宁波同乡会会员，也是协会医学组的主要成员，每次到家乡义诊，他有求必应，不论刮风下雨，酷暑严寒，从来不缺席。从四明山的章水镇大皎村、杜岙村到余姚，从鄞州到宁海、慈溪，多次义诊都积极参与，用自己的专业知识为家乡父老乡亲服务。他说，每次到家乡有一股说不出的情份，感到自己责任的重大，有生之年一定还要为家乡多多出力。此外，他积极参加社会公益活动，多次应邀到杭州、无锡、昆山、温州、郑州及银川讲学，为当地不孕症的诊断与治疗水平的提高作出努力。

# 张娟嬴：医者仁心　蕙质庇人

● 唐旻红

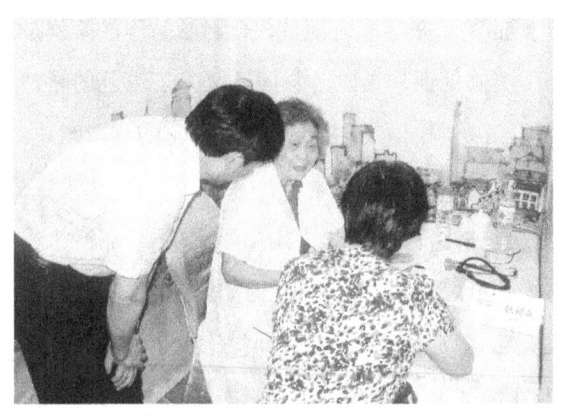

张娟嬴参加海上甬人回乡义诊活动

每逢周五上午 8 时未到，都有一位头发花白的老者走进瑞金医院门诊大楼 1404 室，开始她繁忙的专家门诊。她就是交通大学医学院附属瑞金医院心内科主任医师张娟嬴教授。每当此时，诊室外早已等候着要求加号的病人。张娟嬴总是来者不拒，均给加号。用她的话来说，找到我就是一种缘分，病人信任我，多加几个号，也就是晚些吃午饭，不要紧。

像瑞金这类医院的专家门诊，是很难挂到号的。病人能在张娟嬴这里加到号，自然是感激万分。她可是一位从医 50 余年、有着丰富的临床经验又热心服务病人的好医生啊！虽已 75 岁高龄，她却仍有着令人讶异的神采气质，而不纯为一般慈和女医生的温婉。坐在她身旁，她仿佛是你熟识已久的医生，目前的病况、心境、烦忧乃至零零碎碎的不适，都可以向她尽述，全无面对着白大褂的拘谨与忐忑。同时，娓娓道尽之后，她爽利的言辞、智慧的眼眸，又会令你释然，仿佛尚未开始治疗，你便能放心，坐在这个位子上是坐对了。接下来，只需要认真地接受治疗，好好服药，听张医生的叮嘱，自己的病就能慢慢好起来。

## 开启习医之路

张娟嬴成为医者，既是偶然，也是必然。

1939年1月，她出生在浙江奉化长汀村的一个农民家庭，排行老大，下有两个弟弟。母亲是亮眼瞎子（文盲），父亲只念过初小。只字不识有多痛苦啊！在母亲的叮咛下，她从小努力念书。由于家境清寒，她在1953年自奉化县中初中毕业后，即考入了宁波市助产学校，因为中专是政府财政全额补贴，学员不用交学费、付饭钱。

张娟赢是该助产学校的第一届学生，毕业后就是当助产士。她们的任务很明确，推广新法接生，消灭新生儿破伤风，提高新生儿存活率。

当时的张娟赢只有15岁，思想单纯，学习刻苦，热爱助产士工作，又听老师的话。因此，当毕业前夕进行全国分配动员时，她瞒着家人，毅然报名要去新疆。当时，学校有10个分配到新疆做助产士的名额。她觉得，是党和人民培养了她，给了她知识和本领，现在新疆人民需要助产士，再苦她也应该去。

彼时，张娟赢正在绍兴第二医院实习，努力地将课堂知识应用于实习，小心翼翼做好每一件事，打好针，发好药，在老师指导下认真地接好生，迎接着一个又一个小生命的降临，尽全力学好、学会身为合格助产士的全部技能，准备赴新疆为推广新法接生当好排头兵。

1950年代初期，全国高等院校实行院系大调整，上海第二医学院原由解放前的几所教会医学院合并而成，此时也进行了院系调整和扩招，为实现生源多样化，医学院不仅要招收应届历届高中毕业生，还要从医学类中专推荐一部分优秀学员及招收调干生。张娟赢成为了助产学校10名被荐学员之一。

正是1955年的春天，张娟赢在绍兴第二医院实习。李芬芬老师一个个地通知他们，并将他们一帮10个学生送到了位于杭州的课程补习基地。由于他们将与全国高中生一同参加高考选拔，因此，他们高中课程的补习是一个很严峻的挑战。对于医科中专生来说，化学问题还不大，但数学、物理则有不小差距。好在，张娟赢学习向来用功，压力越大动力越大，经过3个月补习，顺利考入上海第二医学院医疗系，成为班级里年龄最小的大学生。新疆没去成，却来到了上海，开始了新的求学生涯。

说起大学生活，75岁的张教授还是有些激动。她仍然清晰地记得重庆南路校园的旧貌，那些教室楼和宿舍楼，虽然不大，却是那么温馨美丽。她记得更清楚的是每月一张小小的饭卡，含 12.5 元的饭费，每吃一顿饭，就在卡上打一个洞，另外还有每月 3 元钱的零用。这张饭卡，就是"人民助学金"，由政府专门提供给这些家境清贫无法供养读书的大学生。张娟赢每天拿着这张卡吃饭，一如既往地用功学习，完成了医学院 5 年的学业。人民助学金，是人民给她的，她的习医之路，也将为人民而开启。

## 在坎坷中传承医道

1960 年，上海第二医学院增设放射医学专业和与专业教学相适应的教研室。专业领导及教研室主任由学院委派，教师则由应届毕业生中提早分配。张娟赢又一次被幸运地选中提早 3 个月毕业，分配至放射医学专业的放射病教研室，戴上了学院的红校徽，成为了助教。

仿佛做梦一般，一个农村姑娘竟成为了医学院的助教。她暗下决心要努力学习，认真做好教学科研等工作，来报答党和人民对自己的培养。

1962 年下半年，为贯彻"调整、巩固、充实、提高"八字方针，上海市将第二医学院的放射医学专业调整取消了，各教研室的助教按照个人志愿被调入医学院本部的各教研室或医学院附属医院的各个临床科室。张娟赢被调入当时的广慈医院（现瑞金医院）内科工作。

到了内科，一切都得重起炉灶。说起那段时日，张娟赢的眼神里语气里充满了对老师们的感激与崇敬。广慈医院解放前是法国人办的，这里集结着从英法等国留学归来的医学专家。正是在这里，她年复一年努力地工作着，认真地接待每一位病人，热情仔细地关心着每一位她负责的住院病人。在教授老师们的言传身教下，她的临床工作能力快速长进。也正是在这里，她每周做好病案准备，翻阅有关文献，聆听教授和主任们对病案的分析和讨论，还准备好接受他们对自己的提问。她非常感激内分泌专家陈家伦教授，在他的指导和鼓励下，学俄语的她，又开始了艰辛的英语学习和英文文献翻译。她的第一遍很不像样的英文翻译稿，是陈老师逐字逐句为她修改的。这篇翻译稿至今还被她收藏着呢！

当时内科查房，上级医师都会时不时说上几句英语，听不懂真是急人啊！于是，她向亲戚借了一台收音机，天天听英语广播，一边听一边模仿着读，功夫不负有心人，渐渐地简单的语句能听懂了，简单的医学用语也会讲了。

"文革"风暴席卷而来，已没有一个清静的角落，广慈医院亦然。张娟嬴有意无意地当起了逍遥派，安分守己地照着排班表上班、开会。在那些政治会上，也只是带着眼睛和脑子，但绝不动手动足。原本医院的大教授大专家们每周查房一次，此时，却被命令必须每天查房或门诊。这可乐坏了逍遥派医师。他们有了更多机会接触尊敬的老师们，得到他们手把手的指导。

张娟嬴就是其中之一。她与德高望重的心内科专家陶清教授同桌看门诊，她写病史，陶教授口述检查结果，有异常体征还教张娟嬴听。真是天赐良机啊！张娟嬴还有幸与陈家伦教授一起管内科二病区。那个年代是不分专科的，陈教授是医术精湛、知识面广、临床经验丰富的医学教授。能与他天天在一起上班，得到他手把手的指导和经验的传授，真是前世修来的福分。

从 1962 年调入内科，到 1976 年，整整 14 年的门诊、急诊，4 个内科病房轮流做，在病房上班轮到值日班或夜班，一位值班医师要照管 4 个内科病房中所有的危重病人，张娟嬴深知责任重大。夜班时，她常常通宵不合眼，多次巡视病房，及时发现病人的病情变化，及时处理，使重病者转危为安。在病房上班的护士常常半开玩笑地对她说，今天又是你值班，你是忙人，我们又得跟着你忙啰！

那段时期，政治学习特别多，急诊早班下班后或是中班上班前，均要参加政治学习，休息时间特别少，而且急诊上班时病人特别多，确实非常辛苦。张娟嬴无法照顾一双幼小的儿女，只能丢给远在老家的公婆。但繁忙的日日夜夜里，也是磨练意志、增长知识、积累经验的好时光，为其后的医学生涯打下了扎实的基础。因此，张娟嬴深有感触，若不是家中长辈们为自己解除了后顾之忧，若没有他们对这个小家庭的支持和扶助，就没有她作为优秀医者的今天。

1976 年，医学院毕业 16 年的张娟嬴终于按专业被分至心内科，就此走上专业发展的道路。在陶清、龚兰生等教授的指导下，她除了脚踏实地做好每一项本职工作外，还结合临床病例翻阅文献，借助他人经验更好解决病人难题。就在这些看似凡常的、日复一日的工作中，张娟嬴磨练着，一点点地汲取、积累、领悟着。1979 年，科室决定由她兼管心电图室工作。1992 年，经过逐级考试、评审，张娟赢晋升为心内科主任医师、教授。

## 严师的原则与随和

当年心电图室仅有 10 名技术员，翻早中夜班，要负责全院各科病人的心电图检查。张娟赢不仅要带领全室同事共同完成繁重的医疗任务，还要考虑科室的建设和发展。她认真地管理、扩展着心电图室业务，建立新的检查项目，购置新的仪器设备，结合专业优势开展科研教学工作。为适应新项目开展，提高心电图诊断水平，必须逐步提高技术员的读图能力和理论分析水平。她便定期给大家讲课，定期解读疑难心电图。

毕竟是临床医师，进入心电图领域常会遇到一些难题，当不能自圆其说时，张娟赢会向书本请教，更会对照着图详细描述自己的解释和存在的难点，呈请恩师陶清教授指导。一周之后，必能收到恩师的详细回复。

正是这种始终如一的细致认真、严于律己，使得张娟赢的以身作则和纪律严明有了强大的辐射力。同事们都明白，迟到或工作质量出问题定会受到批评，在这个治病救人的行业里，容不得半点散淡马虎。

张娟赢是善良、坦诚而严谨的。那时的她年轻，脾气急，但话讲当面，绝无恶意，看到同事们有困难她会全力相助。一次，一位同事"五一"节值班，孩子无人带，张娟赢就带着她的孩子去游泳馆看游泳比赛，让同事安心上班，也让孩子度过了快乐的一天。若遇上同事患病需手术治疗，她也会坐在手术室门口直至手术顺利结束，她才放心回去。

随着事业的发展，心电图室检查项目增多了，岗位也多了，人员也增加了。她在两位组长协助下，合理排班，按既定的规矩处事，合理分配劳务费，自己则与大家同甘共苦，绝不会多拿一分钱。正因为这种公开公正公平和谐，使她赢得了同事们的信任和尊重，即使业务上非常严格，也成为了人们爱戴她的理由。多少年过去了，看似严格、脾气有点偏激的张医师，仍被大家亲切地称呼为"老太"。其中包含了她的严厉，也传达着她的随和。

张娟赢的和蔼可亲、乐于助人，在瑞金医院是小有名气的。你与她一起走在医院里，时不时就会有人跟她打招呼："张老师好！""张主任今天看专家门诊啊?"更有亲热地叫她"阿姆"。她则也会不时提醒身边的医生:怎么这几个月肚子又肥了许多,注意适当运动,不要暴饮暴食哦……

2013 年的某一天,张娟赢去医院配药,走在门诊大厅里,突然被一位中年女子叫住。是一位面熟但叫不上名字的本院职工,右手正吊着绷带,是右手肩旁骨折,医生说无药可医。她问张娟赢哪位骨科医生最擅长看这病。这可难住了张娟赢。她索性陪着这位职工径直到骨科,见王主任正在看专家门诊,就请他加了一个号,并等在诊室门口,全程陪同这位职工看完病。在得到王主任非常专业的诊治和仔细的叮嘱指导后,这位职工的心里总算踏实了,并由衷地感激可敬可亲的老张主任——这位有求必应的老长辈。

退休前,张娟赢是瑞金医学院诊断学教研室主任。这门课是临床的基础课,是教会学生做一名医师必备的技能。例如如何问病史、做体格检查、测量血压等等,是一门实践性、操作性很强的学科。她担任主任后,不仅带领老师上好课带好教,而且改革了考试的形式和内容,大大提高了教学质量,她本人和教研室均得到瑞金临床医学院领导的嘉奖。多年来,身为瑞金临床医学院教学督导组专家的张娟赢,热爱医疗,更热爱教学。在她看来,教学的今天,就是医疗的明天,直接关系着培养出怎样的医师,这是何其重要啊!她与她的专家同伴们认真执行着督导任务,指导点评着其他医师和主任上课的质量,并把自己的知识和经验传授给他们。

2000 年,当作为医学导师的张娟赢上台领取"红烛奖"时,她没有渲染自身为人师表、授业育人的事迹,而是真诚地感谢自己当年的老师们。说起老师,她无限感恩与感慨。因为从老师们那里传承下来的,除了医术,还有严谨的作风与认真的态度。这种作风与态度,令她受益一辈子,使今天的她,能够自信而骄傲地回望自己的从医和教学生涯,能够坦然而释然地面对自己的学生,面对自己的患者,无论是痊愈的,还是不治的。医道与师道,就是通过这种方式,代代传承。

**对病人的痛苦感同身受**

说起一些因医患纠纷引起的恶性事件,作为老医师的张娟赢,同情的天平还是倾向了弱势的患者和无辜的医生。她认为，只要医生的责任心同情心更强一些，能换位思考，与患者沟通更多一些，尊重更多一些，将疾病诊断和诊治方法详细告知，将良好愿望和预期后果婉言相告，相信患者和家属也会领悟医生的苦心和付出，这些悲剧也可以避免。

这些话，若是外行人说起来，是张张嘴的事，可作为医生的张娟赢知道其间的轻重利害。是的，那么多危重病人经过她的手，覆盖了那么多的病种，她有那个资格说话。

在网上查阅她的名字，会看到很多感激、赞美："张医生为人很认真负责，对待病人很耐心细心，很详细地检查，做出正确的诊断，然后确定治疗的方案，让病人很放心。""张医生真的是个很不错的医生，很有医德和医术，无论从学术上还是做人上都值得我们好好学习！"……她说，她不上网，所以也没看过这些信息。何况患心血管病的多为老年人，他们不会上网去表达对张医生的感激之情。

但网上有一篇令人关注的文章。10年前，一位患者得了扩张性心肌病、心功能不全，左心射血分数只有15%，心脏严重扩大，呼吸困难，夜不能平躺，患者非常痛苦。他跑遍了上海各大医院，被告知的结论是，这病根本看不好，就是个等死的病，唯一的治疗就是住院等待心脏移植。2003年，万念俱灰中，患者抱着"死马当活马医"的心态来到了瑞金医院，遇到了张娟赢医生。她详细地询问病史，做了细致全面的检查，然后开了4个药，叮嘱他生活起居的注意事项，并说："只要好好服药，好好休息，病会慢慢好起来的。"一番亲切的话语带给了病人安慰和希望，加上对症的治疗，病人的呼吸状况渐渐好转，气也不急，夜能平卧了，射血分数上升到了41%。这看似平淡无奇、朴素无华的治疗，却救了他的命，并改变了他的人生。从2004年开始，他便能与正常人一样外出旅行，近年来他还奇迹般地先后去了3次西藏3次新疆，上了2次珠峰，并全程跋涉了有生命禁区之称的新藏线，还登上了帕米尔高原，十年来走遍了我国的名山大川甚至东南亚。患者在网上留言说："这4种看似简单的药方凝聚了张医生精湛的医术、高超的智慧和优良无比的医德。我很感激张医生。像这样的老医生好医生是病人的造化，是国家的宝贵财富。我真心希望张医生平安健康长寿，那就是我和所有病人的福音。"2013年上半年，这位患者特地预约挂号来看张娟嬴的专家门诊，告知其近况，并请张主任多多保重。

说到这里，张娟嬴笑了，她说，医师这个职业是很苦的，而且风险也大，在抢救病人时没日没夜，没有节假日。病房里有重病人放心不下，节假日自己也会跑去查看，下医嘱。那个年代没有加班费和补休，但从没医生计较。因为这本就是一个苦中有乐的职业。每当危重病人被救治成功、痊愈出院，或将要发生危险的病人因自己的正确诊断而被及时收治、避免了危机，心中都不知有多高兴。

一天，张娟嬴的诊室外来了一位候诊的女病人，忐忑地问身边的老者：这位主任行吗？我是从东北来的。那位老病人激动地说：20年前我的命就是张医生救的。那时我前胸阵阵发痛一月余，开始一周发作一两次，我没在意，后来痛得越来越厉害，频率越来越高，我就来瑞金医院了，幸运地遇上了看专家门诊的张医生。她经过仔细的检查和耐心的询问，觉得此病不能怠慢，很严肃地说，必须住院做冠脉造影。那时正值12月下旬，我说能不能过完元旦再住院。她说你要过节，还是要你的命。我才紧张起来。因为没有登记预约，床位也没有，张医生便直接与住院处心内科病区联系，请他们无论如何加一个床收我。结果，我当天就住了院，第二天就由留法回来的沈主任给我做造影，放了支架。沈主任说，要是晚来几天，就会心肌梗塞，到时就没救了。我和张主任素昧平生，但她医术高，医德好，急病人所急，总是想方设法救治病人，你说这样的专家是不是难找啊？

张娟嬴诊病细致认真是病人公认的。在她诊室外候诊的病人，不管等多长时间都很安静。因为他们知道，张主任特别对新病人，或是病程长、病情复杂的病人，问病史、做体格检查、翻阅病人带来的资料，都得花时间，每一环节都不会马虎。他们自己也是这样过来的。一次，东北过来一个病人，曾在北京做心

与同事合影

脏瓣膜置换手术，过程顺利，恢复正常。但病人始终胸闷不消失，在北京跑了几家大医院也没有个合理的解释，令其非常不解。在网上看了张娟赢的介绍后，他赶来瑞金求助。张娟赢花了三刻钟时间（是其他候诊病人记下的）耐心听病人诉说，仔细翻阅病史资料，认真检查过后说：你的换瓣手术是成功的，我的听诊和心超检查证明了这点。你胸闷的原因，其实在北京医院所做的冠脉 CT 报告中已有结论，是心肌桥和冠状动脉粥样硬化引起的。张娟赢详细解释了这两个病的涵义，并告诉他程度不重，只要按时服药，胸闷等不适症状一定会消失。病人的顾虑解除了，放心地拿着处方离去了。

作为一家知名医院，全国各地的病人都会千里迢迢赶来求医。为明确诊断，必须做诸如心超、动态心电图等检查，需要两到三周的预约周期。这些路途遥远的患者无论待在上海还是回去后再来，都会平白增加不菲的开销。张娟赢常常凭着她的一张"老脸"，打电话给检查科室，请他们帮忙为这些素不相识的患者提早检查，以便明确诊断后早日回家。她常说：在上海多待一天，又要花费多少钱啊！特别是农民，从地里刨出一点钱，一看病都用光了。

一次，来了一位女病人，气喘吁吁，口唇发紫，下肢浮肿。张娟赢发现她心脏有杂音，临床征象表现是右心衰，但必须做心超证实。这位山东农民说，我这次来上海看病已花了很多钱，再做检查，就没有回家的路费了。张娟赢将身边的 200 多元钱都给了她，让她完成了检查，确定系 Ebstein 畸形、三尖瓣下移至右心室。她明确关照患者，不用再到处求医浪费钱了，好好回家多休息，我开的药服后会舒服些，气急、浮肿都会消减，等家里积蓄些钱了再做手术。

在张娟赢看来，不论是否能治，是否治得起，既然来到了她的诊室，她就必须负责任地给出一个明确的诊断和建议。作为医生，无论自己多累，压力多大，都比不过病人的痛苦。因此，医生一定要对病人怀抱同情心，对病人的痛苦感同身受。而同情心的关键，就是要切切实实地为病人解决病痛。

## 用知识服务他人的共识

张娟赢出身于宁波的普通农家，但宁波人崇学重学的传统在她的家教中还是影响颇深。虽然家境清贫，但他们姐弟三人全都接受了良好的教育，且都选择了用知识服务他人的崇高职业：一个弟弟在宁波做教师，一个弟弟夫妻都是医生，晚辈中也不乏医生、教师。

说起自己的职业，张娟赢不无自豪。在她看来，对病人耐不耐心是医德问题，看不看得好是水平和科学问题。每每因为她的水平和耐心而救治了危重或疑难病患，都是她倍觉幸福的事。尤其当家乡有亲朋邻居推荐熟人前来上海求医时，她都是全力以赴。即使不在她的专业范畴，她也会尽力相帮推荐合适的医院和医生。每当有来自宁波或带着宁波口音的患者来到她的专家门诊，她也会感到分外亲切，救治好了，会特别开心。

张娟赢的丈夫也是同行。因此，每当家人们在上海或宁波相聚，就如同是同行的聚首，往往会谈及与医学相关的话题和事件。当然，除了临床案例，他们也会交流一些学术问题。正是在长期的临床实践中，在与同行的合作与交流中，她积累了许多学术经验和思想，她撰写或参编的许多学术论文和书籍里，无不浸透着她从医数十年的心血和智慧。

退休后的张娟赢最快乐的事，就是参与上海宁波同乡会组织宁波籍的医务人员回乡义诊和专家咨询。宁波、慈溪、宁海……当她面对着家乡的同胞，用乡音为他们解疑释惑、治病疗伤时，仿佛重新拾起了她青葱岁月的梦幻——10多岁的她，背着简单的行囊离开故土去医科学校时，不就曾想象过今天的情景吗？

良心是个人精神生存的底线，道德是人在社会生活中的规范，爱心是一种大境界。张娟赢庆幸自己拥有这样一份崇高的职业，可以用自己所学知识服务人民，有机会在这个领域充分展示自己的良心、道德和爱心。这是她的人生理想，也是她的至爱亲朋的愿景和共识。在我们所身处的飘荡着病痛与危机的世界里，正是这样的一个群体，构建了我们聊可安心的底线。

# 周家伦：心系教育　情暖家乡

● 封清扬

周家伦祖籍浙江慈溪，青少年时期即随父母生活在上海。1978年他进入同济大学，先后在那里学习、工作、生活了30多年，从一名普通教师逐步走上学校主要领导岗位。他当过知青，做过教师，出任过驻德国大使馆教育参赞，有着丰富的人生阅历。他担任同济大学党委书记（副部长级）的10年，是同济大学发展最快的10年之一。他先后和吴启迪（后担任教育部副部长）、万钢（现任全国政协副主席、科技部部长）和裴钢三任校长合作共事，与全体班子成员一起勤奋工作，带领全校师生

员工在历代同济人打下的良好基础上，锐意进取，开拓创新，各项事业呈现出蓬勃发展、蒸蒸日上的良好局面。学校实现了综合性大学的学科布局，人才培养质量不断提升，高水平科研成果频出，服务社会的理念得到发扬和光大，国际合作与交流的格局得到进一步强化，同济文化传承与创新得到进一步升华，为推进同济大学各项事业的发展做出了杰出的贡献。

### 运筹帷幄　引领同济之舟航向

周家伦自2001年2月担任同济大学党委书记、校务委员会主任后的10年间，始终坚持把发展作为第一要务，集中精力推进学校内涵建设，推动学校综合实力和核心竞争力不断提升。他以战略家的眼光，与班子成员一道，提出了建设"综合性，研究型，国际化知名高水平大学"的宏伟目标，并在工作中积极加

以推进。在任期间，学校已基本构建起了涵盖工学、理学、管理学、医学、经济学、文学、法学、哲学、艺术、教育学等十大学科门类的综合性大学，研究氛围浓厚，高水平科研成果不断涌现，国际合作与交流氛围浓郁，在国际上产生了较大的影响。

他带领班子紧密结合国家发展战略和区域经济社会发展重大需求，立足学校自身特点，结合上海高教布局调整，对学科布局进行了调整，组建了两大学科群，对接两大产业链。一是由土木、建筑、规划、环境以及社会科学等多个主干学科构成的城市建设与防灾学科群，对接创意设计产业链，落户四平路校区；二是由汽车、轨道交通、机械、电子、信息、材料等多个主干学科构成的现代装备制造学科群，对接清洁能源和地面交通工具产业链，进驻位于上海国际汽车城内的嘉定校区。这样的整合形成了整体竞争优势，为学校的科学发展打下了扎实的基础。

他深刻领会中央关于可持续发展、科教兴国、人才强国、建设创新型国家等重大战略决策，贯彻落实国家教育、科技、人才中长期规划纲要，贯彻落实上海市创新驱动、转型发展战略，与班子成员共同努力，制定并组织实施同济大学"十一五"、"十二五"规划，进一步凝炼和明确了学校的发展战略、阶段性目标和重点任务。紧密结合"985工程"、"211工程"的规划与建设，推动了学校整体发展。

他强调同济大学对德交流的传统并不断拓展国际合作交流领域，和班子成员共同确定了"强欧拓美、辐射亚太、联合国际组织"的国际化思路，基本形成了"有特色、全方位、主动型、高水平"的国际交流合作体系。构建了中德、中法、中意、中芬、中西和联合国等8个国际合作平台。建立外国留学生预科部，留学生数量与质量显著提升，位居国内高校前列。参与汉语与中国文化国际推广，合作承办4所孔子学院。

他在工作中还注重大学精神和大学文化建设，凝炼和形成具有同济特色的大学文化。在他担任党委书记期间，同济大学成功举行了100周年校庆，凝聚了海内外师生校友，提升了同济的影响力。他重视加强党建和精神文明工作等，努力用社会主义核心价值体系和同济精神来凝聚和引导全校师生。他作为学校安全稳定工作的第一责任人，坚持稳定压倒一切，把维护校园稳定作为重要职责，确保校园和谐稳定。

## 求贤若渴　千方百计荐英才

周家伦是一位求贤若渴的人，不论在德国担任教育参赞，还是担任同济大学党委书记时期，他都对优秀的教学科研人才和管理干部积极发掘，予以推荐或重用。

他十分强调党管人才，并明确管理的重心是管宏观、管政策、管协调、管服务。他坚持人才发展的正确方向，加强科学理论指导，制定人才发展规划，始终把实施人才强校战略作为根本任务加以推进；统筹重大人才政策制定，有针对性地解决人才发展中的重大问题，改革人才工作体制机制，营造有利于人才辈出、人尽其才、才尽其用的制度环境；管协调是指通过加强各方面的统筹协调，形成推进人才工作和人才队伍建设的整体合力；关心爱护人才，为各类人才干事创业、实现价值提供良好服务。他经常与各领域的国内外专家教授以朋友的身份沟通交流，了解国际学术动态，发掘潜在人才。他多次主持召开全校人才工作会议，切实推进人才强校工作，培养、引进了多位重量级的学院院长、学术带头人。特别值得一提的是，现任国家科技部部长万钢就是他发现的一个标志性人物。当时，周家伦是中国驻德国使馆教育参赞，职责之一就是"搜寻"当地的优秀华人，帮助他们为祖国出一份力。"万钢那会儿是德国最杰出的华人之一，自然会引起我的关注。"周家伦谦虚地说道："我只是起了一个穿针引线的作用。"1996年，同济大学德国校友会组建，周家伦推荐万钢去做首任会长，认为"他不只专业技术过硬，而且对事物有整体把握能力"。2000年，在周家伦的穿针引线和大力推荐下，万钢终于回到了同济大学。周家伦2001年担任党委书记后，又鼎力推荐他先后担任校长助理、副校长，主持工作副校长，校长等职务。

除了对教学科研人才近乎痴迷的热爱外，他还十分注重对干部特别是青年干部的选拔培养。在干部选拔过程中，他要求拓宽选拔渠道，扩大选人视野，重视从基层、从教学科研一线选拔青年干部，选拔出一大批思想政治素质过硬、业务能力突出、群众认可的优秀干部。对德才兼备、实绩突出、群众公认、各方面条件比较成熟的年轻后备干部，他大力推荐他们走上校内主要领导岗位，或推荐优秀后备干部到地方或其他高校任职，拓宽了后备干部的成长渠道，也为社会输送了大量优秀的青年干部。他在任期间，许多优秀青年管理人才担任了职能部处的负责人，不少校领导班子副职到其他高校担任主要领导职务或到地方政府担任要职。

## 发挥优势　服务经济社会发展

进入 21 世纪以来，随着我国经济社会的持续快速发展，大学社会服务的功能日益凸显，在社会主义现代化建设各项事业中发挥了举足轻重的作用。他敏锐地看到这一点，他与班子成员一道提出，要始终坚持以社会需求为导向，通过整合优势学科集群，学科链对接产业链，主动服务国家和区域经济发展方式转变和产业转型升级，为社会源源不断地提供知识和技术，解决社会大量实际问题和现实困难，大力推动经济社会发展。

为推进创新型国家建设，中央和地方都加大了对科研基础设施建设的投入力度。他紧紧抓住这一契机，把重大科研设施建设作为整合创新资源、推动协同创新的重要平台。2009 年 9 月 19 日，国内首个汽车整车风洞——"上海地面交通工具风洞中心"历经 4 年多建设之后，在同济大学嘉定校区正式建成启用。风洞作为公共性汽车和轨道车辆技术平台，为我国汽车和轨道车辆工业的自主研发提供重要的基础性服务。学校还建成了国内首条轨道交通试验线，为我国城市轨道交通装备核心技术研发、以形成具有自主知识产权的轨道交通装备制造业提供必备的试验及测试公共性平台支撑。学校"985 工程"二期重点建设项目之一的同济大学多功能振动台实验室，是世界上规模最大、试验能力最强的振动台阵试验系统之一，为桥梁工程、结构工程、地下结构工程和生命线工程提供了一个世界领先的模拟地震试验平台。

2008 年 5 月 12 日，汶川特大地震发生以后，他第一时间号召全校师生要立足学科和专业优势，积极为抗震救灾和灾后重建提供智力支援。同济人抗震救灾中的优异表现，受到了社会的广泛肯定。他还动员学校师生积极为 2008 年北京奥运会贡献力量，深度参与 2010 年中国上海世博会。在 2010 年上海世博会申办、筹备、举办过程中，学校举全校之力始终全面、深入参与其中，倾力奉献，世博会八个领域的"总负责人"由同济大学教授担纲，一届成功、精彩、难忘的世博会也因此留下了深深的同济印迹。

他从国家和区域经济社会发展需求出发，积极推进校地、校企产学研合作。学校与广西、天津建立全面战略合作伙伴关系，重点推进在863项目成果应用、新能源汽车、新药研制、生态环境保护、机械制造等领域的合作，与山东济宁、湖南长沙和广东肇庆等地开展深入合作；与宁波、丽水、舟山、苏州、常州、常熟等长三角地区建立密切联系，开展生命科学、环境保护、土木工程和海洋环境等领域的合作；与相关企业与科研院所签订多个合作协议、建立联合实验室和研发基地，共同打造校地校企协同创新平台；与浙江省交通勘测规划设计研究院合作，打开了在科研、教育资源共享、干部挂职与培训等多领域的合作局面。

他从硅谷的发展中受到启示，引导学校要发挥知识的溢出效应，坚持大学校区、科技园区、公共社区"三区融合、联动发展"的核心理念，深化以大学的知识溢出推动城区经济社会发展。在他的大力推动下，学校依托城市规划、建筑、土木、环境、设计创意等学科优势，在四平路校区周边打造出以研发设计创意、建筑设计创意、文化传媒创意、咨询策划创意等为主要内容的杨浦环同济知识经济圈；与杨浦区共同推进环同济研发设计服务特色产业基地国际化建设，吸引国际著名的创意设计大师、设计企业等集聚，精心打造"联合国创意城市设计之都"，增强特色产业基地的国际竞争力，使同济成为上海现代服务业发展的核心智力引擎之一。学校依托汽车、机械、电信、交通等新兴学科，在嘉定打造上海国际汽车城环同济知识经济圈，发展新能源、地面交通工具、机械与汽车制造等主导产业和信息、电子等辅助产业，最终形成以"上海国际汽车城同济科技园"为核心，以上海国际汽车城为扩展区，辐射周边科技园区的发展格局，在上海构建"以现代服务业为主体，战略性新兴产业为引领，先进制造业为支撑的新型产业体系"过程中做出了应有的贡献。2009年4月18日，国家火炬计划"环同济研发设计服务特色产业基地"在学校成立，成为全国唯一被国家科技部命名的现代服务业产业基地。

**心系家乡　回报桑梓**

说起周家伦与宁波千丝万缕的联系，远不止亲情、乡情那么简单。他心系宁波，情系家乡，始终关注支持宁波的建设，积极为宁波的发展献计献策，并在许多方面提供了大量帮助，他对宁波这片土地的热爱，在推动同济大学与宁波各领域的合作中得到了升华。

他从同济大学与宁波多年的合作交流中，感受到宁波创新、务实的精神，感受到宁波对人才的高度重视。他积极参与上海宁波经济建设促进协会工作，应邀专程赴宁波参加2007年中国宁波科技人才周活动，并在中国宁波国际人才高层论坛作主旨演讲，表达了加强高校与地方建设互动、服务宁波经济社会发展的意愿。他提出培养高素质创新型人才是大学的社会责任，也是地方经济社会发展的迫切需求，同济与宁波之间在共同培养高素质人才方面有很大的拓展空间。他积极推动同济与宁波开展科技对接、人才对接、开展订单式人才培养、探索高校教师柔性兼职、鼓励大学生参加每年的"宁波人才科技周"并到宁波施展才华。

他积极推动同济大学与宁波签订全面合作协议，与杭州湾新区共建同济科技产业园，发挥同济大学学科和人才优势，为杭州湾新区转型发展提供人才、科技支持，进一步推动产业结构的优化升级和发展方式的根本转变。他还积极促成一批优质的科研成果在新区生根发芽、开花结果，为推动宁波经济社会可持续发展提供有力的科技保障。他积极促成同济大学智慧城市研究中心相关研究人员同宁波相关同志交流，为宁波建设智慧城市提供咨询和帮助。

他关心支持宁波工程学院的建设和发展，不断拓展两校间的合作与交流。他多次率队到该校考察交流，积极为该校的汽车学科建设、人才培养、师资队伍建设、重点实验室建设等献计献策。他还推动同济大学研究生院在宁波建立教学基地，开展研究生教学；鼓励同济大学教师与科研人员为宁波的市政工程建设、大型桥梁设计施工、商贸物流园区信息系统规划、管理咨询等提供智力支持。

谈到家乡情结，周家伦说："树有千尺高，根也连着地。我对宁波的感情更多的是来自对宁波商业文化的认同，我所认识的宁波人务实、有远见，尽管很多人是白手起家，但他们团结一致、勤奋、坚忍不拔，能做成事。"

周家伦是同济大学自己培养出来的优秀人才，他1982年大学毕业后留校任教，从普通的教师一步步成长为学校的党委书记，把一生最宝贵的时光都奉献给了同济大学，为同济大学发展做出了杰出的贡献。2010年前后他从学校长远发展的大局出发，主动提出退出领导岗位，并尽职尽责地站好最后一班岗，表现出对党的教育事业高度负责的可贵品质。

2011年12月1日，周家伦同志因年龄原因不再担任同济大学党委书记职务。在全校教师干部大会上，中组部、教育部和上海市委领导对他在同济期间的工作进行了高度评价，认为他政治上成熟，政治敏锐性和鉴别力强，政策理论水平高，始终准确把握和认真贯彻执行党的教育方针，始终坚持社会主义办学方向；工作作风民主，始终坚持民主集中制，认真执行党委领导下的校长负责制，注重维护领导班子的团结；热爱党的教育事业，熟悉高等教育规律，办学治校思路清晰，视野开阔，领导和驾驭能力强，工作投入，敢抓敢管；善于把方向、谋大局、抓班子、带队伍，注重围绕学校中心任务抓好思想政治工作，在明确学校发展战略、完善学校管理体制机制、促进改革发展、拓展办学空间、改善民生问题、加强党的建设和反腐倡廉建设等方面做了大量富有成效的工作；他公道正派，待人诚恳，关心群众，关爱师生，以过硬的政治品质、实干的工作作风和强烈的敬业精神赢得了广大师生员工的信任和尊重。

作为全国高教系统德高望重的专家型领导，他离任后受聘担任教育部巡视专员、中华职教社专家委员会顾问、四川宜宾市和山东济宁市特别顾问、江苏镇江高科技产业开发区专家咨询委员会主任等，在今年开展的以"为民务实清廉"为主题的党的群众路线教育实践活动中，受聘担任中央第四十五督导组组长。虽然他不再担任同济大学党委书记，但在支持同济发展、支持家乡发展、支持高教事业发展的征程中，依然时时可见他忙碌的身影……

# 裘端常：裘门家学有传人

● 童志强

初识裘端常教授是在 2011 年金秋十月，上海慈溪经促会组织的向家乡赠书活动。由于此行携有不少赠书，慈溪图书馆余巨平馆长亲自带面包车来接我们。车子在出上海市区前中途接了两次同行者，其中就有裘端常夫妇，直至次日上午在纪念裘老

与父亲合影

座谈会上发言致答谢词时，才知他就是鼎鼎大名的国医大师裘沛然先生的哲嗣。下午他在参观慈溪市中医院时的即席发言，一口糯糯的乡音，言简意赅，语重心长，让人体会到他对祖国中医药事业的无比钟情。此次慈溪两日行，裘端常沉静儒雅、温良敦厚，为人低调、不事张扬，给我留下深刻的印象，产生了对他进行采访的强烈冲动。回沪后，经裘老的侄子、上海慈溪经促会副会长裘履正先生的联系，于是有了这篇采访记。

### 严父良医育高徒

裘沛然大师有三子一女，惟有老四端常继承了他的衣钵。裘端常 1950 年生于三北乡下，读小学时才被父亲接回上海。他是 67 届初中生，恰逢文革乱世，学校已无书可读，裘老当时遭受冲击，赋闲在家，怕儿子荒废学业贻误一生，于

是担起了课子的责任。

身为严父，裘老首先重视对他的思想道德教育，教他孝悌礼仪各种做人的道理，如"为人要尊老敬贤、崇信守义，刻苦耐劳、自强不息"，"生活上朝低看，事业上朝高看"，"要心存仁爱之心，严以责己，宽以待人"，"先立德、后立业，先做人、后做事"等中华民族的传统道德。裘老本人幼入私塾，稍长即师从其叔裘汝根学习针灸，后又请益于丁济万、谢观、夏应堂、程门雪、秦伯未、章次公等诸多岐黄名家，数十年孜孜以求，浸润其间，博采融通，医儒并重，精医工诗，学贯中西，终于自成一家。他经常以自己的成长奋斗历史激励儿子奋发图强，立志成才。

作为良医，裘老对他因材施教、因时施教，指引他一步一步地深入到博大精深的中医药学术殿堂。

首先是打好基础。任凭外面革命造反，山摇地动，裘端常却被关在家里苦诵枯燥的中医理论及医古文。裘老家教极严，每天吃过夜饭后当面考核。一遍不行两遍，两遍不行三遍，非得完整地不打嗝愣地背下来才过门，按裘老的说法是练童子功。在如此严酷的训练下，十几岁的裘端常就已经将《汤头歌诀》、《药性赋》、《十四经穴歌诀》，中医基础理论及医古文等熟背如流。而今，年过六旬的他在接受笔者采访时，仍能将《药性赋》一字不漏地背出来，足见他当年下的功夫之深，也可见裘老课子的良苦用心。

不久，裘端常初中毕业面临上山下乡。为此，裘老花了大半年的时间，提前对他进行中医中草药实用知识的强化训练，着重讲解胃痛、发热、腹泻、皮肤病、关节痛、虫咬伤等农村常见病的中医辨证基础理论，授其治疗农村常见病、多发病"廉便验"（即价廉、方便、有效）的草药、单方、验方和针灸技能，使他到农村后能自疗疾病和救助同伴。到安徽淮北濉溪县农村插队不久，父亲传授他的这些知识果然派上用场，乡亲们渐渐知道他有家传的中医药和针灸治病技能。下乡一年后，裘端常被贫下中农推荐当上了赤脚医生。时间不长，上海来的小医生就远近闻名，十里八乡的病人都来求医问药。在为贫下中农看病的几年实践中，他近距离了解到中国农村缺医少药、不少农民因病致贫的现状，同时也深刻地体会到祖国中医中药的神奇功效，立志要像父亲那样做一个起沉疴、愈宿疾，造福泽民的良医。

1973年，裘端常到上海中医药大学深造，毕业后分配到仁济医院中医科。初到医院，年轻气盛的他觉得自己有在农村数年行医的经验，在大学里又接受了系统的教育，加上有父亲耳提面命的悉心指导，颇有志满意得之感，以为自己可以在中医界大展宏图了。然而在实践中他对遇到的疑难杂症却束手无策，有些毛病自己明明辨证正确，用的也是父亲的经验方药，但是疗效并不明显。经请教父亲，裘老对他说："中医中药是一门需要终生学习、终生研究、大有前途的学科，其中蕴含着丰富的宝藏。'病者为患患病多，医者为患患法少'，用我的验方不能因循守旧、照搬照抄，不仅要形似，还要神似。你在学校里学到的是常法，这是治病的基础，但治疗疑难杂症往往需要变通。同一种毛病到各人身上表现并不一样，法无常法，常法非法，需知常达变。"在父亲的指导下，裘端常着重研读了《伤寒论》、《金匮要略》、《景岳全书》、《临证指南》等经典医著，并开始在理论与经验、辨证与辨病的研究上狠下功夫，尤其重视药物配伍与剂量变化以及药物性味归经对于治病的重要作用，取得了很好的疗效。

有一个慢性萎缩性胃炎伴有反流性食管炎病人，长期以来胃痛、胃胀、嗳气、反酸、少眠多梦、胸骨烧灼感疼痛，久病缠身，在上海几个大医院都求治过，但数年未愈，于是到裘医生那里看。裘端常在阴阳气血配伍、寒热温凉搭配和剂量大小变化上巧作化裁，以父亲所传授的经验效方结合辨证辨病，变化出入治疗。仅两个月用药，诸症完全消失，睡眠也明显改善，临床已达康复，半年后随访，患者无任何不适，感觉良好。

直到裘端常人至中年，业已成为仁济医院中医科主任医师，自己也成为专家时，裘老还常常会考问他对一些疑难杂症的诊治方法，不时给以提纲挈领的指导，以期能全盘继承他老人家的学术经验。对事业有成的爱子，裘老经常会叮嘱他要谦虚谨慎，戒骄戒躁，脚踏实地，真正做到实至名归。

身为杏坛耆宿，裘老并不排斥西医，对西医西药涉略很广，认为中西医各有所长，只有取长补短，才能相得益彰。裘端常记得，有一年家乡慈溪送来一个肝癌病人，西医外科要手术治疗，但他听人说肝癌不开刀还能活两年，一开刀最多只能活三个月，于是哭着来恳求裘老救命。裘老看过片子，二话不说，叫他立刻去开刀，并答应负责为他作术后的中医调理。此人手术后吃了四年裘老所开的方药，至今已存活十年，病体康复良好，还担任了慈溪市抗癌协会的会长。裘老要儿子密切关注现代科学和现代医学的最新科研信息，因为他山之石可以攻玉，同时可进一步验证祖国医学的科学性。为此他鼓励儿子花功夫努力掌握好外语。在沪上中医界，像裘端常这样英文"说听看写"四会俱全的当属凤毛麟角，他为外国人看病不需要翻译，诸如气血、经络、脉象、阴阳、寒热、标本、形神、正邪、虚实等玄奥难懂的岐黄之道，都能用熟练的英语给以深入浅出的讲解，他还带过英格兰、瑞典等国来沪学习中医的留学生，深受洋学生拥戴。他坚信中医能走出国门，走向世界。

## 裘门家学有传人

2010年5月3日，上海中医药大学博士生导师、终身教授、《辞海》副主编、一代国医大师裘沛然驾鹤仙去，享年95岁，此乃中华杏坛的重大损失。裘老一生行医70年，救死扶伤，医德广被；精研儒学，深谙诗文史哲，先后撰写和主持编纂医学、文史著作计42部，影响遍及宇内。作为裘氏学术的唯一家传者，裘端常与裘老的众多门生一起着手整理其父亲的珍贵医案和学术资料。他先后参加国家科技"十五"攻关《名老中医学术思想、经验传承》的国家级研究课题，以及上海市重点科研课题《裘沛然教授学术经验研究》，他整理编写了《裘沛然医案百例》，负责编写《名院名医心血管内科特色治疗技术》一书的全部中医部分，他撰写的论文《裘沛然临证验案拾遗》荣获辽宁中医杂志优秀论文奖。

裘端常视学习和继承父亲的宝贵学术经验为己任，长期以来积累了丰富的临床经验，对于临床上许多疑难杂症均有十分显著的疗效。他对咳嗽、哮喘、各种胃病、腹泻、头痛、失眠、脑晕、心肌炎、冠心病、肾炎、肝病、风湿关节病、各种肿瘤的中医治疗及手术后的中医调理，都有深入研究和独到的见解，并善于对其他各种疑难疾病和妇科病、皮肤病的治疗。而今，退休后的裘端常医师每周仍有几天往返于仁济医院浦东、浦西两个分部，开设中医内科专家门诊。裘老去世后，他生前的一些朋友都转到裘端常处看病。有一位患数年频发性早博的病人，先后在巴黎、香港等地中西医求治，疗效均不明显，慕名到上海找裘端常看病，其时病人正早博频作、心悸不适，裘端常试着在其父验方基础上作适当加减出入，不到一周，病者来复诊时大喜过望，诉说自己频发的早博已消除，心悸也已消失。疗效之好，连裘端常本人都感意外。另有一位海外侨领因商务繁忙，久于应酬，心气又重，导致积劳成疾，最终患上了抑郁症，整日多愁寡欢，忧心忡忡。曾先后在国内外著名大医院求治西医，均无疗效。初次问诊，见此公神情漠然，少言寡语，愁眉紧锁，自诉严重失眠，且伴有胸脘腹不适。裘端常诊完苔脉，确定此病因脾虚湿滞气郁，心失所养所致，他用裘老传授验方加以变化，施以醒脾化湿助运，养心开郁安神之方药，两周后患者来复诊时已神清气爽，喜形于色，病情大为改善，连声夸赞他不愧为裘老传人。他感恩于父亲生前的指导与教诲，永远牢记父亲早年赠予他的两句话："莫嫌海角天涯远，但肯摇鞭有到时。"并将此作为座右铭，鞭策自己不断进取。

最令裘端常欣慰的是，裘氏家传已后继有人。裘端常的儿子、裘老的孙子裘世轲也已走上了继承裘氏学术的岗位。据裘端常的夫人张露女士对笔者说，世轲的名字是他爷爷亲自取的。笔者曾读裘老封笔之作《人学散墨》，从中得知裘老精熟孔孟，尤其推崇"仁政"学说

全家合影

的倡导者孟子。其为孙子取名世轲，乃是希望他长大成人后像孟轲那样有一颗以民为贵、以民为本的仁爱之心。

在祖父和父亲的熏陶下，裘世轲自小也对中医情有独钟，他在上海中医药大学本科毕业后，又留校硕博连读，其间还在英国获得公共卫生硕士学位。他立志要继承裘门家学的宝贵遗产，做一个关心民瘼的良医。裘老地下有知，当含笑九泉矣！

### 绵绵乡情无尽期

裘老生前对慈溪家乡的情缘早为宁波同乡熟知。凡是家乡来人求诊，裘老总是来者不拒，提供方便，千方百计地为病人排忧解难。裘端常说："阿爸生前对家乡念念不忘，越老越想念家乡，总想为家乡多尽点力。经常勉励我和世轲勿要忘记家乡，要用学到的知识和专长为家乡服务。"2001 年 3 月，裘老将其珍藏的一部《二十五史》和 123 册《传世藏书》赠给家乡慈溪图书馆，此后直到他谢世，裘老先后 7 次捐书共计 14000 余册。慈溪图书馆专门辟出一大间"裘沛然藏书室"，将裘老的赠书公开供读者阅读。在裘老的倡议下，上海慈溪经促会于 2006 年作出决定，将每年 10 月份定为向家乡图书馆捐书日。裘老的故乡恋、桑梓情，深深地感染了裘端常父子，他们毫无保留地支持裘老的捐书义举。

就在这次采访中，笔者获悉，经上海慈溪经促会牵线，裘端常教授应慈溪有关方面的诚恳邀请，将时常去家乡为民众治病，还承诺要帮助当地培养中医人才，为慈溪人民服务。裘端常向笔者表示：他不仅要将裘老的学术思想传授给儿子，还要把裘老为家乡人民服务的爱心接力棒交到儿子手里，利用学到的知识反哺家乡人民。

# 谢瑞满：从甬港学子到浦江名医

● 陈蓓

1979 年，中国科学院院士、世界"断肢再植之父"、著名骨科专家陈中伟教授回到母校——宁波效实中学，并在校中山厅礼堂作了一场关于"医学人生"的演讲，其精彩丰富的演讲内容和极富感染力的表达，深深震撼着场内一位认真聆听的高中生，由此一发不可收地对医学产生了浓厚的兴趣，并决定在次年的高考中报考医学院校，立志成为一名优秀医生……

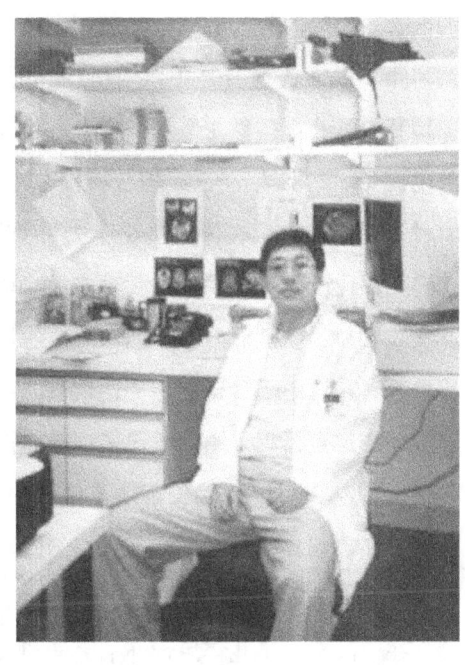

如今，30 多年过去了，当年这位立志跨进医学大门的年轻人，业已成长为沪上著名的神经科、老年科专家——他，就是现任上海复旦大学附属中山医院神经科、老年高干科教授级主任医师谢瑞满。

## 成长历练

谢瑞满 1964 年出生于宁波的一个大家族，阿爷是余姚人，阿娘是慈溪人。他是家中最小的孩子，排行老九。1976 年，谢瑞满进入宁波五中（1980 年恢复为效实中学）就读初中，因学习成绩优异，两年后就跳级直升本校高中部学习，1980 年他参加高考，以数学 120 分满分的成绩（其中 20 分为当时试卷中特有的附加题）如愿考入浙江医科大学（现浙江大学医学院）医疗系学习，在校期间各科成绩均名列前茅，英语成绩亦是班级第一，为他日后的从医生涯打下扎实的基础。

1985年，谢瑞满大学毕业，被分配到宁波市第二医院担任"三班倒"的住宿制住院医师，由此开始了在临床一线的辛苦锤炼。在此期间，谢瑞满深获时任医院内科兼神经科主任张可翰教授的厚爱，在她的指导下，开始从事神经科临床的基础工作，并逐渐确立神经专科的研究发展方向。同时，他也得到了当时的院长，胸外科教授周宏泉的赏识和重用，而这又缘起一场特殊的外宾接待。宁波市第二医院的前身是中国较早建立的西医医院之一——华美医院，1843年由美国基督浸礼会传教士马考温创办并担任院长，他的孙女凯瑟琳就出生在华美医院的产科。1987年，已经担任美国HOPE健康促进基金会秘书长的凯瑟琳女士率领包括医学专家在内的基金会成员18人访问中国，她向负责接待的我国外交部官员提出一定要到访其出生地宁波华美医院，当时宁波市第二医院由周宏泉教授负责接待。抗战时就读于西南联大的周院长，素以作风严谨著称，他在挑选接待助手时，选中了英语出色的谢瑞满。由于宁波市第二医院是国际紧急救援中心(AEA)的定点医院，谢瑞满已多次参与接待和治疗从北仑港外轮上过来的外籍船员病人的工作，给周院长留下了很好的印象。结果这次接待任务完成得十分圆满，外交部领导在向国务院汇报总结时，特意提到此次宁波二院的出色接待工作令美国客人十分满意，称此举为我国改革开放初期的涉外工作加了分。

在宁波工作了几年后，怀揣医学和人生梦想的谢瑞满，开始把目光对准了有着更广阔发展平台的大上海，凭借着优异的成绩，他叩开了通向浦江之畔的大门。1988年，谢瑞满考入上海医科大学（现复旦大学医学院）附属华山医院神经病学研究所深造，成为全国首批正式统招临床型硕博连读研究生。

在此期间，谢瑞满先后师从姚景莉教授和秦震教授，研究方向涉及临床神经病学、神经眼科学、脑血管病防治，以及临床神经生理学、人脑视觉功能的损伤研究。

由于他勤奋好学，刻苦钻研，就学期间还得到众多权威专家的悉心指导，令其受益匪浅，其中包括神经内科的汪无级、刘道宽、秦芝九、瞿治平、吕传真、蒋雨平、朱文炳、俞丽云等教授，神经外科的史玉泉、蒋大介、周良辅、徐启武等教授，神经影像学的王恭宪教授以及眼科的王文吉教授。

1993 年，谢瑞满顺利毕业，获得了由国务院颁发的第一批临床型神经病学博士学位，随后他进入中山医院神经科工作。在他任医务干事神经科总值班时，一天手术室请求急会诊，原来是一位老年病人在实施膀胱肿瘤根治手术时发生脑疝，本来手术已经基本结束，可能由于术中输血和补液过多，引发脑水肿后脑疝，麻醉过后仍然昏迷和瞳孔散大。为此，谢瑞满果断采取措施，打破常规，直接给予甘露醇静脉推注和间隔使用白蛋白及速尿，加强脱水和利尿，同时增加补液通路，提供醒脑和护脑药物及电解质平衡等处置，半小时后病人出现咳嗽反射，一小时后瞳孔恢复正常，自主呼吸也逐步恢复，由此抢救取得成功。这时我国心胸外科奠基人，著名的石美鑫教授也赶到手术室，获悉病人成功复苏，特地询问了抢救细节，对谢瑞满的工作表示赞扬，并鼓励他在中山医院的工作中再创佳绩。

谢瑞满没有辜负前辈的培养和期望，脚踏实地，一步一个脚印地在从医路上稳步前行，1995 年被聘为神经科副教授，1996 年成为硕士研究生导师，1997 年开始担任中山医院神经科副主任，全面主持工作，以中风防治与康复、痴呆、震颤、失眠、眩晕、神经炎、肌无力、脑炎、癫痫、头颈腰腿痛、神经症、脑外伤、多发性硬化、脑肿瘤等为医疗方向。1997 年底，他前往美国参加国际脑研究年会，会议结束后到斯坦福大学医学中心短期学习了两个月，此后就在麻省理工学院脑认知中心、哈佛大学医学院神经科担任客座教授，博士后导师。

1999 年底，谢瑞满放弃了在美国优越的生活条件，提前回到国内，继续在中山医院工作，他被破格晋升为神经科教授、主任医师。2000 年 6 月他开始担任老年病科主任，同时成为中央保健专家、复旦大学授课教授。他的事业又开始了新一轮的提升和发展，并取得了丰硕的成果。北京的好医生网站连续 10 年，开展网民（即病人）反馈意见评价结果，谢瑞满医生的专家门诊都是 100% 的满意度。

在多年的行医经历中，在多位前辈医学大家的言传身教中，谢瑞满深刻体会到，作为一位真正的医者，必然是医德高尚、医术精湛，为此，他一直积极投身于公益活动，以己之长回报社会。

　　谢瑞满在就读研究生期间，连任 5 年研究生会主席，他多次带头参加义务献血，组织研究生到农垦局崇明基地、东海舰队海军基地等多处开展义诊。1991年，安徽暴发水灾，谢瑞满毅然报名参加上海赴皖抗洪救灾医疗队，在领队刘俊教授（后任上海市卫生局局长）的带领下，担任青年突击队队长，冲锋陷阵，勇挑重担。在重灾区安徽省颍上县，面对四处臭浊的洪水，每天早出晚归，顶着烈日、划着橡皮艇到各个灾区点巡回医疗，工作强度极大，却只能吃压缩饼干、睡地铺。这段日子尽管艰苦异常，但在谢瑞满看来却是一次不可多得的人生历练，受用终生。近年来，谢瑞满还参加了汶川、玉树地震灾后的心理救助工作，并成为第一批加入中华骨髓库的志愿者。

　　从对医学产生兴趣，到把从医作为终生的事业，依托时代的发展和国家的进步，谢瑞满孜孜以求，努力进取，从一名成绩优异的甬港学子成长为一位享誉业界的沪上名医，成为新一代海上宁波人的杰出代表。追求永无止境，人到中年的谢瑞满教授将会继续不倦开拓，与时俱进，努力成为新时代的精诚大医，为祖国的医学事业做出更大的贡献。

## 著书立说

　　在坚持临床一线工作的同时，谢瑞满还先后主编了几本重量级的著作。一本是《实用神经眼科学》，此书的问世可谓颇有渊源。华山医院神经科原主任张源昌教授，生前特别希望建立和推广神经眼科，经过其多年的努力，使我国在这个领域已经有了一定的工作和研究基础。长征医院宰春和教授也在上世纪 80 年代初组织编写了《神经眼科学》专著，姚景莉教授一直在华山医院神经科开设神经眼科专病门诊，积累了丰富的临床经验和研究素材。谢瑞满在导师们的指导下，系统地学习了神经眼科方面的临床诊断和治疗，以及科学研究方法，为著书打下了有关的工作基础。此后，谢瑞满在美国期间，发现国际神经眼科学领域进展迅速，因此，他就萌发了主编《实用神经眼科学》的强烈愿望，在哈佛工作的间隙，两易底稿，充实了一些常见疾病和综合征，以及人脑高级视觉功能损伤研究等内容。

　　回国后的谢瑞满，在中山医院前院长杨秉辉教授等领导的关心下，通过多位临床学科医生的辛勤劳动和合作，终于有了此书的出版。这本《实用神经眼科学》专著，大量引入计算机技术、核磁共振神经成像技术、遗传学和免疫学等知识，反映了当前国际神经眼科学的最新进展。该书注重实用性，对很多涉及神经系统与眼的综合征或疾病，力求叙说全面，要而不繁。此书出版后，深获业界好评。

谢瑞满主编的另一部专著是《实用老年痴呆学》，这是国内第一本从行为神经病学角度介绍痴呆防治的跨学科专著，有助于改变国内单纯从精神科角度描述痴呆的数十年来学术研究的传统思路。在反映当前国际老年痴呆学的最新进展的同时，还总结了中医药在痴呆防治中的很多优点和特色。这本专著中还特别撰写了脑老化与痴呆、痴呆的防治保健等科学普及和继续教育性质的内容，便于患者的家庭成员和关护者重视痴呆防治知识，以更利于病人的康复。

此外，谢瑞满还参与或完成了国家"七五"、"八五"、"九五"、"十五"脑血管病防治康复攻关等课题，为国家培养大量医学生和进修医师，以及包括8名国际学生在内共40余名研究生。基于其学术上取得的成就，如今的谢瑞满，已成为国家自然科学基金、教育部博士点/回国人员基金评审专家，《中华医学杂志》等多家国内学术期刊的特约编委，美国《Neurology》和《Science》杂志的特约审稿，美国《国际中华神经精神医学杂志》副总编辑，美国国际华人医学家心理学家联合会委员，美国科学促进会（AAAS）会员，这不仅是对他多年不懈努力的肯定和鼓励，更是其事业进入成熟期的最好体现。

最近，上海科学技术文献出版社又出版了谢瑞满医生主编的《实用老年中风康复防治学》一著，更是谢瑞满医生从理论到实践的产物，在医学界产生广泛影响。因为，中风疾病是危害广大中老年朋友的常见病、多发病，其发病率、死亡率及致残率都非常高，是一类严重威胁人类健康和生存质量的疾病，是目前世界上导致人类死亡的三大主要疾病之一。

《实用老年中风康复与防治学》是由复旦大学附属中山医院老年科及神经科为主合作编写的跨学科专著，反映了当前国际中风康复与防治学的最新进展。他说，我编写这本《实用老年中风康复与防治学》，旨在宣传中风疾病的科普知识，使患者和家属正确认识中风疾病，科学对待中风疾病，从而战胜中风疾病。并希望这本书，能推动国内中风康复与防治研究的进一步开展，使高深的科学学术研究知识能够变成大众实用普及的简单方法，最终使患有这方面疾病的患者受益。

在我国，每 10 万人口中有 429 到 620 例中风患者。以我国总人口数 12 亿计算，则中风疾病人约有 515 万到 744 万人，数字十分惊人。中风的死亡率为每年每 10 万人口 116 到 142 例，在不少地区是第一死因。中风后存活的病人，有60% 到 80% 有不同程度的残疾，严重影响正常生活。而且有中风疾病史的病人，有 1/4 到 3/4 可能在 2 到 5 年内复发，不仅给病人造成极大的痛苦，也给无数的家庭和社会带来了巨大的负担。

谢瑞满分析道，中风是一种常见的脑血管意外。由于国内对这种疾病认识不足，也缺乏康复防治知识，因此当家庭成员发生中风，经过医院临床急性期治疗后，家属就不知如何继续进行家庭内的康复防治和护理，致使中风致残率相当高，有些病人呈现反复的中风发作。谢瑞满医生急病人所急，通过连续参加国家中风康复防治联合攻关课题 20 多年，深切感受到这些工作的重要性，更为迫切的任务是需要在全社会推广和普及相关知识、提高认识、更新观念，通过大家共同努力，一定能够取得更大成果。

与外国同行合影

曾经在美国斯坦福大学医学中心短期从事全美脑梗塞溶栓治疗多中心合作研究课题工作的谢瑞满医生，见证了大学医院在中风临床急性期治疗的同时，有神经康复专家参与制订中风康复计划，以及社区医生介绍中风防治知识，体现了中风后康复与防治具有同样的重要性。谢瑞满借鉴他国经验，认识到与我国相比，美国人口较少，其中风疾病的发病率不仅比我国低得多，而且在美国的中风病人能够得到更好的康复与防治。

谢瑞满通过美国哈佛大学医学院 Beth Israel Deaconess 医学中心神经科主

任、美国比较神经病学杂志主编 Clifford Saper 教授的介绍，参观过位于波士顿西郊约 50 英里的著名弗明汉镇有关心脏病与中风防治研究课题工作。该镇邻近波士顿的多个医学中心，能够满足科研和临床工作所需，当地居民以白人中产阶级为主，人口较为稳定。1948 年起美国国立卫生研究院（National Institutes of Health，NIH）指导的弗明汉研究（也称为第 1 代弗明汉心脏研究、弗明汉流行病学研究等）已经历了 3 代研究过程，扩展至中风、痴呆、神经疾病、肿瘤、骨质疏松、糖尿病等领域，迄今已经发表高质量论文上千篇和其他许多专著。正是这些成就，谢瑞满医生认为，对于我国中风康复和社区防治工作，同样有着重要的实际应用价值和深远的指导意义。

谢瑞满医生说，出本书的目的就是针对我国实际国情、人口巨大和明显老龄化以及中风疾病发病率较高的情况，而全国各地医学水平的参差不齐，综合性医院超负荷工作，对于康复与防治力量十分有限。因此，谢瑞满医生系统阐述应用现代中风康复防治医学方法和手段对中风患者在家庭中进行护理，倡导发挥全社会的力量，以使中风后的致残和复发减少到最低，达到最大的功能康复效果。

该著作文字语言通俗易懂，文体采用问答形式，便于广大读者检索阅读，在当前专业医疗资源远远不能满足社会疾病防治需求的情况下，对指导专业医疗人员、辅导普通读者有很大帮助。

**难忘乡情**

作为一名新上海人，谢瑞满对生他养他的故乡一直心怀感恩和眷恋。1993 年，他刚到中山医院工作不久，效实中学旅沪校友会的魏亚民先生就找到他，从此开始了谢瑞满和校友会的不解之缘。虽然工作日趋繁忙，地位不断提升，但他始终保持低调，以一名普通校友的身份积极投身到校友会的工作中去。热心肠的他还联系到多位在上海乃至海外工作的中青年校友，使得校友会增添了不少新生代成员，每年校友会年会后的义诊也是他当仁不让的保留节目，至今已有 20 年了。

学医的谢瑞满，文学功底也非常扎实，他义务为校友会的自编刊物《校友通讯》撰写了多篇文笔清新的稿件，既有情深意切的回忆已故学长的文章，又有生动活泼的游记，展现了其不俗的文学底蕴。此外，他还参与了上海宁波同乡联谊会组织的各项活动，为沪甬两地孤寡老学长免费上门会诊疑难杂症，多次为前来求医的同乡校友提供无私的帮助，获得乡贤学长的交口称赞。

2013 年，谢瑞满当选为上海宁波经济建设促进协会理事和效实中学旅沪校友会的新一届会长。

# 贺友直：画"小画"的大家

● 郑霞娟

我认识贺老，还是在 3 年之前。
我们《海上宁波人》杂志拟辟一个专
栏"乡风乡俗"，贺老是画连环画的
大家，又是宁波人，他如果能为我们
专栏提供图文并茂的作品，定能给杂
志增光添彩。

第一次叩开贺老家的门，心情是
忐忑不安的，一切都在未料中。在一间

小画室里我第一次见到久闻大名的贺友直先生。他，不像一个文弱的老人，圆圆的脸
上有一对生动的浓眉大眼，虽然挂着一副老花眼镜，但依然可以看到那对大眼睛显示
的敏锐和智慧。当他笑容可掬的时候，两片长长的寿眉，一片向上，一片向下，甚是
可爱。

他听说是上海宁波同乡会的会刊向他约稿，便很爽快地答应了。我没想到如
此顺利，毕竟老先生已 87 岁高龄了，而且手头还有其他画事。所以我很感动，承
诺以后每期我会上门来取稿、还稿。但实际上，老先生有时也会权当散步，从陕
西路巨鹿路走到南京西路南汇路，把画稿送到我们编辑部来。3 年来已为我们杂
志画了十余幅精湛的风俗画，很受会员们的欢迎和赞赏。3 年来，我对贺老的了
解也由概念化到真切，见证了一位活脱脱的贺友直，一位德艺双馨的人民艺术家。

**"我只是个地道的连环画家"**

2012 年是贺老的 90 高寿，他的原单位上海人民美术出版社和上海市规划国
土资源管理局共同为贺老送上一份生日大礼——主办了《率真贺友直——经典老

上海展》。展出贺老近十年创作的民俗风情画《老上海360行》、《弄堂里的老上海人》等经典之作。这些作品反映了久已尘封的老上海历史中底层民众谋生的各种行当，以及底层市民的生活百态。通过贺老手中的七寸之笔，极其生动地记录下来，鲜活地呈现在上海观众面前，这些作品将成为研究上海历史和社会文化弥足珍贵的图像史料。展览吸引了广大观众，好评如潮，媒体争相报道。

面对诸如"泰斗"、"大师"的赞誉，贺老对多方媒体如是说："泰斗、大师我不敢当，我只是个地道的连环画家。"我向贺老请教："地道的连环画家，怎么讲？"贺老自信满满地跟我解释："我的连环画也有高明之处，就是人物传神，画得活，能抓住绘画对象的精神。""有位朋友评价我'会纸上做戏'，我很同意这个讲法。'做戏'就是画家要用画制造出文字未说而内容需要的情节来。"贺老认为，其实画连环画和演电影、舞台剧一样，演员要把角色演活，画家要把人物画活，会做戏的演员才是好演员，会做戏的连环画家当然也是好画家。

如果说连环画是在文字脚本的基础上再创作，那么贺友直的老上海风情画是他自编自画的原创作。他用独到、敏锐的眼光审视社会，利用手中的高超技艺，活灵活现状写社会人情的冷暖和人性的美丑。正如著名画家、艺术评论家谢春彦对贺老的评介："贺老是一位非凡的艺术家，亦是不可多得的社会记录家、评论家和批评家。"

## "我是个明白人"

在中国连环画的领域里，贺老不是出道最早的，但无疑是坚守到最后的。

新中国建立初期，连环画作为一种图文并茂、通俗易懂、贴近群众的读物深受广大基层老百姓的欢迎。为了满足广大读者对阅读的需求，为了能够充分发挥连环画的宣传和教育功能，尽快组织作者队伍，加速连环画的创作与出版，上海市文化局开办了"上海连环画工作者学习班"，接纳市内连环画作者中的"散兵游勇"近200人，组织他们学习政治常识、文艺理论。学习结束后面向全国分配工作。贺友直作为一员"散兵游勇"，考取学习班，然后被分配在公私合营的新美术出版社（后改为人民美术出版社）。

当时的上海是全国连环画创作的大本营，各方画种，如国画、油画，版画、漫画的不少名家也纷纷加入进来，人才云集，开创了连环画繁荣发展的大好局面，有才华的连环画家逐年涌现。

刚进社的贺友直属于自学成才的新兵，虽然已经出版过几本作品，但在群星荟萃面前，还只能算是三流画家。他从小爱好美术，天资又聪明，因为贫穷无缘进入美术学校，如今他能得到这份做梦也想不到的理想工作，故十分珍惜，格外努力。在社内高手的带教下，他逐渐显山露水。先是作品《火车上的战斗》获得1957年全国青年美展一等奖。接着领导委以重任，创作著名作家周立波的力作《山乡巨变》。接到任务后，贺友直奔湖南"下生活"。"下生活"对曾经在农村中生活过的贺友直来说不算难事，难的是下了生活，有了感觉，然后用什么艺术语言来表达，这对仅有小学文化程度的贺友直有些犯难了。他三易其稿，仍然没有找到灵感。有一天，贺友直偶然翻看到张择端的《清明上河图》、陈老莲的《水浒叶子》、木刻版画《中国古代文学插图》，这些经典作品给了他极大的启发。人物的造型、形体，线条的疏密、节奏感，画山、画水的方法，使贺友直顿开茅塞，他终于找到了自己需要的艺术语言，即白描法。他的《山乡巨变》在1963年文化部与中国美术家协会举办的全国首届连环画评奖会上获得一等奖，并被称为中国连环画史上里程碑式的杰作。但贺友直没有陶醉在炫目的光环中，他从创作过程中总结和思考了许多问题。他回顾当时的情况说："这么高的评价不敢当，但这件作品确实是我创作道路上的一个转折点。通过它，我发现自己、明白自己强的是什么，缺的是什么，然后找到解决的办法，从而走出一条自己的创作路子。"

正当贺友直进入连环画创作的成熟期时，却被"文革"夺去了10年宝贵的光阴和艺术青春，而且还被扣上"三名三高黑线干将"等帽子，关了两年"牛棚"。

上海这块连环画阵地所结聚的能量，因"文革"而被迫沉淀下来。"文革"结束后，连环画创作重新启动，上海马上又出现如火如荼的繁荣景象，好作品不断问世。1980年第二届全国连环画创作评奖，上海获一、二等奖的作品依然有13件，其中贺友直的作品《白光》和《十五贯》分获一等奖与二等奖。他的作品《朝阳沟》获建国30周年美展三等奖。以后《皮九辣子》、《小二黑结婚》等作品也连续得奖。

这个时期，贺友直的人生阅历和思想水平更趋成熟，他不仅在创作上硕果累累，而且在连环画理论方面也颇有探究，出版了《贺友直谈连环画创作》。贺老现在回忆起来还是很欣慰的，他说："在自己创作的作品中比较满意的是《朝阳沟》，因为从这部作品开始觉悟到，一部作品的故事创作也应该有个主调和情调，使故事有'魂'有'灵'。这是自己的作品区别于别人的真正风格。"

1980年底，贺友直被中央美术学院连环画系特聘为兼职教授，在这个高等学府内给本科生、研究生授课将近7年。

上海连环画通过几十年几代人的努力，取得的艺术成果引起国际美术界的重视。1984年6月，文化部下属展览公司通知贺友直携带从全国挑选出来的作品，代表中国连环画界参加在瑞士西耶尔举办的"瑞士第一届国际连环画节"。这次，贺友直为中国捧回了一只特别荣誉奖杯，参展的中国连环画也得到普遍好评。

1988年，西德爱尔兰根邀请贺友直到他们那里举办"贺友直连环画"回顾展，德国电视台为此作了报道，海德堡大学闻讯邀请贺友直为他们学校去作一场讲座。

2000年5月，贺友直又受法国昂古莱姆高级图像学院之邀去该院授课2周。此行，他和他的连环画图像被制作成一块地砖永远保留在法国国家连环画博物馆的广场上，并且还被授予昂古莱姆市"荣誉市民"的称号。

中国作为世界上一个连环画大国名声在外；贺友直作为中国连环画领域的画家代表名声在外。正当贺友直受国外之邀频频出访、授课的时候，遗憾的是中国国内的连环画盛世已孑然远去，走向衰亡。取而代之的是其他画种的"水涨船高"。价值的轮回使得不少连环画家又纷纷回归或者转行到其他画种领域。

有人劝说贺友直快改行去赚大钱。贺友直却说："做人不能左顾右盼、道听途说，看啥人的画卖铜钿，听啥个画卖了多少钱。北京荣宝斋曾来信约我画一批人物，上海朵云轩也送来一捆扇面，要我配画。我明白这些都是来钱的活，我穷了'十年'，哪有不心动的，但我明白，画国画要懂诗、书、画、印，要有较高文化修养，这些我不懂，怎么画？还是老老实实画我的小人书吧！这钱不配我赚。"

也有好事者讽刺贺友直"死抱住连环画不放，是想造连环画贞节牌坊"。不管人家如何评说，贺友直还是坚持自己——我是画连环画的料。

自从连环画失去市场后，贺老把画连环画的本事转到他所熟悉的民俗风情画领域。关上一扇门推开一扇窗，贺老又有了用武之地。

近十年来，贺老创作了《申江风情录——小街世像》、《老上海360行》、《弄堂里的老上海人》、《城市边角料》、《新碶 / 老街风情录》等系列画作。他画"上海"，他画"家乡"，他还是一个连环画家。

2009 年 12 月，中华人民共和国文化部、中国文学艺术界联合会、中国美术家协会，鉴于贺友直为推动中国美术事业的发展做出的卓越贡献，颁发其首届"中国美术奖终身成就奖"。

贺老是当之无愧的，但贺老获奖感言却称自己占了便宜。他说："因为，一是得益我长命，这个奖规定得主要年过 80，我已经 87；二是比我资格老、贡献大的几位先我而去，所以这好事就正中我了。"

贺老就是这样一个明白之人，在成功面前是个明白人；在利益诱惑面前是个明白人；在荣誉面前还是个明白人。

就在贺老近驾期颐之年，于 2011 年别开生面出版了自传《自说自画》。他在书中公开诉说以往，检点历史，清理旧账，洗礼灵魂，坦白得像一泓清水，令人由衷地感动。

名家也是凡夫俗子，一生走来，孰能无过无错？但像贺老那样"三省吾身"，若非彻底明白人，怎能做到？

## "酒乃此生所好也"

贺老一生唯一所好就是喝点老酒，有一幅贺老的自画像《友直所好》，画中一个圆圆脑袋的老头，跪扑在一只酒瓮上，双手紧紧捂着瓮口。在垂挂的老花眼镜后面，一双炯炯有神的眼睛，似乎在告诉人们"此乃友直所好也"。

有一天，我问贺老："您的好酒是否会给您带来绘画灵感？比如，美酒下肚，满眼云山画图开？"贺老说："我喝酒过后，脑子空空只想睡觉。但是喝酒的过程，使人感到快意，产生一种满足感，此时的脑子也特别灵——"

贺老的嗜酒缘自小时候姑妈家自酿的浆缸。贺老 5 岁，母亲病故，在上海谋职的父亲只好把儿子托付给乡下的姑妈。姑妈家没有男丁，视友直如己出，宠爱有加。家里几亩地租给人家种，收成的时候，姑妈就开始要做年糕，要酿造十缸黄酒，每年如此。喷喷香的老酒对贺友直产生了诱惑，待他身高够得着缸沿时，他便能推开缸盖舀缸里还没有榨出酒糟的酒喝。今天喝一口，明天喝一口，就此喝成了习惯，姑妈也不干涉。到了 8 岁要上学了，贺友直只好离开姑妈，被寄养到离校比较近的泰公公家里，只有等放暑寒假的时候回到姑妈家，才偶尔有机会沾点酒。后来出门到上海学生意，饭也吃不饱，一年到头只有在年三十吃年夜饭时，老板才允许喝点酒。

1944 年秋，桂林、独山沦陷，国民政府陪都重庆告急，发出"十万青年十万军，一寸河山一寸血"的号召。贺友直瞒着父亲、姑妈等人，与定海、镇海从军的同伴，在该年大年三十漫天大雪的夜晚，乘两条小船偷渡过日寇封锁的象山港，奔赴抗战内地。正式入伍前旧装要换军装，贺友直把旧衣裳卖掉，换了一只韭菜戒，几个把兄弟想要喝酒了，便拿戒子到银楼里去剪掉一段买酒喝，直到戒子剪光。贺老说："我当兵一年多，没有打过仗，也就那么点快乐。"

贺老好酒但从没有尽情地喝过酒，唯一的一次是嫡亲堂兄弟结婚，回门到丈母娘家，新郎不会喝酒，他自告奋勇做新郎的保镖，与一个个对手划拳、拼酒。结果对手全部醉得烂泥，唯独贺友直没有醉。贺老说："现在回想起来，这种事也只有那个年纪的人做得出。"

贺老好酒还很讲节制，并不是今日有酒今日醉。解放后，参加人民美术出版社工作，因为业务上很进取，晚上回到家还要开夜工，所以他平时不喝酒，到了星期天吃晚饭时才喝酒。直到 1958 年下放回来，他从此晚上不开夜工了，便开始天天晚上喝点酒。

1981 年中央美校借调贺友直去北京讲课。北方人喝白酒，北京市场上没有黄酒卖，只有中药店里才供黄酒。贺友直有退时带好可乐瓶满街去找中药店。贺友直过了 60 岁各种慢性病一样一样反映出来，夫人嘴上不说，心里想劝贺老停止喝酒，却又不好硬阻止。有一次去广安门中医医院看病，在大夫给贺友直把脉的时候，贺夫人问大夫："大夫，他能喝酒吗？""老先生喝的什么酒？""黄酒。"

老大夫一拍桌子说："补的！"贺夫人闻言不吱声。出了医院，贺友直高兴得手舞足蹈。由此可见贺老对酒有多厚爱。有一年去武昌办学习班，武昌没有黄酒买，汉口才有黄酒买。贺夫人特地摆渡到汉口去买酒。如遇出远门，除了飞机，凡乘轮船或火车，贺夫人必备好酒菜供途中受用。一次，贺友直同友人从上海乘火车去北京。待车轮一起动，翻下靠窗的小搁板，摆上小菜，打开酒瓶盖，两人对饮到徐州，然后上铺睡下，醒来已到了北京，不亦乐乎！

贺老曾两次受新加坡美术界之邀前去讲课。第一次，住宿被安排在寺庙观音殿后面的客房里。朋友闻讯前来拜访，带来白酒让贺老过把瘾。酒香袅袅，随风飘散。香客闻之，大为惊讶，哪来的酒徒？禀告住持，住持笑答："阿弥陀佛，远方来客，慈悲为怀。"贺老第二次被邀赴新加坡，接待方善解人意把他安排在学校宿舍，这下他自由了。

退休以后，贺老天天可喝上两顿酒，夫人总是为他准备好至少四五个下酒菜，什么烤青豆、南瓜子也在下酒菜之列。喝完酒吃好饭，便上床睡觉。家里的孩子们说，酒是爸爸的"生命口服液"。贺老却说自己对酒并非有瘾，只不过有饭缺酒没劲。大半碗饭，三两口扒完放筷多没意趣，除了肚饱别无感觉，中饭晚饭也毫无盼头了。他说："我的连环画里好的点子、细节大多是咪老酒时用筷子比划比划想出来的。"因此，贺老称每饭有酒谓："神仙过的日子。"

## "我已知足了"

贺老有个幸福的家庭，家中有位贤德的妻子，有5个很孝顺的儿女，还有正在成长中的孙儿辈，天伦之乐，生活无忧，贺老说："我已知足了。"

常常有人关心贺老的住房，作为一个大画家，还蜗居在一个30平方米的"一室四厅"里（意喻吃、睡、画、会客在同一室）。其实，现在贺老已不那么寒碜了。贺老在30平方米后面有了一间9平方米的小画室。这是几年前，一位邻居搬出去，贺老争取下来的，他可以关起门来沉浸在他的绘画世界里，再创作出一个又一个经典来。

这个"蜗居"他是有感情的，在他三四十年的职业生涯中，他的上下班路程只需5分钟。

在当今孤居老人泛滥的情况下，贺老有贴心的女儿住在一个弄堂里，有多年的老邻居朝夕相处。有亲有邻多依靠，所以贺老说"屋宽不如心宽"。

贺老如果要换个大房子，恐怕不会买不起，他的画可以卖大价钱。可是他把保存在自己手里比较看得上眼的稿子都捐赠了国家。捐赠给上海美术馆的作品及文稿一千余件，捐赠给上海历史博物馆作品91件。他说，捐给国家无后顾之忧。

贺老从不忌讳在别人面前谈他昔日的穷苦往事。有一次他和贺师母跟我诉说一件至今还刻骨铭心的事件。那是他们结婚不久，贺友直因失业，断了生活来源。那一天，锅里已揭不开盖，中饭无着。夫妻俩商量了只能到朋友家去蹭一顿。他家住南市国货路，要到西宝兴路朋友家去，公交车费1角3分，两人2角6分，他们都拿不出，只能步行去，那时贺老的妻子已有了身孕，还挺着肚子……

贺老的妻子谢慧剑女士是个有识有胆的女儿之辈，她比贺老小8岁，长得又清秀，嫁给贺老的时候他还是个穷小子，上无片瓦，下无寸地，但她就是看准贺友直是个聪明有志气的青年，不管父母反对，定要做贺友直的老婆。现在儿女们还经常开玩笑夸赞母亲有眼力，挑了"一只期货"。

在安乐中不忘过去的苦难，是为了忆苦思甜，思甜总能给人带来满足和快乐，所以贺老总是生活在快乐之中。

不久前的一天，我到贺老家取稿，在小画室里见贺老正在看报，一脸的严肃样，见到我才回过神来。我问贺老："你在看什么呀？"贺老说："我在看一位过世老朋友的追记文章，看着看着，我哭了。"我伸过头去看那张摊在书桌上的《文汇报》，通版登载着《追记战略型科学家江上舟》，这是一位令人可敬可佩的科学家。我心想，平时看到的乐呵呵的贺友直，原来还是一个容易动情的率真老人。

我知道贺老现在很怀旧，常常会让妻子、儿女陪他去看望病中的老朋友、老同事，甚至到武汉、台湾都去。他最怕的是参加应酬活动，如果难对付了，他会采取自以为妙计的对策，逃到宁波去。现在一年中，他总要到宁波去一二次，因为在宁波北仑，当地的街道政府为他辟了一所"贺友直艺术馆"。一能为家乡做点事，二来可度度清静日，家乡的一草一木对他来说都有一种"血浓于水"的亲切感。

"事能知足心常乐，人到无求品自高。"贺老的晚年正是生活在这样的境界中。

祝愿贺老健康、长寿。

# 陈诏：煮字裁衣总关情

● 沈　扬

在上海的宁波籍人士中有不少文化人，陈诏先生就是其中的一位。须知这位著述丰硕的文字旅人的风雨人生中，因 1957 年的厄运，有 21 个年头是在大西北的宁夏山区度过的，"复出"之后，编报纸副刊"做嫁衣"十分繁忙，个人著述只能靠"熬夜工"，所以这位红学家、金（瓶梅）学家的"煮字"为文就分外的不容易。而作为老资格的副刊编辑，其"作嫁衣"的业绩也异彩照人，他是文圈中一位编、著双佳的"两栖人"。

## 自甬来沪　初结文缘

有关幼时在宁波老家的生活状况，对于 87 岁高龄的陈诏来说，当然只有模糊的记忆了。那时父亲远赴香港经商，他跟随母亲居住在城中。还记得在鄞西小学念到二年级的时候，因日军侵华而时局很乱，日本飞机常在宁波一带轰炸袭扰，城里人心恐慌，陈家不得不到一个叫新庄的乡下租屋避难，小陈诏则进了当地的乡村小学。局势依然紧张，乡间也不太平了，父亲便回来设法把家人带到上海，投靠亲友。稍后，父母和妹妹去香港谋生，小陈诏就借住在贝勒路（今黄陂南路）姨夫的家里，并入附近的震旦大学附中读初中。早在宁波老家的时候，陈诏就有良好的幼教底子，语文成绩尤佳。来沪后，学业上有了更多的长进。他常常转悠于辣斐德路（今复兴东路）的旧书店、书摊，着迷地翻看书刊，有几次竟忘了时间，上课迟到，挨了老师的批评。当然他受表扬的次数更多，因为他的作文做得好，常常成为课堂里的示范文。读初中的时候，一个偶然的机会，陈诏见到一本线装石印的袖珍图书《红楼梦》，初读一遍，虽则似懂非懂，但书中故事以及曹氏文风已在他的脑海里留下了初步的印象。中国的几部古典小说，就是在这一时期看完的。

寄人篱下的生活总不是长久之计，所以没有等到中学毕业，陈诏就务工谋生——在一家进出口行"学生意"。那段时间，他的艺文业余爱好有了新的拓展，先是喜欢上了旧体诗，在一位老先生的帮助下，竟陆续在《大晚报》的"青鸟"副刊发表多篇诗作。业余时间还练习绘画、篆刻和临碑帖。上海是人才聚集的地方，当时享有盛名的"吴门画派"中的"三吴一冯"——吴湖帆、吴待秋、吴子深、冯超然，均在十里洋场。有一次，陈诏从熟人处获知吴子深有收徒的意图，便鼓足勇气去试探。人世间也总是有出人意料的事情的，在威海卫路（今威海路）的那座洋楼里，大画家吴子深爽快地收留了这个年轻人，而且声言免去所有费用和仪式。事后陈诏从吴氏身边人处得知，他是被乃师"一眼看中"的。可惜的是如此的师徒关系只持续了一年，陈诏接到父命，要他赴香港经商。那是1949年时世大变动的年代，一切都没让吴子深感到太意外，事实上吴先生自己也在而后不久去了香港（后在台湾定居）。

如果陈诏一直在上海作画，他如今可能是一位有成就的画家，倘若到香港后遵从父命入门经商，而今也有可能是个大老板。然而他作了另一种选择，在香岛只住了半年，生意场引不起他的兴趣，倒是《大公报》、《文汇报》上毛泽东的文章，还有艾思奇的《大众哲学》，这些革命书报吸引着他，晚上则到南方学院的新闻系去听课……。当时新中国刚刚成立，来自那边厢的消息是那样的新鲜，那样的有感召力。风华正茂的年轻人拿定了回大陆的主意。这是一个坚定的决断，做父母的是留也留不住的。

回到上海的陈诏有一段民治新闻专科学校的读书经历，但不久便考入新闻日报社，开始了他的新闻生涯。现在回忆在报社的那段经历，最让他难忘的是1956年"双百方针"发布以后，文艺界一派生机勃勃的景象。当时三张日报的副刊——《解放日报》的《朝花》（新创刊），《文汇报》的《笔会》，《新闻日报》的《人民广场》（新改版为综合性文艺副刊）形成竞争局面。他受命与马元照一道编《人民广场》，于是四处组织名家文章，所联系的作家中有巴金、唐弢、魏金枝、孔罗荪、傅雷、周作人等驰名人物，并进而"挖掘"出一批退隐已久的文艺家——周瘦鹃、张恨水、吴湖帆、白蕉、范烟桥，使他们的作品重新在报纸上露面。只可惜这段春风拂面的时间太过短暂，1957年风波乍起，他和马元照双双罹难。

## 逆境中，幸有一部《红楼梦》

陈诏被发配的地方是宁夏的穷僻之地同心县，在这个苍茫之地度过了漫长的岁月。其间除了"反右"之劫，加上而后的"文革"灾祸，风雨磨难，难以言喻。值得庆幸的是，即使是在当"牧马人"等等的人生最低谷岁月，陈诏也没有泯灭对于生活的希望。那时节，可以堂而皇之阅读的书，除了红宝书等革命书籍，还有一部经最高领人首肯的《红楼梦》。于是他的行囊中，就一直揣有这个大部头。后来去当小学教师，到县里的文教科当干事，生活条件有所改善，他花在"读红"上的时间和精力就更多了。由读进而为"研"，那是因为他在一遍又一遍地阅读中渐识内中堂奥，同时也发现了许多难以解开的谜团。探索的滋味有时是迷茫的，但一旦有所发现，便会获得意外的喜悦。有一位朋友在新华书店工作，便托他买来各种红楼读物，包括三种脂批本。阅读中，根据脂砚斋批语中所提示曹家变故线索，查史料，写笔记，大到整个贾府荣枯盛衰的历史背景，小到书中描绘的制度习惯乃至衣食住行的许多细节，都想弄个明白。

随着政治空气的细微变化，除了读红研红，陈诏也有机会看其他的书了。他向熟人借书，谁的书多就向谁借。老陈至今还保存着当时的读书笔记，其中有《红楼梦小考》13本，约23万字；《江宁织造曹家盛衰史——曹雪芹家世生平资料》4本，约9万字。红学以外的政治、历史、哲学书的资料笔记也有二三十万字。"文革"中，他被隔离审查，夫人朱琴怕引来更多的笔祸，便把笔记资料丢到了一口枯井里，当时有关红楼梦资料的那一部分恰好被一位同好借去，侥幸地保存了下来。

1979年，他的"右派问题"得到改正，而在一个偶然的机缘，他的研究文稿得到了中国历史博物馆文史文物专家史树青先生的赏识并予以推介，第一篇专著《略论〈红楼梦〉里对皇权的态度》得以在北京《红楼梦学刊》创刊号上发表。文章的发表成为陈诏命运改变的一个小小的"里程碑"。他在那段时间的研究成果，引起了上海高校相关人士的注意，经红学家孙逊先生推荐，他被借调到《上海师范大学学报》当编辑。不久便回归新闻单位，成为《解放日报》的《朝花》副刊的一员。天顺风暖，陈诏先生的文字生涯也称得上蒸蒸日上了，那些年，在编刊工作之余，先后出版了《红楼梦小考》、《红楼梦谈艺录》、《红楼梦群芳谱》，与孙逊合作撰写了《〈红楼梦〉与〈金瓶梅〉》，并在报刊上发表红学短论、随笔数十篇。在读红研红的过程中，他也得到了一些红学前辈的指点和帮助。还在宁夏的时候，有一次趁去北京的机会，他特地去拜望了著名红学家周汝昌先生，从此开始了书信来往。1982 年沪上举行《红楼梦》学术研讨会，当时已在《解放日报》供职并在市红学会担任职务的陈诏，邀请与会的周汝昌到家里小坐，先生愉快地答应了。茶叙间，汝昌先生翻看陈诏的读红文稿，其中一首《咏曹雪芹》诗词引起了他的兴趣，即兴提笔在诗稿封面题字，并饶有兴致地赋诗两首。后来，老陈的"唱和集"通过媒体披露不胫而走，引来不少文友按原韵唱和，前后竟有近百之数，留下了一段佳话。

与红学家周汝昌（左）合影

陈诏由红学转而关注起另一部古典名著《金瓶梅》，开始对"金学"的研究，其间有他对这部著作独到的理解，也有当时研究空气变化的因素。新闻单位的工作总是繁忙的，但这并不影响他对此的热情。通常的情况是白天工作，晚上放弃一切休闲娱乐交际活动，青灯黄卷，苦读勤写，乐此不疲。于是，一篇又一篇研读"金学"的文字从他的三寸笔管下源源"流出"。几年里，在各报刊发表的主干文章有 8 篇，另有数十篇短论和随笔。1993 年，他把 60 篇短文汇编一册，取名《金瓶梅六十题》，收入上海书店出版社的"文史探索书系"。1999

年，在该社金良年先生的支持下，把那批主要论文加上200多条"小考"，取名《金瓶梅小考》，与增补修订后的《红楼梦小考》同时出版。

编修"双考"的那些日子，正值夫人朱琴病重。爱妻深知夫君的学术追求，开初对自己得了绝症一事秘而不宣，终于隐瞒不住的时候，已是癌症晚期。陈诏获知实情时如闻晴天霹雳，遂停止手中的一切研究工作，每天陪伴病榻，侍汤奉药，不敢稍有懈怠。妻子病情相对稳定的时候，则争分夺秒，最后在病床旁把书稿修订停当。作品出版的时候，老爱人已离他而去，陈诏先生以此作为对逝去老伴的最好告慰。

## 学林"论剑"见襟怀

对于自己的红学、金学研究，陈诏有冷静的认识，他曾一再地说到自己主要是一个新闻工作者，学术文字只是一些"副产品"，因而"从来不敢与真正的专家、学者站在一条起跑线上"。然而人们还是对他的研究成果给予了积极而客观的肯定。他曾担任中国红楼梦学会理事、中国金瓶梅学会理事、上海市红楼梦学会副会长，也可证其在这个领域的学术地位。陈诏的治学态度是认真而严谨的。他勤学勤思，也善于与同好之间的交流。邓云乡先生与陈诏相知相交数十年，也是一位"红学迷"。两人见面时，常会就这方面的话题切磋交流。老陈在撰写《红楼梦小考》的时候，收集、积累了二十几万字的资料，当时邓云乡正在为自己的《红楼识小录》和《红楼风俗谈》收集素材，看到陈诏的资料笔记，希望能借回去翻看。按常理，即便是亲兄弟，在这种情况下也是有所顾忌，但陈诏慨然允应，没有二话。后来两人的书相继出版，内容有互补而无雷同，由此留下了一则佳话。

不论是"红学"还是"金学"，在探研的过程中都会产生许多分歧和纷争，有时对立的双方甚至还会剑拔弩张，情绪激烈。陈诏认为对于一部小说的见仁见智很正常，作为学问探讨，应当力求保持平静的心态，各抒己见，排除非理性的论争风气。他对刘心武先生的红楼梦探佚有不同的看法，也有过争论，但都是在平和的氛围中展开。陈作为报纸编者，刘向他投寄被称为"秦学"的探佚文章，陈不赞成其中的主要观点，但征得相关领导同意后，仍然予以刊登，而且在一年中陆续刊登了 4 篇系列文章。陈诏编发刘氏文章的理由是：报纸应当有不同的声音，对于一位著名作家的潜心研究，不能因为与编者的意见相左就拒绝发表。接下来，他自己撰写文章，与刘心武展开争鸣，例如在《也谈秦可卿的出身问题》一文中，以原著为依据，对《红楼梦》中秦可卿这个人物作了多方面的论证和分析，认为心武的研究中也有具创见的地方，应予肯定；但从总体上看，"在解释问题的过程中却未免求之于深，以至超越历史，陷入空想，钻到牛角尖里去了"。在而后发表的一篇文章里，陈认为刘沿着索隐派的思路越走越远，甚至称有些观点是"奇谈怪论"。即便从措辞上看，双方的意见对立也是明显的，但这样的争论并不影响两人之间的友谊。对于陈诏的批评，刘心武的态度也是平和的。老陈写完第一篇文章之后，曾寄给他一份复印件，刘心武读后在复信中说："学术问题原只有（在）坦率有时是尖锐的争鸣中，才可推进大家的认识。……"在《红楼解梦》一书的序言里，刘心武再次说到陈诏等人给了他很大的推动力。由此可见，作为陈的一方，展示的是大报编辑的大局襟怀和民主作风，作为刘的一方，对论敌的批评表示恳切的欢迎，也是一种坦荡的君子之风。记得是 1994 或是 1995 年，刘先生曾来访报社，文艺部请他在山东中路的一家餐馆吃饭，由陈诏和笔者作陪。当时他俩已有过激烈的文字交锋，但席间只谈当下文情，并未提及论争之事，整个过程显得气氛愉快，似乎之前什么事情也没发生。

刘心武的红楼探佚连掀热浪，并因此而名声大噪，陈诏对此的看法是，当前文化思维多元化，各种精神产品都可能拥有自己的受众市场，所以出现这样的现象不奇怪，但仍坚持学术研究必须重考证、实事求是的观点，认为在文学专业的圈子里，许多人对索隐派之类的研究思路是不会赞同的。

### 不寻常的百家书简

笔者同陈诏共事十几年，深知其认真严谨的编辑作风，他对我的工作也有许多热情的支持和理解。长时期中，老陈既注意扶持中青年作者，又十分重视与作家的交往，组织了大量名家文章。他迄今保留着一批名家函件，总数在 600 封以上。内中有夏衍、萧乾、汪曾祺、陈荒煤、端木蕻良、周汝昌、周而复、施蛰存、于伶、唐弢、钱钟书、柯灵、徐迟、华君武、冯其庸、王元化、袁鹰等。他同作家的交往中有不少生动的故事,这里略举两桩。

之一:初约钱钟书先生写稿时,遭到婉言拒绝。过了一段时间,老陈再次写信相约,如此往返数次,钱先生终于被感动了,从京城寄来了稿子,是用毛笔写的一首七言诗,题为《陈百庸属题出峡诗画册》,并在附信中申明:"万勿寄酬,跋涉赴邮局,拙诗不值得也。"载文付稿费,是报刊的规矩,何况赐文者是一位大名家。陈诏于是想出一个办法:用一盒高级印泥抵酬。他在给钱老的信中说了这个想法,钱即回函说:"……稿费万不敢领。印泥敝处已有四盒,更请勿费事。戋戋之数,即以充贵社福利基金之尾数,如何?此纸可充弟收据之用也。……"纵然如此,陈诏仍未放弃努力,他的下一个"行动"是花钱买了一方冻石,请篆刻大家钱君匋先生精刻成一枚"钱钟书"三字印章——接下来的事情就是老陈亲赴京城送印上门了。真所谓是精诚所至,金石为开,这一回钱老不再拒绝,因知道此印刻制出于自己所尊敬的钱君匋之手,所以倍觉欢喜。此次拜望,陈诏见到了先生,并蒙赠由他签名的《围城》两册(另一册是送给钱君匋的)。之后,他和钱先生便有更多的书信往来。

之二:经于伶先生介绍,陈诏在北京拜望了夏衍先生,并由此开始了若干年的文墨交往。老陈在《回忆夏公》一文中记述的几件事,读后令人难忘。1989年,夏衍把珍藏的纳兰性德书翰手卷捐献给上海博物馆,稍后又把珍藏的101幅包括扬州八怪、齐白石、吴昌硕、黄宾虹在内的名家书画捐献给浙江省博物馆。《解放日报》在刊发消息之前,夏衍给陈诏写了一封长信,历述他收藏这些珍品的数目及当时情形。这些话他在其他场合极少谈及,可见他是把老陈当成知心朋友了。1990年世界杯足球赛时,球迷夏衍写了一篇文章,题为《看世界杯足球赛有感》,寄给陈诏,附信中要求发表时用笔名"佚名"或"本报特约评论员",因为如果不"保密",他将"成为体育记者的采访对象,实在受不了"。文章在《朝花》刊登,我们当然都同陈诏一样,除了报社老总,作者何人对外概不披露。

这批名家函件中,萧乾、于伶、端木蕻良、周而复等等都是有着一些"故事"在里头的,其中与萧乾先生联系5年多,在得到文稿支持的同时,还保存了他的函件30余封。袁鹰先生很赞赏陈诏热忱负责的编辑作风,称他"笑嘻嘻地"向作家组稿催稿的情景,颇像当年的孙伏园(孙先生向鲁迅先生要稿的时候,就总是笑嘻嘻的）。这样的工作态度不仅仅是把约稿对象看成老朋友，而且把约到好稿看成是自己义不容辞的责任。对于一张有影响力的大报文艺副刊而言，有名家文章支持，各方面专业和业余的作者通力合作，是质量、活力和发展潜能的可靠保证，陈诏积极联系知名文艺家，广结善缘，在这方面功不可没。

离职退休后的陈诏先生，生活状态清寂了许多，一些要好的朋友如邓云乡等相继谢世。直至晚年还一直保持联系的，恰好是两位宁波老乡——新闻同行兼作家徐开垒和散文名家何为（何为原籍定海，也属宁波管辖）。早年编副刊的时候，他与这两位就早有函稿往来，退休之后，坐在一起喝茶聊天（有时还一道吃饭）的机会反而多了起来。在好长一些年头里，他们不定期地走动晤面，大多是在陕西南路的何家老宅。笔者同何、徐两老也熟悉，所以有几次晤叙也参与的。陈诏是热心人，这些活动一般都是由他电话联络召集。在这样的场合，是老陈也是所有各位最觉高兴的时候。不幸的是何、徐两位老先生也在前两年先后驾鹤西去，这是老陈和我最感痛心的事。

# 王克文：创造自己的艺术世界

● 丁惠增

王克文1933年生于书画世家，为著名山水画家王康乐（1907—2006）次子。王康乐为浙江宁波奉化人，幼习书画，1924年初考入上海商务印书馆国画部，并开始研习国画。20世纪三四十年代分别拜黄宾虹（1864—1955）、郑午昌（1894—1952）、

张大千（1899—1983）为师学习山水画，尤其潜心钻研"虹庐画派"所作，既得黄宾虹"点染积墨"之秘，又取张大千"泼墨泼彩"之法，逐渐形成了气势磅礴、凝重敦厚、水墨淋漓的山水画风格。80岁后着意于浓墨与重彩结合来开拓山水画审美视野的艺术新境界，被世人誉为"国画中的油画"而在画坛上独树一帜。

王克文的山水画属"文人画"。崇尚品藻，讲究笔墨情趣，脱略形似，强调神韵，很重视文学、书法修养和画中意境的缔造。他的画和他令尊大人王康乐先生的画，在风格上有明显的区别。如果说王康乐先生的画有"国画中的油画"之誉，那么王克文教授的画就是"国画中的梦蝶"。仿佛花丛中的精灵，自由地飞翔，"穿花蛱蝶深深见，点水蜻蜓款款飞"，显得分外飘逸、空灵，画风清丽婉约，充满新意。"新"在何处？一曰笔墨新；二曰主题新；三曰构图新；四曰用色新；五曰书法新。

自古以来书画家都在追求创新，努力塑造自己的艺术面貌，王克文能突破前人，尤其突破令尊大人画风，使人一眼而知：这是王克文的画，不是王康乐的

画，也是王克文有别于古今山水画最成功、最动人之处。

## 笔墨新

王克文用笔讲求"力透纸背"、"力可扛鼎"、"绵里藏针"，健笔直下，力重万钧。所画线条，刚柔相济，所谓"寓刚健于婀娜之中，行遒劲于婉媚之内"。各种皴法，十八般武艺熟能生巧，具有自己的创造。墨分五色，肥瘦适中。笔、墨、水、色相生相需，因意变化。积墨、破墨、泼墨交替上阵，达到笔精墨妙、炉火纯青的境界。他力求笔墨当随时代，继承传统中优秀成果，扬弃过时不适用的东西、补充创造新的时代特点的东西。生活创新，艺术也要创新，注重反映时代精神。他的画柳便是明证。

画树难画柳，柳树枝条柔嫩，迎风摇曳，掩映于水边村旁，极为优美。不同季节的柳树形象特征也不同。画早春柳树未垂柳条时是在画完枝干后，再以汁绿在柳枝上勾勒一次，自有一种春意。柳枝上已长出嫩绿小芽时，则染以汁绿，再加上小绿点。画夏柳则在柳条上用个字点或介字点，比较密集的点出夏柳的茂盛之感。先以淡墨染出厚度，然后再染以汁绿。树干多染以螺青色。我以为他笔下柳树画得最有新意。他的画，线条的功能大于设色，特别是线通过运动和动势而产生的线形之变化，足以反映他的笔墨功力，折射他的聪明才智。

回顾画史，唐代建立了意在笔先、讲究笔法、意笔统一的创作法则。五代开始兼重墨法，荆浩强调"心随笔运"的同时，主张笔墨互济，才能造形抒情，"而取其真"。北宋兼擅书画的苏轼、文同、米芾更在实践和理论上糅合书学、画学，以书法的线条艺术丰富绘画的表现功能。造成了画面的线条形状，通过行笔之迅缓、萦回、交织与落墨之深浅、干湿、焦润以及双方之掩映生发，赋予了画面空间的节奏感，既体现了生命在运动，也反映了画家的精神世界，更描述了画家的感情与个性，即有笔有墨有情有我的线条。此乃中国画的高度凝结的艺术形式，是西画所不能为的。

## 主题新

王克文的山水画除了大自然美丽的风景外，祖国的日新月异的建设，人民群众的火热生活场景也是他创作山水画的主要题材。早在 1979 年上海为庆祝建国 30 周年，上海人民美术出版社出版了大型画集《上海中国画选集》，他的中国画《支农忙》也选入其中，那一年

他才 46 岁。他能紧扣时代脉搏，画出有时代特征的山水画，表现出人民群众在社会主义建设中的劳动场景和欣欣向荣的城乡新貌。这类主题新颖的作品数不胜数。如《深壑渔村》图，岸上有人推车，渔舟有人撑船；《渔村晓霁》图中有渔夫在收网；《嘉陵江畔》房舍鳞次栉比，对面山城朦胧；《矿地之晨》图，有井架，电线杆；红旗在晨曦中迎风飘扬。他努力去描绘、讴歌、表现祖国的大好河山。如《富春山色》、《渔村图》、《桂林山色》、《江上青峰展画屏》、《江山平远入新秋》、《河山清晓无限情》、《湖山清晓》、《山鸣图》、《黄岳高秋》、《秋山苍茫》、《清冷一水遥相通》、《黄山晓霁锁岚烟》、《锦绣江南雨新晴》、《暮春》、《湖山青晓绿无涯》……

王克文绘花卉图也得意忘象，宏约深美。如《玉兰》、《花卉》系列等。在题为《髡残笔意》的山水画中，他熟练地以髡残笔法再创作使其画古意翻新，妙参造化。髡残（1612—约 1692），清代画家，僧人。俗姓孙，字石谿，一字介丘，号白秃，石道人，残道者等。湖南常德人，居江苏南京。幼而失恃。及长，自剪毛发，投龙山三家庵为僧。性耿直，寡交识。历诸方参访，对禅学修养深湛，为清初四高僧之一（另三位弘仁、八大山人、石涛）。善用秃笔和渴笔，专长干笔皴擦，景物茂密，笔墨苍莽荒率，境界奇辟，气韵浑厚，自成风格。髡残在画史上影响较大。王克文此画长题十分精彩。

## 构图新

"师古人不如师造化"，凡有创新精神的画家，无不是从师法造化中得来。荆浩、关仝画太原、太行一带高山峻岭；董源、巨然画江南山水；范宽、郭熙画终

南、太华一带高原景色；米家父子画润州雨景山水；李成画平远寒林等等，可谓领悟了艺术真谛。而石涛说"搜尽奇峰打草稿"更是山水画的至理名言了。王克文同样走出画室，到火热的生活中体验，到大江南北，长城内外名山大川去写生，终使笔下山水获得生机。他认为：深入生活，师法造化是中国山水画发展的关键。而山水画创新，惟有深入生活，搜集素材，才是行之有效的方法。因此他将临摹、写生、创作、研究等环节紧紧联系在一起，广采风情，施于丹青，体验生活，求真取美，把握主题，选定幅式，处理构图，前呼后应。表现在他构图画面迁想妙得，标新立异，匠心独运，具有很强的创新意识。南宋谢赫《古画品录·序》，画有六法，强调经营位置，主要指布局章法。"经营"两字，含义甚深，根据物象的结构和格局，苦心加以组织和布置。王克文的山水画，不受焦点透视的局限，能够机动、巧妙地运用透视。在他创作的山水画中，不论深远、平远或高远都可经营布置。画大幅山水，务以得势为主。山水为主，云烟、树石、人物、禽兽、楼观、车船等皆为辅。构图的目的在于表现内容。他把山水主次关系、呼应关系、配景（山势）的宾主关系、开合关系、远近关系、虚实关系等安排得十分得体。他认为构图标准主要三项：合理地安排物象；充分地表现内容；鲜明地突出主题。把这三项结合起来，加上绘画技巧，即可创造出有特色和风格的作品。

## 用色新

中国画在汉唐到五代以前大多以色彩为主，从敦煌壁画、出土文物、传世卷轴中都能看到绚丽明快的色彩。自唐代王维开创水墨渲淡以来，至宋代以前，基本上是彩墨交辉的局面。元以后，大体上以水墨为主，即使设色，也以淡彩为多，重彩的比重，逐渐呈衰减之势。

王克文所绘的山水画有别于其令尊王康乐先生的山水画，在色彩运用上也有显著不同。王克文的设色以浅绛淡雅为主，以笔墨取胜，尤不追求自然界的逼真，像彩照一样。他按国画用色规律即"随类赋彩"讲求固有色，不拘泥于自然色相，加以他以主观感情配色。故清润而不浮薄，沉厚而不晦滞，明快而不甜俗，取得新意，达到理想效果。

**书法新**

中国历来以书画并称，这不仅是使用的工具相同，更主要的同是抒情表意的艺术。宋赵希鹄说："善书必须善画，善画比能书，书画其实一事儿。"（《洞天清禄集》）宋元以后，文人画兴起，一般画家善书，书家又往往工画。所以书法是中国画的基本功，书法修养水平往往决定国画家的艺术造诣。

王克文书画双修，尤重视书法基本功训练，以书入画。他早年对汉隶《西狭颂》、《史晨碑》，对黄庭坚、米芾、王铎等名碑名帖下过苦功。其行草书得力于黄、米、王等诸家，他笔下行草书既流动萦绕又洒落飘逸，圆转飞动，颇足玩味。王克文认为书法太工整易僵化呆板，故他以行草书题画较多，足见他才情之横溢。他将画款处理得很得体，有互映、补空、侵位、满题、边角、穿插等法，与其画相得益彰。从书法角度分析，正如髡残题画所云："书家之折钗股、屋漏痕、锥画沙、印印泥；飞鸟出林，惊蛇入草，银钩虿尾同是一笔，与画家皴法，同是关钮。"

王克文书法跌宕流畅，波磔奇古，有个人风貌。既有古法，又有新意。其画上钤印，与书画协调一致，有锦上添花之功。

**主要学术成果**

王克文早年师从张石园先生学习山水画基础技法，后来又受业于贺天健、谢稚柳诸位大家。毕业于华东艺术专科学校（今南京艺术学院）美术系，长期在上海戏剧学院舞美系从事山水画教学、创作和中国美术史、理论研究工作。1989年以来先后多次应邀赴美授课并举办画展。出版有画集和中国美术史、论专著20多种。近期有《荣宝斋画谱——王克文》、人民美术出版社出版《中国近现代名家画集——王克文卷》（大红袍）等。

作为上海戏剧学院教授、中国美术家协会会员、中央文史馆书画院研究员、上海市文史馆馆员、上海书画院特邀画师、《辞海》2009年版编委和美术学科主编、《中国名画鉴赏辞典》2007年版副主编、《黄宾虹全集》编委，1993年起享受国务院政府特殊津贴专家，他的主要学术成果还有《山水画技法述要》、《敦煌艺术》、《山水画谈》、《中国绘画》、《山水画审美与技法》、《王蒙》系列、《山水画意境创造与笔墨理法》、《宋元青绿山水与米氏山水》、《南画山水技法》等。

他到美国讲学、办展，考察流失在海外的中国历代名画，主要有：北宋郭熙《溪山秋霁图》；五代宋初李成《雪山行旅》、《晴峦萧寺》、《读碑》；元王蒙《夏山隐居图》；明戴进《渔乐图卷》；明唐寅《南游图》；明仇英《仿李唐山水图卷》、《浔江送别图卷》；清石涛《桃源图卷》；清王时敏《仿古册页》；清王原祁《仿倪瓒山水图》；清龚贤《山水册》；明董其昌《青卞山图》、《山水册》；南宋马远《四皓图卷》及米友仁《云山图》；唐韩干《照夜白》；宋屈鼎《夏山图》；宋赵佶《竹雀图》；佚名《文苑图》；北宋赵令穰《江村秋晓图》；北宋李唐《晋文公复国图》、南宋夏圭《山水》扇页、宋末元初钱选《归去来辞图》卷、《王羲之观鹅图》卷、元赵孟頫《双松平远图》；元倪瓒《虞山林壑图》、元王蒙《溪桥玩月图》、元张羽《松轩春云图》、明李在《山水图卷》；清石涛《十六罗汉图》卷；清王翚《康熙南巡泰山图》卷；清王原祁《辋川别业图》卷，以及清龚贤、弘仁、石涛、王鉴等山水或花卉册页等名画名迹。王克文反复观摩、研读、拍照、考证，有的当时就写了论文。由于各种历史原因，我国文物中书画精品大量流至海外，损失很大，造成学术研究工作不得不远赴海外考察。王克文编写《海外遗珍》作出了不可磨灭的贡献。

**主要学术贡献**

1. 弥补了十年动乱画史画论研究的空白。如学术专著《山水画谈》列入《上海美术志》解放以后理论系列栏目。

王克文在《山水画谈》一书中对东晋顾恺之至清代袁江共 42 位古代名家代表性山水画技法作了分析，点评到位，与画史记载基本吻合。以袁江为例，他评价袁江为"清代卓越的独树一帜的楼台界画山水画家"。而据 1993 年版伍蠡甫主编《中国名画鉴赏辞典》第 936 页所刊袁江于 1710 年所作《东园图》及李锦炎先生评曰："中国的界画艺术作为一门画科到清初已呈衰微之势，且界画作品常被视为工匠之作，文人画家中几无人问津。而袁江不受时尚的影响，他的画艺从师法仇英上探郭忠恕笔法及赵伯驹、刘松年等青绿山水一脉，同时专工界画，成为'有清一代推为第一'的界画家，使界画在清代得到一度振兴。"王克文在此书中认为，鄙视界画的观点是不利于绘画多种风格繁荣、发展的。他的这种观点可以说是切中时弊。

另有王克文在《山水画谈》专著中，善用图表、设立指标、对比说明的方法，简洁明了也值得推崇。

2. 普及书画理论教育，推动了理论研究，增添了国画界学术气氛，丰富了国画理论研究体系，尤其提升了国画中山水画学术地位。

著名书画大师谢稚柳（1910—1997）先生亲自为王克文所著《山水画谈》一书撰写《前言》，给予较高评价。他写道："王克文在绘事之余，以山水画为主题，既论传统，又谈现代，兼有审美欣赏、艺术理论的阐述，其中对古代各家山水画传统风格技法特点作简要而系统的介绍。其他如技法研究，绘画美学，画论学习心得，作品赏析等大体上都能深入浅出，比较实际地论述和分析问题。特别像技法研究方面能从历史演变发展角度来论述，结合图例分析，给人以全面的认识，这是很可取的。上世纪50年代中期，上海戏剧学院邀我兼职任教，克文当时也在校，他悉心绘画，探究画论、美学、史学等理论。长期锲而不舍，30年来，经常和我谈论绘事，现在继《山水画技法述要》问世不久，又出版《山水画谈》，我认为这是钻研学问的正确途径。必须亲自去领略、去思索、去探求、去开拓，这样积累的奠基是深广的。如此不懈努力，是为可贵，令人欣喜。"这一年谢稚柳先生已77岁高龄，而王克文先生54岁。

3. 促进了中西文化交流。

王克文在美讲学、办展过程中不仅考察中国流失在海外的文物书画，也观摩了西方绘画、雕塑，与当地博物馆、艺术家交流互动，双方均有收益。尤其在与华侨、华裔和对中国传统书画爱好者交流、座谈中受到广泛欢迎。有的还拿出自己10多年前收藏的王克文著作、画集请王克文签名留念。

当地中文版报纸对此有报道。如2011年1月7日《美中新闻》题为《中国艺术家王克文访芝加哥——北美艺术家协会陈海韶等热烈欢迎》。2011年1月14日《芝加哥时报》题为《王克文教授访芝，新知旧雨欢聚一堂》。2011年1月7日《神州时报》题为《上海著名画家王克文访芝举办"新知旧雨"茶话会》。

4. 树立了标杆。

随着时间推移，老一辈书画家先后过世，尤其是在沪宁波籍的书画名家，如王康乐、华三川、洪丕谟、陆一飞、历国香、卢石臣、卢前、朱复戡、邱受成、张雪父、陈志振、陈祖范、陈莲涛、夏伊乔、谢之光、董天野……健在的书画家不断地推出新的代表人物。这些代表性书画家无一不成为全社会关注的风流人物，如周慧珺、高式熊、贺友直、王克文、陈燮君等等，起了引领时代潮流的作用，成为后学者们的楷模。王克文等人作为新海派画家的杰出代表，为青年学子树立了标杆，起到示范作用。

# 林仲兴：从工人到文史馆馆员

● 丁惠增

2012年12月上海人民美术出版社新出版的
《上海书画篆刻家名典》"林仲兴"的辞目这样记
述：浙江镇海人。酷爱书法，先后游学于马公愚、
来楚生、王个簃门下，融会贯通，四体皆备，尤精
篆隶。其篆书古朴茂密，隶书沉着雄健，楷书质朴
高古，草书则信手挥洒，天趣横生。上世纪80年
代起，在上海、北京、南京、杭州等地举办个人书
法展20次。《中国书画报》、《书法导报》、《新民晚
报》、《劳动报》、《解放日报》屡次发表其作品，且

有专题介绍。出版有《林仲兴书法集》、《篆隶舫》、《篆隶草堂集》、《林仲兴之
门》（传记）、《书翰拾萃》、《历代楹联三百副》、《古稀作品集》、《汉林剑南三首》
等作品多部。现为上海市文史研究馆馆员，中国书法家协会会员，上海市书法家
协会理事、上海市书法家协会老年书法专业委员会主任。

但辞目没有向我们介绍林仲兴艰苦奋斗的艺术人生，让我们回放他怎样从一
名普通工人成长为上海市文史研究馆馆员的艺术人生，展示一个宁波人艰苦创业
的精神。

### 苦难的童年

1938年林仲兴生于浙江省宁波市镇海县俞范何里周村。原姓周，在他3岁
时，祖父病故。他有一个小他两岁的弟弟，名字叫仲尼。一家4口的生活重担都
落在父亲周阿奎一人身上，父亲是贫苦农民，且又染上赌博恶习，使得家里的生
活更加困苦。母亲无奈带着幼小的弟弟离开故乡到上海谋生。

从此骨肉分离，此生再没相见。他随父亲生活，日子越发艰难。4岁时，走投无路的父亲带着他也离开故乡到上海投奔亲戚。谁知人穷遭白眼，"贫在大街无人问"，父子俩夜里只好睡在金陵东路店门外檐廊下。不久，父亲把他卖给他的姑姑。姑夫姓林，只有女儿没有儿子，从此，他成了林家的养子，由周姓改姓林，过着寄人篱下的日子。养父在上海老城隍庙附近的方浜中路上开了一家小烟杂店，1946年小店倒闭，养父失业后又做起糕饼小生意，8岁的林仲兴自然成了糕饼摊上的小工了。稍大一点，他每逢单日做糕点，双日就背着铁皮箱沿街兜售，苦难的童年无比艰辛，同时苦难也铸就了他不屈的个性。

### 天道酬勤

有着600多年历史的城隍庙是上海最负盛名的古迹之一。林仲兴在此附近住了60余年，最早接触到书法是他在城隍庙看别人写毛笔字，看得入迷竟忘了回家。他从心里很羡慕别人写字，日久产生了学习书法的念头。1949年上海解放那年，他已满11岁，白天在养父糕饼店劳动，下午4点钟他到附近的火神庙同仁辅育堂上夜校。这时办夜校，目的是为了帮助穷苦孩子识字扫盲。当他读到四年级时，有一次他写的毛笔字在课堂上受到了老师的表扬，他非常兴奋。他心想：我不比别人笨，我一定要把字写好！从此以后，他下决心把写好字作为自己的爱好。他白天要做糕饼，只能挤早晨、晚上的时间学习文化和练字。到了上世纪50年代，他养父的糕饼店通过公私合营归并给和平食品厂，他成为一名正式的产业工人。为了提高书法艺术水平，他曾有幸先后师从著名书法家蒋凤仪、马公愚、来楚生、王个簃等先生，又有幸得到钱君匋、胡问遂等前辈点拨。林仲兴转益多师，博采众长，他从汉隶入手，继而取法《石门颂》、《石门铭》，后又深入研习钟鼎、石鼓。

自从他立志以书法艺术作为终生事业后，咬定青山不放松，每天练字数小时，60余年如一日，功力之深，鲜有其匹。他每月仅墨汁要消耗4大瓶。上世纪80年代，上海《解放日报》曾以《血凝》为题，发表了一篇记述他以11次鬻血所得购置笔墨纸砚而刻苦学习书法的长篇通讯，表彰了他的书法成绩是用自己鲜血凝聚而成。

　　篆隶属于古文字，已失去实用价值。但在中国书法百花园中，其高古神韵则是其他书体无法替代的。特别是秦汉篆隶是中国书法史上的高峰，而林仲兴尤以篆隶光照书坛。他的秦篆法度严谨，古拙典雅，他的汉隶骨气凝重，含蓄秀逸。一般人篆隶写到形似已属不易，而他笔下的篆隶充满秦汉古趣气息，可以说一笔一画皆有出典。他的成功主要与他的勤奋和对书法艺术如醉如痴的不断追求分不开。他克服家事之累，工作之余每日挥毫5小时，成名之后也仍然每日临池不止。林仲兴常强调："学书先学做人。"常说："知不知者好学，耻下问者自满。为善如负重登山，志虽确而力犹恐不及；为恶如乘骏马走坡，虽不加鞭策而足亦不能制。"又说："人之有过失，犹身之有疾病，故之以药石，诲之以廉耻，虽过失不害为贤者，虽疾病不失为全人。"他的为人与书法获得书坛前辈、大师的赞赏。胡问遂先生评论他："为人有古君子之风，书风厚醇，以质取生。长于篆隶，通于行草；朴茂敦实，浑然气壮。"钱君陶先生评论他的书法："信手挥洒，姿态飞扬，线条厚重，沉实，没有一点轻佻之姿。"钱先生对他的篆隶更是青睐："不仅在上海是首屈一指的，放到中国书坛去，当然亦称一流。"马公愚先生以家藏马毫笑一套相赠，来楚生为他治印19方。

　　1985年林仲兴首次个人书展在上海美术馆举行，共展出作品104幅。其中楷书10幅、篆书27幅、行草22幅、隶书45幅。当时举办书法个展的书家极少，主流媒体竞相报道，观众摩肩接踵、好评如潮，故在上海书坛影响极大，从而奠定了他在上海书坛的地位。圈内人士评曰：林仲兴篆隶艺术成就最大。

　　林仲兴后来在上海美术馆、杭州中国美术学院、南京鼓楼又举办过个人书展，他自称为"四大战役"。这"四大战役"没有花国家一分钱，完全由他个人筹集而成。1988年1月，林仲兴选择到南京举办个人书法展，因南京是六朝古都，江苏是历代文人荟萃之地，以此请教各地书法高手幸逢其时也。江苏省书协副主席、著名书法家尉天池教授曾对他的书法展作如下评价：字体甩得开，书法传统功底深厚。有个性、有主题，因此书展获得很大成功。这次在南京鼓楼公园共展出138件作品，挂满了3间展览大厅，为沪苏两地书法交流开了好头。"四大战役"为林仲兴赚足了人气，使他在书法界声誉鹊起。之后，他又先后于北京中国美术馆、上海黄浦区图书馆、上海刘海粟美术馆、上海图书馆、上海文史馆等地举办个展14次。加上"四大战役"共计18次个展，无论在个展次数和规模上，他均名列前茅。他说，我举办个人书法展的目的不是为了出名，而是向社会展示，向先师汇报，向同道学习。令林仲兴兴奋的是他在1996年58岁时，成为上海市文史研究馆馆员，从一名工人成为该馆最年轻的文史馆员。

但林仲兴并没有因此故步自封，而是向更高目标"篆隶通草"迈进。草书是书法嬗变到高度艺术的一种书体，关于篆隶能否通草，在书坛一直因篆隶其用笔、速度、结体和字形等方面与草书都有矛盾，不易结合而被书家视为畏途。林先生却把篆隶通草作为自己终生奋斗的目标，学唐氏书法家杜衍暮年学草书而卓有成就来激励自己，自信"笔有神锋老更奇"，以篆隶为基础，参阅晋、唐、宋、元、明、清等家法帖精神，刻苦研究，终于厚积薄发，获得"篆隶通草"之成果，独树一帜于书坛。

2013年11月7日至11月14日，由上海市文史馆、上海市书法家协会主办，上海老年书协、吴昌硕研究会协办的《汉林瞻集——林仲兴先生隶书作品展》是林先生从艺60年的第20次个展。他说："这次展览，是我书法人生的一次总结，也是对各界、各位前辈、广大书法爱好者厚爱和支持的衷心答谢。"

## 人道酬诚

林先生把"通变"贯穿了自己的书法人生，但他的"书法为民观"却一生不变。他不趋时尚，不尚功利，为多所老年大学执教30年，晚年犹以此为乐。他的精湛书艺和至诚的人格魅力吸引了成百上千的青老年学生。他从不把自己的书艺作为谋利资本，每次书展后，总将作品大量捐赠，以此普及书法艺术。

林仲兴早在上世纪 70 年代为了集中全部精力搞艺术，他 50 岁时就提前退休。他说他要做 3 件事：一是教书；二是读书；三是书画创作。

林仲兴教书法，时间排得满满的。忙到一日 3 场，分上午、下午、晚上。学生层次不同，差异也很大。从年龄上看，有白发苍苍老人，下有五六岁儿童。他家里常常人满为患，只见求教求字的人排着队，人人手里拿着一叠习作。他从不厌烦，总是一一耐心讲解，并批改作业，有的还手把手教执笔临帖方法。邀请他执教的学校有上海师范大学、上海老干部大学、上海市老年大学等等。他有教无类，只要肯学，认真学，他都一心一意地教。他教书不分路远路近，总是提前到校，往往讲课 2 小时，备课 6 小时。凡他教过的学生或求教过他的人，他常常赠送自己的书法作品，3 年来累计赠送书法作品约达 2 万余幅。他的学生桃李满天下，其中加入中国书法家协会和上海市书法协会的多达 200 余人。他多次获得上海市老龄委"先进个人"和上海书协"书法教育"荣誉称号。他常说，祖国优秀传统文化艺术遗产靠少数人继承是不行的，需要更多的人去学习，去发扬光大。又说尊重老前辈是因为他们起到不可磨灭的承前启后的历史作用，尊重老前辈最好的方式是继承他们的艺术精华，并推陈出新，在艺术上取得成功。所以沪上书画艺术界老前辈们都很器重他、帮助他、支持他。

早在 1994 年由上海华东师范大学出版发行的《林仲兴书法集》，著名书法家胡问遂、钱君匋、陈祖范、陈振濂，以及诗人田遨、作家兼书家郑伟平等先生同时为他作序、题跋，这么多名家为他撰文实属不易，足见他在书法界关系之融洽。他还有一个重要观点，即他从事教育、卖字的钱，"来之于艺，用之于艺"，"坚定不移搞艺术"，"以教育养艺术"，向学员学习，因为学员中有许多老干部、医生等专业人士。通过教书法，可以提高自身素质，使自己书法作品不流于俗气。

## 回报社会、回报家乡

林仲兴先生奉献社会、回报社会的心志由来已久。2005 年 10 月他在上海图书馆举办第 10 次个展时，曾为书展创作了一幅草书，这是他写的一首七律。诗曰：

清风两袖凌云志，热血满腔翰墨诗。

半世挥毫尽道乐，毕生耕砚莫言痴。

为酬篆隶谱书系，自甘孤寂居别枝。

放筏行舫赖飞浪，心香一瓣谢扶植。

他一生感恩恩师、家乡、党派、书协、道友和社会对他的关爱、扶植。诗中"心香一瓣谢扶植"一句，他真的是说到做到。

位于中国八大古都之一的河南省安阳市的中国文字博物馆，是经国务院批准的集文物保护、陈列展示和科学研究功能为一体的专题博物馆。备受党和政府高度重视和大力支持。2009年底建成开馆。其陈列以中国文字发生、发展的文化史为主线，以历代出土的文字载体、文物为支撑，以文字书法艺术的融贯，以文字的传播应用为注脚，将文字历史、现代和未来汇于一堂，运用各种现代技术手段，生动地阐述中国文字的历史源流与现代价值，使每个参观者随着中国文字的发展而前行，领受几千年的故事。中国文字博物馆建成后成为汉字文化科普中心、爱国主义教育基地。

文物征集是中国文字博物馆的工作重点和难点，也是决定该馆陈列水平、研究价值的关键标尺。为支持中国文字博物馆办好开馆第一展，由中国书法家协会列出100位全国著名老书法家，每人征集一幅书法珍藏作品，付稿酬人民币8000元。林仲兴先生名列其中。当他收到8000元稿酬后，激动无比，又倾心书写60幅书法作品捐赠给中国文字博物馆，该馆领导大为惊奇，在目前市场经济条件下，很少有书法家肯如此慷慨捐赠如此多的作品。2011年中秋节，该馆派出常务副馆长冯克坚与该馆工作人员5人赴上海林仲兴先生家中拜谢，此举对全国书法家形成了一个冲击波……为了表彰林仲兴先生的无私奉献精神，该馆领导主动提出为林仲兴举办书展、出版书集、上网宣传林仲兴书法艺术和颁发奖金，征求林仲兴先生本人有何要求，林仲兴说，没有什么要求，只是谢绝奖金。2010年冬，中国文字博物馆成立一周年时，林仲兴先生与上海文史馆馆长沈祖炜、上海书协副主席丁申阳、书法家郭舒权、李天彪、黄士剑、周同法等应邀出席开幕式盛典。

林仲兴先生平时也非常关心、支持佛教事业。他经年累月精心书写《心经》6屏条108件，书法集《心经篆隶合集》108册，分赠沪、浙、苏3省市的108家著名佛寺，真是功德无量。

2008年5月12日四川汶川大地震后，上海文史馆举行募捐赈灾活动，林仲兴带头捐款1万元。他家经济条件实属一般，这些钱是他平日省吃俭用积攒下来的。

宁波是林仲兴先生的家乡，他更是怀有桑梓之情。2005年1月，林仲兴向家乡宁波市镇海区人民政府招宝山街道捐赠100幅书法作品。上海文史馆馆长吴孟庆等领导陪同前往，是年正是林仲兴70初度。他4岁离开故乡，在上海生活了66年，但还是一口"实骨铁硬"的宁波乡音。他在自己书法作品落款时署上"镇海林仲兴"或"蛟川拙人"，表明了他没有忘记自己的家乡。他以自己是宁波人为骄傲，每当遇到困难时，便会以宁（波）、绍（兴）一带前贤先哲来鞭策自己。古有书圣王羲之（绍兴籍人，321—379），今有大家沙孟海（宁波籍人，1900—1992）。"露从今夜白，月是故乡明"。他和无数海内外游子一样，永远心系故乡宁波。

# 徐家荣：翰墨春秋五十载

● 郭昌熹

虽说古埃及的象形文字也追求图像的艺术美感，西方的拼音文字也在乎文字的工整与飘逸，但是它们都不能像中国汉字书法那样，深入人们的灵魂，与人们的精神世界，哲学观念，乃至缤纷的自然界紧密地联系在一起。"非人磨墨墨磨人"，许许多多的中国文人，就是在这种对书法的研磨、缔造中，完成了人格的塑造，取得了心灵的慰藉，或潇洒飘逸，或坚定正直地走过了他们的一生。我所认识和敬仰的书法家徐家荣先生，就是其中的一位。

## "字如其人"

人们常说"字如其人"。我的理解是，从某书家写字的风格，就可以看出他做人的风格。坚强的人，其字必刚健有力；洒脱的人，其字必流畅飘逸；郁结的人，其字必收敛阴郁……徐家荣先生为人和蔼、洒脱，他的书法如同他的为人一般，飘逸流畅，就像一幅淡淡的风景画，一曲缠绵的抒情曲那样，给人以清新、爽朗的感觉，让人赏心悦目，沁人心脾。我喜欢徐家荣的书法是因为他的书法耐看、经得起揣摩。他的作品点划分明而气势连贯，面目清秀而骨力内含，不论是点划，还是结字，笔笔干净利落，润滑而研美，既不脱法，又处处不受法则约束，似乎是从胸襟中缓缓流出，呈现一派从容、超然的仪态。而这种风格的形成，不能不说与他的成长经历有关。

徐家荣1938年出生在上海一个富裕的家庭。祖父从小离开宁波来上海当洋行学徒，解放初期曾是上海进出口美棉的四大巨头之一，在纺织业界颇具影响。徐家荣从小就同祖父母住在一起。家中富裕，祖父闲暇之余，酷爱收藏书画、古董，每收购一批，总是在厅堂四壁悬挂、摆设起来，反复品味欣赏。什么"八大山人"的大写意画，黎元洪、段祺瑞、徐世昌等名人，以及沈尹默先生等名家的书法墨宝，也都一一收购了进来。此时，已八九岁的徐家荣，耳濡目染，印象深刻。

但是好景不长。随着一个接一个政治运动的开展，徐家荣家道中落。他被划定为"资本家"子女，连考大学都成了问题。怎么办？父亲叫他去学中医。师傅是一位老中医，70多岁，在南市区制造局路开私人门诊所。他的任务就是帮助老中医用毛笔抄写医药方子。因为老中医还在杨浦区纺二医院兼职看专家门诊，徐家荣也必须每天5点半之前赶到医院。从他家所在上海的西区到纺二医院所在的东区宁国北路，从天不亮就骑自行车，几乎穿越了整个上海市区。从此，毛笔、字帖，就在生活所迫中与他结下不解之缘。

也仅仅两年多时间，随着社会主义改造运动的深入，"四清"运动开始"割资本主义尾巴"，私人诊所也不得不关门。徐家荣失业了。

经过多方辗转，徐家荣又进了坐落在上海康定路万春街的五和针织二厂（鹅牌）当漂染工人。时年20多岁的徐家荣，正值风华正茂！可是对于命运的安排，并无苛求，一切顺其自然！

此时，社会思潮就像脱缰的野马，越来越向极左的道路上狂驰。"扫四旧"、"剪小裤脚管"、"剪头发"、"剪奇装异服"，一下就发疯似的在社会上风靡起来，弄得人上下班不敢出门，街上不敢走路，整日人心惶惶！文化大革命使一切是非颠倒，原本好端端的一些人，忽然之间就变成了青面獠牙，就像要吃人的野兽一般！

有一天，一群造反派打着红旗。突然冲到了徐家荣在永嘉路的祖父家中，翻箱倒柜"扫四旧"，几乎拿走了他祖父全部的字画和古董。一栋气派富裕的洋楼，顿时一片狼藉。没有多久，又一张白色的告示贴在墙上，"勒令"他们必须在数日内，从这里全部搬出去，即所谓的"扫地出门"。这样，徐家荣不得不跟随祖父，从永嘉路别墅搬到了现在的武定路，同父母亲一起居住。又隔不久，造反派又来到父母亲家中抄家，原本楼上楼下独居的3层西式楼房，又被占据了两层，全家只能窝居到楼上的两间小房间里勉强度日。

### "功在书外"

这场所谓的"文化大革命"有一大发明，那就是——"大字报"。可以说，整个的全民运动，就是通过"大字报"这项工具为载体发动起来的。翻天覆地的全民政治运动，对整个社会带来了极强的冲击力和破坏力，对无数善良与正直的人们，不仅造成了物质上的损失，在精神上更是留下了深深的创伤。但是不可否认，也正是通过这个载体——大字报，从另一方面，它也成就了一些民间的书法人才。徐家荣先生就是其中的一位。

在那"无产阶级专政"的年代，缘于"资产阶级"家庭出身缘故，徐家荣在政治上是被排斥的。但是，众多的所谓"无产者"要发言，要写大字报，自己文化水平低，写不来毛笔字怎么办？

"走，去找徐家荣去！"这样，徐家荣就从"资产阶级的孝子贤孙"，从一个被改造的对象，一下又变成了受众人欢迎的"香饽饽"！争抢着要徐家荣给他们抄写大字报。

一时间，抄写大字报竟然成了漂染工徐家荣的全部工作内容。不仅在车间，厂工会为了充分发挥他的作用，把他从车间提拔到厂部工会。除让他抄写大字报外，还有"最高指示"、"厂部通知"、"选民榜"等等，无一不是出自他之手。为了写"最高指示"，有时半夜里也会将他从家里叫来加班。

于是，书法便成了徐家荣他那无处安放的精神情感的归属地。厂工会大房间里的一个小房间，成了徐家荣尽情挥洒书法的独立王国，成了他倾注全部感情之所在地。外面锣鼓喧天，红旗招展，纷乱嘈杂，文攻武卫。屋里却是一个青年静静地埋头于书法操练，另是一番天地。每天清晨，上班走进办公室，他总不忘顺手拎一捆旧报纸去自己的小房间。完成了规定的抄写任务后，他就在旧报纸上练起了书法。每天从上班到下班，伏案书写七八个小时根本不稀奇！有的时候，墨汁写完了，就到漂染车间向老师傅要一点颜料，拿来掺点酒精兑一点水，当墨汁又书写起来。

再疯狂也总会有终结的时候。渐渐地，笼罩在人们头顶上的乌云，终于依稀地露出了一丝微弱的曙光。

徐家荣想，这样自己胡写下去总不行，自己要想再提高一步，那就必须老老实实地去临帖，必须向老祖宗们求教！但是，古帖作为"封、资、修"的东西，早已经被清除掉了，市面上根本买不到，怎么办？徐家荣动脑筋，请"厂革会"开介绍信，到上海图书馆去借了几本字帖拿来临习。

后来，厂技校复课开设了服装设计班，聘任徐家荣担任书法教师，他开始登上了授课讲台。徐家荣就这样，走上了操练书法的艺术之路。

书法是一门线条的艺术，书家要通过曲折变幻的线条的艺术性变化处理，来表现书家的内心世界，创造深邃的艺术意象，这就需要很高的技巧性。经过10多年的抄写磨炼，给徐家荣以后的书法之路，在基本功方面奠定了坚实的基础，在熟悉并掌握各种书体的法则、体势等"内功"方面取得了一些突破。但他深感这还很不够。因为当它开始步入书法的殿堂之后，深深感到书法内涵的博大精深，学习书法，不能只停留在书法的技巧、技法上，还应该深入地去学习与书法有关的各种理论、历史知识、文化知识等，这既可以加深对书法艺术的理解，又可以促进对书法技巧、技法的进一步掌握。也由于给学生讲课的需要，徐家荣又开始了他对书法理论、书法历史、对中国历史、对中国古典诗词等方面的研究。

徐家荣自幼就是一个聪明、踏实而又勤奋的人。从此，他不论是白天还是黑夜，利用一切可利用的时间，伏案涉猎耕耘，畅游在他那自由的王国里。他认真读书、摘记，在那牛皮纸面的小小"工作手册"上，密密麻麻地记了一本又一本。

粉碎"四人帮"后，社会各界百废待兴。上海书法界老人们重又出山，又一阵书法大潮兴起！徐家荣先后在他的书法导师李其德、许宝驯、卢前等的指领下，朝着书法的更深境界探索迈进。

他参加了沪西工人文化宫书法班学习，成了纺织系统书画协会西片负责人。

从 1978 年上海开始举办书法展览，他顺手书写了几幅字送去参选，结果先后两次作品都入选。后来，他被介绍加入了上海市书法家协会，成了市书法家协会的一名会员。他还是那句话："顺其自然！"

## "宠辱不惊"

1998 年退休以后，徐家荣先生更是全身心投入到书法研究中去。他担任了上海市老龄大学的书法教师，一干就是十几年。老龄大学书法班有好几位书法教师，教学上也各有所长。但是，凡是听过徐家荣授过课的学员，不仅可以听到他那精到细致的书法技能、技法的基础课指导，更被他那博学的书法知识、书法理论、历代书法史，语言文字学以及对古诗词的详尽讲解所折服。是啊，这也许就是他经常给学员们提到的，所谓"书外功"的修养吧！

对待书法，徐家荣所追求的是渐入艺术堂奥的过程，而并非其结果，就像释家劝诫人们的"随心随缘"一般，在过程中让生命的火花演绎、绽放！

在他不懈的努力下，他的书法技艺愈加趋于成熟，在社会上的名气也愈来愈响。书法协会还特地为他举办了个人书法展。

2004 年 7 月，他受新加坡一家博物馆的邀请前去讲学，并同当地一位画家一起举办书画展。地点就在有名的"晚晴园"，也即现在的"孙中山纪念馆"内。这是一座具有绿茵草地，树影婆娑，环境优美的别墅楼。清末时期，孙中山为革命奔走，在南洋就居住在这里。1906 年孙中山也是在这里组建了中国同盟会南洋支部。为了表示对孙中山先生的尊敬，1994 年新加坡将其列为国家古迹，并改名为"孙中山纪念馆"。主办方为他演讲开出的题目是《魏晋南北朝与隋唐书法的比较》。前来听课的不乏朝野名流。他也没有想到中国书法在新加坡如此受

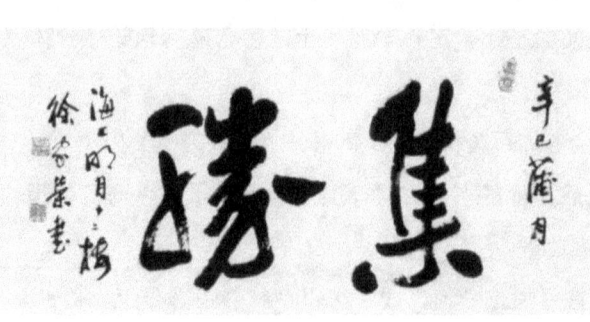

到欢迎。书画展开幕那天，远在我国云南考察的新加坡总统顾问特意提前一天回国，出席剪彩仪式，还有国务委员、社会名流等一一前往列

席。著名新加坡商界领袖、"亚洲文明博物馆"董事刘修敬先生，对徐家荣的书法十分敬佩，竟然当场出数万元高价将他的一幅章草书法买去。在众多参观者簇拥下，纷纷要求徐家荣当场演示。他举臂挥翰泼墨，写下了"宠辱不惊"4个大字，以示谢意。字体柔中有刚，飘逸潇洒，众人不仅从中享受到他书法的艺术美感，同时也被他的人格魅力所深深打动！

就这样，新加坡连续数年邀请他前去讲课交流，不仅同社会各界，还深入到中学课堂，向中学生们传授中国书法。他的书法不仅在新加坡最大的博物馆展出，在宾馆酒店，在外国驻新加坡大使馆里，都有他那清新、飘逸的墨迹。后来上海组团去日本、去香港进行民间文化交流，开办书画展览，先后都邀请他参加。现在他不但是中国的知名书法家，也成了中外民间文化交流的一位光荣使者！他的书法作品于1995年和1997年分别以铜奖入编《中韩二十世纪书法家作品精鉴》和《二十世纪中外、书法家作品精鉴》。1999年，他的书法作品获得《世纪名家书画展》创作24K金奖。作品还被中国美术馆编辑入集，被北京宋庆龄故居及外省市多家博物馆所收藏。

如今，徐家荣虽然已经进入暮年，但当我每次前去拜访，总是看见他在展纸挥笔，伏案耕耘，书房里飘散着阵阵墨香。我说："可以休息休息啦！"他说："不，写字是一种乐趣，也是一种休闲！"在他的影响下，老龄大学喜爱研习书法的一批老年学员，以他的斋名为名，在街区组建了"明月书法沙龙"，徐家荣定期前去讲解、辅导，让文化的气息在社会的最基层渗透、传播，无声地为中华文化沃土培土、施肥！

# 毛国伦：艺术成功之路

● 郑霞娟

毛国伦先生是现代海上画坛名家程十发的嫡传弟子，他不负老师的培养，继古开今，以自己的实力成为当今海上画坛公认的中坚人物。

他书画皆擅，尤以人物画更为人称道。他的写意人物画通古贯今，格调恬淡而清真，简练而朴厚；人物造型栩栩传神见风骨，浑穆凝重如雕塑；线条流畅，墨气淋漓。毛国伦怀着一颗虔敬之心，与古圣先贤达摩、老子、孔子、屈原、李白、陆游、岳飞等"深沉对话"；他又敞开一腔热情与生活中的工人、农民、少数民族"同歌欢唱"，寄情于画，直抒胸意。他的画可谓育人知美也！

中国美术家协会主席刘大为先生从一览众山的视角，评价毛国伦：具备一个优秀人物画家所应有的真诚和善意，具备一个优秀画家所应有的对人性人情的洞察和关怀，从而在中国画创作上做出富有积极意义的探索，在海上画坛开拓出又一高峰。

毛国伦50多年的艺术成功之路谱写了他的幸运、他的努力和他的清醒。

## "三生有幸"

1944年11月，毛国伦诞生在上海南市老城厢小西门一个普通百姓家里。他自小就喜欢画画。当他能从母亲那里享用一点零花钱时，他常常拿着一分钱去买

10 张香烟牌子，对着香烟牌子上的人物画呀画。他又拿着一分钱借两本小人书，照着连环画上的人物依样画葫芦。特别是快过新年的时候，家附近有卖年画的摊位，那些印制漂亮的年画常常吸引他驻足老半天……他太爱画画了，简直喜欢到痴迷的程度。

在他未满 11 周岁跨进上海市大同中学时，还是幼稚得懵懵懂懂、糊里糊涂的小男孩，在他的脑子里印象最深的是每两个星期的一节美术课，这是他最喜欢上的课。美术老师带来徐悲鸿的《群马图》印刷品，教他们如何欣赏；有时候带来印制精美的敦煌藻井图案，为他们讲解二方连续的图案绘制。但两个星期才45 分钟的课，真是等也等不及。他心里梦想着，最好天天有美术课该多好啊！后来到了高中，连一节美术课都没有了，他很扫兴，有时就在课堂上偷偷地画上几笔。没多久，学校里来了一位年轻的美术老师——张文祺，他在学校里办起了美术兴趣小组，叫美工组。毛国伦如久旱树苗遇甘露，与同班同学张培础一起欢欢喜喜地参加了美工组。

张文祺老师是个有爱心、有热情、有抱负的美术教师，他教学生写生，讲解最基本的美术知识，组织学生在校园内写生风景，使毛国伦第一次知道了视平线和焦点透视等常识。张老师还安排他们对石膏像、静物、人物进行素描、写生和速写。美工组的组员有时轮流当模特，大家你画我，我画你，毛国伦觉得很开心。

张老师很重视美工组为校区和社会服务，学校的黑板报报头绘制与版面装饰都是美工组的用武之地。美工组还常配合当时的政治运动，为学校游行队伍绘制大型宣传画，上街画大型壁画，在为社会服务中也锻炼了美工组人员的创作能力。毛国伦画过饲养场机械化送饲料，画过学校滑翔机飞行表演，他画的一幅《快马加鞭，一日千里》刊登在 1958 年 6 月 1 日的《解放日报》儿童专版上。上海市青年宫举办首届上海青年美术作品比赛，他画的一幅白描人物《牧羊图》得了三等奖。那时毛国伦创作的不少作品入选全国少年儿童美术作品展览，在上海美术馆展出，有的还送到国外去展出。

到了高二，张老师为美工组即将毕业的同学操起了心。他组织他们参观上海美术电影制片厂，观看《骄傲的将军》等优秀美术片，并介绍他们与美影厂的艺术设计老师认识，毛国伦还以为这是张老师为他们安排的毕业出路。1960 年一个夏日的晚上，毛国伦约了美工组的好友张培础冒着大雨去报考了美影厂，居然同时被录取。后来被张老师知道了，他不赞成他们去美影厂，认为他俩的目标应该更远大些，应该争取去本市乃至全国最好的专业美术院校。

　　说来也是三生有幸，由于大同中学美工组在张文祺老师的带领下，经常参加社会上的各项美术活动，有一定的知名度和不小的声誉，1960 年刚建立不久的上海中国画院计划在全市招 5 名学员，培养中国画事业的接班人，青年报社推荐了大同中学的美工组。上海中国画院的郑慕康等老先生专程到大同中学审阅美工组成员的作品；同时上海美术专科学校的老师也专门到美工组来物色人才。最后，张培础和另一个同学有幸去了上海美专，毛国伦有幸进了上海中国画院，那年他才 16 岁。年底在画院举行了拜师仪式，毛国伦又很幸运地被 39 岁才华横溢的程十发先生和近代名家陆廉夫的学生、76 岁的樊少云先生同时收为学生。从此毛国伦在中国画的高等学府开始了他既艰辛又欢悦的绘画艺术生涯。半个世纪过去，毛国伦始终不曾忘记，是大同中学的美工组，和为之付出心力的辛勤园丁张文祺老师，圆了他从事中国画的梦。一个人的理想能和自己所从事的工作结合起来是多么美妙！

## 可造之才

　　根据周恩来总理的提议新建的上海中国画院，聚集了众多有成就的国画名家，他们的年龄都在中年以上。16 岁的毛国伦被老前辈们视作少年俊才，倍加关爱。古书画鉴定大家谢稚柳对同行夸奖毛国伦："画院里进去了一个中学生，他临的周昉《簪花仕女图》气格清丽，基础不坏，是个可造之才。"

　　毛国伦的两位指导老师都是非凡的国画大家。程十发先生化古开今、奇诡清新的画格，樊少云先生严谨扎实、深厚华滋的功力给了毛国伦丰厚的多层面、立体式的滋养，使他的起步就站在了一个高平台上。

　　画院为学员计划 3 年的基础课程，初学中国画，首先上的基础课是"五写"，即临写、写生、速写、默写和书写，这是历来所谓的师古人、师造化的具体学习方法。临写，即临摹历代高师的作品。为使手中的那枝毛笔能听使唤，毛国伦日以继夜，临古不辍。但他一点也不觉得苦，在临范本的过程中，陈老莲稳健、圆浑、细劲的线条，李公麟自由挥运、劲挺多变的白描，阎立本生动的帝皇形象刻画和丝丝入扣、毛根出肉的须发描写……既有着难以企及的高度和难度，却又是那么的游刃有余，令毛国伦时时惊叹不已，因此而感到兴奋。

有一天，程十发先生为学生讲了一个故事。明末画家陈老莲年轻的时候学习传统，从家乡诸暨到杭州府去临摹李公麟的《圣贤图》，他把图拓回家，认真临摹了10天，人家说临得很像，他很高兴，又画了10天，人家说不像了，他感到更高兴，后来成为明末清初杰出的画家。毛国伦听得聚精会神，还若有所思。他懂得这个故事里面的道理，他更懂得老师讲这个故事的用心。老师用这个故事来开导学生，学习传统首先要选择适合自己学习的范本，其次是通过临摹传统的经典来理解和正确掌握传统的笔法，再则学习传统要食古而化，要从前人的天才创造中去唤起、引发自己的创造欲望。从此毛国伦临画的时候更用功、更用脑、更有了创造的欲望。所以他临摹唐代画家周昉的《簪花仕女图》得到了老前辈们的首肯。后来，毛国伦成长了，担任了画院创作室的主任，自己也当起了老师，在举办的学员培训班上也给学员们讲了这个故事，把中国传统的笔墨精神传承给年轻的学员们。

平时两位老师对毛国伦的要求很严，当程十发老师发现毛国伦作画时胆子太小，便对他说："你要吃一个老虎胆来壮壮胆！"当发现毛国伦稍有懈怠时就对他说："勤能补拙。"樊少云老师发现毛国伦作画笔势尖薄时，会立刻提醒他要留得住笔，要厚。这勤、胆、厚3个字成为毛国伦一辈子"三省吾身"的镜子。

## 学技与悟道

中国画追求道与技、心与物、形与神、人格与风格的和谐关系。毛国伦把学画的几十年过程称之为学技与悟道的过程。《庄子·养生主》篇"庖丁解牛"一章，让毛国伦体悟到解牛与画画的互通哲理。毛国伦说："这篇文章自小就读过，但仅作故事看，然而这里蕴含着的哲理却是通过学画的实践慢慢体悟到的。""宰牛似乎只是技术上的事，但那位庖丁却神奇地把它化为艺术了。他手之所触、肩之所倚、足之所踩、膝之所抵、进刀戛然发出的响声，其节奏居然合于典雅的

《桑林》舞步，韵律合于辉煌的《咸池》乐章。庖丁自谓，这是由于他求的是道，已经超越了技的缘故。如果没有庖丁操刀19年解牛千头，对牛的自然结构烂熟于心，他就不可能超越技而得道；反之，如果庖丁只停留于操刀解牛，而不能神遇，即体察到它内在的韵律和节奏；不会心运，即用自己体悟到的独特形式和方法加以艺术表现，那么他只是个屠夫。所以精湛的技，还得神遇心运才能成为艺术，二者缺一不可。宰牛是这样，更何况作画呢！"

毛国伦从自己的学画实践中还体悟到学习中国画，也要知画理，不通画理，就不可能把自己的创作提高到一个高超的境界。前人已给我们留下了丰富的理论宝库，为我们悟道提供了启示，那是我们的幸运。因此他用功学习中国古代的形神论，崇具象的、尚抽象的、追空灵的、求朦胧的、主张形神兼备的、欣赏得意忘形的，他都一一加以研究，从中吸取为我所用的精神营养。然后在深入历史、深入生活的基础上，创造出钤有"毛"氏特色的古今人物造型，受到众多美术评论家的赞赏与钦佩。

老前辈美术评论家邵洛羊先生在《写古知新乃为真知》一文中写道，对待绘画，国伦既欲随心着意，又讲法度严谨，追求"从心所欲不逾矩"（孔子语）。这和黄宾虹先生说的"用力于古人矩矱之中，而外貌于古人之迹，此是上乘"相一致。他崇尚"见素抱朴"（语出《老子》），心赏外观的单纯和内在的淳厚，恶虚假，贬造作，远特技，不尚巧饰，而好质朴自然。与他所描绘的人物"抱朴"相对，从而把理想中的对象画得别开生面，出神入化。大凡减笔简墨的写意画须笔中有墨、墨中有笔，一线运转有起伏转折，点墨布施具方润华滋，做到了才算是"法备气至"。国伦达到了颇具理想的境地，这是难能可贵的。

著名艺术家、教育家欧豪年先生称毛国伦的人物画具"中国气派、海上风范",笔下的人物很见性灵,很见风骨,充满意趣,富有时代特征。如他的代表作《老子出关》,构图独特,造型别致,内涵深远,让人体味到一种自然机趣,虚静游心。而他画达摩,更是简到了一个极致,高度凝练,抽象不实,几乎以完全的"写"造就,却衍生出许多的禅意空间令人回味无穷。

现任中国人民大学研究美术史论的教授陈传席先生则称毛国伦敢于唤醒笔墨,释放笔墨,融自己的豁达胸怀与浪漫想象于一身,抒写出打着自我烙印的"新古典主义"……具备独具一格的艺术价值。

中国画能够达到禅画相通那是更高的境界。毛国伦从 1987 年画《达摩面壁图》时接触到禅文化以来一直孜孜以求。他说:"我喜欢禅语,因为它言简意赅、启人心智。与自己多年来学画的实践联系起来体悟,颇有启示。尽管我感到对禅所指示的那种境界难以企及,似乎近在脚下,又好像相当遥远。"

"比如禅语说:'迷时师度,悟了自度'道出了禅者的学习方法和禅门师徒的相互关系。'自以为灯,自以为靠'是要学生舍弃依赖心,用自己的智慧之光,照亮自己要走的路。'明心见性,自见本性',是禅教人开悟的宗旨。禅宗六祖惠能说:'人心本净,由妄念故,盖复真如。但无妄想,性自清净。'而所谓复盖真如的妄念与妄想,即是人们种种不合理的欲念和心理障碍,诸如利欲熏心,追名心切,急于求成,投人所好,迫于应付,忙于应酬,哗众取宠,好胜心强,侥幸取巧等等,有了这些念头,画家必然心有所执。禅语云:'一心有滞,诸法不通。'艺术家心里有一点凝滞,心路就要有所堵塞,而心地澄澈、无所执着的时候,就能气和神畅以臻妙境。艺术家的智慧和创造性也只有在精神放松、心境自在的状态下最能发挥出来。"

毛国伦回忆说,程十发先生也说过,其实凡人和神仙相去不远,只要抛掉一些私心杂念,自然就接近超凡脱俗。他本人在作画过程中,也常有这样的体会:"着意寻趣味索然,无心无事趣自来。画趣不期而至,常是在有意无意之间,自然而然地显现出来,更多的是在心灵无拘无束、从容不迫、不紧不慢,优游自在的时候产生的。而禅的宗旨就是开启一个人纯净的真我,孕育活泼自在的精神生命。"

　　了解毛国伦一路走来的上海中国画院副院长韩天衡先生，评论毛国伦与他的人物画如是说："经过数十年漫长的艺术春秋，他越走向追求的清醒，无论是舆论喧哄，风向转换，他的心思不随风所动，画风不趋赶时髦。他坚持走老师指导的路，在行进途中开挖自我的路。他渐渐地看清了自己的追求，渐渐地塑造起自我的画风：诸如造型真中求风神，用笔简中求丰厚，运墨泼中求内涵，气格洒脱中见清丽……他的画，雅驯而无曲高和寡之弊，平易而无俚俗平庸之嫌，夸饰而无矫揉造作之态。"

　　从1964年以《双生犊》（与来楚生合作）首先入选第四届全国美展始，毛国伦的《马球图》、《游春图》、《唐人游骑图》、《好水好山看不足——岳飞诗意》、《欢乐歌》又分别入选首届全国体育画展和第六、七、八、九届全国美术展览。曾经于日本、新加坡、台湾、上海办过四次个展。至于其他在国外、全国各地等参展与联展，则难以计数。其间，小传被入编英国剑桥国际传记中心《世界名人辞典》、《国际知识界名人传》，并获20世纪成就人士奖牌；1996年小传入编美国传记学院《500位有影响的领导者》，并获得"世界终身成就奖"立像。2005年被国家科技奖励办公室授予"优秀人民艺术家"称号，同年还获得中国国家杰出贡献奖书画类金奖。现为中国美术家协会会员、上海文史馆馆员、上海市美术家协会理事、上海市书法家协会理事、上海中国画院艺术委员会副主任、国家一级美术师、民革中央画院副院长、上海香山画院院长、上海老城厢书画会会长、上海宁波同乡书画院副院长；出版有《毛国伦画选》、《毛国伦画集》、《名家精品——毛国伦人物画近作》、《毛国伦书法作品集》等几十种。

　　近年来，毛国伦又常怀虔诚报效社会之心，不断地为寺院和慈善义卖活动、为抗震救灾活动无私捐赠自己的书画作品。

　　在这条艺无止境的道路上，毛国伦先生将会永远迈着他那从容、潜稳的步子优游自在地走下去。

# 陈鹏举：诗家　书家　玩家

● 史鹤幸

在采写陈鹏举而宿写默构的过程中，我是既兴奋又惶悚。兴奋，因为了却我多年夙愿，写写他如何"做诗四十年，习文三十年，鉴赏文物二十年，写字十年，制画三二年"（画展自序2005）而终成玩家；惶悚，只是担心自己慧根过浅而无力把握他一个"诗家书家玩家"，以致点金成铁，为人诟病。

好在，我与其私淑多年，从《朝花》到《文博》……是他精隽秀美的文字所透射出的学识构架与人文学养，影响着我今天的文化走向，同时也加厚我为其作文的一点底气。

## 百无一用作书生

巧缘的是，我与陈鹏举的名字同有一鸟字旁。前者"鹤鸣九皋，雁落平沙，寂寞沙洲冷"，一种无言的落寞；后者，"九万里中鹏高举，一千年后人归来"，言说一个大丈夫的豪迈。

1981年，上海率先向社会公开招聘编辑、记者。陈鹏举前去应聘，但是，羞于自己既无任何铅印的文字，又是"初二"学历，实在拿不出一分像样的简历。好歹，在唐诗宋词中浸淫的陈鹏举，硬是拿出了看家本领，把自己过于平凡的简历，竟填成了100行的长诗而"雷人"——聘用单位决定"让他试试下一轮"。

在第二轮笔试中，陈鹏举表现依旧"雷人"。本可11点三刻才交卷的陈鹏举硬是 10 点钟就交了卷，"其实时间再长，我也就写成这样了"。"早点交卷么，就是给人印象深刻。"幸运的陈鹏举又一次出奇制胜，赢得青睐。"文章虽粗糙，却是如此短的时间内完稿，实属不易。"最终，由于陈鹏举的文字很书面，后被转聘到《解放日报》文艺部，竟风生水起。那年，正是陈鹏举的"三十而立"，一个知礼、安身、立命之年。楚庄王曾有"三年不飞，一飞必定冲天；三年不鸣，一鸣必将惊人"之举——陈鹏举是也。

1981 年起陈鹏举在文艺部任戏剧记者，1983 年采写消息《童祥苓、李炳淑组建演出包干队》一则，获中国第三届中国新闻奖（1983）。1983 年任《朝花》副刊编辑，1985 年任《朝花》副刊召集人（当时不设主编制，召集人即行主编职权），为《朝花》保持历史高水准做出了贡献。

尤其，1995 年由编委会决议，陈鹏举一人创办《文博》版，历届总编秦绍德、宋超、尹明华都撰文称赞、高度评价《文博》版在全国同类专刊和广泛读者群中的深远影响。秦绍德为其主编的《文博丛书》作序；宋超为《文博》200 期时撰写纪念文章，题为《反思〈文博〉》；尹明华为《文博》版十年纪念撰文，题为《一个人的努力，许多人的喜爱》。他结集出版的《文博断想》专栏文章，半月内，6000 本已售完。《文博》版还培养了一流的中国收藏鉴赏家，例如潘亦孚，这位大收藏家的第一篇文章就发表在《文博》，同时成为唯一为《文博》撰文的收藏界重要作者，其发表的文字和藏品，结集为《亦孚藏品》、《百年文人墨迹》和《收藏者说》3 部专著，从而成为近十年间中国收藏鉴赏家的重要论著。又例如高阿申，从《文博》起步，文章结集为《赏陶识瓷》，从一个古董商贩，逐步成为古陶瓷研究的重要专家，在中国权威刊物《收藏家》上发表万字长文十余篇，并出版鉴赏古陶瓷专著多种，成为近十年间重要陶瓷专家。还有蔡国声，也是在《文博》发表许多文章，并主持了《文博》主办的碧琅轩茶座后，蜚声海内外，成为众所周知的文物鉴赏家。2007 年陈鹏举更以一篇"文博断想"的《根活着》而获 2007 年全国副刊文章评选金奖，同年中国新闻奖二等奖。如今这些记忆，都成了他一一经典回放，谁说"百无一用作书生"。

1997 年，陈鹏举出过诗集（旧体诗词）《黄喙无恙集》，题款的分别是赵朴初与王元化。为其写序的竟是他 12 岁的儿子陈少文："看见爸爸写诗时是那么高兴，好像把生命都投入在这旧体诗词的世界中了，可见，爸爸是那么爱这诗词啊，爱得无法用诗词来形容。我非常佩服我爸爸，那是因为，他挑起了中国五千年文化的沉重的包袱，可还是那么快乐。"有人赞誉陈鹏举，堪称当今中国旧体诗的代表人物。我相信。那是对他古典诗词修养的一种认可。

陈鹏举的诗，不属豪放而长于婉约。"一字一气象，语境出大象。"这正是陈鹏举文字过人的地方，他在听友人唱弘一的《送别》时，写道："才收清泪又纷飞，别梦今宵听入微。迭迭愁如怀磐石，空空心似着僧衣。清秋燕语清秋燕，落魄诗人落魄诗。从此红尘无俗意，最繁华处对斜晖。"其中的语境，直叫人忘了红尘，心净如洗。

很多人以为陈鹏举熟读廿四史，其实没有，甚至，他自己说，没有一本书他读完过。他说，他的知识积累都源于旧体诗与其注释。他在文章里写道："注解里的典故是活的，由此展开去，人对历代的艺术品和文物都会有亲近感。当时家里没别的书，只一本唐诗，唐诗短小，我很喜欢看。之后，迷上写诗，两三句话，可以酣畅淋漓地把我即时的状态表现出来，特像我的性格。"

读着陈鹏举的文字，不见如何的凝炼，更不是重彩浓墨，不拘章法，而是写意画一般，随性而灵动的几笔，勾勒出一派浑然大气的语境与气象。2008 年，《陈注唐诗三百首》出版，就是如此。他说，历代多是学者注解，他们把字句断开，一词一注、一句一注，总给人隔离的感觉。鹏举兄硬是恣意而为，混沌着几百字一起注，就成了这般模样，写出对诗的理解和感动。

当年，翻译家叶庆桐问及陈鹏举何缘接触中国传统文化——"是否家学渊源？"没有。"你是复旦毕业的吗？"不是。"那你是书香门第？"也不是。父亲是个平民，我自己当了 13 年工人。"那你遇上过名师？"之前没有，30 岁进《解放日报》后，喜欢的人，大多都碰上了。"你是哪儿人？"浙江定海人。"这地方也不出人，想来，也就一种说法了，你是天才。"

后来，我在他《九人》一书的序里读到他这样的话，令我好不感慨："……这让我感觉到了天意，我家这么卑微，怎么可以出一个会写文章的人呢，得用命去换啊。一抹枝条上，结了一个果子、一朵花，枝条太细、太小，果子成熟了，而花只能凋谢了。"这果子就是陈鹏举，而那凋谢的花朵，正是他的妹妹。

## 最后的古典

陈鹏举著作等身，最让我叫绝的是一册《凤历堂题记》。以至这册书，我是翻得"散了架"。其中"写给字画的"、"写给瓷的"、"写给家人的"，多少亲情、友情，旧雨新知在其中。

比如，"野鹤流云复度年，谁人懒散此般闲。看四海，跨群山，浪儿何日可思还。"这是他儿子上大学时的一种离家的惆怅。陈鹏举为此唱和："客里经秋第一年，从今不得少年闲。情似海，志如山，乡思是酒梦中还。"还有，凤历堂斋名，题款的正是陈少文。我思"少文不少文，神采自飞扬"，陈少文读的是物理，而中文底子不薄。或许，陈少文更应该读中国古典文学。

上海美术馆馆长方增先说，"（毛笔）写字是一种境界"。然而，有多少艺术家能进入这一境界。以至有些诗人，从来无敢写字；一些画家，更以穷款而藏拙。陈鹏举却融诗、书、画于一炉，并互为风景而为人称道，"文武昆乱不挡"，即文戏武戏都行，昆曲乱弹皆唱——陈鹏举是也！

有人说，写字要先立后走再跑。他却一反常规，上来就是一阵行阜，写的是羚羊挂角，雪泥鸿爪一般。如果，小草、章草是精巧的园林小品之秀，大草则是沙漠之瀚，一种气势；那么，陈鹏举的行草，则是"如花美眷"，一处人文景观。一次在凤凰的玉氏山房玩，陈鹏举用长锋写了几个字，主人黄永玉先生看得高兴，说"我就用你的这支笔，给你画个像吧"，并在像旁题款"仿鹏举草书笔意"。这是玩家对玩家的赏识与器重。2011年黄老先生在上海参加巴金纪念馆开馆活动之际，在朋友的安排下，我也有缘"一蔼芝仪"，零距离把玩一个大文人诙谐不失幽默的性情……

陈鹏举那些尺牍、手札，那用毛笔书写在宣纸上的，更多的是文人间的一种酬唱，一种文化。我有意无意地藏有他多幅此类手札。这些字，阅读起来往往率性而书，一种心绪、心曲使然。比如，《文博》版"文博断想"栏目的文章题目，便是他用毛笔，在办公室里蘸着宿墨写在宣纸上的，细心的执行编辑（我内人），将它一一收集起来。陈鹏举见状后拿去朵云轩装裱成长长的册页，他题签并作了序。如今，这些字或许是陈鹏举的一襟情怀，属于中国文化最后的古典了。

那年"凤历堂尺牍展"在刘海粟美术馆开幕，这是上海首次个人尺牍展。作为文人和书家的陈鹏举，这次将在"凤历堂尺牍展"上展出他的笔记、偶感和书札三部分的尺牍共 61 件。尺牍是指用毛笔写在木（竹）简上的书札，存世的晋代以来的书法真迹表明，尺牍是历代书法的主体样式。陈鹏举表示："这是一个活在当代的人，战战兢兢写出的仿佛很古老的尺牍。一个民族的文化成果，应该不会消亡。"

展品琳琅满目地挂着百来幅，整个展区浸润于尔雅与古典的人文气息。细看作品，有的如雨夹雪，无横有纵；有的水墨纵横，元气盎然。他的字，弥漫着浓浓的书卷气，有时会想起方家的书法，不见烟火气。若孤立地看，有些字显得粗头乱

服，但还原作品，竟是璧玉散落。他的字不见豪迈沉郁，而是流畅，一种不枯不荣，落拓不羁之美——浓墨中透点润，顿挫中不露怯，点划中透着拙。这拙，拙得人文，拙得可爱。写字本是一个读书人的本分，他更是将笔墨宣纸，视作自己的一种心的归宿，是他文化血脉的一方故土、一种乡愁。

## 玩家的气场

一件古玩，随着岁月的积淀，有了"皮壳"，俗称"包浆"；人，书读得多了而博涉厚养，便有了气质，有了"气场"。

1995 年的《文博》创刊，字、瓷、书、画，一样样都令他大饱眼福，拓展了陈鹏举的学识学养与人文构架；同时，体现他"以通驭专"的才情，每期一篇的《文博断想》正是他的一种文化观照。往日心仪的赵无极、刘海粟、谢稚柳、马承源、朱家溍、王世襄诸位大家，先后走进他的文化中，教给他许许多多。他一再说自己"听君一席话，胜读十年书"。

他也一再说，我的一生可能做许多很荒唐的事。但是《文博》这个版面，是

我的饭碗，是安身立命之本。人一辈子总要做一件踏实的事情，不然自己都对不起自己。这是他的心里话，《文博》是他的一项事业。最有味的是"老三届"自居的陈鹏举，时常地腆着肚子，大言不惭地嚷嚷自己的学历是"初二"，"现在的书法和绘画都有问题"，"要不我开个画展给你们看看"。

谁说这只是一句戏言，2005年陈鹏举画展真的在朵云轩举行。画展中，他还对记者说："我又不会画画的，完全凭感觉，觉得这里画一笔好，那里添一划灵，就这么干了。"这一番颠覆艺术的话，着实令多少行家汗颜。更有甚者，陈鹏举还为《上海书画家名录》作序，并说，不少书画家喜欢他做序。"我的序就是定论。"其口吻，着实令人敬佩。

陈鹏举还说起一个艺坛逸闻。2000年末，鹏举兄在上海图书馆举办他的诗书展，程十发作序，曹可凡主持，众多名家名流，竞相捧场，展厅里的花篮，逶迤如仪，煞是壮观。与陈鹏举堪称"忘年交"的黄永玉老先生，则特意画一张"大花篮"送来祝贺。有趣的是，这幅画落款为"200年"。更夸张的是，当日朵云轩有个收藏展开幕，可程十发、曹可凡等人与多家媒体尚在上图。朵云轩不得不延时，直到下午4时许才得以开幕。

陈鹏举更是在"环球艺术雅集论坛"上，主讲《收藏鉴赏中的十大关系》，即："精英和大众的关系、文物和藏家的关系、财富和品位的关系、沧桑和人文的关系、审美和学养的关系、价值和价格的关系、真品和赝品的关系、现玩和古玩的关系、经典和稀缺的关系、艺术和工艺的关系。"可见其对古玩鉴赏的学养之深，以及他对古玩的整体把握与其独到眼光，为人注目。"一线的考古学者，不是鉴赏家。鉴赏家只民间才有的，为这些流落在外面的物件，作出评判。玉、瓷器、字画……把玩手中，默默凝视，人与物之间心意相通，它的线条、姿态，看着感觉和中国的人一样，谦恭、温和。好的艺术，应能经受时间的打磨、推敲，时间可以改变一切。古玩的另一好玩之处，就在于我们现在看到的唐三彩，比唐人看到的还要漂亮，这就是时间的魅力，它会带来岁月的厚重和积淀。"这是一个玩家的襟怀，一种玩家的气场。

我习惯称陈鹏举为玩家，一个纯粹的玩家，并不以收藏、功利为目的。比如陈鹏举的鉴赏文字，就是玩家的心态，纯粹的一种心绪物语，不靠剽窃、作秀以博眼球，而是以文养玩、以玩写文。因为，人生最后的心情不是拥有，而是淡定，圆满一个玩家的心境。

今天，陈鹏举玩累了——1981年开始发表作品，著有旧体诗词集《黄喙无恙集》，散文集《美意朦胧》、《九人》、《文博断想集》、《凤历堂题记》，办过多个个人书画展；曾任解放日报《文博》版主编15年，同时撰写个人专栏《文博断想》。现为中国作家协会会员，中国美术家协会会员，上海市书法家协会主席团委员，上海诗词学会常务副会长，复旦大学《诗铎》丛书副主编。又为上海市收藏鉴赏家协会执行会长、法人代表，秦汉胡同文化顾问。

然而，退休后的陈鹏举又被《新闻晨报》招安了，让他再继"文玩"，开始他信马由缰的新的驰骋。该栏目每周（周二）一期，其经典个人专栏"陈言录"又成他的招牌文字，为众多读者、粉丝所追随——由《解放日报》的"文博"而转而《新闻晨报》的"陈言录"。

人最宝贵的是思想，思想是靠文字，包括字画、建筑、文物，是因为内心有思想，有人的精血，而所有的这些，又都需要一代代保存，也都应该在一代代人间流传。他说，做学问的人是高尚的，交流字画的人也未必不高尚，没有他们，没有拍卖，文化被误读为学问，学问被幽禁在书斋里。结果是，书斋里的人误读了文化，而人民大众，很文化地读到了文化的悲哀。文物是要展示的，字画是要交流的，就像作客，不能老是待在一个人家里，要走出去，到处走走。字画，还有书籍，都是这样的客人。我一朋友粉丝，竟将陈鹏举所能见到文字均一一开列，装订成册，也成了我的"床头书"。每每阅读，竟成把玩。

比如，陈鹏举在《文化艺术是一种温情》中说：文化是一种温情。温故而知新，温良恭俭让，让我们面对历史和立身人世。司马迁苟活人间写《史记》，只是因为心里有许多对历史和对人世的温情要倾诉。《史记》是一本怎样的书啊！它是史书，更是一场旷世的温情歌哭。他举例说，文化是一种温情。彩陶上的画面，为什么这么美？没有温情是万万不能画就的。后来有了陶和瓷，也是一代代一年年地美不胜收。宋代五大名窑，那种釉色，甚至到了天工难到的地步。还有器形，哪里是一件工艺品、艺术品，简直就是中国人的神态举止。再说瓷器是极易破碎的。人为什么创造这么易碎的作品？这是不是无意间透露了，人的内心的与生俱来的温情需要寄托，人需要在天地间顽强地显示温情的无所不在呢？应该是的。不然没法解释，一代代一年年的收藏家，不遗余力地保护这些和人的温情一样易碎的文物，而心甘情愿、生死不渝。还有晋唐的文人，写出了极动到极静的字。譬如颜真卿的《祭侄稿》，大悲痛到大沉静，这种做人做事的境界，只有对人世饱含温情的人，才能到达。宋元画家，画出了让后人永远无法企及的画。譬如范宽的山水画，这样的高山大壑，甚至看不明白他的笔从哪里画起。再说长城。我一直不认为长城是暴君个人的作为。长城是用来抵御外来侵略的，至少有理由修筑。陈鹏举在文章里还说，长城不是匆忙的堆垒、不是豆腐渣工程，长城是无数工匠的心血甚至是血肉筑成的。修筑长城的无数工匠，我相信更多是没有怨言的。因为面对长城，置身长城，谁也会感觉到长城的横空出世和精致入微。万里长城告诉我们，当时无数的工匠是用他们内心的温情，为这个伟大的国度和他们自己建造了真正永垂不朽的纪念碑。大匠无名，只有温情永恒。也像黄永玉一篇散文的结尾所写的：我爱人类的快乐，也爱人类的痛苦。由此更可以相信，文化是一种温情。

我庆幸自己有识陈鹏举，是他的文字开智我的思想，为我打开文化之窗，他让我知道，古玩是什么。古玩之所以美好，是因为它褪尽了人间的习气，有着十分的天真。天地有大美而不言，这大美是天地，也是凝聚着人的精血和心境、满含天真的古玩。可真正的鉴赏家，其实都是赤子，一个怀抱着一颗心便永远不改变的赤子，为了古玩的传承，为了古玩的纯粹和永生，他们献出了全部的精血，甚至可以献出生命。

陈鹏举新出了一本墨迹集，名叫《北溟有鱼》。上海大学硕士生导师胡建君为他诗情书艺所识而著文写道：北溟有鱼，名曰鲲，化而为鸟，其名为鹏。这鲲到底是极大的还是极小的，庄子与《山海经》的说法并不一样，只是大或者小到了极致，也就大小莫辨了。生来担有大鸟名的陈鹏举，也总想追问这鱼的身形与归属。他说："鸟鱼相见里，回到降生初。"降生之初，他是辛卯年的兔，属于十二生肖中小而柔弱的，而兔又介于大而威猛的虎后与龙前，也曾经披着虎皮化身为"菟"，在明月上不辨所踪，在陆地上又不止三窟，不知生从何来，归往何乡？

正像他忘年好友黄永玉写的《无愁河上的浪荡汉子》，这个名字也适合于他。陈鹏举说自己不看书，也没有师承，一切真如逍遥游。因之他的笔墨似乎有着一种无所依傍的力量。笔下的墨迹神采飞动、姿态横生，不着意而有天机生动之妙。早期笔意多牵连映带，时见肥笔，如鸟掠鱼翔、杂花生树。之后用笔更趋苍率，心手两忘，行间加宽，笔意却更见密实，尤显古拙淡远、丰神朗畅。他总是书写自己的文字，书写尺牍和手卷。北平笺谱、朵云八行，书写金缕曲、满庭芳，还有三两话语、千字文，声情流转，譬如书写汶川心泪俱下，书写唐井阑温润安详，真真见字如面。偶尔也写他自己以外的心仪的文字……然而兔起鹘落，终留痕迹，细审之下还是渊源有自，可寻颜真卿、何绍基风骨，还有唐人写经与摩崖石刻的印迹。大概源于他平日收藏的游心寓目，目光停留处，刹那成永恒。

我在陈鹏举的文字里或从他收藏的秦砖汉瓦或者宋元明民窑青花中寻到根底。因为看到了齐白石和林风眠的真迹，那第一眼的感动与震撼，直接从心底传达到了纸端。那些飞翔的鱼，游走的鸟，无根的舟船，无边的云天，无忧的少年，书写成无尽的岁月。说是民间的笔墨，又浸透着文人的忧伤。

同为宁波人的胡建君是这样说的，他是没有根的，却随处可以停息，正像他栖身的"凤历堂"。"历"，只是一种时日，或栖或举、将行将止。"生来到今，这鸟还是这鱼，还在北溟里。"我视其为知己者也。

# 贺竹元：自由的画笔

● 唐旻红

之前并不认识贺竹元，只在一些画展中，偶尔的报刊专栏里，见过他的作品和简介。简单得不能再简单的简历，使得这个人仿佛淹没在了一派氤氲水墨中，没有了鲜明的个性特质，也没有了故事。因此，我在拜访他之前，一直是担心的，担心无法完成这篇文章，担心即使成文了，也是瘦削如他的影像，凡常如他的气质。是的，在通电话的那一刻，我便知道，他就如同生活在我隔壁的一位邻居，有着家常的和善，又像是身边的一位师长，不用担心沟通上的距离。

### 弄堂　家庭　市井风物

贺竹元自幼喜欢画画，是再顺理成章不过的事。

他们家就安在上海典型的石库门弄堂里，一间狭小的亭子间，父亲是普通的会计，早出晚归；母亲料理家务，精心照应着丈夫和独生子的饮食起居。不同于其他宁波籍家庭的是，他们除了井井有条、家教严格之外，还有一份别样的情致——美，居家之美。

父亲早年在宁波镇海北仑时，就是当地小有名气的文人，乡里人家有需要书联绘图的，都会来找这位能写会画的书生。因此，绘画装饰成了这位会计师主要的业余爱好，自家与邻居家的各色枕头、鞋子、床帏等布艺绣花样，都是出于他的手笔。恰恰竹元的母亲又是刺绣高手，所以，他们家小小的房间里，一派清雅精美。

但究竟，一个酷爱艺术的人，没能从事艺术职业，终究是遗憾。1954年，当儿子出生时，父亲为儿子取名"竹元"。他对妹夫说，我将来想让儿子画画。竹元这个充满了艺术气息的名字，始终跟随着他的艺术道路，呈现于他的画作中。

父亲温和慈祥，但对竹元的绘画训练却毫不含糊。他要求他每天必须画两幅临摹，用圆珠笔，在一块小小的木板夹上。至于临摹的内容，由竹元自己选。从《三国》到《水浒》，从《山乡巨变》到《白毛女》，从《金沙江畔》到《平原游击队》，从宣传画到大前门香烟壳，他什么都临，什么都画。因为用的是圆珠笔，不能打底稿，无法修改，因此，每天傍晚，竹元呈示给父亲的，都是原生态的画作。

身为家庭妇女的母亲，则是父亲的最佳助教。母亲是典型的宁波女人，清爽之极，干练之极，虽然只育有竹元这一个儿子，家教却极为严格。竹元是弄堂里穿着最整洁、吃得最好、最懂规矩有礼貌的孩子，却也难免跟弄堂里的小伙伴玩得忘了时间忘了画画作业。母亲总会提醒他在父亲回家前完成功课。一般总是，父亲回到家，首先就拿起挂在墙上的画板，仔细检查。一旦他发现画得掏浆糊了，比如那些笔触精细的古典题材连环画，被竹元简化掉了大量背景，他立即就会用批评的目光审视竹元，而母亲，也会一五一十地向他反映竹元的贪玩怠惰。

父亲的期许，给竹元带来更多的是快乐而非压力。父亲每周带他逛上海美术馆等各类画展，成了他最享受的时光。而父亲在他升入中学、绘画日益精进之时，从朵云轩购来一只标准画架的那一幕，至今仍清晰地呈现于他的眼前。是的，就在那间狭小得本就转不开身的蜗居里，在床桌橱柜等一家三口必需的家具中间，这座画架显得如此庞大而耀眼，仿佛镇宅之宝，凝聚了整个家庭的梦想，点燃了竹元绘画的热情。60本的连环画《三国演义》，竹元一张张地临，竟然临摹了好多遍。

一切皆有因果。正因为父母的严格施教，使得竹元在人物造型与刻画方面打下了扎实的绘画功底，此后的绘画，无论水墨工笔、油画水彩画，他都无须打底，而是一气呵成且速度极快。也因为父母的教学方法，使得竹元的绘画技法并非专擅一家、墨守成规，而是有着惊人的自学能力，并通过不断的临摹与研习，来探究和掌握各种技法的奥秘。更因为竹元在石库门弄堂这个典型海派场景中的深度嬉戏，使得他日后的绘画中，无一不充斥着类似的面孔、姿势、氛围乃至内涵，即便是《童稚天趣》以及其他的人物风俗画，虽然那些服饰摆设、花鸟背景，仿佛是古代的某个庭院，世外的一处人居，却仍可见到属于竹元的个体的感知，属于石库门的那种海派的情致、海派的气质。

这或许便是人们常说的艺术家的风格，来自他的弄堂，他的家庭，他的市井风物。

## 乡野　故土　花木鱼虫

在贺竹元的画作中，还有许多景物，是属于山乡野地的。它们阔达、散淡，看似杂乱无章，却又章法有序。一个终日逼仄的窄弄曲巷里，是生长不出如此恣意无垠的野草的。这里住着另一个贺竹元，宁波乡下的贺竹元。

自幼童时期，宁波乡下便是竹元玩乐的天堂。那时，阿娘阿爷外婆等长辈还在，每年寒暑假，爸妈都会带他到乡下过，尤其是暑假。悠长的暑假，多么快乐的两个月啊！

乡下有好多堂表亲，还有许多亲朋好友家的孩子。他们捉蟋蟀天牛知了鱼虾，他们挑稻推磨生火喂鸡，开心得不得了，当然他也还是要画画的。只是父亲要在上海上班的，不可能天天检查他的画图作业，却也使得他的绘画，更多了许多自由的况味，随意的韵味。更何况，乡间的亲戚邻人，偶然看见他的画，总禁不住啧啧称奇：看格小囡画得介好，像是像得来，将来肯定做画家的；阿爸画图画得好，娘也聪明得很，小囡肯定有出息的啰……竹元在乡下，快乐极了，得意极了。

贺竹元的画里，有很多游戏，掰手腕、打弹子、滚铁环、抖空竹、挑绷绷、放纸鸢、跷跷板、玩对脚、逗鸟雀、下象棋。还有许多动物和植物，牛羊、鸡鸭、鹧雀、蝈蝈、蚱蝉，追着稚童的鹅，孵着太阳的狗，还有院落旁的槿树，篱笆上的蔷薇，无垠的稻田，成片的菜花，瓜藤与野竹共生，垂柳与桑树同画……

乡童与乡民真实的日常生活和心态，浅近而表面化的喜怒哀乐，都被贺竹元古雅的笔，搬进了古雅的纸，却丝毫未损其自由闲散的内蕴。所有这些人物、动物、植物，都生活着，自然着，散淡着，在他的画里，静静地，活生生地。

这一切，不可能都源自临摹，包括那两只精细得不能再精细的蟋蟀。年少时的竹元仔细观察过太多太多的东西，却未必画得出，画得好。为此，他一次次地返乡，一次次地重新观察，将乡野故土一遍遍记在脑子里，回到家，将它们画出来，将看到的最新的景致和记忆中最美的景致，一同渲染在纸上。

祖辈都已仙逝，在宁波北仑的故土。父母也已离去，被埋葬在家乡的墓地。每年清明，贺竹元都会回去扫墓。其他时间，只要宁波那边有什么活动邀请他，或需要他去帮什么忙，他都会义无反顾地前往。那边有他取之不竭的自然元素，还有诸多发小，令他顾念不已。

### 学徒　临摹　名师满目

贺竹元先生不似有些艺术家那般的孤僻疏离，而是有着隔壁邻居一般家常的性情。他的自述，也是如此。他很满足于家庭和睦兴旺，对于自家，更是着重在人生经历与日常生活的叙述，而极少提及自己的艺术成绩。因此，他的艺术道路，便以这样一种凡常的姿态，在我眼前缓缓展开。

在父亲的教导下，贺竹元始终以自学的方式坚持画画，没有拜师，没有报名培训班，没有去过少年宫，没有参加绘画比赛。他挥毫的最大画板，就是学校的黑板报。学校还有几位政宣委员，跟他一样，字漂亮，图画得好，各有特长，各有分工。

1972年，高中毕业，作为独生子，贺竹元可以理所当然地留在上海。更幸运的是，班主任老师将他推荐分配到了市工艺美术工厂，位于市百一店7楼那个令人神往的所在。"你要知道，这个分配对于我来说，是好得不能再好了。当时我是那个高兴啊，兴奋啊！难以用语言来描述。"

但是很快，贺竹元就兴奋不起来了。不论是在学校还是弄堂，他都算是"小画家"，可进了厂之后，一下就有落差了。所有新进职工，都是来自各校的小画家，有些还是名师之徒，或少年宫美术班里的骄子，贺竹元那两把刷子，立马就被淹没了。他被分配在了"植绒组",就是静电植绒,创作制造各类供出口的植绒产品,有工艺字画、窗帘桌布墙布等等。

这份工作需要美术功底,有艺术创作的成分,但由于工作环境较脏,飞扬的浮绒、手里的胶粘剂,以及繁重的出口任务所带来的三班倒,使得这位怀抱艺术家梦想的年轻人感觉自己心心向往的单位,不过是一座机械的工厂。这期间,繁重单调的工作也影响到了他的业余绘画。他不仅没有开辟新的创作领域,也懈怠了原先的各类绘画功课。

好在,贺竹元在这里结识了他后来的妻子。"她在'和服组',就是往打好底样的和服面料上填不同的颜料,只要填得匀就行,技术含量比我的植绒还低,她也不喜欢。"两三年后植绒组因故解散,他被重新分派到了裱画组。"我运气好,因为我个子高,装裱需要个高的,一个人就能搞定立轴。"于是,贺竹元来到河南路的裱画店当起了学徒。在这里,他除了跟随师父学习装裱工艺外,最兴奋的,莫过于可以近距离观赏临摹各位海上名家的字画真迹。当年,市里馈赠或出口海外的礼品字画,装裱也多是在河南路店,其中不乏蒲华、任伯年、吴昌硕这些大家的作品。加上上海滩很多画家,自己也拿画过来裱。毕竟,当年这个行当,也就这几家国营店在经营。

说起这一段,贺竹元感慨不已地形容着自己当年的兴奋。他在店里,只是初出茅庐的小伙计、小学徒,每当见到那些名家来找师傅裱画,他那个兴奋呀,不住地端茶续水,在旁一字一句地倾听着他们的对话。这些画家书家,原先都只是在报章上见过关于他们的介绍,如今近在咫尺,还有机会交流,真是激动啊!若有其中相熟的放下画后,希望裱好直接送去他家,那更是他所求之不得的。印象最深的是骑着自行车,摸着门牌进到一些老画家的宅子里送画,那种心情,至今记忆犹深。当然在那时,由于还没有书画市场,因此大多数画家的境遇是非常清苦的。即便名家耋硕,闲来无事时也常是悠闲地清谈雅聚,其画作也多是潇洒送人。

这段时日对贺竹元影响最大的是让他真正提起了笔,开始了他的水墨生涯。那些被送到店里的水墨丹青,他细细揣摩,或当场临摹,其中,有刘海粟、程十发、关良、颜梅华、韩敏等等海上名家。他如痴如醉地浸淫于古今名家的大作中，乐此不疲地求教于身边的每一位导师。偶尔地，他会将自己的画作悬于店堂的墙壁上，每有来宾关注和点评，他便虚心聆听，不断求索。

在贺竹元看来，这数年间的学徒、观赏与临摹，确是获益匪浅，虽不免庞杂，却有不拘一格的自由，在不间断的吸纳取舍、自我梳理中，真有"得气""得神"般的了悟。今天，人们评价他的画"茹古涵今，博采众长"，不得不说是缘起于那段装裱学徒的经历。

### 逐潮　踏浪　游历海外

对于艺术家来说，没有任何经历是可以被称作浪费的，也没有任何行走能被判定为弯路。贺竹元除了曾在上海市美术家协会国画人物、花鸟班进修过两年，算是跟"学院"沾了点边，此外便没有了任何美术科班的经历。那些上世纪七八十年代进入上海中国画院、油雕院等专业机构的同行好友，每每提起竹元的经历，总难免说他一路磕磕碰碰，走了许多弯路。确实，他多年游离于"庙堂"之外，但他艰辛漫长的旅程中，每一步都踩在画纸上，始终没有远离他挚爱的绘画，所以说，他没有浪费自己的天赋。

上世纪 80 年代初，贺竹元跳槽到了上海工程技术大学，而后又安定在了上海交通大学艺术系摄画研究室。这是一份闲差，不坐班，只需按时完成交大馈赠贵宾的所有艺术类礼品的选取和创作。当时，像上海交大这样的国内一流名校，已经开始了频繁的对外交流，很多老外极其喜欢贺竹元自己创作装裱的中国画，尤其是那些半工笔半写意的人物，诸如七贤、八仙、神佛、儒释道人物等等，再配上山水花鸟、鞍马走兽，更见生动有姿。有时，他还会根据要求，配置一些其他类型的中国工艺品。工艺美术厂的经历，使得他比一般的画家更多才多艺，更有灵活的服务意识，因此更胜任这份工作。

交大这份工作最令贺竹元感到满意的是它的自由，这给了他大量的创作时间。几乎就是从那时开始，他进入了职业画家的作息状态，每天绘画 8 小时以上，不断铸熔着自己的"笔墨"。及至 1990 年，艺术界出国游学的潮流将贺竹元裹挟到了大洋彼岸的澳洲。他先是在那边学语言、打工、适应环境，最初带去画廊的 10 幅中国画，人家只收下了 2 幅，总共才愿付 20 元。但他并不气馁，以中国书画家特有的淡泊从容，面对着异域的文化。

贺竹元先是应聘到了悉尼澳华工会做美术班教师，教授学员学习中国画。他们中有孩子、全职太太、退休老人，也有喜爱中国文化的青年和文化人士。虽然教的是中国画，课堂教学的方式却是西化的，没有课程大纲和讲义，甚至没有固定的题目，每个学员告诉他自己想画什么，他便直接在其面前画，让其模仿。一张张地画，一张张地临，通过反复地画那些自己想画的东西，来掌握毛笔下的力量，来颖悟笔墨中的韵味。这样的教学方式，贺竹元觉得非常好，很像他自己年少时的习画模式，自由自在，自然天成。这也恰恰显示了他异常熟练的技巧和相当能画的特质。学员随便说什么，他都能信手拈来，形神兼备。

在美术班，他结识了不少朋友，并被推荐到了悉尼大学担任《学汉语》美编。一年后，他的画作开始以每张千元被画廊收购，并先后在悉尼大学举办了两次"中国华东水灾抗洪救灾贺竹元中国画义卖展"，并将画展所得悉数捐给中国领事馆。虽然在这异国他乡，他很难凭借淡冶清柔的中国水墨而成为一名成功的职业画家，但他见识到了画廊风云，见识到了文化市场，见识到了形形色色的视觉艺术形式和五彩斑斓的时尚美术潮流。1992 年，当妻子说为出国而举债的 5 万元人民币都已还清时，他便立马启程回国，不再纠结于多赚多少外汇。

## 传统　时尚　笔随心动

两年的出国经历，使得贺竹元更看淡了体制内的职业身份。回国后他先是在朋友的玻璃厂做图案设计。那些年，上海刚刚迈开城市大变样的步伐，各类商务、居家装潢初步呈现出繁荣景象。过来人都知道，花色玻璃，曾一度非常流行，玻璃门窗上那些精美、古典、亦中亦西的花卉或鱼鸟图案，恰恰迎合了城市人追求通透雅洁的审美趋势。

不久，竹元又获邀到广东中山旅游科幻城做美术总监。说起这段经历，贺竹元颇有些得意，因为他的样样拿得起。从 LOGO 设计、十二生肖卡通形象设计，到旅游城各场馆服务生的服装设计、景观设计，他都能做，都能获得老外的认可和喜爱。他说，我并没学过服装设计，只是按照我设想的样式描绘出来，裁剪师一看就懂，效果都非常好。这一来得益于我的人物画基础，二来毕竟在国外待过两年，有了些见识，知道商业美术该怎么做，应该掌握哪些时尚元素。

由于在中山的出色工作，当投资方准备在上海东方明珠塔创办科幻城时，理所当然地延聘上海人贺竹元担任美术总监，他的妻子则成了科幻城的总经理。1995年，他们一家三口终于团聚，落定在了上海。从此，贺竹元便成了"宅男"。

艺术家往往会面临生存与自由的困惑。艺术是自由的，真正的艺术作品是属于自由市场的，无法被御用。特别在那个计划经济的年代，脱离了"单位人"身份的艺术家，却很难找到自己的生存空间，便也难以追求自由的艺术空间。好在，刚刚开放的市场给了贺竹元以独特的机遇，让他不再是我们此前所常见的那类才华卓越的寒酸画家。每天，他们夫妻二人开着外籍牌照的轿车一同上班，妻子打点着公司上下里外一应行政事务，异常忙碌，他则躲在楼上一间专辟的工作室里潜心绘画，潇洒自在。毕竟，公司需要美术总监干活的时候并不多。

就这样，贺竹元一边做着时尚的美术设计工作，一边画着他所挚爱的传统中国画，一步步走向他的艺术殿堂。他的殿堂是素雅清淡的，没有姹紫嫣红、冲击视觉的大色块，只是在淡淡水墨中，添几笔朱红鹅黄，含蓄而又灵动，从而彰显出中国传统绘画的隽永清雅、不浮不躁。但有时，你又会在他的画面中发现油画般的光芒、水彩画般的明亮，以及一些大胆的构图、透视的效果，这些无疑来源于多种艺术形式熏陶的元素。但所有这些元素，都以一种中国式的温文与和谐存在着，融合着，给你笔随心动的自然观感。

说到这一点，贺竹元最感激最佩服的自然是他的妻子。她始终鼓励他坚持画画，将主要精力放在他的中国画上，而没有如一般女人那样，只一味地期待他下海赚大钱，或跟风转型，仿佛她早就预见到他此后的成就。而这种预见，恐怕并不完全取决于她身为美术同行的眼光，还有她的爱屋及乌，她对丈夫才华与爱好的信任。

于是，在喧闹的东方明珠旁，在闪亮的科幻城楼上静谧的一隅，贺竹元找到了自己的艺术世界，产生于街区小巷，带有商业倾向，通俗浅近，充满变幻，却并不流俗，终由"海纳百川"而至"点铁成金"的境界。

### 悠然　精进　长乐之乐

当贺竹元还是装裱店里一名学徒时，他不敢有青年才子的狂狷，因为他见识了太多精熟的笔意。

当他远涉重洋，用水墨的绚华典丽征服异域的眼睛与心灵时，虽然他因《奕趣图》、《雨后》等作品早已入选上海职工、高校教师及上海市级的优秀美术作品展，而完全有资格被称为画家，但他仍然不敢、不愿承认自己是一名"画家"，而只谦称"只是喜爱画画，如果别人也喜欢我的画，那就很高兴了"。

当他加入上海市美术家协会，成为上海书画院职业画师，成为一名真正靠画画为生的自由职业画家后，他一如既往地谦逊、平和。他说，能做自己喜欢的工作，这份工作还能拿来养家糊口，且过得还不错，这应该算是人生最开心的事了。为此，他总是拿"长乐"两字作闲章。人说这两字太简单平凡，他不以为然，长乐之乐，绝不简单，而他要的，正是这份不简单的平凡。平安喜乐，吉祥安康，在他的家庭里，也在他的画里。

而这份长乐，并非悠悠然自行前来。他需要不断地勤奋精进。

每天，贺竹元都要画至少8小时以上。有时出差在外或会务耽搁，他都会觉得很难受。曾经一度，他像其他画家一样，专门有间工作室，每天来回跑下来，

却觉得实在浪费时间，最终还是宅在家里。一来省了奔波之累，二来家里好茶好饭好书好环境滋养着，更适合创作。毕竟中国画，需要的只是一管孤竹、一方砚墨、一张大桌、一幕白墙，还有一缕心香，就足够了。竹元先生笑言：我还就不能太安静，白天一个人画时，非得开着电视，一边听着才能一边画得顺心，所以电视台各种各样的热门综艺、专栏、电视剧，我都知道。

平和简洁的竹元先生，在他的画

里丰盈着他的生活和生命。一直以来，他都以人物画为钟情和专擅。渐渐地，描绘道释侍女的士夫画略见稀疏，笔下的儿童，却愈见丰满多姿，逐渐成了他的专攻。按贺友直先生的说法，是"诚有识之见也"。

十余年前，竹元开始专攻儿童人物画。经过不间断的揣摩、充实、吐故纳新、自我调适，竟使得笔下的儿童进到了"虚实相生，达意畅神"的境界，其千姿百态、盎然天趣，使观者无不感觉自然亲切而又耐人寻味。在笔墨上，他用笔洗练，勾染精整；在神韵上，孩童葱茸可爱，圆圆团团有如吉祥的小福星，憨态可掬，令人爱怜。更动人的是，画中小孩往往三五成群，彼此呼应，仿若一幕幕有着连贯情节的故事在眼前栩栩如生地展开，嬉戏中的童子或静或动，或卧或俯，不仅有动作有神态，更有氛围有场面，令人如闻气息，忍俊不禁。而画中花鸟，或墨花墨禽的淡逸，或纤细端秀的工笔，既有水墨放洒，又有细微刻画，也给画面平添许多意蕴与生气。无怪乎许多同行或赏析者一眼就看出了他的连环画渊源。而由邵洛羊先生看来，其对人物画创作的"迁想妙得，中得心源"已甚有了悟。

没有张扬，更没有炒作，他的画却越来越受到人们的喜爱。在朵云轩的个人画展上，在海内外的许多艺术博览会上，他的画没有惊人的高位，却有众多的拥趸，以及令人心安的稳健的爬升。他从来不想成为明星，却希望自己在一个健康的艺术市场中拥有一席之地。他希望，人们拥有他的画，是因为喜欢，收藏他的画，是因为值得。甚至，他一年中的创作，一大半都是馈赠友人或拿来义卖。而作为上海宁波同乡书画院副院长、秘书长，以及虹口区政协委员、侨联副主席、知联会副会长，他的另一个重要职责是，用画笔服务于社会，服务于故乡。奔波的辛苦，不求回报的付出，但他心甘情愿，心满意足。

自由的画家就是如此，不为名累，不为物役。所幸雅道重光，书画复盛，贺竹元先生历经艰辛，心坚志笃，终于得以用自由之笔，描绘人生百态，描绘世相万千，描绘最美的童稚天趣。这就是甬籍海派画家贺竹元的艺术天地。

# 刘惠成：百岁草根圣贤

● 梁　峙

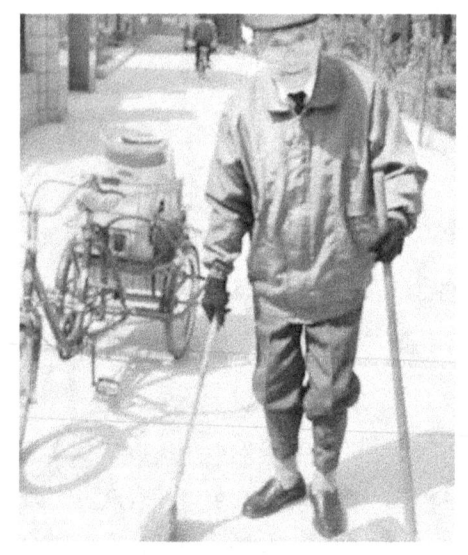

刘惠成曾被评为上海市精神文明十佳好事、上海市闸北区模范志愿者、上海市杰出志愿者、全国道德模范提名奖等多项荣誉。2007 年 8 月，百岁老人刘惠成被授予"上海市杰出志愿者"，同年荣获"全国道德模范提名奖"。

刘惠成做好事善事，助人为乐的精神，感染了整个闸北区甚至上海市。他于 2009 年 3 月 102 岁仙逝，多少人为他惋惜，多少人为他感动。至 2013 年 3 月，以已故百岁志愿者刘惠成名字命名的"惠成志愿者服务队"队员，在闸北区累计达 3 万名，分布全区的各个系统和街道，人们难忘这位百岁老人的名字——刘惠成。

## 自幼贫苦学生意　解放翻身学孟泰

1908 年 8 月，刘惠成出生在宁波鄞县（现鄞州区）昆亭乡一个贫苦的农民家庭，不幸的是 8 岁丧父、12 岁丧母，成为了无依无靠的孤儿。当时唯一的亲人就是阿姨，但是阿姨也是穷苦人家。按照当时宁波习俗，一个男小顽到了 16 岁属于成人，由阿姨托人把他带到上海学生意，临行前亲手为他准备了行囊，还在里面加了一件亲手为他缝制的长衫，这让刘惠成暖在心头，没齿难忘。

为了活命、为了养家糊口，刘惠成拼命干活，什么苦都吃过，什么累的生活都做过，曾经在客货运船上做了 30 年的厨师可谓尝尽人生艰辛。

上海解放后的 1956 年，工厂招工，49 虚岁的他被招入上钢八厂，分在第三车间食堂里。上钢八厂当年是国营大厂，刘惠成成了国家主人——工人阶级，具有强烈的翻身感和荣誉感。他整天抬着头挺着胸，乐呵呵地上下班，不时地说："阿拉当工人了，当家作主了，真叫光荣啊！"

刘惠成业余时间参加扫盲班，因为旧社会没有读过多少书。在扫盲班中他努力学习，在扫盲课本上"相识"了与他有相似经历的新中国第一代著名劳动模范——鞍山钢铁厂工人孟泰，将之树为毕生楷模。刘惠成说，孟泰有个仓库，零零碎碎的东西把仓库都摆满了，都是些废铜烂铁收拾起来，这就是我在扫盲班学得的。

刘惠成做好饭菜，常送到离不开岗位的工人师傅身边。在火龙飞舞的轧钢机旁，见到工人汗流浃背努力生产，又见到他们心灵手巧操纵各种机器，日而久之他将这种精神运用在自己工作的伙房中。他虚心好学，不怕困难也不怕失败，先后为食堂革新成功自动加米机、淘米机、切菜机，还成功制作了烤面包炉和节能炒菜炉等。他成功制作的各种设备，被推广到工厂各个车间的食堂，为厂节约了大量人力物力。由此，他被工厂评为标兵，后经上报被批准为上海市五好工人，还在上海市的文化广场集体受到周恩来总理接见。

刘惠成感人的事迹主要还在他退休以后。1968 年刘惠成光荣退休，子女们原以为他能够在家过过安闲的日子，但老刘是一个闲不住的人，不顾家人相劝主动找居住地的街道请缨要事体做。他说，我每月有 42 元 5 角退休金，不能白拿国家给的钱不做事。街道领导先分给他做一些治安、卫生方面的事情，后来又委任他当曹杨三村居委会的治安主任和卫生主任。不拿工资的活他干得很带劲，一干就是 10 多年。

在 1974 年他 66 岁时，党组织按照他的多次申请和实际表现，批准他加入中国共产党。从此他深感责任更加重大，干起活来更加积极努力。邻里居民纷纷赞扬他是"曹杨三村的老愚公"——当时"老三篇"中《愚公移山》中的主人翁，每天挖山不止而感动了上帝。在这段时间里，他 6 次受到上级表彰。

1981 年，74 岁的刘惠成随儿子迁居闸北区洛川东路。离开老宅时，普陀区曹杨三村居委会干部和许多邻里为他送行，刘老也依依不舍。在新居，家人要他在家种种花草，享享清福。才过了几天清闲日子，刘惠成又闲不住了，他说："这是我第二次退休，没事干闲得发慌，浑身不舒服。"还说："我是个劳碌命，这福啊，看来享不来了。"

## 坐垫拐棍献爱心　踩车好事做不尽

刘惠成随身带有三件宝：垃圾筐、扫帚和簸箕。有人说他是活雷锋，人到哪里，好事做到哪里。他却笑道："举手之劳，一不费劲，二不花钱，谈不上做好事。"也有人说他一大把年纪，放着清福不享，何苦呢！他回答："人没有累死，只有闲死，对我来说，享福就是为大家做点事体。"

古稀之年的刘老新居离闸北公园很近，每天清晨到公园打打拳，白天在家种花养鱼，也自得其乐。但辛苦忙碌了一辈子，突然享起清福来，他心中不免会产生一种失落感，总觉得生活中缺少了什么，特别是相敬相伴了60年的老伴因病去世后，刘老伯更觉得孤单冷清。

为他人服务，刘老不仅有心，而且很细心。三九严寒天，他到公园锻炼身体，休息时坐在水泥凳上感觉很冷，于是就回家做了块坐垫随身带着。这时他想到，别的老人也同样需要这种坐垫来保暖，于是开始亲自动手"批量"缝制坐垫，送到公园与晨练的老伙伴和游人分享。缝制坐垫颇费眼力，家人劝刘老"适可而止"。他却对子女说："你们以后来看我不要买东西，只要帮我做几个坐垫，我就开心。"从此缝坐垫就成了子女孝敬他的方式，刘惠成自己亲自缝制的坐垫多达2000多个。儿女有空的时候也缝上几块，去探望他的时候带上，看到此物刘老就高兴无比。还感叹：你们送点东西给我，或者送点钱给我，买点肉给我，不如做一块垫子（让我）开心。然而，并不是所有人都很珍惜刘老的这份辛苦，有些年轻人用完垫子后不但不放回原处，甚至还会拿来当飞碟一样扔来扔去玩，以致刘老认认真真做好的垫子会被散到地上路边。面对这一切，有人十分气愤，但刘老却出人意料地平和。他随和地说，我拿回去洗一洗不就是了，年轻人好玩也是天性嘛！

推己及人是刘惠成做好事的思路，正当大家夸赞他时，他的视线又转向了那些少了拐杖、步履蹒跚、颤颤巍巍的老人。年迈体弱走路需要拐杖，他给自己做了一根，便想到有同样需要的老人。他跨上自己的小三轮，到处搜集旧伞柄、小木棍、可乐瓶，拿出了年轻时争当"上海市五好职工"的劲头，一手切菜刀一手木锤头，连削带敲忙个不停。儿孙们见他又劈又砍又打磨，满脸豆大汗珠，一不小心还伤着手指、脚背，实在心疼。但刘惠成本人则毫不在乎，照干不误。刘记拐杖先后出产了300多根，全都被他无偿送了出去。

有一年春节前夕，二儿子从湖北给他寄来200元钱，刘老伯特意骑着三轮车上街，用这些钱买了10根新的拐杖准备送人。儿媳知道后有微词，刘老解释道："我看到不少老人出行没有拐杖帮助，心里一直惦记着。现在我自己做已经有点力不从心了，买新的送给他们不是更好吗？""你误会了。"媳妇说："我不是埋怨你做好事，而是担心你年纪，你跟我们说一声，我们替你去买不是一样的吗？""不一样！"刘老有点固执。从这些对话中，我们可以感受到刘老"能做好事便是享福"的心态，这当然包括做好事的整个过程和结果。他曾多次对子女讲："我在电视上经常看到，一些名人为慈善事业捐款几十万甚至几百万，但我没有那么多的钱，我只是出力气。"

"请同志们注意，冬天走公园，有点不方便，拿只海绵垫，不要钱，不要谢，要用自己拿。""老年同志们，跑路不方便，拐杖来帮忙，不要钱，不要谢，要用自己拿。"这由刘老自己编、自己用毛笔写的广告词，一看就是小学生的水平，但他把做这两件事的动机和目的交待得非常清楚。游客们看了，简直不相信公园里还有这样的好事，便纷纷上来领取，一会儿工夫，一车的海绵垫和拐杖就发完了。刘老伯望着大家心满意足的神情，心里别提有多高兴了，他多次对人讲："每次为别人做好一批新的垫子和拐杖，心里比自己家里造新房子还要开心。"

原先，刘惠成喜欢跑步，随着年岁的增长，跑步改为了散步，到后来他感到散步也有点吃力。1991年，刘老的二儿子从湖北回沪探亲，发现父亲步履蹒跚，细心的儿子便为他买了一辆崭新的小三轮车，让父亲每天骑着小三轮车出去"散步"。刘老得了这辆车子后，便像得了宝贝似的，每天骑着它进行都市旅游。但时间一长，他又心生疑问："空三轮车有啥踏头？"

一天，刘老伯骑着小三轮车从闸北公园大门口经过，看到从上海火车站开过来的95路公交车上走下一位老人，背着沉重的行李，显得非常吃力。刘老伯上前主动要送人家，对方显得有点犹豫，刘老马上解释说："我不要钱的，我在前面慢慢踏，你跟在后面抓牢行李不要放，我不会逃走的。"那老人终于放下心来把行李放在了车上，临别时那老人千恩万谢地说："我今天遇到老雷锋啦。"刘老伯也很高兴：今天既逛了马路又做了好事，一举两得。打这以后，刘老伯常常有意地骑着三轮车在公交车站点守候，看到背大件行李的、抱小孩的、行动不便的旅客下车，他总会主动上前帮一把、送一程。就这样，这辆私人的小休闲车变成了爱心便民车。

从1997年夏天开始，这辆爱心便民车又成了环卫清洁车。炎炎夏日，上海马路上的西瓜摊一个接着一个，而路上的西瓜皮也满地都是。这情景使他不禁回想起自己当年在曹杨三村当卫生主任的历历往事，他的经验和心得就是：搞卫生不需要什么技术，人人都会干，但一定要有人带头。他，就是个带头人。于是，这位九旬老人每天午睡过后，戴着草帽骑上三轮车穿梭在马路上捡西瓜皮。有一次，刘老看到小青年一边吃西瓜一边丢西瓜皮，就跟在后面捡，一直跟着走了好长的路，等他吃完了丢完了，刘老也捡完了。事后有人问他，为何当时不制止这个小青年丢西瓜皮呢？他很朴素地说："我没有文化，不会讲道理。"

刘老骑着三轮巡视在街巷，一旦发现有"路障"，就拿着锯刀、锄头予以清除。他还把拾来的东西"变废为宝"，力所能及做一些小事情。

刘惠成以做好事为乐，以助人为乐，2003年秋季的一天，下肢瘫痪的安徽籍青年小王，坐着轮椅到闸北公园游玩，中午时分，他离开轮椅在石凳上小憩，醒来时轮椅不见了，小王性格内向，坐在长廊上默默发呆，一坐就是两天，渴了饿了就爬向附近垃圾箱，捡别人扔掉的食物。刘老发现了，立刻从家中拿来面包和牛奶给小王，劝慰他，不顾自己已95岁高龄，抱起小王坐上小三轮车，来到远在虹口区一家残疾车专售商店，帮小王买了一辆轮椅，送走小王，刘老已累得趴在车把上睡着了。

## 惠成精神代代传　微笑闸北暖民间

上海志愿者协会成立10周年时正值刘老百岁之年。2008年8月13日，纪念上海志愿者协会成立10周年暨志愿者先进表彰大会现场，温馨无限、感动无限，老寿星刘惠成被年轻的志愿者们簇拥着登台与大家见面，全场报以最热烈的祝福掌声，他在吹灭生日蜡烛之时许下愿："大家开心我开心！"这朴素的语言，道出的正是志愿者精神：服务他人、奉献社会！

刘惠成已经成为闸北区的一根标杆、一面旗帜。他被大家选为"闸北好人"、"闸北区模范志愿者"，他的事迹被评为"上海市精神文明十佳好人好事"之一。闸北区成立了以他的名字命名的"惠成志愿者服务队"，"惠成大军"迅速扩大。"惠成"志愿者的身影，活跃在社会公益、城市公共管理和社区援助等各大领域。一些志愿者走进社区，与孤寡老人、残疾人、重病患者、下岗工人、特困学生、进城务工人员结下对子，开展"手牵手"服务活动。一些志愿者走上街头，维护交通秩序，保护公共绿地，维护市容环境整洁。还有的志愿者结合自己的专业和行业优势，在居民小区开展医疗保健、法律咨询、就业指导、科学普及等服务活动。这位百岁老人的名字已然成为了一种品牌、一面旗帜、一颗可以燎原的火种，产生了巨大的联动效应。

在第 26 个"国际志愿者日"之时，来自闸北区的社区志愿者、少数民族志愿者和当年的世博"小白菜"、"小蓝莓"欢聚一堂，举行"心系苏河湾，志汇浦江畔"——闸北区"国际志愿者日"主题活动暨铁路上海站地区志愿者服务基地揭牌仪式，共同感悟"奉献、友爱、互助、进步"的精神魅力，庆祝志愿者的节日。区文明委向宝山路街道少数民族志愿者白玛龙珍授予"闸北区模范志愿者"称号，在闸北的历史上，白玛老师是第二位获此殊荣的，第一位获得者便是享有草根圣贤美誉的百岁老人刘惠成。白玛龙珍自退休后便一直投身于公益事业，作为一名藏族同胞，她凭着熟悉少数民族、理解少数民族、关爱少数民族的特长，在社区维稳、看家护院、组织少数民族居民参与志愿服务的工作中更是发挥了重

要作用。在接过"惠成志愿服务队"的旗帜后，白玛龙珍更是继续发扬无私奉献精神，以百岁志愿者刘惠成为榜样，将志愿者服务精神延伸到更多的地方，传递到更多人的心里。

刘老所居住的社区居民们都以刘惠成为荣，闸北公园老年护绿队的退休老人们说："刘老伯100岁还在做好事，我们比他年轻多了，应该发挥更多的余热。"刘老的善举感动了很多人，这支护绿队从一开始的20多人发展到现在的500多人。

### 圣贤之心仁者寿　子孙满堂家庭福

向刘老讨教长寿之道，他谦虚地说："人要长寿，就必须保持和谐的精神世界，这一点我还做不到。"什么是和谐的精神世界？刘惠成的理解还是那两句最朴实的话语——"能做好事便是享福"，"大家快乐我就快乐"。那又怎么才能达到这种"和谐"呢？刘老的回答很浅但不薄："人生在世，各有各的价值观念，这是不能强求的。但如果能对物欲的追求少一点，对精神的追求多一点，离'和谐'也就近了一点。"自此也真正明白了耳聪目明的刘老为何只愿平平常常地度过他百岁的第一天，因为在他心目中，和谐是一种淡泊，是一份宽容，是一份诚挚，是一种礼让，是一份信任，是一份与人为善，是一种自得其乐。老人只读过两年书，字认得不多，但他却喜欢用一句古语写给亲朋好友，那就是——"宠辱不惊，看庭前花开花落；去留无意，望天上云卷云舒。"

刘惠成，这位百岁老人的名字成为了一种品牌、一面旗帜、一颗可以燎原的火种，产生了巨大的联动效应。北京师范大学教授、著名学者于丹在闸北区党政负责干部"一把手"培训班上援引《论语·雍也篇》说："如有博施于名，而能济众……何事于仁，必也圣乎。"如果有人广泛地给人民许多好处，又能周济众人……此人何止是仁人，那必定是圣人。她称赞刘惠成是"以身践道的当代草根圣贤"，还为刘老亲笔题写条幅：圣贤之心，包容天地——恭祝刘惠成爷爷健康长寿。

于丹解释道："我们不应该简单地把他作为一个做好人好事的标兵或者楷模，其实他就是一个以身践道的当代圣贤。我觉得真正的圣贤在于草根，圣贤不一定要读很多的书，但要明事理。"刘惠成，就在 40 年的日常生活中，不折不扣地实践着这个道理。随着"惠成志愿者服务队"的兴起，相信会有千万个"刘惠成"们，在为别人做好事的过程中，体会到"'惠'及他人，'成'功人生"的快乐。于丹还认为："他没有那么高的学问，也没有太多的钱财，也不想着要为社会建立一项什么样的慈善事业，他所做的无非就是举手之劳。"是啊，刘惠成认为，自己所做的事都是举手之劳，自己高兴，别人快乐，何乐而不为呢？

上海复旦大学教授顾晓鸣对刘惠成的评价是：他的无私大爱，升华了人间大德，光泽周围，以及整个社会，成就着"仁者，心之德，爱之理"的哲理。他是孔子名言"夫仁者，已欲立而立人，已欲达而达人"的实践者。顾教授认为他那种"能做好事是福"和"大家快乐我快乐"的人生感悟，为社会为子孙后代留下了宝贵财富。

刘惠成是上海的一位普通市民，他坚持几十年做好事。刘惠成工作时就是一个爱岗敬业的好职工，1963 年在雷锋精神的感染下，刘老找到了为人民做好事的人生坐标。退休后闲不下来，仍然坚持做好事，一做就是 40 年。早在上世纪五六十年代，刘老伯夫妇及子女在各自单位、里弄、学校所获得的各种奖状，常常可以贴满家中的一面墙壁。

宁波人有言道，与其积财于儿孙，不如积德于儿孙。把钱留给儿孙，儿孙不及自己有什么用；儿孙超过自己又有什么用。刘惠成老人拥有一个四世同堂近40 口人、快乐幸福的大家庭！受到刘老的言传身教，子女 7 人都很争气。上世纪 50 年代，大女儿作为一名团干部，积极报考了当时条件很艰苦的青海省卫校。刘老的孙辈也很有出息，大孙子高中毕业后以全额奖学金被英国剑桥大学录取，获得硕士学位后，留在英国工作；大孙女继承父业，从事国防科技事业；外孙女在美国数年拼搏，现在是苹果公司总部的一员。

刘老的儿子刘圣阳说，虽然现在生活条件好转，但父亲对自己的生活还是低到令人难以置信的地步：每天早餐总是泡饭与剩菜，遇上没有剩菜，他就用盐拌泡饭将就；午餐和晚餐从不超过两个菜；老人脚上常年穿着一双解放鞋，破了就补补，底薄了就贴一层橡胶；身上的衣服基本是家人穿旧的。但他有着知足常乐的精神和开朗的心态。每个月 1000 多块钱的退休工资，他总觉得够用就好了。

他的孙辈中，有多人在国外留学。2005年，刘老伯的孙子刘烨在英国剑桥大学获得硕士学位，担任美国一家投资公司设在英国总部的金融分析师。但刘烨在生活上很是朴素，有一年他回国探亲，父母陪他到市百一店买运动鞋，他挑来挑去，最终还是选中了一双价格最便宜的。刘老伯知道后很开心，并得意地说："这才是我们刘家的后代。"

刘惠成老人始终过着俭朴的生活，一切自理得井井有条。他从不为工作中碰到的一些挫折，生活中碰到的一些暂时困难，身体偶尔出现的一些不舒适而表现出烦恼忧愁；常从新旧社会的对比中感到知足，经常保持着一个乐观、开朗心态，知足者常乐！

刘惠成常重复宁波人的老古话："气量气量，气要大，量要宽，吃亏就是便宜，为一点点小事生气，气煞也没用，既不解决问题，又伤身体。"他总是这样不亦乐乎，自得其乐！他从不刻意地追求什么，而一直把所做的那些事当作"顺手"、"顺便"做做的，当作开心事、快乐事，就是这样从中获得快乐。他从来就把做这些事看作是很普通的、很快乐的事，也从没想到会从中得到什么回报。

刘惠成虽于2009年102岁时去世，但"惠成精神"永存。

确确实实，一个人勿以小恶为之，勿以善小而不为之。刘惠成给人们留下的是精神财富，是一位普普通通海上宁波人的风采。

# 戴龙珠：乒坛耆宿

● 童志强

由于在《海上宁波人》编辑部工作，得以有机会结识不少沪上乡贤，领略他们的动人风采。然而他们大都是政界、工商界、科教界、文艺界、医卫界的精英，却鲜有体育界的先进。不久前，协会科教联谊部的施树良乡友，在我们编辑部作客闲聊中谈及：上海市乒乓球队的老队员和老教练中，有不少宁波人，他们当年叱咤乒坛，曾经取得过不少骄人战绩，后来从一线退到教练岗位，又为祖国培养出许多世界冠军和乒坛名将。言谈之中，施先生对他的老师戴龙珠女士流露出特别的浓浓情谊。经过他热心的穿针引线，笔者采访了86岁高龄的戴龙珠老人。

## 崭露头角

戴龙珠祖籍浙江奉化，其父戴纪章，曾为黄埔军校教官。上世纪20年代中期，孙中山委托廖仲恺、蒋介石在广州创办黄埔军官学校。笔者查阅黄埔军校教官名录，果然有"戴纪章，中校筑城教官、中校地形教官，籍贯奉化城内东门"的记载。戴龙珠于1928年出生于广州。她的青少年时代正逢国内战乱频仍的多事之秋，在她的印象中，她们一家经常随着父亲在辗转搬家，到过许多地方。因为生肖属龙，又是长女，家里为她起名龙珠，视作掌上明珠。及至上学时，父亲却为她起了一个学名戴藏，希望她像一般女孩子那样做一个娴静收敛的淑女。后父亲退出军界，回家乡奉化发展，于 1939 年戴龙珠 11 岁时病逝于伤寒时疫。从此她家境况一落千丈。戴龙珠从小个头高挑，生性活泼好动，爱好体育，喜欢与男孩子一起玩耍。在学校读书期间尤其喜欢打乒乓球，而且无师自通地练就了两面起板的快攻打法。抗日战争胜利那年戴龙珠 17 岁，从奉化移居上海。在上海这个大都市，她的球技得到了长足的提高。

回顾上海的乒乓球运动发展历史，戴龙珠认为必须提及太湖乒乓房。上海解放初期，一位姓郭的乒乓球爱好者，家景殷实，为了以球会友，在现今的延安路龙门路口（原上海音乐厅对面）开了一家乒乓房，因为他是无锡人，所以特地起名叫"太湖乒乓房"。上海滩几位数得出的乒坛高手，如陆汉俊、李宗沛、杨开运等人经常在那儿打球。当时辍学在家的戴龙珠也是那儿的常客。

早期的中国乒坛流行直拍，左推右挡，尤其左面是一个薄弱环节。当时女孩子打球的原本就稀少，加上戴龙珠球技不凡，擅长左面起板快攻，所以太湖乒乓房的男子高手们都喜欢与她过招。巾帼不让须眉，久而久之，她的球速之快，角度之刁，连一般的男球手都难以招架，很快地，她就在沪上乒坛崭露头角。

功夫不负有心人。1954 年、1955 年，在上海市乒乓球比赛中，戴龙珠凭她独特的两面起板凌厉攻势，击败所有对手，两度获得市女子单打冠军称号。然而，在那个唯成分论、片面强调家庭出身的年代，戴龙珠因其父曾是国民党军官而背上了沉重的包袱。她感叹道，自己正处 20 多岁的体育黄金年龄，是球技发挥的巅峰时段，尽管已是上海乒坛公认的女子高手，却不能进入新成立的市体工队进行专业训练，更无缘被推荐参加全国乒乓球比赛。

机会总是眷顾有准备的人，是金子总会发光。1956 年的一次偶然机会，使当时还没有正式工作的戴龙珠终于梦想成真，用她的话说是正式"吃乒乓饭"了。那一年，世界乒乓强国罗马尼亚组团来沪进行访问比赛。该队实力不凡，其中女选手罗齐亚努更是十分了得，曾获得 1951 年至 1955 年 6 项世界冠军。市有关方面领导特别重视这次比赛，指示要挑选本市最好的选手参赛。当时沪上最好的女子选手非戴龙珠莫属，她被抽调参加赛前集训和比赛。比赛中，戴龙珠与对手尽管实力悬殊，但她绝不轻易放弃，敢打敢拼，她矫健的步伐和凌厉的攻球赢得了观众阵阵掌声，也引起了在座领导的关注。由于缺乏长期专业训练和对国外球员比赛的经验，这场比赛戴龙珠最终虽然输了，但输得比分较为接近，可谓虽败犹荣。赛后，她被领导指名调进新成立的上海市体育宫，从事乒乓专业普及工作。戴龙珠十分珍惜这份来之不易的工作，她在体育宫开办起训练班、少体校，从中小学生中间物色了100多名有培养前途的青少年乒乓球好苗子，其中就有尔后威震乒坛的世界冠军李富荣、郑敏之、余长春、姚振绪等人。1959年，戴龙珠从市体育宫调入市专业队接受系统训练，成为专业运动员。

### 难忘一百零八将

上世纪50年代初的世界乒坛，欧洲诸国挟横拍优势和中远台拉攻，长期霸占乒坛老大的地位。而东邻的日本凭其新研发的弧圈球秘密武器，大有取而代之的趋势。中国不仅在世界乒坛默默无闻，甚至在亚洲乒坛也不被人看重。

在1957年斯德哥尔摩第24届世乒赛上，中国男选手王传耀（鄞县人）在团体赛中击败日本名将荻村伊智朗，女选手孙梅英打败英国优秀选手安·海顿，中国男、女队分别战胜种子队罗马尼亚队和英国队，双双获得决赛权，这是中国乒乓队在世乒赛中取得的最好成绩，中国队的异军突起让世界刮目相看。

1959年4月，在德国多特蒙德举行的第25届世乒赛中，中国选手容国团过五关斩六将，在最终决赛中击败匈牙利老将西多，为我国夺得首座世界男单冠军奖杯，实现了他"人生能有几回搏"的凌云壮志。在此之前，新中国历史上还从未在任何体育项目中获得过世界冠军的荣誉。消息传到国内，全国一片沸腾。毛泽东、周恩来等党和国家领导人亲切地接见了容国团和中国乒乓球队。中国队的惊人成绩，赢得了世界乒坛的尊重。正是在这届世乒赛上，国际乒联代表大会通过了1961年在中国北京举办第26届世乒赛的决议。

为了备战第26届世乒赛，根据国家体委主任贺龙元帅的指示精神，发扬大打人民战争的优良传统，搞了一次全国乒乓大会战，会战之后，又经过3次大型比赛选拔人才。1960年7月，国家乒乓球队在原有基础上，从北京、上海、广州三大集训区先后选调了当时代表国内最高水平的108名男女乒乓球精兵强将组成大国家队，时称"108将"。擅长两面攻打法的戴龙珠也荣幸地入选其中。当时上海共有18人入选"108将"，其中男队员有徐寅生、李富荣、余长春、张燮林、薛伟初、屠汉刚、杨瑞华、谷天华、曹自强、杨永盛（宁波人）、刘国璋；女队员有林慧卿、郑敏之、李赫男（奉化人）、张秀英、陈应美、池惠芳、戴龙珠。有意思的是，年已 32 岁的戴龙珠，与她的学生李富荣、余长春、郑敏之师生共同赴京"赶考"，传为一时佳话。

在北京集训的半年多时间，是戴龙珠一生中最难忘怀的美好时光。周恩来、陈毅、贺龙等领导人专程赴训练场地看望集训队员，给他们作报告，做思想工作，鼓励他们为国争光。当时国家还处在 3 年困难时期，为了承办赛事，国务院拨专款在京城东郊新建了一座可容纳 1 万多观众的体育馆。在食品供应十分紧缺的情况下，保证集训队员们充足的营养和热量。戴龙珠记得，贺龙元帅曾经语重心长地对他们说："现在全国老百姓都吃不饱，全国人民省下来保证你们吃饱吃好，你们一定不要辜负人民的期望，通过集训，努力提高技战术水平，胜不骄，败不馁，在世乒赛中取得优异成绩，来回报祖国和人民。"

最令戴龙珠感动的是，当时每个队员都清楚"108 将"中，最终能代表中国队参加男女团体赛和单打比赛的只能有 10 来个人，绝大部分队员注定只能当陪练。但是只要有利于比赛，个人坚决服从组织安排，大家心中根本没有什么争名夺利的思想。印尼归国华侨李光祖，归国前就已获印尼男单全国冠军，由于他擅打横拍，集训队就分配他模仿匈牙利选手的打法当陪练，他毫无怨言。再有上海队员薛伟初、余长春，脑子聪明反应快，就让他们专门摸索、模仿弧圈球，帮助主力队员适应，他们也甘当无名英雄。最终集训队宣布参赛名单，经过组织上的统筹安排和考虑，戴龙珠有幸进入女子单打名单。

1961 年 4 月，第 26 届世乒赛在北京工人体育馆举行，来自世界各国的 270 多名男女选手参加这届比赛，这是新中国成立后举办的第一次大型世界体育比赛。结果，凭借近台快攻的战术，中国队勇夺男子团体冠军，庄则栋获男子单打冠军，邱钟惠获女子单打冠军，此外还取得女子团体等 4 项亚军和 8 个第三名，震动世界乒坛。33 岁的戴龙珠先后击败法国、匈牙利等外国选手，顺利打进前16 名，在 1/8 比赛时遇到黑龙江来的本国队友韩玉珍。韩当时年轻，是国家队的重点培养对象。戴龙珠服从组织安排，让球给韩玉珍。韩玉珍进前八后，在 1/4决赛中相遇队友邱钟惠，也毫无怨言地服从安排让给邱钟惠。戴龙珠说："那个时候谁都是为国家荣誉而战，大家训练的时候想的都是为国争光，让球一点也不稀奇。"

最令戴龙珠难忘的是，第 26 届世乒赛结束后不久的一天，领导通知她和容国团、庄则栋、邱钟惠、徐寅生、张燮林等其他几名运动员去参加一个晚会。那时候参加世乒赛的中国运动员都已成为家喻户晓的明星，经常有单位邀请他们出席各种活动。谁知车子径直开到了人民大会堂，进去后才知道是周恩来总理特意邀请他们去参加舞会。舞会中，周总理亲切地问戴龙珠："今年多大岁数？"她不好意思地回答道："33 岁。"总理赞许地说："真不简单，33 岁还在为国拼搏争光！"舞会结束后，周总理热情地与他们合影留念。至今，这张珍贵的合影照还一直挂在戴龙珠家中的墙上。

2008 年广州世乒赛期间，分别几十年的"108 将"相约在广州聚会，抱病与会的庄则栋见到戴龙珠后第一句话就是："当年的'108 将'，只有我俩是两面攻打法。"

## 桃李芬芳

在第 26 届世乒赛上中国队勇夺 3 项世界冠军，发源于英国、从西方舶来的乒乓球运动从此在中国生根开花，历经 60 年长盛不衰，成为中国的"国球"。第 26 届世乒赛结束后，"108 将"有的继续留在国家队，大部分成员则返回各省市从事教练员和运动员工作，培养了一批又一批世界冠军。他们是奠定我国乒乓球运动长盛不衰的基石。戴龙珠就是其中的一员。

戴龙珠赛后回到上海，就被分配到上海体育运动技术学院从事乒乓球队教练工作，一直到 1985 年退休。几十年来，受她直接指导的学生中获得世界冠军的有李富荣、郑敏之、余长春、姚振绪。此外，她的学生中从事乒乓球教练员工作的有杨光炎、蒋时祥（慈溪人）、龚宝华、华正德、屠汉刚。其中，龚宝华曾获江苏省男单冠军，后为江苏队教练，培养出世界冠军蔡振华（后输送到北京）；蒋时祥曾获全国男单第三名，后为上海队教练，培养出曹燕华、陆元盛（鄞县人）、丁松、瓦尔德内尔等世界冠军；杨光炎是江苏、北京队教练，培养出蔡振华、张怡宁等世界冠军；华正德是国家青年女队教练，培养出世界冠军焦志敏。

而她学生的学生陆元盛则担任过中国女队总教练；曹燕华退役后创办了曹燕华乒乓球学校，培养出世界冠军许昕；蔡振华更是担任过中国乒乓球队总教练，其帐下世界冠军不计其数。

戴龙珠在少体校担任乒乓教练时，除了帮助青少年队员们提高球技，还十分关心他们的学习。施树良先生记得戴老师经常谆谆告诫他们："你们喜欢打球是好事，但最终能打出来的毕竟是少数人，大多数人只能将打球作为锻炼体质的业余爱好，因此千万不要因为打球而耽误学习，一定要将书读好。"施树良在少年时打了几年乒乓球，虽然打到一级运动员，但他自知受先天条件限制，不可能在乒乓球运动方面一路走到底，于是中学毕业后考入化工部上海化工专科学校读

与学生施树良、郑敏之合影

书，毕业后分配到化工部上海化工研究院工作，在化工专业方面刻苦钻研，在氮肥、尿素生产工艺上取得卓越成绩，获得中国氮肥协会终身荣誉奖的殊荣。施树良先生今年也已经70多岁高龄，他始终没有忘记当年戴龙珠老师对他的教诲。

戴龙珠老人而今独居在沪西天山新村一幢民居中，86岁高龄的她面色红润，身板笔挺，80岁以前还和老姐妹和学生们，一周打两次乒乓球。现在她每年夏天去天目山避暑，冬天则到海南岛越冬，晚年生活安排得有滋有味。

# 张兆熊：勤奋好学　终生笔耕

● 宋　峙

　　闸北地方志办公室，有位被誉为"闸北通"的宁波籍老先生张兆熊。曾任首部闸北区志副主编，退休后又被聘为续志编审。在编撰岗位十余年之久，现年虚岁七十又八，仍思维敏捷落笔利索，无论撰文或业务辅导均有相当水平。

　　1995 年中国人民抗日战争胜利 50 周年之际，2005 年他编写的《不可忘却的岁月》一书出版。中日淞沪抗战，在当年著名抗日战场——四行仓库，举行发行仪式。上海电视台和《解放日报》、《文汇报》等主要媒体予以报道。他还应上海人民广播电台《市民与社会》栏目邀请，与前商务印书馆总经理张元济嗣孙张人凤先生，作了一小时多讲述，揭露日军入侵上海，肆虐闸北的罪行及弘扬中国军民英勇抗日业绩。这一期间，他又为中央电视四台，录制上海抗日斗争主战场之一闸北战斗情景，片长近半小时；为广西电视台《寻访抗日战场金汇行》大型记录片中上海部分闸北地区战斗，予以讲述。连同许多战场遗址——摄入镜头，协助上海市民抗日战地寻访团近百人。

　　在闸北重访抗日战场遗址遗迹，为上海市地方志编撰委员会、市史志学会、闸北区人民政府、《解放日报》社，联合举行《抗日战争与上海社会》研讨会，提供许多史料，为记者、史家撰写讲话及史料文章，为上海《解放日报》、《文汇报》提供部分备注、资料等，连同他参与首部闸北区志编写，所知的许多资料，被闸北有线电视中心《闸北人家》栏目，称为《记录闸北历史的人》摄成影片，

"闸北通"之称，由此传开……

其实，这仅是他整个写作生涯的一个片断、一抹精彩，就其数十年笔耕而言，则有更多的故事。

## 读书习文求上进

张兆熊 1936 年出生在宁波鄞县的云龙碶。从小住在宁波市灵桥一侧药行街238 号，是地道的宁波人。父亲开钱庄二三十年，母亲也经商赚钱，虽有兄弟姐姐 7 人，生活仍十分富裕。

他，天资聪慧，读书上进，成绩良好。因几次搬家，在小学 6 年中曾经"跳级" 3 次。毕业于宁波江东著名的省立重点小学四眼碶小学，13 岁就读上初中二年级。

然而"天有不测风云"，1946 年 10 月，父亲所开的钱庄因一笔巨款贷给某轮船公司，不幸货轮在长江航行中起火沉没，落得颗粒无回。又受大批中小客户催逼还款，只好将 1700 两黄金的私蓄，倾囊还债，钱庄从此倒闭。1948 年 3 月，父亲一病不起命归西天，家境破落。同年 10 月，他由姐夫推荐来上海闸北光复路 767 号福森木行当学徒，时年仅虚岁 13，被迫踏上了社会。其矮小的身材，胆怯的心理，使他像小兔子那样温顺而乖巧，同时受到许多苦难。

1949 年 5 月上海解放，在党和政府阳光雨露下，张兆熊逐渐成长。1951 年参加"四·二七"对反革命大逮捕，1952 年参加"五反"运动，成为闸北店员打虎队队长；1954 年加入青年团，1956 年加入中国共产党，从 1952 年起，就读上海第廿业余中学（上海著名的育才中学）6 年"一贯制"夜高中，到 1958 年毕业。

1956 年，20 岁的张兆熊当选为闸北区团委委员，因为工作积极思想进步又被评为社会主义建设积极分子。1953 年木行歇业，张兆熊转行到永业铁工厂，当了一名翻砂工，受到了艰苦的磨练，组织上希望他从事党团工作，不同意他去考大学。不久，担任团委书记，并且选为党委宣传委员兼任党委秘书，走上从政之路。

张兆熊在工作实践中，努力学习文化，从文机会还是很多。他先后担任《中国工人》、《劳动报》、《青年报》、《解放日报》通讯员，为报刊杂志写稿，主编工厂厂报，大量撰写为团员青年知识讲座的讲稿，以及党团工作上的计划、总结、调查、领导讲话等。

1958 年，他有幸参加上海工人文学创作班学习。当时这个讲习班，由一批著名作家学者周而复、靳以、唐弢、徐中玉等为学员授课，培养出工人作家胡万春、唐克新、费礼文、毛炳甫等一批文学人才。张兆熊是继他们后第二批学员，同样受到悉心教诲和严格训练，结业时他与年稍长的同事、颇有写作水平的黄培启先生，合写《复员归来》电影剧本作为结业之作。虽未选中投入拍摄，但显示了他"初生牛犊不怕虎"，敢于大胆写剧本的勇气、魄力与文学才华。

1961 年，张兆熊调任中共闸北区委工业部，当巡视员、秘书。每周必须写出一两篇数百字的"情况汇报"上报市领导，而且力争不同样，使他慢慢练就"快、准、新、特"的写作本领。有一次区委分管工业书记，要他写一份反映老工人对待当年国家经济困难、人们生活十分艰苦的调查报告，准备在一次座谈会之用。虽仅一二千字，他在那位书记十分严格要求下，6 次易稿，竟然花了 46 天才完成。使他深感到要真正写好文章之难之苦，确是"其苦无穷"，完成以后"苦尽甘来"、"其乐无穷"。同时意识到，写作是社会性极强的行为，决不能只凭个人兴趣、爱好，而是字字句句要对党、对社会负责，为新社会、新事物讴歌才有价值，使他思想、写作水平有质的提高。

1962 年，他调任某厂任中共总支副书记，仅 26 岁。新环境新岗位使他更加兢兢业业、奋发上进。同时，再次成为中共上海市委主办《党的工作》、《支部生活》杂志的通讯员，又参加系统的写作业务培训，增加了许多新的写作知识。张兆熊逐步养成"以字为准"、"以文为据"习惯，无论工作计划、总结、调查报告、大中会议上讲话，拈手写来，形成文字，留下档案资料，也训练了对事物观察、分析、综合、逻辑、表述、修辞能力，逐步成为具有"会问（调查）"、"会讲（表达）"、"会写（文字）"、"会做（处事）"四大基本能力的干部，努力为党多做工作。

**劫后重生勤笔耕**

不幸的是，中国社会在 20 世纪 60 年代初中期，进入"阶级斗争天天讲、月月讲、年年讲"且"一抓就灵"的年代，使之常态化、扩大化、长期化。因为他的富农家庭成分，成了跨不过去的"坎"，历次政治运动挨整，以致伤痕累累。

1964年内部"四清"中，他被冤为"隐瞒地主家庭成分"，后来所谓的"冷处理"，实际上明升暗降，把他从基层党总支副书记岗位，贬到区工人体育场当副场长。他一时难以接受，更对处理不实事求是想不通，立即提出申诉，幸好翌年组织上宣布"问题已经搞清，没有你的责任，既来之则安之，就委屈一点安心工作，再作贡献吧"！他想到自己是共产党员，要有像刘少奇在《论共产党员修养》中所说："既认定了人生目标，就要有为她牺牲的准备，要有受苦难、委屈的修养。"工作上仍十分认真，并且做出一定成绩。

1966年6月，那场史无前例的"文革"风暴降临，使得张兆熊又遭大难。从运动一开始不久，他就被扣上"反革命阶级异己分子"大帽子，关入"牛棚"，后又戴上"死不改悔走资派"、"反党、反社会、反毛泽东思想"的"三反"帽子，以及"反革命修正主义分子"、"地主资产阶级孝子孝孙"，甚至扣上"现行反革命分子"，九顶吓人的大帽子，失去人身自由被关"牛棚"。整整13年，大小批斗数百次，写交代检查数十万上百万字，还强迫干苦力、戴高帽、挂黑牌、游街、抄家、毒打、扣工资，最终还被开除党籍。逼得他三次想"一死了之"以示清白、以示对抗。后在许多好心人开导规劝下，才清醒面对，才挺了过来活了下来。直至1979年6月张兆熊获得平反落实政策，恢复党籍，步出"牛棚"重新走上领导工作岗位。

1979年10月，他回到上海总工会闸北办事处机关工作，任生产生活科副科长、科长、办公室主任、宣传科科长等职，两次借调到上海总工会生产部、组织部工作，在工作中拼命干、拼命学、拼命写，以报党恩，希望把失去的时间补回来。在区工办时，曾三五天写出数万字《工会业务培训教材》，两年一次评选劳模的工作中，严格把关，直接或帮助撰写了几十份"评选市、全国劳模"上报材料，全部入选。欢送劳模到外地疗休养，某年里有36次之多，一次不少地在早晨5点30分起床到出发地点送他们上车。

他深入调查，写了许多报告。某年工会机关发出45份文件，他写了42份，还大量地为区委、市委，以及《劳动报》写"内参"，提出《房地部门办烹饪班对外招生对不对？》、《职工技协以创收为主正确吗？》等带有一定普遍性、政策性问题，尤其曾写了《推销国库券强迫命令，一女工跳楼以示抗议》、《工商人员野蛮执法，劳动模范无辜被打》等很快被区委、市总、市委办公厅等部门采用，还引起报刊媒体关注，促进问题的有效解决，受到各方面好评。

为了更好工作，1984 年时值 48 岁的他，参加复旦大学开办的高等自学考试《马列主义理论》专业学习，历时 4 年，攻读了《政治经济学》、《科学社会主义》、《哲学》、《逻辑》、《法学》、《政治学》、《中共党史》、《中国通史》、《中国近代史》、《世界近代史》、《大学语文》、《写作》、《新科技知识》、《管理学》等 14 门课程，似虎添翼用于工作。写了《工会工作信息化科学化尝试》等论文，并向工会干部传授，在宣传工作中提出许多新思路、新方法。那时他确有"笔不离手，日夜写作，梦中笔耕"的情结，有了"不怕写、写不怕、怕不写"的文字之愿，由于工作成绩突出，连续两年被区机关评为先进工作者，并且获得奖励，还当选为区机关党代会代表，评上"政工师"职称等。

此时此刻，他联想 13 年"牛棚"中被批斗、侮辱、监督、训斥情景，深感"昔日是牛鬼，今朝才是人"的幸福。回忆"文革"灾难，他曾在《忆劫后余生》一首词中所述："峥嵘岁月花蓓蕾，忆昔日自难忘。几多风雨，险些青枝断……冬去春来万木苏，看今朝，老枝俏，劫后逢生。没有泪千行，噩梦一场俱往矣，举觥觞，心底笑。"更似一泓喝水的荷花仙子，经寒冬煎熬，春峭折磨，却青枝未断，在炽热的骄阳下，含苞怒放，照样艳红，展示着她的美丽。经过"文革"大灾大难，他的处事为人能力，以及文笔文品，似乎更成熟更理性。

## 以史育人福来者

1988 年，他调入中共闸北区委党史办公室，参与中共组织史（上册）编写，任组长。1990 年为党史办负责人，1992 年调任《闸北区志》副主编，直至 1998 年区志完成。在史志工作岗位达 10 年之久，深感以史育人的重要与迫切。他将大量亲闻亲见、视历的事件和资料，写成文章传给后人。主要有四个层面的内容：

首先，他历时四五年，在编写组织史中，从查阅数百上千份档案，走访数十位曾在闸北当年战斗过的老干部、老党员中，得到大量鲜为人知的史料、整理、筛选成文。特别在民主革命艰苦岁月，许多共产党人不怕牺牲、不怕流血、不怕杀头的斗争精神，对于今天新一代共产党人，公务员、年轻人，尤其中小学生，仍有十分重要的教育意义。因此，在编写组织史，努力完成任务同时，在"知我闸北、爱我闸北、兴我闸北"宣讲中，向机关、团体、部门、社区干部、学校、教师、学生宣讲《中国共产党在闸北》、《寻找红色闸北足迹》、《继承革命传统，建设好新闸北》等数十次，还写了《试论党史，革命史的必然性》论文，从理论上诠释以史育人的重要性、必要性，通过大量撰写讲稿、文章，使他对中共党史，特别是民主革命时期各历史时期党的活动，斗争起始、发展、挫折、转折、胜利"了似指掌"、"全局在胸"，而且大大提高了文字能力，成为党史工作的"行家里手"，成为"写手"。

其次，他在七年参与地方志编写中，同样受到深刻的教育。他所在区域、历史上前是上海华界模范区，20世纪20年代中后期是上海华界工业大本营、沪北商业中心、上海新文化运动中心，经济繁荣、文化发达、社会安定。可是，到了30年代遭日军"一·二八""八·一三"两次入侵上海，肆虐闸北中，被狂轰滥炸，使95%以上建筑物夷为平地，工商业精华消失殆尽，文化教育荡然无存，人口大量伤亡、流失，几乎成了"无人区"，成为上海"下只角"、"赤膊区"直至抗日胜利，乃至上海解放后初期一段日子里，仍未恢复过来。解放后在党和政府领导下，才有了明显发展，特别改革开放以来，区貌有了翻天覆地的变化，佐证了"没有共产党，就没有新中国"，"没有改革开放，就没有今天初步繁荣富强"真理。同样这是对干部、群众进行"以史育人"的极好教材。因此，他在编纂区志中，尽心尽责，严格要求，精心指导并直接写了许多章节及人物、专访、大事记等部分文章，起到了不小作用，把宝贵的资料保存下来，福佑后人。同时写了《保证志稿质量的若干问题》、《城市经济部类编写初探》、《传记撰写中若干问题》等多篇论文，在全国城市区志研讨会、上海区志编纂十年和《上海修志》杂志等会议和刊物发表。他写作水平又大进了一步，特别在用字遣句上更严谨、规范、一丝不苟、落笔成章。1995年，再次受到闸北区政府嘉奖。

再次，他对日军入侵上海的史料，进行深入挖掘、整理、筛选，花了十多年时间，写成《不可忘却的岁月》一书，全过程、全方位揭露了日军入侵上海，特别肆虐闸北、宝山等地罪行及讴歌中国军民英勇抗战业绩。此书出版，被专家称为"填补了上海抗日史研究的某一方面空白","集史实与文字写作于一体，不愧为笔者独到之处"，受到肯定与欢迎。同时，逢"一·二八""八·一三"纪念日撰文予以发表，曾写《一·二八淞沪战争中日军对闸北侵略》一文，被北京某历史刊物评为"一等奖"；《不可忘却的岁月》一书，在抗日胜利50周年前出版发行，起了很好作用；更多的是向干部、群众、青少年进行"不忘历史、不忘耻辱、强我中华、制止战争"的教育，同时，将书册中大量有关内容载入《闸北区志》，成为闸北历史的重要部分。

《上海市闸北区抗战时刻人口伤亡与财产损失》一书，2011年5月抗日胜利66周年之际，由中共党史出版社隆重出版。篇幅达60余万字之多，为闸北地区抗日战争胜利，人口与财产损失最详尽、最真实、最权威的记录，其中《血染闸北》专文数万字，录自他写的《不可忘却的岁月》一书。

又次，就是撰写"文革"回忆文章，早在2004年就写了《牛棚十三年》，2005年写《晒晒文革真相》书稿，共达40余万字。全过程、全方位写了"文革"期间许许多多无辜者被迫害、折磨的苦难，以及对整个社会、国家、民族造成无穷悲哀的事实。告诫后人，千千万万不要让"文革"重来一次，中国才真正有希望，有美好的明天。这是他用血泪写成的书，非常震撼，可读、可鉴、可思，但因各种原因尚未出版，却已留下文字，留下历史，如能够适时出版，将福佑后人，这是他以史育人的呕心沥血之作，对社会的赤诚奉献。

历史是民族、国家、社会之根，也是人们精、气、神之源，"以史育人"是老人应尽历史任务，崇高的责任。他以极大精力、勤奋笔耕，是他写作生涯中极为主要的一段。他"乐此不疲"，人们也"赞识有加"，愿他在这方面，今后做得更好。

### 发挥余热笔不辍

1996年张兆熊退休后，继续笔耕不辍，而且努力著书立说，服务社会，惠及后人，逐步登攀他写作生涯的高峰。

1998年至2000年，他参与《上海人民广场》大型书册编写。此书以旧上海"跑马厅"起始，记述周边地区150余年的历史变迁，特别是改革开放后上海人民广场的巨变及周边市政、建设、交通、商业、饮食服务等新面貌，佐证了改革

开放的无比正确，给人以历史的启迪。书册30余万字，图片400余幅，装帧精美，由上海人民出版社出版，印量4000册，赠送国内外贵宾。受到领导、专家、宾客的欢迎。他不仅主持编纂工作，且撰写近一半的文章，为书册面世立下汗马功劳。

2000年起，连续五六年，他为区政协文史委员会编纂、撰写《闸北追寻》、《闸北人物》、《闸北百年》、《峥嵘闸北》等书，撰写了文章百余篇之多，发挥了骨干作用，受到领导的肯定，读者的欢迎，他人的尊敬。

2003年，他与几位"文友"，开办弘风写作事务所，为机关、团体、企业、市民服务。主持所长、总编工作，以身作则，多作奉献，少取报酬。特别他为许多单位撰写劳模、先进评选材料、企业事迹等报道等，质量上乘，交件及时，受到欢迎。还主持编写《大型活动风险管理》书册，受到客户的欢迎。使他在为社会服务中，更感写作需要社会、社会需要写作的道理，更加注重文章的质量。写作水平又见提高。

2007年，他受聘"出山"，任《闸北区志》（1994—2005）编审，立即撰写《修志业务知识提要》数万字小册子，作为培训材料、指导业务；其内容充实，文字朴实，实用实在，使许多初涉地方志编写人员，特别是年轻的修志人员有了"方向"和"拐杖"，被有的修志人员视为"张氏修志宪法"交口称好。同时多次讲授修志业务课程，撰写短文、点评等，认真做好指导、评稿、修改工作。

2008年，他撰写《话说上海》（闸北卷）一书，全书40篇文章，他写了30几篇，在2010年上海世博会前，由上海人民出版社出版，对人们了解闸北历史与现状、成就与经验起了良好作用。

2010年前后，他又撰写《竖看闸北100例》10余万字，上网发表，告之闸北历史上许多鲜为人知的人与事及改革开放以来的巨变。

2011年中国共产党成立90周年前夕，他又写了《激情燃烧的年代——红色闸北革命斗争纪实》一书，将其在编纂中共组织史中搜集的许多鲜为人知的资料，予以充分的应用。被称为红色闸北革命斗争史料最为全面、最为生动之作。

2013年4月，他经10余年努力，出版《写作之友》40余万字的大作。集写作的教科书、工具书、参考书为一体，分为写作概述、写作文体、写作技巧、写作知识、写作辅佐、写作析疑、写作实践七大部分。这本以操作法为主之作，实在、实用受到普遍欢迎，为许多写作者，尤其是年轻公务员、学生提供了帮助。通过此书的写作、出版，他对数十年写作生涯和经验作了全面的回顾和总结，成为写作"土专家"。

此外，退休后他还出版三本诗词集，以及《悠悠苏河湾》等小册子，写了7个电视小品剧本，写了许多散文、小说、特写、论文等，见诸于报刊杂志，连同参与编辑书册、撰写文章等达数百万字之多。近期还正在修改撰写《牛棚十三年》、《晒晒文革真相》、《家谱》、《八旬忆旧话人生》、《旧上海的故事》等书稿。

尽管写作十分艰辛，有的还不大被人理解，或者作品遭到冷遇，张兆熊许多书册自费印刷，需花很多钱。但想到是为社会、为他人作点贡献，有点帮助，这些付出是应该的，值得的，其乐无穷，乐在其中。作为写作者，应该为历史、为后人留下一点文字、一点精神、一点脚印。他似乎做了许多，而且还在继续努力，自己说：在有生之年，继续发扬"老马扬蹄自奋起"精神，白头虽老赤心在，还将余勇写续篇。

纵观张兆熊写作生涯，他是努力的、执着的、认真的，也是有成绩的。但最根本的是他人品高尚。他说：写作其实就是写作者自己，要写好文章，首先要做好人、做好事，认认真真做出成绩，有了实践，才有文章，才有可写之作。因此，他要努力使自己成为好人、能人、强人。对社会要有责任感，对他人要有恻隐心，对新生事物要有激情，对好恶是非要有正义感……你就能写出好文章、好作品。尤为使人赞扬的他一生不烟、不酒、不赌、不贪、不侈，清清白白淡泊人生，似同出污泥而不染的荷花那样，从青少年到晚年，展示着"小荷尖尖露头角，夏日荷花别样红，河塘绿叶荫后人，莲子粒粒任君品"的风采。

这是张兆熊老先生的经验之谈，亦是他数十年对写作孜孜不倦的动力与信念，是值得效仿的，愿有志写作者共勉之。

# 胡丽妹、刘洪：将门虎子　厨厨动人

● 江礼旸

### 新中国第一代女厨师

说起入行学艺，胡大师说："那是53年前，我虚岁20岁时，走进国际饭店的事了。"

京帮菜是北京地区的风味特色菜肴，它以鲁菜打底，融合了宫廷菜、清真菜以及北京点心小吃，虽不在八大菜系之列，却是一派雍容华贵的正宗宫廷菜。辛亥革命前后，北京作为中国政治、经济、文化中心的作用有所衰弱，许多北京人纷纷到上海开菜馆，京帮菜遂传到上海。著名的京菜馆有泰丰楼、同心楼、大雅楼、悦宾楼、会宾楼、万寿山等。吃客中也有"要吃'北京'同心楼，要吃'京川'大雅楼"之说。

1947年北京丰泽园饭庄老板栾鲤庭在北方发展的基础上，与上海国际饭店合作经营，在国际饭店二楼开设"丰泽楼"。为使国际饭店里的京帮菜能在上海这个十里洋场占据一席之地，栾鲤庭高价罗致厨艺高超的牛毓藻、宋大鑑、王殿臣、李德海、吴玉庭等，使"丰泽楼"的技术含量大为提升，有一品官燕、红扒熊掌、芜爆双脆、烤北京填鸭、涮羊肉、九转肥肠、银丝卷等名菜、名点传世。丰泽楼开张不久，便一炮打响。京菜的清、香、嫩、脆、鲜的独特风格充分发挥，在上海食界名声大噪，品尝者车水马龙，盛极一时。国际饭店的京帮菜自然独占上海京菜之鳌头。当时的社会名流李宗仁、何应钦、蒋经国、梅兰芳、张大千、田汉等都是丰泽楼的座上客。

解放后,国际饭店成为接待外国政府首脑和其他外宾的涉外饭店。1960 年,胡丽妹这位"小辫子姑娘",从育群中学初中毕业后,分配进国际饭店。当时领导对她说,新中国有了女飞行员、女驾驶员、女航海员、女理发师,可就是没有女厨师,你们应该成为新中国第一代女厨师。于是,她被指定跟京帮名厨王殿臣、王懿臣、王宜新"三王"学艺。

同时跟王殿臣师傅的还有两名男学徒。开始一星期王师傅根本不理胡丽妹。后来她发现,师傅在悄悄观察她。他没带过女学徒,总认为女孩子手脚笨,吃不得苦。当他发现,个儿不高的胡丽妹,别人 8 点上班,她 6 点半就到场,把厨房收拾得干干净净,做好一切准备工作,使师傅一到就可上手干活,特别能吃苦,与烹饪这一行有缘,就正式收下了她。

师傅领进门,修炼还是要靠自己呀。京帮菜没巧劲可使,一只炒锅足有三四斤重,装满菜便有六七斤;要左手抓住锅翻来颠去,还要学会把锅向上翻,菜离锅后还要整整齐齐落在锅里。这可不是杂耍,作秀,而是使菜离火,降温,使容易铲坏的原料,在锅里自然翻个身,落下来继续加热。胡丽妹练呀练呀,左臂疼得抬不起来,发生红肿,左手虎口上也长出老茧,至今硬硬的还在。

胡丽妹是宁波人,而师傅却是山东人,为了更好地同师傅交流,她在三个月内学会了胶东话,这使师傅、师母都大为惊讶。后来,作为血缘上的嫡传,师傅家的孩子山东话还不如她讲得好。

## 当代厨娘传奇

3 个月后,胡丽妹参加了一场考试,成绩很好。过了一年,四季菜她都做过了,师傅的信心更足了。每次开席,第一批菜师傅掌勺,第二批菜就由她做。后来,全部由她操作。但师傅的要求很严格。有一次做一个坛子肉,要求炖两个半小时后,肉炖得完全烂糊了,筷子挟不起来,只能由调羹舀来吃,而外表却一点不能烂糊。但那次她一不小心,肉烧焦了。师傅狠狠地批评了她,并要求她吸取教训。每天开两市的空隙,厨师可以休息一会,抽支烟,喝口水。但师傅总在此时和她谈话,挑她毛病,她都虚心接受。不过一有人走过来,师傅就不讲了,给这位爱徒留面子。

1961年中央召开"七千人大会"，胡丽妹跟随师傅去人民大会堂为周恩来等国家领导人烧菜。此后，她又无数次为来沪访问的外国元首及其他外宾烹制精美可口的菜肴。

说到这里，胡丽妹大师告诉我："国际饭店京帮厨师个个都有绝活，他们都是我学习的榜样。"有位山东师傅宋大鑑，人称"飞刀宋"，一条鲤鱼，一剖二，在天平秤上一称，是一样重的。两只鸡和两条黄鱼剔骨只消一分半钟。胡丽妹虚心向宋师傅学习，并不断实践，后来也是绝技在身：制作北京烤鸭从宰杀、烫毛、褪毛、打气、开膛、洗膛、挂钩、烫面到烤制每一个环节，她都熟能生巧，并能一一道出其中关键。一只3斤重的烤鸭，不多不少可批80片。后来，到北京昆仑饭店献艺，竟能风靡京城。

1962年，胡丽妹结婚，丈夫刘如心是上海体育学院首届毕业生、新中国第一代体操教练。次年，女儿刘敏降生。1965年儿子刘洪出生。文革中，王殿臣师傅挨批判，被关进牛棚，胡丽妹也只好做"大众化"菜肴。被罚做苦工的师傅气恼之下心脏病发作。胡丽妹去看望师傅，师傅伤心地说："我有问题，你把师傅忘了吧。"胡丽妹说："您不是坏人，我永远忘不了您！"师傅眼泪刷刷地流下来，告诉她："不要把技术忘掉，以后总会有用的。"

粉碎了"四人帮"，但王懿臣师傅也去世了。1980年胡丽妹升任国际饭店行政总厨。胡丽妹承上启下，做好传统名菜，并有所创新。焖烧黄肉鱼翅，要用产于南海的"吕宋黄"。这种鱼翅肉厚、翅长，蛋白质丰富，胶质较浓。炖这鱼翅的配料有火腿、猪蹄、活母鸡、干贝，依照传统的炖、焙、大翻锅等技法，成菜光润明亮，卤汁紧包鱼翅，鲜香入味。这是国际饭店接待外国元首重大国宴上的头菜。

糟溜鱼片也是京、鲁名菜，在京、津两地往往用鲤鱼烹制，但江南鲤鱼泥腥味重，故用黄鱼烹制，成菜色白汁亮，鱼片整齐如洁白的牡丹花瓣，香糟味浓郁，肉质比鲤鱼更细腻，筷挟即碎，须用调羹舀食。

小鸟明虾，用明虾尾巴做嘴，花椒子做眼，虾壳去掉后，去部分虾肉剁碎成泥做头，蒸后勾芡，菜肴形象逼真，逗人喜爱。

　　还有太极豆腐，根据传统的鸳鸯鸭粥做法，以鲜贝茸和豆腐相拌后，中心实以炒虾蟹，蒸熟后用经调制的鲜毛豆浇在豆腐上呈太极图形，色彩白、绿相间，口味鲜嫩异常，深受食客喜爱。

　　类似的菜肴还有一品芙蓉虾、凤还巢、醇香鸡鲍翅、猴爬旗杆、蟹里藏珠、玉珠大鸟、雪花鸡腿等等。

　　上世纪 80 年代末的那个春节，领导要胡丽妹到西郊宾馆去为首长做一道菜——糁，那是用鸡汤、米仁及糁料熬制，再加面粉勾芡成羹，食前备好佐料、点心和主食一起上桌，口味香辣、鲜美。没想到首长就是改革开放总设计师邓小平。他吃了还想吃，直至被夫人卓琳劝阻为止。饭后，小平同志一家看电影，胡丽妹坐在他身后。小平同志转过头来朝她亲切地点了点头。

　　后来胡丽妹大师担任虹桥宾馆行政总厨。她带领众厨师创制了黑色系列食品和"全鹿宴"。并在虹桥宾馆推出"宁波食品节"，使臭冬瓜、"海菜古"（苋菜梗）、无菜心笋片羹、苔菜奉芋等宁波"下饭菜"勾起了上海众多"老宁波"的思乡情。

　　为了传承上海京帮菜技艺，胡大师除了精心培养自己的传人刘洪大师外，还培养了数十名徒弟。她还将自己 50 多年经验写成书，出版了《现代家政》、《京帮菜 150 款》两本书，并参编著《上海国宾菜》。

## 西菜西点打底

　　那年仲秋在漕宝路上的诺宝中心，为蟹粉菜比赛当评委。沪上 30 名厨师以太湖蟹为主料，制作冷菜、热菜、汤菜、点心、甜品，从而一决雌雄。30 道菜、点吃下来，不"横倒"，也要血糖猛升。所以，往往只能略尝一脔后吐掉，漱漱口再吃下一道。辛苦归辛苦，倒也蛮开心，因为同席评菜的是海派京帮大师胡丽妹，听了她深谙菜理而作出的精彩点评，得益匪浅。而且，那次比赛还认识了她的儿子刘洪。而刘洪那时是诺宝中心的行政总厨。

作为胡大师事业上的接班人，刘洪启蒙老师并非自己的母亲。刘洪说，他的父亲刘如心是上海体育学院首届毕业生，也是新中国第一代体操教练，而母亲则是新中国第一代女厨师，曾任国际饭店行政总厨，自小并未手把手教过自己。"他们工作都来不及，没法盯牢我，所以我书读勿好，没进重点中学，而是进了市中学职教班，学当厨师。"1965 年 6 月 20 日出生的刘洪，1983 年入行，在国际饭店学习西点制作，师从名厨徐金宝。并且获得西点中级证书。1987 年他又进上海旅游专科学校学习西菜烹饪技艺，获得澳大利亚丽晶学院西菜证书、法国斯高集团西菜结业证书。

"那你一入行并没吃母奶，而是吃的洋奶嘛？"我不无揶揄地对他说。"不过基础打好了呀！"刘洪笑得很灿烂。其实，直到 1995 年，刘洪还没有跟母亲学艺。因为从 1990 年起，他又到新苑宾馆学配菜，一直到 1996 年，才正式跟母亲学京帮。但我仔细一想，还不得不佩服胡大师目光远大，宝贝儿子先打好西点、西菜底子，又掌握配菜精髓，拿得起，放得下，才能成大器啊！

1996 年刘洪正式跟着母亲学习和烹制京帮菜，可不是 13 年前刚入行的毛头小伙了。他有了西点、西菜的基础，又在实践中摸爬滚打了多年，厨房里活计，包括切肉、开鱼、拆鸡，几乎都学过、做过。母亲外出讲课，刘洪跟去当助手，逐步他就能独立上课当老师了。1999 年，刘洪上灶台烧菜。2001 年，他在全国药膳比赛中得了金奖，这也给他带来事业的转机。

**细节就是美**

在诺宝中心认识刘洪之后，他又到金山汇都大酒店朱泾店任总经理兼行政总厨、东方绿舟宾馆行政总厨、衡山锦鸿大酒店行政总厨。待我再见到他时，是在衡山马勒别墅饭店的餐桌上。那天的冷拼盘有越南春卷菜丝、搭成井字形的山药、熏鱼以及吊烧鸡丝。汤是洋参炖水鸭。热菜有极品牛排、西芹百合螺片、鲍汁白灵菇配饭。还有芙蓉香椿、香煎银鳕鱼以及蔬菜芥兰。其中印象最深的，当数极品牛排。其实这是牛仔骨先煎后烤，上桌时割断牛筋，进口汁多肉酥。我忍不住赞了一下，已走到门口的刘洪回头莞尔一笑，说："我从小不吃红肉，只喜食素食与海鲜。所以当年学西餐时困难蛮大。好不容易克服心理障碍，才有今天的牛排。"一餐饭不但好吃，而且好看，养胃又养眼。相问之下，才知他学过美术，画过素描，当然还有西点、西菜"童子功"的底子。此外，他还到社科院学过临床营养学，是一位高级营养师。为了做好菜，刘洪还努力学习摄影，菜单上每一个菜，都有他自己所拍摄的彩色照片。当年在东方绿舟工作的时候，为了拍摄荷花园里荷花的倩影，他在池边可站一天。真是功夫不负有心人，刘洪的菜品味美、形美，细节也美，因为细节就是美呀！

## 厨界"六大家"

刘洪曾被问及："厨师是谁？"提问者摆出 pose 要记录，刘洪说："不记也能明白。我觉得一个厨师应该是以下身份的综合体——演讲家，了解菜的渊源，能把每道菜都讲出故事来；美食家，要有敏感的味蕾，品尝得出细微美味；美术家，懂得食材颜色的搭配，与器皿以及雕刻围边的搭配；营养家，懂得养生之道，协调菜品中的酸碱、营养均衡；外科手术家，充分了解动物性原料的骨骼结构；消费心理学家，从以前的鱼肉果腹到现在的精蛋白的需求，了解顾客真正需要什么。"精品刘洪，深感温文尔雅、淡然自信的刘洪，是厨界的"学院派"人士，"六大家"就是他对自己从事行当，对自己事业追求的标准。真是将门虎子，厨厨动人！

# 李世均：沪上有名"虫教授"

● 童志强

泱泱中华，芸芸众生，各式人等，无奇不有。海上宁波人中，不乏藏龙卧虎之辈。本文介绍的李世均先生，非龙非虎，而是终日与虫为伍的虫痴，人称"虫教授"。

## 本是艺中人

李世均，宁波鄞县东乡高隘人氏，1942年生于上海。李先生身材高大，一头灰白的长发，乍一见就猜想是搞艺术的。果不其然，他1960年就读于上海影专动画系，师从万籁鸣、钱家骏、张松林等老一辈动画艺术大师。毕业后分配到上海科教电影制片厂，从事动画设计、摄影等专业，期间曾参加由老师万籁鸣任导演的动画片《大闹天宫》的绘制工作。1985年上海交通大学开办文科，李世均作为人才引进调入交大人文学院艺术系担任专业摄影教授和动画艺术中心主任，还先后兼任上海通艺动画艺术研究所所长、东海学院动漫画专业主任教授。李教授在教研工作中成绩斐然，卓有建树，除了完成校内教学任务，他还为中央电视台、上海东方电视台、国家广播电视干部学院等单位培训动画专业人员近200名。他在数控动画逐格摄影控制器、外景延时定格摄影控制器、微处理器——动画、字幕程序摄影控制系统等3项摄影科研课题中担任首席设计师，3次荣获文化部科技成果奖。他还先后参与创作执导10余部动画片，其执导的动画片曾获1998年度金鹰奖动画片组第一名。2002年退休后，他仍被交大返聘执教于软件学院、人文学院、媒体与设计学院，为培养我国动漫人才贡献余热。

## 爱好惟玩虫

蟋蟀又称蛩、促织、财积、蛐蛐，统称中华斗蟀，是标准的国粹。"七月在野，八月在宇，九月在户，十月蟋蟀入我床下。"早在 2500 年前，从《诗经》中就可见古人已经掌握了蟋蟀的生活习性。蟋蟀竞斗具有可与拳击比赛媲美的非凡魅力。千百年来，上至皇室贵族，下至平民百姓，无论耄耋老者还是童稚少儿，人无分贵贱，龄无分老幼，地无分南北，每年寒露开斗的金秋季节，便成为广大虫迷的盛大节日，形成我国民俗的独特风景。

解放前的上海南市城隍庙，是广大虫友的聚集之地。在上海老城厢长大的李世均，从小就对蟋蟀情有独钟，从观斗到饲养，再到邀斗、觅友、交流虫经，痴迷其间，以至每年入秋，晚上如听不到虫鸣，便无法安然入睡。

"文革"中，玩蟋蟀被视作玩物丧志的旧习遭封杀，大批古谱被焚，古盆被毁，虫友四散，即如此，李世均仍是痴心不改，从事"地下活动"。

粉碎"四人帮"后，政治清明，经济发展，人民的物质生活得到极大提高，对精神生活的需求也与日俱增。随着虫友队伍的恢复和扩大，李世均的知名度也越来越高，在他的周围，逐渐形成了一支志趣相同的虫友队伍，其中不乏高级知识分子和年轻白领。他们以虫会友，从各自擅长的生物学、昆虫学、遗传学、营养学、医药学、考古学、文献学、工艺学等角度，把养斗蟋蟀上升到弘扬蟋蟀文化的高度。在这里，企图以虫谋利的赌徒是不准介入的。

李世均原在徐汇区有一套住房，但为了养虫方便，在前几年房价最低的时候，他在南郊西渡文怡花园买了两套复式房子将其打通。楼上楼下，400 平方米，墙上挂的字、画、照片琳琅满目，无不与蟋蟀有关。宽敞的虫房里，每年都要养几百盆蟋蟀。尽管路途遥远，同道者仍然喜欢聚集到他家里聆听高论，组织比斗，加上贤内助李夫人又烧得一手好菜，每次去不仅切磋了虫艺，还能大快朵颐，真是其乐无穷，而李教授总是来者不拒，热情接待。

## 开发河南虫

长期以来，山东宁阳、德州、兖州等地为中华斗蟋蟋蟀主要产地。山东虫以骁勇善斗而扬名全国。改革开放以来，当地政府因势利导，成功地培育出全国蟋蟀市场。每年秋天前往山东购买蟋蟀的虫友、虫贩数以万计，仅宁阳一地蟋蟀业年产值就达上亿元。但是由于多年来的滥捕滥捉，当地蟋蟀资源受到严重破坏，因此将虫越来越难觅，而虫价则越抬越高。广大虫迷深为忧虑。李世均虽然身为大学教授，但一贯平易近人，从不摆教授架子。一次在与小区内装修的河南濮阳民工交谈时，那位民工看到他家里养了许多蟋蟀，便对他说：这种虫子我们家乡多得很，田里到处都有。言者无心，听者有意，李世均从网上查阅了关于濮阳的大量资料，发现河南濮阳与山东虫产地属同一纬区，气候、物产相仿，为了发掘新的蟋蟀资源，李教授专程自费购买大量盆、草、筒、网等虫具背到濮阳，第一站他先到找到有关部门，接待人员听说上海交大的教授来扶贫，喜出望外，端茶敬烟，殷情接待，忙不迭地问他带来什么项目，准备投入多少资金。待李世均把虫资源调研和开发的来意说明后，这些人马上哼哼哈哈、前恭后倨地打起了官腔。

李世均是一个打定主意不回头的人，衙门走不通，就直接下农村。在乡下，他把带去的虫具无偿赠送给当地农民，并把鉴别、捕捉、饲养的方法传授给他们，以培育市场，帮助农民脱贫致富。一开始，乡民们把捕捉到的大量虫子送给他鉴赏，李世均看后啼笑皆非，送来的虫子里棺材头、油葫芦、灶鸡、赤膊材、纺织娘等应有尽有。李教授耐心地手把手地教会他们如何鉴别二尾、三尾。在他的努力下，而今上海市场上的"河南虫"以其价廉物美而打开了销售渠道。2006年10月，"中华斗蟀文化研讨会"在崇明举行，李教授在会上宣读了《河南省濮阳县中华斗蟀资源调研开发提要》的长篇论文，以其思辨缜密、数据确凿而语惊四座，引起轰动。

## 玩出大名堂

身为文化人的李世均，把玩虫当作一门学问、一种文化来研究。退休以后，他先后正式出版了《中华斗蟀鉴赏》、《中华斗蟀五十不选》、《南盆窥探》、《民间传世——上品蟋蟀一百零八将》等4本专著，大胆地提出了"无人识虫论"、"虫色无用论"、"虫经害人论"、"药无止境论"、"十赌十输论"等颠覆性的见解。《南盆窥探》则是国内外第一本专门研究介绍虫具的专著，填补这一领域的空白，具有极高的鉴赏、收藏价值。

2003 年，由李世均等人组成的"上海虫友队"，在苏州"新世纪全国蟋蟀大奖赛"上，经过 16 个省市代表队的激烈对决，最终勇夺冠军，次年又获得全国亚军。李教授凭藉高级摄影师的专业优势，把夺冠经过自费编录成一盘 VCD，随同其专著分送虫友们共享。

2004 年夏秋，上海沪西工人文化宫花卉艺术苑经理受李教授感染，特地腾出房子，开辟"西宫蟋蟀草堂"，供他和虫友们免费为群众看虫、评虫、斗虫提供支持，坚持提倡文明玩虫，开全市群众蟋蟀活动先河，数家电视台均派记者前来采访报道。李世均说，欢迎广大虫友前来切磋交流，唯一的前提是：谢绝赌博。

因为李世均在虫界的影响，他在 2006 年、2007 年、2008 年、2009 年连续 4 年被聘为崇明全国蟋蟀大赛的仲裁委员会主任。

李教授已成名人，《人民日报》海外版、《文汇报》、《新民晚报》、《新闻晚报》都曾整版对他和他的虫友进行过报道。台湾学者、美国教授都曾慕名到他家中采访，切磋虫技。正在撰写关于人类与昆虫关系新作的美国加州大学人类学教授莱佛士到中国考察蟋蟀文化，在李世均府上得到了极大的满足，他说："没想到中国斗蟋这么有趣，有那么多讲究！我要把中国的虫文化作为专门的章节补充到即将出版的新书中去。"

2013 年 7 月，为了筹建虫文化馆，李教授在奉贤光明镇购置了一幢约 500 平方米的 4 层楼房，拟在 2014 年正式向社会开放。

李教授在虫网上的博客点击率一直居高不下。他最大的心愿是：希望广大虫友自尊自爱，提升赏玩蟋蟀的品位，共同排斥以虫赌博，有朝一日，使玩蟋蟀能够享受和赛马、打高尔夫一样的高雅地位。

# 杜少帆：身体虽驼背　做人却挺立

● 宋　峙

诚信是一种美德，伟大哲人孔子曰"内不欺己，外不欺人，人而无信，不知其可。"上海市闸北区有一个荣获多次全国先进和上海劳模，以诚信为做人之本的个体白铁匠，浙江宁波籍的杜少帆。他的一生树起了一面"诚信为民"的旗帜。

走进上海市闸北区延长中路，一个普通居民小区的底层，仅仅只有 30 平方米的一室半房间，以及几件老式家具，却处处透着简朴、干净的气息。年逾七旬的男主人乐呵呵地热情招待来访客人。这就是远近闻名、众口称赞的、获得全国先进和 3 次上海市劳动模范称号的修锁个体户杜少帆。他是一名戴着 1800 度眼镜，高度近视又驼背的残疾人，却做到了常人不能做到的事情。也是一个难能可贵的人，也是为宁波人争了光荣的人。

## 身残志坚　牢记母训

杜少帆 1944 年 8 月，出生在宁波慈溪的一个贫寒家庭，因为当时生活困难，常常受到亲友和邻居的帮助。童年的时候，被一场突发的疾病扭曲了原来挺直的脊梁，慢慢地成为了一个驼背的残疾人。当年无钱医治疾病，落得了终生残疾，少年生活失去了乐趣。回忆这一段历史，老杜说，他那时候很悲伤，愤懑自己命运为什么这么不好，不能够与正常人一个样，自怨自艾。同时，他的母亲在强忍痛苦以外，却劝慰道，驼背是个人命运，但是做人的脊梁骨要挺直，不可以弯。

小杜牢牢地记住了母亲的教诲，心里总是关照自己"把直腰杆做人"，因此，努力读书，勇敢做人。刻苦学习，从小学到初中，学习成绩一直是很优秀。初中毕业时候，因为体格检查过不了关，许多学校不愿意收残疾学生，因此，未能够升高中继续读书，只能够到上海谋生。

当时，正值"三年自然灾害"期间，社会上吃饭难、住宿难、修理难，许多上海的年轻人还不愿意参加修理这个低档的行业。巧的是，一位从事铜白铁的老师傅跟小杜讲：世界上什么东西都会烂，唯独手艺不会烂。同时劝他，学一门手艺可以养活自己。此话深深地打动了杜少帆，考虑到自己的身体条件，就业不可以有过高的要求，决定选择学铜白铁修理，跟着师傅学起钳工手艺。但是，因为自己背驼，不适宜长时间弯腰敲锤子，于是，再选择其中一个专业——修锁配钥匙。他四处拜师学艺，刻苦钻研，虚心请教，从生疏到熟练。

经过几年的磨练，杜少帆终于技术过硬，困难的活儿也能够拿下了。做到"修锁不返工，开锁三下五除二"——"一勺成"。他配的钥匙一开一个准，被誉为"一枪头"，即上海人对"一下子"的赞誉。他在天潼路、山西路的一条小弄堂的一间小屋里开起了修锁配钥匙的小铺子，申请领取了个体户工商营业执照。是年4月份，全国开始在农村"三自一包"政策，在城市也容许个体经济存在，既可以解决部分人就业难，又可以缓解社会上的"三难"。杜少帆的创业恰逢时机，凭借他从师傅那里学来的钳工技能，以及他天性喜欢琢磨的性格，领得执业资格，独立自主地开起了自己的小店，走上一条注定他一生50年的生活之路。

## 自力更生 手艺吃饭

在他学成修锁和配钥匙手艺和开小店后，就为附近个人和单位修配锁具钥匙，空闲时间努力专研技术，提高个人技艺。他非常注意对顾客的态度，凡是上门求援的个人和单位都视为亲人。日而久之，在当地只要提及"阿杜师傅"，几乎家喻户晓，人人称赞。他接的生意多，白天干不完就拿到家里加"晚班"，不误客户的时间。

一次，一早被叫醒，原来是一位外出买菜的妇女忘记把钥匙带在身上了，进不了自己的家门。他闻讯以后，二话不说，提起工具包就随她而走。有一次，一位 85 岁的老太太急着要杜师傅去开门，说是钥匙忘记带了，家里还烧着东西哩！杜师傅急匆匆赶到其家中，打开门一看，炉灶上熬着汤，另一个灶台的烧水已经沸出壶外，把煤气也浇熄灭，多么危险的情景啊！又有一次，一位住对面弄堂的老人，拖着杜师傅到家里开门，也是忘记带钥匙了，屋里还有孙辈在睡觉，一旦醒来很可能闯祸，开门入内见到孩子因为不见大人已经哭闹了。另外一次，居委会来急电，要他马上赶到，此时正好外出干活，他便与那家人打招呼，自己雇出租车到居委会，处理完毕再回到原先的客户家中。

杜师傅知道，凡是找他开锁的都是一个"急"字，因此，他急他人之急，而且从来不计较报酬，收费低廉。因此，他的名声远扬，甚至几十里外的单位都慕名前来求助。这些年，他远到宝山区、闵行区等几十里外开锁。

1980 年的一天，上海西南角的朱行镇，某研究院有一只解放前留下的保险箱，损坏严重门无法打开，真正急煞人，单位里派人到处找开锁师傅，就是打不开，里面的技术资料又急于要用。这个情况被杜师傅得知以后，他带了工具，联系好那个研究院，主动不远几十里路赶去，上门为"试试看"。他到场以后，细细地琢磨一番，凭借高超的技术、灵巧的手艺，不一会儿就将保险箱打开了，博得众人的好评。此时此地，杜师傅仅仅收取几元钱的服务费。当时，这个单位的接待者跟杜师傅说，如果打不开这个保险箱，不仅拿不出资料，还得再买一个新的保险箱，再加如此复杂的活，又是远道而来，单位可以多开一些费用。杜师傅却回答：做生意要老老实实，按照规定收费心安理得，多收人家的钱，自己心里不踏实。

杜少帆的高尚品德，渐渐地被传颂被称赞，同时获得同行的尊重。不久，他被推荐为闸北区北站街道个体工商户协会的主席。

## 一技之长　回报社会

早在 1964 年，杜少帆就和居住地的居委会签订协议，内容是"大力支持和参加里弄组织的为民服务活动"。他主动了解和关心地区里的军烈属、老小孤残情况，尽自己能力给予他们的帮助。长春居委会有一位军属老太，也是孤寡老人，杜师傅主动登门加固锁具，还留下一张《便民服务卡》，承诺承揽她家的锁具和钥匙之事，还表示其家里的水电煤若出现大小故障，随时随地可以找他修理。

杜少帆与居委会签订的协议，不折不扣地履行。只要居委会来电话通知，某某孤老、军烈属等需要上门服务，没有二话，甚至放弃自己的生意，马上出发登门。后来，杜师傅搬家了，到了新的地方，他又和当地居委会签订新的同样的协议。几十年来，杜少帆包下了附近敬老院、学校等单位的门锁修理和安装事务。他为大宁敬老院安装过几十把门锁。在为其他敬老院服务中，即使收费也仅仅是材料费和工本费，费用极其低廉。他的实际行动，以及热情态度，深深地博得群众称赞。

杜少帆两口子的生活非常简朴，膝下没有子女，日常开销少而又少，但是，热衷于公益事业，出钱出力毫不吝啬。1994 年，住房动迁时候，有关部门考虑到其实际困难，由街道出面协调，最后决定区个体协会、街道和动迁组各出一万元，作为他的动迁安置

与夫人合影

费。当地居民闻讯后，纷纷自觉自愿凑了一万元，想给杜少帆。不料，杜少帆婉言谢绝了好意，坚决不多拿一分钱，尤其是居民的捐款更不能够收。最后，动迁组给的一万元钱暂时收了，然而，转手就捐给了新建的大宁敬老院，说是让敬老院增添一些设备。

杜少帆的钞票来自自己的点点滴滴，完完全全是靠自己给他人修修配配，收入极其有限，甚至说"可怜"。但是，他却与街道一名特困生结成对子，一直资助这位学生到其大学毕业。2006 年起，杜少帆逢年过节主动看望附近的几位孤寡老人，还每个人给 50 元的慰问金。同时，与一位孤老结对子，每个月定期给 15 元的零花钱。他说，钱不多，只能够表表心意。杜少帆的行动深深地打动周围的人。

40 多年来，杜少帆辛辛苦苦用自己血汗赚取的钞票，除了基本生活以外，

几乎大部分捐给了社会，捐给了孤老和特困生。看杜少帆的生活，抽的香烟是最便宜的牌子，衣着是最陈旧的，吃喝是最节约的；在其影响下，他的爱人也积极支持他的义举。有人曾经问：这些钱捐出去，难道不心疼吗？他笑着回答："我穿的是百家衣，吃百家饭长大，当年过日子、上学堂，甚至外出走路，都是靠周围邻居帮忙。自己第一副近视眼镜也是邻居凑份子给配的。这些情谊我是无法报答啊！"

2002年3月5日，在全国学习雷锋的纪念日那一天，他积极响应中央号召，将附近16名残疾人组织起来，成立了一支以雷锋精神为主导的"闸北区肢残人士志愿者为民服务队"，他担任队长，带来各怀手艺的残疾人，每个月至少一天，到社区为居民服务，如配钥匙修锁、小家电维修、磨刀磨剪、修配眼镜、换坏锅底、修伞修鞋、理发、测血压等等。这些小事情，都是群众日常生活之必须，要找大店和相关师傅还真有难度，但是，杜少帆想到做到，而且基本上免费服务，即使收费也仅仅是材料费和工本费，大受群众的欢迎。

作为一队之长，杜少帆要比其他人更加忙碌，他先期要与当地居委会联系，寻找合适的场地和安排合适的时间。服务的时候，他忙里忙外作出表率。鉴于他配钥匙的精确度已经闻名周围，其姓名也是无形的广告，因此，他的摊位前总是排起一溜长长的队伍。

杜少帆做的事情很琐碎很平凡，但是，他几十年如一日，长期坚持不懈，这种在信念鼓舞下的付出和行动难能可贵。随着他年龄不断地增长，尤其是眼睛损伤厉害，高度近视在配钥匙的时候，要凑得很近才能够仔细观察到钥匙的每一个缺口，转动的小车床溅出的铜屑铝屑，曾经伤其眼球，使得原来的近视眼渐渐地加深，竟然达到1800度的程度；再加年近古稀视力本身就衰退，已经无法再接上门开锁的活计。但是，一旦有人有急事找到他，还是"挺身而出"随叫随到。

据统计，杜少帆自2003年以来，上门服务高达2000次，修锁500余把，配钥匙也近2万把。

### 善有善报　精彩人生

杜少帆一生奉行诚信的精神以及高尚无私的品德，得到社会的认可和回报。

1991 年，杜少帆被评为国家工商总局与全国个体劳动者协会的"全国先进工作者"。该年度，又被评为上海市的市级劳动模范。

1994 年 10 月，杜少帆获得国家民政部和中国社会工作者协会发给的"全国优秀社区志愿者"称号。同年，上海市人民政府再次授予市级劳动模范。

2001 年 4 月，上海市人民政府颁发第 850 号证书：决定授予杜少帆为 2000 年度上海市劳动模范。这样，他一个残疾人，连续 3 次被评上市级劳动模范，也是两次获得全国先进，实属不容易。

在杜少帆简陋的工作室的墙上，挂满了许多单位送给他的锦旗。其中，2003 年 4 月，上海市闸北区肢残人协会赠予的锦旗上写道："为民服务的模范，残疾人的楷模。"2004 年 6 月，闸北区大宁街道敬老院赠的锦旗写道："爱心助老，无私奉献"。还有一些锦旗上写的是"树立楷模"、"文明典范"等。

杜少帆说，他的房间实在太小，墙上已经挂不了很多锦旗，不少已经收藏起来了，只挂新来的锦旗。其中，他很看重工商部门颁发给他的"文明个体户"铭牌，高高地耸立在工作室的柜子顶部。这些锦旗和铭牌，是杜少帆的荣誉，但是，更多的是他的付出。

杜少帆平凡的人生，透露了光荣和不朽。是常人都难以做到的"凡人凡事"。他自己过着清贫的生活，却无怨无悔地奉献他人。他确确实实做到一位宁波母亲曾经的教诲和叮嘱：驼背做人脊梁不弯。他完完全全做到共产党、毛主席的教导"为人民服务"和"向雷锋同志学习"。

几十年来，杜少帆身材矮小佝偻着背生活，但是，他始终是一个品德形象高大、挺着脊梁做人的人。是一个大写的人，充分体现生命的价值——让我们为生命喝彩！

# 编后记

在上海市宁波经济建设促进协会领导和广大会员的关心与支持下，经过一年多的努力，《海上甬人风采录》丛书第一辑终于与读者乡友见面了。

《海上甬人风采录》是协会之前编辑出版的《宁波人在上海》丛书的姊妹篇。《宁波人在上海》丛书按不同历史时期共分四辑，第四辑主要介绍在改革开放的历史新时期中为上海各方面建设做出显著贡献、有较大社会影响的宁波籍人士。原定计划是在第四辑之后再出续集。然而，随着改革开放的不断深入发展，沪上宁波籍俊才层出不穷，一本续集实在不能当此重任。鉴于此，继《宁波人在上海》丛书之后，再编辑出版一套介绍甬籍上海人现代风采系列丛书的计划，便提到了协会的重要议事日程上。

2012年4月11日，协会第五届二十一次会长会议讨论并原则上同意协会"宁波人在上海"研究中心上报的《海上甬人风采录》丛书的编辑方案。5月28日，编辑部拟出丛书第一批名单（讨论稿）上报协会领导。陈正兴会长于6月8日作出具体指示：丛书要尽可能收录对社会有影响，在本职工作上有突出成绩，以及对家乡和宁波、对上海协会有贡献的海上甬人。在协会担任现职者和有争议者暂不收录。根据上述精神，编辑部经过研究讨论，于9月25日正式上报丛书凡例和第一批104人名单。11月28日，协会召开丛书编委会议，听取研究中心副主任童志强汇报丛书前期工作，审议批准丛书凡例、第一批入选名单和第一辑经费预算。陈正兴会长指出：编纂这套丛书是协会宣传和弘扬宁波帮精神的一项重大工程，也是本届协会的一件大事。要发动广大会员积极向协会推荐在沪的甬籍精英。在编纂中，一要讲究质量，力求社会公认、反响良好，可为史学研究提供有益参考；二要求实，符合历史事实，不夸大其事，客观公正评价人物；三要突出亮点，编写的人物既要好中选优，又要注意各界代表性，着重写出闪光点和能感动人的事例，起到一定的激励作用。2013年2月25日，编辑部召开作者会议，落实作者，布置任务，提出要求，丛书步入实质性的组稿、审稿、改稿阶段。9 月 3 日，编辑部向会长办公会议汇报丛书进展情况。12 月 2 日，协会召开丛书编委会议，听取编辑工作汇报。至 2013 年年底，丛书第一辑编辑工作基本完成，最后确定本辑入选人物 40 位。

一年多来，编辑部在编辑丛书的过程中，一次次地被乡友们的风采所感动，为他们的业绩而骄傲。他们不愧是时代的弄潮儿，是我们学习的楷模，是我们心目中的英雄。他们身上体现出来的社会主义核心价值观，感染着我们一定要尽心尽职地编好这套丛书，以激励更多的读者乡友，为早日实现中华民族伟大复兴的中国梦而努力奋斗。

本书在编辑出版过程中得到了协会领导的重视。编委会同志精心组织、悉心指导，特别是得到入选者及其单位、家属、作者、乡友以及上海世纪文睿的大力支持，谨此表示衷心的感谢。对书中的疏漏不足之处，欢迎读者乡友批评指正。

上海市宁波经济建设促进协会

海上宁波人研究中心

2014 年 4 月 30 日

**图书在版编目(CIP)数据**

海上甬人风采录.第一辑/ 上海市宁波经济建设促进协会,
海上宁波人研究中心编. —上海: 上海人民出版社, 2014

ISBN 978 - 7 - 208 - 12236 - 9

Ⅰ. ①海… Ⅱ. ①上… ②海… Ⅲ. ①报告文学—中国
—当代 Ⅳ. ①I25

中国版本图书馆CIP数据核字(2014)第077607号

出品人　邵　敏
责任编辑　邵　敏　崔　琛
装帧设计　黄墨言

世纪文睿 Century Literature 出品

海上甬人风采录(第一辑)
上海市宁波经济建设促进协会
海上宁波人研究中心 编

出　版　世纪出版集团 上海人民出版社
　　　　(200001　上海福建中路193号　www.ewen.cc)
出　品　世纪出版股份有限公司　上海世纪文睿文化传播分公司
发　行　世纪出版股份有限公司发行中心
印　刷　上海市北印刷(集团)有限公司
开　本　720×1000毫米　1/16
印　张　20
字　数　310千
版　次　2014年6月第1版
印　次　2014年6月第1次印刷
ISBN 978 -7 - 208 - 12236 - 9/I · 1247

www.ingramcontent.com/pod-product-compliance
Lightning Source LLC
Chambersburg PA
CBHW080015040726

47505CB00017B/2275